盲春秋

何大草 著

上海译文出版社

卿卿，此为你的“野鸭”所写之信，
用水墨在皇后赐给的宣纸上誊抄。
不知何故，纸愈来愈多，米却愈来愈少。

约瑟夫·布罗茨基《明朝书信》
（刘文飞译）

代序

长安来信

佛罗里达·塞布尔角
纽波特大学历史系
1995年10月26日

何先生：

您收到的这封长安来信，并非来自两千年以前，而是来自七千哩之外：我即长安。

确切地说，我是一个地道的美国人：Stephen King，汉语一般译为斯蒂芬·金。但作为汉学家，更喜欢别人称呼我的中文名字——宇文长安。我目前任教于纽波特大学历史系，学术方向为汉唐的蚕桑业及其输出。如您所知，长安是汉唐的伟大都城。我曾两次造访长安故地，时令均在寒露前后，所谓“秋风生渭水，落叶满长安”，心情是百感交集的。当我说出“我爱长安”时，请您不要误会，这绝非病态的自恋，正相反，是对无法重现的美好年代的缅怀，“长安”是那个年代中的绝色。

我和中国渊源极深，甚至早于负笈哈佛东亚文化研究所的岁月。从广泛的谱系上说，曾主持哈佛东亚所的孔飞力博士是我的同门师兄，他研究乾隆朝妖术大恐慌的力作《叫魂》，在汉学界卓有影响，还很可能在中国翻译出版。相比之下，我著作寥寥，不敢以“述而不作”自我辩解，实在是生性懈怠，颇近清末之旗人，常以茶、酒自娱，佐以中国古典诗词，在风月中快哉。三年前我决意撰写论文《蜀锦考》，查找的文献厚可盈尺（抑或三尺），奈何庸碌度日、蹉跎时光，迄今未能完成其中一半。先师坟草数青，墓木已拱，我每念及愧对师门，总汗颜无以自容。师兄诸人视我既“哀其不幸，怒其不争”，却又不忍痛责，只能温言相劝，汉学博大精深，如灿灿宝山，汝已在赴宝山途中，切莫空手而回，云云。种种教诲，使我感动之余，数度下了决心，终究是要写完《蜀锦考》。但是，建议我不揣冒昧给身居锦官城的您写信的，却是我的女友，她姓唐，芳名欢君，——而且，这封信与我的论文并没有关系。

欢君籍贯重庆沙坪坝，出身中医世家，1989 年从四川大学哲学系退学后赴美，打工之余，不倦于旅行、求学。有一年夏天我去大峡谷旅行，旅途中暑，上吐下泻，躺在汽车旅馆奄奄一息。有个陌生女孩给我扎了针，那些可怕的、有灵性的针，银光闪闪，刺破我的肚子，快意无比，让我感觉捞回了一条命。这个女孩即是欢君。我们的志趣相距甚远，却相谈甚欢，遂携手而回。她现为纽波特哲学博士候选人，攻叔本华和尼采。今年春节她回重庆省亲，顺道去成都的母校拜访师友，在历史系彭邦本教授——您的老同学——家做客时，偶然翻到您惠赠他的小说集《衣冠似雪》，对其中描写李清照南渡的一部中篇印象颇深。返美后，她向我聊起您和您的作品，从而知道您从川大历史系毕业后，在成都做过十余年记者，后来专事小说写作，现在是南方理工大学人文学院的驻校作家。欢君还特意说明，她和您可称

"校友"。校友，在我看来，即意味着某种程度的信任。这一点十分重要，和我将在下文中提到的一部来历复杂、命运多舛的手稿有关。

说到我的女友，请允许我多一点唠叨，欢君虽自我预设为女哲学家，但与弗兰纳里·奥康纳《善良的乡下人》中的女哲学博士欢姐（Joy）殊无共同之处：欢姐尖酸、无趣、邋遢，而且拖着一条假肢；而欢君虽着力于悲观之哲学，却长于游水、登山，性情活泼、幽默，喜俳谐、滑稽，最上瘾的电影莫过于伍迪·艾伦和周星驰（私下也翻一翻拉辛和高乃依）。她不仅敦促我给您写信，为我的中文做细致的润色，还提醒我在中文里滥用"亲爱的""尊敬的"将显得有一点肉麻。故而，何先生，我只称呼您为"您"。若有不敬之处，还请见谅（而责任在欢君）。

关于那部手稿，事情的由来是这样的。

去年圣诞节前夕，我奉母令偕欢君前往葡萄牙北部，探望在群山环抱的小镇保莱塔修道院担任神职的舅公吉尔伯托·西芒。舅公已过九旬，个子又高又瘦，一头红发，脸色苍白，极符合中国古人对"红发夷鬼"的想象。他精通七种以上的语言，博览群书，颇近似那种"不出户、知天下，不窥牖、见天道"的智者。五岁的时候，我首次随母拜访他，他给我讲述了一只从石头里蹦出的猴子扰得天下大乱的故事，让我听得激动不已。后来，我知道了这就是《西游记》——这也是我头一回听说世上有"中国"。大一时我在加州大学伯克利分校念人类学，暑期漫游欧洲，再次见到舅公。他问我，第一个对中国发生重大影响的西方人是谁？我不假思索就回答，自然是威尼斯旅行家马可·波罗了。但他否定了我的回答，他说，是意大利传教士利玛窦。依照舅公的说法，马可·波罗对中国影响甚微，他的作用只在于唤起了西方对东方的想象；而利玛窦则改变了中国，他带去了上帝和数学这看似对立实则和谐的两束光亮……舅公无力改变中国，却改变了我，他送我一部《利玛窦中国札记》，诱我走上了汉学之路（我多次怀疑，这是否是一条歧路？）。

后来，我在旧金山唐人街的古董店闲逛时，发现了一卷装在檀木匣中的纸卷。纸是宣纸，西方人称为稻米纸，原本鲜润的米浆色已经黯淡了，写在纸上的字却还是娟秀妩媚的，如一个个羞涩的处子。那时候，我认识的汉字还不多，只能依稀感觉到，这是一封从明代皇宫中偷偷寄出的信，写满了思念、忧伤和疑惑……信末有一小块暗红的印记，起初我以为是印章，却没有发现印文。我请教店老板，他说，是写信人刺血按下的手印。从那以后，一直到现在，我只要一听人说起“明代”，眼前浮现出来的，首先就是这一小块胎记一样的血迹。这卷书信标价太高，我买不起，然而，它却成了我和明代相遇的开始。

这一次重返保莱塔，舅公和我都明白，我们没有机会再见面了，他老而又老，看起来就像是一尊石雕。当然，从另一个角度看，这个形象则接近于不朽。由于欢君的出现，我们的交谈多了若干乐趣，也自然谈到了许多有关中国的事情。后来，他向我们赠送了这部手稿。

确切地说，这不是一部手稿，而是一藤箱业已泛黄的纸页，写满了密密麻麻的蝌蚪文、象形文、奇怪的符号和图案，夹杂着数不清的注疏与考辨，它们淹没意义的主体，就像杂乱的林木淹没了河谷：它几乎无法被阅读。但对它的来历，舅公做过细致考证，以及多种推测，使对它的叙述有了比较清晰的脉络。

1765 年 10 月，一个在北京宣武门南教堂供职的意大利传教士托蒂·皮耶罗，获得南巡归来的皇帝恩准后，在北运河的终点大通桥码头登船，启航返国。彼时的运河两岸，槐树成林，落叶纷飞，送行的人中，有一个高鼻深目的颤巍巍老者，即皮耶罗在华的最著名同胞郎世宁（Giuseppe Castiglione）。郎世宁亲手送上了饯行的礼物：一竹篮的桂花糕。桂花糕金黄酥软，宛如把整个北京的秋色都盛放在了篮中。皮耶罗随即经北、南大运河，出杭州湾驶入东海，在澳门短暂停留后，开始返回祖国的漫长航程。——这一年在手稿上记载明确，如您所知，即乾隆三十年，岁在乙酉，恰逢盛世。然而，老皮耶罗已年过花甲，看到了盛世后的凄凉，还有乡愁缠绵（乡愁是无需理由的），他于是只身辞别了。篮子里的桂花糕作为茶点和乡谊的象征，虽然不忍，但还是在三天之后吃完了，——篮子底部，露出了用绢帛包住的这部手稿；确切地说，是这部手稿的原始中文本。

次年，郎世宁作为备受恩宠的宫廷画家，在北京去世，享年七十八岁。乾隆皇帝追封他从二品侍郎衔，厚葬于阜成门外滕公栅栏传教士墓地。和他同在一处为伴的，有青草中的蛐蛐儿，他没有说出的秘密，以及 1610 年即万历三十八年去世的利玛窦。——这件事情，对尚在大海中展阅神秘手稿的托蒂·皮耶罗来说，永远都不会知晓了。

手稿篇幅庞杂，内容诡谲，牵扯到这个世界上最大帝国四代皇帝、无数人的命运。托蒂·皮耶罗神父在长达一年，也许比一年更长的旅途中，把手稿翻译为了拉丁文和意大利文。船在他的家乡那不勒斯湾靠岸时，他觉得自己已快被咸风吹成了咸肉干。在那不勒斯湾的小渔村，托蒂·皮耶罗神父隐居起来，以沐浴阳光和修订这部（其实是三部）手稿，消磨了三十余年的时光。然而，这部手稿郎世宁从何得来，又为什么要交由他带出海外，托蒂·皮耶罗神父始终都弄不明白。1798 年 1 月的某个早晨，他梦见了差不多业已遗忘的郎世宁推窗进屋，白发披肩，两眼迷惘，对他欲言又止……醒来后，他双眼噙满了泪水。随后，他就骑着毛驴，顶着冷飕飕的风，去梵蒂冈朝觐了教皇庇护六世。彼时，全意大利正忙于应付拿破仑的征战，当皮耶罗向庇护六世陈述有关中华帝国和郎世宁的事务时，教皇显得有些心不在焉。但后来，皮耶罗还是以哆哆嗦嗦的手，呈上了这部手稿的拉丁文本。手稿被教皇接受以后，很快就束之高阁了。我有理由推论，它没有被认真地阅读过。因为就在该年的二月份，拿破仑的大军攻破罗马，俘虏了庇护六世，建立了罗马（台伯尔）共和国。好在没有史料表明，拿破仑清洗过教皇的私人档案库，这使手稿逃过了一劫。今天，如果梵蒂冈的档案库可以对外开放，这部手稿我们应该不难查找到，在皮耶罗神父留下的残破札记中，记载了他给这部拉丁文手稿取的名字:《龙之秘史》。

手稿的中文原始本，托蒂·皮耶罗则捐献给了佛罗伦萨的达·芬奇博物馆。中文手稿的墨迹都写在柔韧的宣纸上，随情绪的起伏，时而工致似春闺妇人，时而狂乱如惊马奔腾，神父认为，所谓书法，即东方艺术之极致。据神父的残破札记记载，中文的手稿名共有五个字，其中一个是“龙”。第二次世界大战结束后，人们发现《……龙……》消失了。关于它的去向，流传有两种说法。一是墨索里尼为了讨好希特勒，把《……龙……》作为重礼相赠，后来毁于 1945 年盟军对柏林的春季大轰炸。一是盟军占领佛罗伦萨的当天傍晚，一个穿盟军制服、戴钢丝边眼镜的上校参谋驱车来到博物馆，把《……龙……》借走，从此神秘失踪。（1945 年之后，盟军在他们用枪征服的欧陆各地，又用玫瑰、殷勤，或其他意想不到的方式，领走了许多姑娘以及别的财富，其中一个漂亮的葡萄牙少女苏姗娜，即是我的母亲。）前边两种说法，都近于小说家言，无法查实，唯一可信的是：它的确找不到了。

只有托蒂·皮耶罗神父翻译的那份意大利文手稿，以另一种方式流传了下来。他给这份手稿取了一个简洁而又中立的名字：《言辞》。神父在小渔村中，以《言辞》为伴，打发最后的暮年时光。1800年5月，拿破仑挥师四万翻过阿尔卑斯山，再次向南侵入意大利全境。在这支队伍中，有一个二十出头的随军神父让·雅克·阿诺，栗色卷发，面容姣好，且耽于幻想，读过《马可·波罗游记》，对东方抱有极大的热情。为此，他专程赶到那不勒斯湾，拜访了老皮耶罗。在这两个老少神父之间，有过多次的秉烛长谈。在征得后者的同意后，阿诺用法文抄录了《言辞》全稿，并重新给予了命名：《我父》。"我父"，是手稿的女主人公在滔滔的言辞中，一开始就提到（并将时刻提到）的一个人，他，意味着时光的重现。抄录工作接近完成的时候，托蒂·皮耶罗神父无疾而终。阿诺忠实地执行了老神父的遗愿，按中国的习惯，将《言辞》作为纸钱，在他的坟前焚化了。托蒂·皮耶罗对让·雅克·阿诺的影响之一，是使他脱离了军队，远远地跑到西、葡边界葡方一侧的修道院避居起来，并给自己改了一个葡萄牙名字，若泽·亚马多。

何先生，我想您已经能猜出来，这个地方就是葡萄牙北方僻静的保莱塔。

《我父》在保莱塔修道院被历代神父翻阅了近二百年。从各种意义上讲，它都远非一部圣贤之书，也和上帝的教义不相吻合，但是它非常有趣，而且不能被完全释读：这就构成了对阅读者持久的挑逗，让你欲罢不能。何况在砖石垒砌的修道院中，静谧得能听见黑袍和阳光擦过墙面的声音，这儿有的是用不完的时间。如中国古人所言，不为无益之事，何以遣有涯之生？每个神父都在手稿的空白处写下了一些感想，或者猜测。它在语言上由中文—意大利文—法文进行了两次转换，这就使理解产生了若干歧义。还有，母语非法语的人，则可能对某个微妙之词，进行自己的诠释甚而篡改。手稿的容量越来越大，不同的笔迹和心情，都在字里行间挤压着和膨胀着。若泽·亚马多走得最远，据我的舅公说，他把阅读《我父》的感受，写成了一部史诗《旧宫殿》。某个四月的上午，他站在平台上一边眺望国境线北侧的西班牙春色，一边梳理自己栗色的卷发，这时雷电猝然击中了铜梳，他倒地死去，年仅二十七岁。遵照他的遗嘱，《旧宫殿》至今还被锁在地窖深处的一只铁匣里，和修道院秘藏的香槟、葡萄酒为伴，不与世人分享。

我的舅公吉尔伯托·西芒神父，则没有诗人气质。相反，他的一生所为都很谨慎，凡事讲究精确与逻辑。这跟他从小钟爱数学有关。十六岁时，他在不借助任何演算工具的情况下，把圆周率推到了小数点后 13 位，一时被半个葡萄牙夸为天才。但此后，他在圆周率上耗尽十年的心血，都未能跨过“13”。“13”，似乎让他从中看到了某种重要的警示！震惊之余，他终于抛下数学，披上黑袍，皈依了上帝，成为一个端庄、朴素的神父。也许可以说，他是该修道院极少数真正没碰过女人的神职人员之一。不过，受数学的影响，他一辈子都在关注天象，那些写在人类头顶的神秘的点与线。我尚在儿时，他就对我说过一句令我难忘的话：“我们今天肉眼所见的星星，很多在万年之前就已毁灭，我们看到的，只不过是它们穿过时间而来的余光。”吉尔伯托·西芒神父从星空获得的启示，使他对一切业已消失的事物，都充满了隐秘的热情。在这种热情的支配下，他把《我父》的手稿把玩和考订了大半辈子。但是，在去年圣诞节的早晨，窗外飘着雨夹雪，他靠着壁炉，哑声告诉我："我基本上失败了……我没能廓清这部纷繁的手稿，我在纸上留下的眉批和夹注，可能还给它增添了麻烦……唯一有用的，是我推测出了它的来历。"

舅公自己认可的这一点成果，零星地写在七页修道院专用信笺上，字迹如一，而墨色杂陈，看得出绝非一日之力、一年之功。我把它们略加整理，大意如下：

《我父》是一部口述实录的历史，断断续续撰写于1689年，即康熙二十八年之晚春和盛夏，但没有最终完成。讲述人是一个瞎眼老妇，自称和被推翻的明皇室有着秘密的血亲关系，而记录人是一个颇有抱负的青年史学家，他有一个奇怪的名字，这从文中老妇对他的调侃可以看出，他的名字如他本人一样，意味着智谋和野心。而这个调侃也暗示出，瞎眼老妇出身高贵，有着非比寻常的骄傲和乖戾。她始终高高在上，说话信马由缰，不合情理、不通逻辑的言辞与段落，随处可见。但内容的主体，则还是环绕于多年前她与大明皇朝末代帝王的故事，她称从前那个万乘之尊为"我父"。而自己的名字，她说，是朱朱。然而，在已知的、刊布天下的明清正史、稗官记录中，迄今都还没有找到"朱朱"这个名字；或者保守地说，即便有她这个人，却不是她所说的这个名字，而且，还缺少有力的证据支持这个人的确存在过。不过，就她本人来说，她完全无视历史，也无视那个记录她声音的历史学家——上帝，她完全就没有视觉——她像是在黑暗中独白。那一年的秋深后，青年史学家把记录的手稿交给瞎眼老妇，请她（在别人或他本人的帮助下）加以审核，以便他日后整理成书。但就在这一天，她和他之间发生了一件迄今不为人知的事情，也许是一个意外的冲突，乖戾、骄傲的老妇永久性地扣下了手稿，没有发还给这位青年——这是导致手稿不能被最终完成的原因。

舅公认为，这部手稿内容庞杂，情节诡谲，如果被学术界证实，足以对一段重要的历史构成颠覆。然而，对他这样一辈子只服从于内心生活的人来说，学术却又是不值一文的。舅公晚年，对手稿的真实性愈发深信不疑，理由是：他从藤箱里随手拾起一张纸片，都能从言辞中读出无限的沉痛和深情。在舅公心目中，“沉痛和深情”是无法伪造的。

《我父》，这盛满一藤箱的手稿，舅公传给了我，我就像继承了一个做不醒的梦。好在这个梦富有趣味，兼有鸦片的昏沉和芬芳，适合我这种闲逸、懒散的学者。欢君给了我不小的支持，她的乐观、俏皮，消解了长时间研究手稿带来的烦闷。她说：“切莫苦自己，历史既然是任人打扮的小姑娘，嫁得出去也就可以了，像我这种没心没肺的家伙，不是还有人要么？”她回重庆省亲期间，我飞到波士顿，去哈佛东亚文化研究所查阅了大量明清档案，其中多为私家笔记，并在一些同门师兄弟的帮助下，推测出了手稿何以会在1765年的秋天，交到托蒂·皮耶罗神父的手中。——这一点，在舅公的研究中，尚是一个空白。

朱朱，手稿的女主人公、讲述人，李自成攻破北京城的时候，她还是个少女，年龄不会超过十八岁，在紫禁城的大火之夜，她同时失去了“我父”和双目的视力。一个叫德吕尔·德吕翁的传教士（国籍不详）拾到她，并收养了她，她在手稿中，称他为“我的养父”。德吕翁由于精通天文学知识，在明、清两朝，均官拜御前历法官，在钦天监供职，这使他所受的礼遇，远远高于其他西方同行。他卒年不详，如果康熙二十八年手稿撰写的时候，他还活着，应该已在百岁之上了。

作为瞎眼老妇的朱朱，后来也下落不明。就我所知，在历史中不明不白失踪的女人，给我印象深的只有两个，一个是两宋之交的李清照，一个就是明清换代的朱朱。这部手稿后边的潦草附录中暗示，由于发生了她和史学家之间那件不为人知的事情，她本来是要怒而焚稿的，但火焰的灼痛（一定还有别的什么）让她改变了念头……朱朱留下的最后一个有物证的踪迹，就是把手稿送到了她养父的一个学生 H（姑且称他为 H）的家中，请他“封存”。H 曾从德吕尔·德吕翁那儿学到天文学知识，得以在钦天监服务。H 临死前，又把手稿传给了自己的学生 P（也姑且称他为 P 罢），但并没有多作交代，只嘱托“收起来”。这已是康熙五十四年之后的事情了，郎世宁已抵北京，并已经给康熙皇帝敬献过金鸡纳霜，有效地治好了陛下的贵恙：疟疾。此后，他正式在宫中画像兼行医。P 和郎世宁成了挚友，P 对汉字和宫闱秘史都知之甚浅，就把“收起来”的手稿作为艺术品，赠送给了作为画家的郎世宁。

朱朱当初把手稿交给 H 神父封存。封存，要达到什么样的目的，她没有说，迄今也没有人能猜到。然而，这部手稿在辗转过程中，还是泄露了一丝风声，并被敏感的人捕捉了下来：浙江宁波天一阁藏书楼的书目中，有关于明遗民的大量笔记，其中一部《燕山龙隐录》，赫然标着“亟待搜寻”的字样。我以为，《燕山龙隐录》，极可能就是这部手稿本来的名称。

郎世宁是继利玛窦之后，在华最有影响力的传教士、艺术家和中国通。他能意识到《燕山龙隐录》的重要性，却看不到它可以面世的那一天。在珍藏了手稿大约四十年之后，他在行将就木之前，把手稿通过托蒂·皮耶罗神父，带到了海外。之所以要偷偷放在盛桂花糕的篮底，我推测，是他实在不知该向皮耶罗交代什么话。就在这持久的沉默中，《燕山龙隐录》随皮耶罗开始了比他的归乡之旅更为漫长也更为曲折的语言、地理的大迁徙：它在时间中改头换面，几乎让人无法辨析真相。

欢君返美后，对我研究出的这一结论颇为惊讶，连声夸我，士别三日，当刮目相看！这几乎让我受宠若惊。当晚大吃大嚼她做的热辣辣的重庆火锅时，她慨然表示，如果我有志把《我父》回译为中文，她愿意尽其所能地协助。大喜之余，我用啤酒把自己灌醉了。但是，从法语回译这部手稿，远比我们所能想象的更为艰难：我在法语上下过功夫，阅读没有大碍（欢君也能读读），但毕竟不是我的母语。欢君的母语是汉语，但她的历史知识还停留在高中阶段；我虽然专治中国古史，对汉语的种种奥秘，却还只能意会、拙于言传。我俩绑在一块，从表面上看，自有许多优势，我可以对着法文手稿和葡文夹注，用英文诵读，欢君则用中文记录，事情就这么简单。实则不然，为了从两种语言（实际不止两种）里找到相互准确对位的词，我俩抠破了头皮。语言犹如丛林，一旦身陷其中，发现处处歧路，举步维艰。而欢君对维护汉语精确性的倔强，和我对汉学知识的自信，经常锋芒相对，各不相让，发展到极端，就是冷嘲热讽，恶语相向，“中美关系”时时面临危机。为了打破僵局——有时候会持续一天或者一周——我只好以和稀泥的方式寻求解决，而她这时也礼让两分，于是我们就此在一个词语上达成并不心甘情愿的妥协。暑期，为了这件自找麻烦的事情，我们甚至放弃了旅行，终于在上个礼拜五的晚上（后半夜），把一箱子蝌蚪文，统统变成了方块字。

然而，我们还没来得及喝杯早茶（峨眉竹叶青）来庆贺一番，就沮丧地发现，回译出的这部手稿，每一个汉字我们都认识，但却是无法卒读的：它情节枝蔓丛生，细节如荒草乱长，涉及的人物不仅众多，而且性格破碎，前后多有矛盾、抵触，在历史的拐点，常含着不合牌理、不合逻辑之突变，更有波诡云谲、相思如灰，让人读得时而悲咽无语，时而又一头雾水。这固然与瞎眼老妇恣肆汪洋（或曰信口开河）的讲述方式有关，更因为它的母本也仅仅是一部未经整理、修订的原始文稿。加之，它在语言一次一次（又一次）的转换中，留下了不计其数的误译、漏译、揣测、武断的增添与删节，总之，它千疮百孔，如画在绢帛上的一幅古代地图，反复被虫咬过，又反复被人按臆想重新编织和涂写，最后，图上标示的点与线就全乱了。

这意料之外的打击，把我们打蒙了。在长时间的无语后，还是我勉力支撑了起来。我指着桌上、地板上，堆放的一小摞一小摞书稿，哑声说：

“这是带给人无限麻烦的书。”

欢君哭兮兮地说：“我同意……”

“无限的烦恼，无限的时间。”

“我同意……”

我做了个有力的手势，说：“让我们把它忘了罢。”就俯身把书稿捡起来，抱到屋外的草坪上，摞起一座山。在我掏打火机的时候，欢君跟了出来，向我背诵了她喜欢的一个哲学家（我怀疑是个小说家）的一段话：“一本无限的书在燃烧时也许同样是无限的，因而会使这个星球被烟所窒息。”她脸上没有了泪痕，调皮地看着我。

我把打火机扔了。我俩都同意再给它寻找一次机会。我和她都不忍心说出那句中国俗话：

“死马当活马医。”

何先生，欢君向我推荐的医生就是您。

请原谅我的冒昧，因为我找不到其他人了。也请恕我直言，您也许并不是最合适的人，却是我能够找到的人。欢君之所以向我推荐您，是基于以下三个理由：

一、对校友的信任。

二、您受过历史学的基本训练。

三、您是一位作家，写过李清照南渡这样的小说，历史、文学在您的写作中如影随形。欢君问过我：“让一只古代瓷盘的残片重新复原为瓷盘，靠什么？”我说：“胶水和石膏。”她说：“大错。是想象力。”这句话，帮助我下了最后的决心。

何先生，现在我和欢君掌握的，就是一堆（又一堆）语言的残片，而您手上所有的，即胶水、石膏和修复术。我诚挚地邀请您加入我们的工作，把它修复为一本可以清晰、流畅地阅读的书。我们不指望这本书能给历史和文学构成颠覆或某种大的贡献，只企盼它能够被完成。怀胎十月就很艰辛了，而我们还一直处在难产的境遇中。您的加入，也许能把这孕育了三百年（或者更长）的老孩子，催生出来，放还于人间。

我和欢君都期待着您的（慷慨的）回应。

您诚挚的

宇文长安（Stephen King）谨启

目 录

【第一卷】

木樨地

〇一

你说你要重写一部历史，这我帮不了你。

今年谷雨过后，我的脸就像现在这样，搭了一块面纱，去法华寺海棠院喝了一回茶。海棠是盛放过的，这会儿都已经快谢了。院里坐满了喝茶的客人，稍远处的一把高凳上，有个河南后生蹲在上面说评书，关云长千里走单骑。我身边有人在谈论刚刚南巡归来的康熙爷，他说会稽的老道献给这个爷一个肚脐生香、弱骨丰肌的女子，夜夜侍寝，弄得龙体欢悦。他说完，四下是一片的叹息，就连老秃驴都在感慨："阿弥陀佛，论调和阴阳，还是牛鼻子更有办法的。"一个老者，中气饱满，听他的声音，就猜得到是鹤发、尖嘴、猴腮的，还一定食过大明的俸禄，至少是做过四品的言官，他接过秃驴的话来，拍着茶桌说："本朝的祥瑞，就由这香气可见了。"我差点把一碗茶水，泼在了他的老脸上：这话，你该拿到太和殿上去说罢。

可我长长地吸口气，甚么[1]都没说。海棠是在谢了，梁柱和砖的缝隙里，却还留着让人昏沉沉的海棠味。距我上次来法华寺看海棠，看一个人，已经整整四十五个年头了。世道变了，人心变了，大明的言官，也剃光半个脑袋，屁股后边拖了长长的辫子……只有海棠的味道，秃驴们的袈裟，钟磬的铿然一响，还和四十五年前没有两样，也

---

1 为营造时代感，作者的遣词用句多模仿古典名著，如此处的"什么"作"甚么"，下文的"吧"作"罢"等。——编者注

和一千年前，是一模一样的。冰凉的铜，石头，瘦嶙嶙的狗，有时候是比人还要有心有肝的。那天，在我出了山门要上轿时，有一个年轻人跟出来，向我施礼。他说他是一个画家。他恳请我答应让他替我画一幅肖像。他说他可以画得非常逼真，让我如对一面镜子。我说："一个女人，已经很老了，她还需要对着镜子干甚么？"画家改了口，说他可以比照现在的我，画出十六岁时候的模样。"天！"我笑起来，他被我沙哑的笑声惊蒙了，笑声就跟成群的蝙蝠似的，有力地拍打着墙壁和他本人。后来，我把笑声收了，告诉他："你所说的一切，都毫无意义，你没有看到吗？我是一个瞎子啊。"

不需要我把这话向你重复一遍罢，年轻人。你们不傻，都有着夜猫般的眼睛，狗一样的鼻子，我隐姓埋名四十五年，还是被你们找到了。告诉我，从我身上咬下一口肉，真的可以让一页纸，或者很多的纸，传之不朽吗？你野心勃勃，心思过人，在这个年纪上，就写出了有关明清换代的《明季北略》《明季南略》两部史书，这是不错的。两部书，据说都在士林中偷偷传阅，可谓誉满天下、谤亦随之……这也很不错。写了书，没人肯读，就自己咕哝，说要收起来，藏在屋梁上，留给百年之后的圣贤，真是打肿脸充胖子，自取羞辱。圣贤基本上是不读书的，他们一日三省其身，也就是说，大多时候都在想事情，所谓面壁思过，就是对着墙发呆。哪天墙塌了，他们就破壁出来，功德圆满了……这都是瞎扯！你写的史书，我让人给我念过，念了几百个字，也许再多一点罢，我就已经厌倦了，像晒过的海棠叶子，没了兴致了。你写了很多人，写得不算差，但还是简单了。要记住，写在纸上的人，总是没有活过的这个人复杂。大唐的时候，有个叫惟俨的禅师，也就是个老秃驴，他说过一句话，身体力行的是戒律，嘴里讲出来的是说法，留于心中的才是禅。这是说得不错的。禅是这样，还有别的东西也是这样，譬如，记忆，爱和恨。嗳……世上就没有一支笔，能够把记忆完全地掏出来。你也不能，计六奇。

十天前，我收到你第一次递进来的帖子，“计六奇”，的确是让人过目不忘啊。到现在我都还在琢磨这三个字……你父亲是个很有意思的人，大概是个没有功名的书生罢，抑或，是无锡捏泥人的匠人，总之，活着心有不甘，也洞见了世情机关密布，才给你取了这么个名字？哦，是的，一条河沟里的鱼，要蹦入大泽去讨吃的，光有力气和胆量是不够的，要拿鼻子嗅，要比心机深。我喜欢上你的名字了，也不讨厌你这个人。比起木讷的男人，甚或如木偶般滑稽的角色，还是野心勃勃的青年比较能讨我的欢心的……好罢，我可以跟你讲讲我，可我讲出的话，真可以被称作历史吗？我是始终如一相信自己的；你呢，你不要自己骗自己。

设若，我告诉你，大明万历三十二年，客奶奶入宫为后来的天启皇帝做奶妈时，曾给他抱去了一只猫。猫长大，却成了一只虎，使紫禁城闹出了虎患来。你相信吗？哦，你点头了，这很好。我再告诉你，会稽老道献给康熙的肚脐生香的女子，其实是一只麝妖，你还相信吗？哈，你犹豫了……你还可以多想想，想上半辈子再回答，也是不迟的。但是，如果你恪守“眼见为实”这个迂腐的诫条，又何必聆听我这个瞎子的声音呢？瞎子的声音，来自没有尽头的黑暗，居于这黑暗中央的那个人——噢，上天之子，并非人啊——他无时无刻地，还能让我看到他消瘦的侧影，深长的呼吸。嗯，你过来，再过来一点，我要你跪在我的膝前，握住我的右手。你有勇气握住它吗？这只四十五年前，被火焰烧焦、像雀爪一样的手，恶心罢……舔舔它、舔舔……对了，就这样……噢，我的天，四十五年了！我守口如瓶，跟一个守身如玉的老节妇没两样，却让你轻易触犯了我的（一部分）秘密。计六奇，你这个小浑蛋。

〇二

我在地上的父，大明帝国末代的君王，崇祯、怀宗、思宗、庄烈帝……朱由检，被撰写历史的人认定，已于崇祯一十七年三月十九日拂晓时分，和他的贴身太监，自缢于煤山寿皇亭旁的两棵槐树上。父皇，死在了众口一词的记载中。对于这一记载，我是无话可说的。我对父皇的全部记忆，都停止于这个著名的拂晓前。拂晓前的某个时辰，也许是在几次细雨的间隙罢，两个黑衣、蒙面、秃头的人悄然穿过紫禁城蛛网般的小径，摸到了他的宫中，并匍匐在他的龙椅前。秃头人的声音苍老，嘶哑，恳求父皇允许在他俩的保驾下，逃离到千里之遥的故都南京，统帅南方军队为捍卫大明江山做长期的抵抗。

这时候李自成的大军已在京郊扎营。北京城笼罩着晚春时节憔悴的花香与辽阔的寂静。从鞑靼高原上吹来的阵风带来了大面积的黄沙，由于路断人稀，黄沙在街面上积成了一圈圈弧形的波痕。一部分富户早已料到城破就在指日，裹了细软远走高飞。而更多的人家则关门闭户，蛰伏在深巷宅院中茫然无措。父皇派出的最后一支维持帝国秩序的马队在正阳门一带逡巡不前。你知道甚么是大军压境，孤城困守吗，计六奇？全北京城的人都看到，桌上的一杯茶或者一碗酒，都因为李自成铁骑的敲打而发出了轻微的颤抖。

那两个秃头人为了说服父皇，不停地拿额头叩击着地砖，咚咚有声。血从他俩的眉心流下来，把蒙脸的黑纱分为可怖的两半。但父皇只是长久地沉默着，用纤长的十指反复地抚摸着龙椅的扶手。父皇的目光越过匍匐在脚跟前的秃头人，若有所思地眺望着紫禁城的黑暗。紫禁城今夜的黑暗，同十七年来的黑暗一样，深色、稠密、浑无边际……父皇抬起一只手臂，甚至没有看一眼秃头人。他挥了一挥手，结束了他们之间并没有开始的交谈。他可能是说了两个字，“去罢”。

秃头人无望地转过身去。就在他俩转身的短促时刻，在一瞥之间，肯定看见了在烛影的边缘、帷幄的下边，露出两只红色的绣鞋。当然，像他俩这样有某种特殊技艺的夜行人，或许早在向父皇叩头之际，就应该听到了帷幄后面有人发出的丝丝鼻息。但他俩除了流血的眉心两侧，异常疲惫的眼睛，看不出任何的表情。他俩转过身，像影子一样地消失了。

躲在帷幄后面窥视的人就是我，父皇最宠爱的女儿。

我看见蒙面的秃头人消失后，父皇仍一动不动地坐在龙椅上，仿佛从不曾有人打扰过他的冥想。今夜的烛火在静谧中发出唑啦啦的燃烧声，照见父皇鬓角上的斑斑白发。他的面容同秃头人一样，是疲惫的，而且烙满了早到的皱纹。但与此同时，我又有了一些惊讶的发现：父皇的神情完全变了，就像一个离群索居、苦苦修行的隐士，把事情的原原本本忽然都想清楚了。他的双眼是平静的和明确的，没有了我所熟悉的那种迷惑与忧伤。

这一年，我说过，是崇祯一十七年，岁在甲申，合夷历 1644 年，父皇三十四岁，我一十六岁。

〇三

昨天日出的时候，我把玩着你第九次递进来的帖子，一遍遍地从居室的窗口向远方眺望。尽管隔着纵横捭阖的街区，我知道通过这小小的窗口，能够清晰地看到紫禁城西北边上那座金色的角楼。我的窗外立着一株栗子树，如果视线恰巧从两片油绿的栗叶之间穿过，你会发现角楼是那么渺小而又近在咫尺，仿佛一伸手就能推开那轻飘飘的门扉，看见父皇背了双手，在长了蟋蟀草的砖地上踱步。

然而，我的眼睛却对此视而不见，因为我几乎就是一个瞎子了。四十五年来，我睁大双眼，只能吃力地看见一些物体的轮廓，以及这些轮廓为强烈的侧光和逆光照亮的毛茸茸的表面。不过，我的心中并没有多少悲哀。我所看不见的紫禁城，在另一种记忆和另一个朝代里存活着。而夹在两片栗叶中的皇宫则住着另外的主人，和另外的秘密。风从一棵树吹向另一棵树，还是晚春时节的簌簌之音。但是天空中的气息早已改变。现在是康熙二十八年，塞外的草皮刚刚发青，羔羊正在嗷嗷待哺，紫禁城的佟皇后却死了，三十七岁的玄烨抹去两颗眼泪，拥着脐有异香的女子，在深宫中夜夜酣眠。洪昇，这个脑子有点发昏的诗人，赶在这时候写了另一个皇帝失去宠妃的伤心剧，让北京人掉了更多的眼泪。玄烨感觉受到了挑衅，当洪昇再次在私宅中上演《长生殿》时，皇家卫队破门而入，把诗人和假扮的皇帝、贵妃拿绳子套了，丢进大狱里思过……甚么都瞒不过我。北京城一切的大小变故，我都能依靠自己的耳朵和鼻子，做出可能是正确的判断。整整四十五年前，当我撑开灼痛无比的眼帘，看到周遭一片漆黑时，我听到一个遥远的、古怪的声音：

天啊！

后来我明白，四十五年前的那一天，是我烟熏火燎的衣服和一张血肉模糊的脸吓坏了我的救命恩人。我虽然甚么也看不见，但头脑却异常清晰，我深深地吸了一口气，我接着那个声音说："天啊……"我立刻就嗅出来，父皇的天下已经没有了，改朝换代了。这个时刻，是大明崇祯一十七年三月十九日的午后，阳光明亮，街面上不断传来一阵阵步点均匀的滚滚蹄声，李自成的大军正源源不断地开入北京，并朝着紫禁城的方向挺进。就是从这一天起，父皇作为一个亡国之君和自缢者的结局，被装订进各种不同版本的官书野史，流传到今天，并且还要永远地流传下去。

城破，国亡，对于我最深刻的记忆就是火焰了。我在拂晓时分被乱糟糟的人声惊醒时，正趴在金銮殿的帷幔后似睡非睡。到处都有人在绝望而恐怖地大喊：

起火了！起火了！！

忠心耿耿的太监小刘子冲进来，第一眼看见的是那张空荡荡的大龙椅。在短促地发蒙后，他撕开了帷幔，把我背在背上一路疾跑。小刘子有某种神秘的天赋，能在最偏僻的角落准确地把我搜出来。我伏在他的背上大叫："父皇，父皇呢？"

小刘子背着我在旷野般的紫禁城中毫无目的地狂奔。他嘴里反复地说着："没了，没了，皇上没了。"

时隔四十五年后，我今天已经忘了小刘子奔跑了多久，我才发现他最终选择的目标是一座燃烧的门楼，或者说是燃烧的门洞外的某一点。但是我们已经没有时间来弄清楚这一点了，我们逼近了门洞，要夺门而出——一根燃烧的横梁从楼上飞落下来，小刘子向后退了一退，横梁扎在他的脚跟前，发出轰然的一响，火星爆溅。紧接着，第二根燃烧的横梁又飞落下来，红色的火焰在风中呼呼作响，就像父皇出巡时大纛翻卷出的哗啦之声。横梁的一头扎进小刘子的心窝，他倒下去，我听到一片哧溜溜的声音，那是他的血泼在了火焰上。我也倒了下去，正抱住横梁尖锐的一头。我嗅到一股刺鼻的焦臭味……那是我的手掌、头发和半边的脸都被火焰烧煳了。

当我在昏迷中听到那个古怪而柔和的声音“天啊”后，我知道天下已不再是父皇的天下，而我苟活了下来。接着我又昏睡了过去。过了一些日子，那个柔和的声音再次把我唤醒。他说：“你能听见窗外的声音吗？”

窗外的街道上正持续地传来杂沓的马蹄声，像退潮一般漫长而闷闷不乐。他说，李自成撤出北京了。

“李自成”，我嚅动着嘴唇，发现这个曾在父皇的宫中被君臣们反复念叨过的名字，变得那么拗口和陌生。李自成和我有甚么关系呢，我茫然地想着，李自成留给我的印象，似乎只有那潮起潮落般的马蹄声……李自成就像一个客人，在紫禁城借宿了四十三天，就被这马蹄声永久地送走了。和我说话的那个人正站在窗边目送着短命的闯王，这使我能借助逆光看见他身体的轮廓，和轮廓边缘亮闪闪的茸毛。他的头发不是黑色的。太阳照在他的头上就像照在紫禁城的琉璃瓦上，是金黄而又温暖的。

我说：“你是一个夷鬼。”

“是啊，夷鬼，德吕尔·德吕翁，一个传教士。”他说，“我同时也是大明皇帝陛下的御前历法官。”

他的声音很沙哑，也很苍老，他的中土语音是正确的，但却是不地道的。我说：“谢谢你，救了我的命。”

但苍老的传教士说：“不要感谢我。”我感觉他向我走来，他的脸上似乎长满了鬈曲的络腮胡，胡须里挂着一块闪闪发亮的小东西。他把那小东西取下来，放在我的左手心里，他说：“应该感谢主。”

那小东西是一块金属的十字架。我握住他的手，感到他的手是那么暖，十字架是那么冷。

〇四

一天午后在花园中散步时，我把那块冰凉的十字架丢进了深井。井底源源不绝地升起金属般的嗡嗡声，刺激着我伤后初愈的身子，摇了几摇，总算没有在布满青苔的井台上摔倒。我在井台边坐下来，青苔的潮气从我的屁股和脊椎升上来，使我的全身有说不出的辛凉和倦怠。我烧坏的右手掌和整个的头颅都被布匹仔细地包扎着，只留出呼吸的鼻孔和吃饭的嘴巴。但我已经感受不到疼痛了。

我是凭借光影隐约的明暗和花草的气息，来判断此刻的时间和环境的。德吕尔·德吕翁已经奉旨入宫，用他的天文知识为新朝的天子服务。他的大宅中整日阒无声息，这使我感到不知几出几进的院落里，除了看不见的家具和阳光，就只有我一个人存在了。我听到十字架落进井底的不绝鸣响，到最后似乎变为了一个妇女环佩满身的叮当之声：她虚化的背影在我瞎眼的黑暗中出现了，又消失了；她看起来非常地像我，而事实上，她却是我的母亲。

在传教士德吕翁的大宅中治疗烧伤的漫长时期，我都是一个人靠拼凑童年的记忆碎片来打发日子的。在双目失明之后的黑色底幕上，记忆的轮廓显得格外的鲜明，而记忆的前景则显得格外的凄迷。母亲在我的记忆中，终日都躺在木樨地楼上一间面北的小屋里，母亲的脸和床单一样是浅色的，蚊帐和窗纸也是浅色的；在靠近窗口的两旁，高高低低地堆放着一些素洁的陶罐。楼下有一片木樨，也就是人们通常所说的桂树，开花时节，陶罐承接的馥郁芬芳，能够保持到来年的春天。母亲很少接触到阳光，这给人留下的印象是，她已经没有能力起床到户外活动了。我甚至想，她的生命或许就是靠呼吸带寒意的香气来延续的罢。有些日子，母亲熟睡时我爱坐在她的床前，用五指替她梳理头发。她醒过来，却不睁眼，但我知道她会感到舒服。父皇第一次看见她时，就是情不自禁这样做的。母亲只是哼哼着："很好，朱朱。"

朱朱是我的名，也是我的姓。我不能承袭大明皇族的姓氏，因为我虽然是父皇的女儿，却不是一位公主。我是父皇和母亲在阴蔽处秘密交合的产物。所有为父皇服务的近臣一定都确知这一点，但他们更愿意采取一种视而不见的态度，只要父皇不打算让我享有作为一个大明公主的名分。今天，我已经年过六十一岁了，大明皇朝早已作为某种墨迹印蚀在多卷本的史书中。虽然我看不见，但我知道翻遍史书也不会找到我的名字。我在双目黑暗中对往事的叙述，也只可能成为让后人疑窦丛生的妄言呓语罢？对此，我当然是不会为自己辩护的。我只想对你，计六奇，说一次……或许再说一次，木樨地是存在的，就像换了主人的紫禁城还在风与光中真实地屹立着一样。

让我这么对你说罢，在大明帝国的北京，木樨地是没有围墙的大院，是大院套着大院的庄园。有如天鹅绒幕后的温床，烛光幽微的筵席，云雨巫山的笙歌，是花丛深处的花丛，润滑而令人眩晕的洞穴。所有体面的人们都可以在木樨地自由出入，并得到曲尽其妙的享受。就像“随喜功德”写满了帝国的名山宝刹一样，“随意”和“享受”烙印在所有木樨地人的心坎上。

通向木樨地的路途，要穿越喧哗的闹市，跨过石条横铺的拱桥。河上柳若烟，烟若梦。更行一程，能看见红蔷薇，绿鹦鹉。走进去，就是木樨隐隐的气息，女人软软的笑声。来木樨地做客的人们，王公大臣能够保持自己的尊严，富商巨贾尽可一掷千金，而高僧道长也不必戴上假发或者面具。木樨地的日日夜夜都是静谧的，即便是达到欢乐的高潮时分，听起来也只像是在悄声耳语。这一张一弛的消受，就如同两首文人的词牌，这，你是应该知道的：摸鱼儿，声声慢……

父皇第一次来到木樨地时，他的打扮，也正像一位衣衫轻薄的文人，腰间悬着一把佩剑，手执一柄江南的折扇，下边一块坠儿，是极普通的汉白玉石。父皇是坐船来的，风和日暖，他的脸上应该挂着我所没有见过的笑意。那是大明天启七年秋天的事情，父皇刚刚接替他驾崩的皇兄成为帝国新的君王。

〇五

那一天，木樨地正在为新近病故的陈主母举哀。

由于陈主母临终时留下的嘱咐，不得举行任何形式的丧仪，所以木樨地从当家的长姊到粗使丫鬟，看不到一个人披麻戴孝。那口极薄的柏木棺材厝在一处不引人注目的小屋中，待陈主母生前指定的日子到了，就假道京杭运河，以一叶小舟载回故乡扬州，在白云庵火化后入土。一切都是在秘密中进行的，木樨地的客源没有为此受到任何影响。只有日夜重复的管弦丝竹，在木樨地的人们听来自有说不出的楚楚之音。而且由于陈主母培养多年的继承人称病不理家政，木樨地上下真有一种大树飘零的迷茫。

多少年前，陈主母夫妇从扬州北上京城初展拳脚时，全靠了进京途中收养的三个孤女金桂、银桂、丹桂在木樨地挂牌招客。陈主母的丈夫是早死了，而木樨地却在日进斗金中枝繁叶茂，百鸟来朝，就连三年一次上京会试的举子，第一要去国子监，第二就要去木樨地。金桂上了些年纪，微微地胖了，可她还是金字的头牌，客人说，她弱骨丰肌，更像盛唐的贵妇了；还有人怀疑，她会不会就是宫中跑出来的贵妃呢？金桂好脾气，风月场中的闲谈，都付之憨憨的一笑。漂亮女人中，会憨笑的没有几个，不是大家闺秀，就是豪门里的太太；工于心计，聪明到了牙齿的，不过是些小家碧玉的角色。木樨地这样的地方，会出了金桂这一个憨子，也真是百年不遇的奇事。不过，金桂没有心机，念想还是有的，她祖籍洞庭沅江，一直想嫁个人，回老家买宅子度过晚年。但天下男人密密麻麻，这个人却并不好找，嫁个有钱人罢，金桂有的是钱，哪把钱放在眼里；嫁个书生呢，书生一朝成名，负心者多的是，杜十娘一类的故事，她听得耳朵里长茧；她当然也是听过“卖油郎独占花魁”的，可粗手大脚的穷小子能解风情吗？日子一天天消磨，金桂就把嫁人的心淡了。但她还想有个儿子，等一朝老迈，膝前还有个俊朗男人叫自己一声“妈”。然而不嫁人，儿子从何而来？金桂早有主意，去小市上买。小市意即晓市、鬼市，设于外城西边的河滩上，五更买卖，日出收摊，摆出来的货色，有拾荒者的破衣烂袄，也有破落的官宦世家后人，羞答答兜售的古砚、珍珠……还有不足月的婴儿。金桂就听说她从前一个客人，能读书，也能风流，家产嫖光、赌光后，四姨太生下儿子十天，就抱去小市上卖了十七两银子。从此她就找人替她留意，小市上有好人家的孩子，抱来给她看看。

天启四年的秋天，蓟州大地震，波及北京，紫禁城午门也为之摇动，木樨地则桂花落如飞雪，密实实铺了一地。余震之后，一个老婆子抱着红色褪褓，踏着桂花来了。老婆子告诉金桂，她在小市候了两个月，总算候到一个，却是个女婴。卖家是无定河渡口的船夫，河里涨了大水，他在水上捞起一口柜子，这女婴就睡在柜中。老婆子本想算了，又觉得蹊跷，就在小市上找瞎子算了一卦，说是贵人相，命硬，小户人家养不起。既如此，也就带来请金小姐看一看。金桂却不先看，笑道："干娘看我这儿还像大户人家么？"老婆子一时语塞，支吾道，瞎子倒没说非"大户人家"不可养。金桂又道："我不明白，既是贵人相，又如何会被父母遗弃呢？"老婆子说，金小姐问得是，她原来也是想不通，可瞎子最后批了几句话，如果您信，还是有点意思的：

无事生非，似是而非；
有柜就睡，有桂即贵。
逢三则起，逢八则寂；
前世冤孽后世缘，
九九归一。

金桂脑子慢，犯了半天的愣，才笑起来："你们必是串好了来蒙我。”老婆子把脸涨成猪肝色，干号一声：“让老身死了罢！”就迎着墙壁一头撞过去，丫鬟们赶紧拦住了。金桂摆摆手，把襁褓接过来，细看那孩子，那孩子也在细看着金桂。她的小脸是白生生的，颈窝里有淡淡的奶香，表情是沉思的样子。在她左眼下，有颗浅色的滴泪痣，双眼潮潮的，倒一点不哭闹。金桂把脸凑近时，她嘴角一弯，竟漾出来一弯笑。金桂心里酸了一下，说：“留下罢。”老婆子松口气，说看这孩子水灵的，收做丫鬟也不是赔钱的料。金桂骂道：“老干娘你糊涂了，你看我缺丫鬟么？”老婆子干笑着，伸了手要银子，金桂给了她一百两。

孩子被取名叫小沅，金桂以慰自己对洞庭沅江的乡愁。然而，到底把小沅收为女儿还是丫鬟呢，她一直踌躇着。如果是女儿，小沅该叫她“妈妈”的，在木樨地，买来的女孩管自己叫“妈妈”，多少意味着要女承母业的。可倘若做丫鬟，又何必多费这么多的周折呢？这件事，金桂还没有想清楚。好在小沅离开口说话早得很，她听银桂、丹桂的劝，不着急。

然而，死亡有如黑夜里射出的一支箭，嗖地就逼近人的咽喉了。金桂在侍候一位镇守河西多年的退休将军时，染上了恶疾，疙瘩疮爬满了全身，接着就是红肿、溃烂，喉咙口像被甚么东西堵上了，吞口水都艰难。她生不如死，就用这位老将军赠送的弯弯胡刀，在冬天干涸的河滩上引颈自决了。噩耗是几天后才由河滩上拾干柴的村童跑来通报的。金桂曾经美丽、丰腴的身体已蜷缩成一小团，她的有毒的血使镶满绿宝石的胡刀，从此有了洗不去的殷殷红迹。陈主母把金桂一把火烧了，连那把刀一块收进一口坛里，埋在木樨地的一棵大树下。金桂丢下的小沅，主母亲手抱给了银桂。

○六

银桂是江西小美人，说不出的瘦削和玲珑，三寸金莲，樱桃嘴，却偏唱得好一口弋阳腔，缠绵处让人柔肠寸断，突然仰天一吼，响遏行云，一片树林子都嚓嚓嚓地响。银桂还喜欢喝酒，乐了喝，愁了也喝，醉酒之后，就把小沅抱在膝盖上，咿咿呀呀给她哼曲子。小沅还不会说话，却一副心中有数的表情，沉思般地看着她：这个既非妈妈，也不是姨妈的女人。宿醉初醒，枕上听麻雀满天大叫，客人的驷马车轮碾得有如雷鸣，银桂立刻蹦起来，浓施脂粉，淡描娥眉，抱着琵琶就迎风出了门去。客人都争呼银桂“小心肝”，但银桂娇笑自己“没心肝”，见过的锦绣繁华，掉头成空，过手的银子，水样地流走，有多少心肝，就有多少伤感。不如木樨地的一棵桂树，因为没心肝，所以一年年谢了，一年年还要再开……说罢，她转轴拨弦，裂帛一响，满桌顷刻哑然。计六奇，有两句诗你总比我记得清，“五陵年少争缠头，一曲红绡不知数”，说的就是银桂啊。

客人又驮来了成箱成箱的金银，轮子碾碎了青草，压进深深的车辙里，发出让人难过的吱呀吱呀的声音：这个昏了头的王孙公子，要不惜用倾家的财力，把银桂赎了回去。银桂咯咯笑道：“您如何知道，姑娘是要人赎的？您又如何知道，您的银子，就比我多？”那客人满脸烧得通红，无趣地走了。陈主母早放过话的，金桂、银桂、丹桂，无论哪一天从良，她都视若嫁女，张灯结彩、风风光光地送走。然而，银桂是从没动过心思的，她不知道天下还有哪个旮旯，会如木樨地一样是不散的筵席？

但有件事情把银桂改变了，这就是金桂的死。在木樨地，金桂是金枝玉叶，银桂是玉液琼浆；玉液琼浆即便也有干涸的时候，金枝玉叶却是永久不会枯萎的……谁都料不到，金桂会猝然地倒下去，而且落得那么肮脏和丑陋。埋葬金桂的那个落雨天，银桂捧着一坛骨灰，滴了两颗泪。金桂埋在最大的一棵金桂花树下，然而，金桂却不是一棵树。

金桂死后两年，也就是天启七年的元宵节过后，银桂遇到了一个翰林院的老编修——胡齐家，字慎独。胡编修是个规矩人，二十岁翻山越岭，从成都府来北京会试，高高地中了探花，后来又点了翰林，就一直留在北京城。他的发妻是家乡的老街坊，香烛店掌柜的小闺女，本分、守妇道，两口子举案齐眉，据说是连脸都没有红过的。编修是清水的差，胡编修不好酒色，好也没有银子，他除了替君父编修圣贤之书，毕生所为，就是注释一部扬雄的《太玄》。你知道《太玄》吗……噢，太玄了，我是听着都头疼。但女人守着这样的呆子，也是她的福分罢，没有小妾也没有外室来跟她分宠。她给胡编修生了个独子——已是五代单传了——两年前送回了成都侍候老太爷。然而她福分毕竟还是浅，小家碧玉，担得起多大的命？三年前她害偏头痛，御医的药灌了多少都不管用，痛了七个月，泪汪汪拉着丈夫的手，还是一命归阴了。那年，胡编修刚好五十岁。五十丧妻，对他来说，真是索然寡味。又熬了三年，头发白了一半，仿佛一炉子黑炭，烧了成灰；人要是没了一点念想，心也就灰了。胡编修递了折子进宫，泣请告老还乡。满朝的人都知道，胡编修是个规矩人，可规矩人放在哪儿都成不了事，多一个少一个有甚么所谓的？他的请求，立刻就被恩准了，就好像有一匹追风的快马，就在他的宅门和宫门之间，专跑这趟差事的。恩准的确是意愿中的事情，但它来得如此这般快，又让胡编修有了无限的感慨。这感慨，就是说不出来的颓唐和难过，恍如又替自己做了回丧事。他颇有几个同年，都顶着京城的肥差，也都兼着倜傥不羁的文豪和木樨地的常客，他要走，都轮着做东喝饯行酒。时令已在年关，北京朔风呼啸，而酒暖肝肠，也乱心神，喝了几天，筵席就摆到了木樨地去。

胡编修早知道木樨地的艳名，却还是头一回醉入花丛。醉眼蒙胧中，看桌上肴馔都是凤肝龙髓，听丝弦洞箫不啻孤雁哀鸿，而一身红袄儿的银桂，风情万种，如风般飘来飞去，若非仙女必是妖精！喝到半酣，银桂启了樱桃小口，放出弋阳腔来，客人们又痴又醉，一边击着桌沿，一边摇头晃脑地哼哼，甚或伸了手去，在她小蛮腰、翘屁股上啪啪乱拍。胡编修哪上过这样的阵呢，羞得侧了脸，直直地往墙上看。银桂又何曾见过这样的腐儒，她一曲唱完，偏偏斟了酒，双手端着，喂到他下巴跟前。胡编修看她一眼，不敢再看，银桂双目流波，十指涂丹，口舌兰香，一阵阵扑到他的脸上。他把酒一仰脖子喝了，却呜呜地滚下两行老泪。同年们全都傻了，一时不知所措。银桂从袖里抽出粉粉的手绢儿，替他把泪轻轻地揩了。胡编修竟像在考场中交了白卷的举子，失魂落魄，一身全都软了。吃茶的时候，同年们都捏了墨汁饱满的狼毫，在纸上写诗填词，以志今宵之欢。轮到胡编修，他苦苦吟了半晌，都没吟出句子，只好红着脸，用魏碑工工整整录了《毛诗》里的八个字：

桃之夭夭
灼灼其华

同年们齐声叫“好”！说看不出、看不出，这迂夫子藏着颗怜香惜玉的心！胡编修瞟了瞟银桂，长叹一声，默默地喝茶。银桂莞尔一笑，就在案上捡起笔来，接了一句词，一个字比一个字大、一个字比一个字重，如一个人凑近一个人，不依不饶地问：

念桥边红药，
年年知为谁生？

胡编修回家，重重地病了一场。大年三十的晚上，蜷在被窝里听街上嘭嘭的爆竹声响，火药香从窗缝里钻进来，好像已是隔世的味道。初一早晨，他挣起半个身子，好歹吞了一个仆人端进来的汤圆，又倒下去睡了。盖了重重叠叠的棉被，还是冷得缩成了一团。挨到初二，梦见发妻回来，坐在床沿，定定地看他。他想死期到了，哽咽着叫了声发妻的小名，伸了手捉住她的手。这一捉就懵懂醒了，看自己的手，竟真被另一只手捉着，滑腻、鲜嫩的手，不是发妻，不是丫鬟，是粉光脂艳的银桂。银桂带来几个红橘，熬了一钵橘羹，一勺勺给胡编修喂进嘴里。一钵喂完，全身发了层汗，顿时就暖了过来。

元宵过后，北京落了一场春雪。银桂称病不见客人，却把胡编修接到木樨地住了三天。三天之后，她跟着胡编修，冒雪走了。她不要张灯结彩，也不要吹吹打打，只有满载嫁妆的十架马车，静静立在雪中。丹桂率众姐妹们倾香巢而出，雪地相送，乌黑的云鬟和猩红的斗篷铺上一层银白，把胡编修看得发呆，惊为玉树琼枝！但陈主母没来，她说送行就像自断其指：看一个个死了，一个个走了。银桂在金桂的坟前磕了个头，就要登车，袍子的下摆却被扯了一扯，埋头看，却是小沅。小沅仰头看着银桂，不哭，不闹，也不吱声，只定定地看着，湿湿的眼里分明写着："我上哪儿呢？"银桂把小沅的手掰开，淡淡道："瞎子不是说过，'有桂即贵'嘛，小沅如何离得开木樨地？留下罢，年年清明，还有个人给金桂烧一炷香。"十架马车一齐隆隆地动起来，倏忽间就跑出了桂树林子外，车轮高高扬起的雪花，纷纷扑到小沅的脸上，她把手捂住眼，呜呜地哭了。

丹桂被小沅哭得心烦，把眉头皱成一个小疙瘩，抬头望见树林边，一个家丁的儿子牵着巨獒立在雪地里，傻傻朝这边看，就挥手把他招过来，吩咐他把小沅带去玩，让她玩高兴："只许笑，不许哭。"那傻儿子不足十岁罢，但木樨地的残汤剩水把他喂得像头熊，他对丹桂埋了埋脑袋，拦腰就把小沅抱到了巨獒背上去！那畜生惊得一跳，载着小沅在林子里乱窜，小沅没笑，丹桂和姐妹都咯咯咯咯笑起来，像早来了一窝喜鹊，冲淡了离别的愁绪。

胡编修携着银桂一路访古拜贤，等车队进了潼关，渭河边萧条的林子已见到些吝啬的绿意了。他听说北边澄城的女娲庙有块补天碑，碑文、字迹都出自扬雄，就执意要绕道去看。银桂自从嫁为人妇，如冰之化为柔水，对丈夫无一不从。车队赶了一天，快到澄城的郊外，太阳矮到一座断塔后，天色眨眼就暗了，风挟着黄尘、沙砾飒飒地吹，人困马乏。银桂说，找间客栈歇息罢。胡编修刚在点头，四下里破锣乱响，数不清的农民如地瓜从土里滚出来，举着刀枪、棍棒、锄头、镰刀，突然就把他们围住了。胡编修目瞪口呆，十匹惊马咴咴地叫，银桂厉声喝斥："反了么，敢挡翰林的道？"一个汉子把脸凑过来，嬉皮笑脸说："不就是反了么……"众人一齐动手，把他们推到了那座断塔下。

塔下立着更多的人，一望无际，个个面容模糊，齐刷刷圈着一堆火、一张案，案前一个瘦削的人在不厌其烦地写字。写了很久，抬头看见胡编修和银桂，就问他们来做甚么。胡编修已经心中稍安，据实回答，来看女娲补天碑。那人哈哈大笑，笑声苍哑，胡编修借着火光看他，竟然是一个老叟，胡须和鬓角都已经白了。他说："补天碑有甚么好看的？我昨天就把天捅漏了。——我带三十个人砍了县令的头，今天就有投我的人，何止三百、三千……谁有本事补天，女娲活着又有甚么办法，天就要垮了。"

胡编修不知从哪里涌起一股劲来，斥责说："看你像个狂悖之徒，实则不过愚昧鼠辈，坐在井底，望见簸箕大的云，就以为是天了？识了几个字，就以为勘破了太极、阴阳的奥理了？以管测天，以锥测地，都是千古的笑柄。天意自古高难问，你以为以你今日所为，已经地动山摇了？！无非运芥豆之力，以撞石头之城。赶紧认罪服法了罢，朝廷天军到来，或者还有回旋之地。"

老叟默然半晌，缓缓道："'天地不仁，以万物为刍狗。'既然天地不仁，又何妨改换天地呢。'王侯将相，宁有种乎？'秦无道，才有汉高祖提剑进咸阳；元无道，才有明太祖由穷和尚起家，坐上了龙庭。这些人要反，是活不下去；我要反，是我考了四十年的科举，迄今还是个老童生，活着有个屌意思。四海之内，不是莫非王土嘛，澄城如此，我如此，四海之内想必也是如此罢。"

胡编修低了头，不说话。老叟又说："你默认了我的道理了？跟我一起反了罢。"胡编修摇头，说："秦无道，率先把天捅破的陈涉却没有好下场。你回了头罢。"老叟直直盯着胡编修，火焰如干渴的舌头呼呼向上蹿，断塔上的风铃哑声响了几下，他说："上了这条路，就谁也回不了头了……你走罢：女人和财物，你选一样给我留下来。"

银桂大惊，想说甚么却说不出来，只愣愣看着自家的丈夫。胡编修却不看银桂，淡淡道：“我带走我女人。”银桂一软，差点倒下地，胡编修伸手把她扶住了。

老叟点点头，说：“很好，很好……听说你是个翰林，你给我留一幅墨宝罢。”胡编修提了笔，却不知道该写甚么好。老叟说：“随便。”胡编修问：“请教尊姓大名？”老叟笑起来：“说出来辱没了先人，——就算‘王二’罢。”胡编修就用魏碑，工工整整写了：

盗亦有道

停了一停，又添上：

赠王二　翰林院编修胡齐家（字）慎独　天启七年春

王二哈哈大笑：“写得好，写得好……慎独却是不妥，慎独如何齐家？慎独应该改‘修身’，家要兴旺，必得阴阳同修啊。”银桂紧攥住胡编修的手，感觉它烫得微微发抖。王二把银桂送还给胡编修，还送还了一匹马，一百两银子。银桂给车夫分了些盘缠，就把他们都散了。

那匹马，银桂跨着，胡编修牵着，一步一步沿渭水过了秦川，过了秦岭，走到川西坝子的油菜花香得闷人了，两人一骑，悄悄过万福桥从北城门进了成都府。

胡编修夫妻回家，谁都不去惊动。西去成都府三十里，有一座小小城池叫郫县，望帝化作杜鹃啼血的故事，就出自这儿。写《太玄》

的扬雄，也是郫县土生土长的人。胡编修算定天下就要大乱，就在县城外，杜鹃山南麓，买了一处桑园、百十亩稻田，盖了几间茅屋，把全家都搬了过去。银桂给胡编修生了九个儿子，两个女儿，加上他发妻的长子，共是十二之数。崇祯一十七年之后，没争到天下的张献忠退入蜀中。在剑门出恭时，他的屁股被一片芭茅叶拉出了血，于是一腔怨愤，都发在了四川人头上：两三年的时间，四川人都快被他杀完了，成都府成了一座荒凉的城。胡编修率一家老小，遁入杜鹃山中，继续过着耕读逍遥的日子……计六奇，这一点你是比我还要清楚的，顺治年中，调了湖广的百万之众，去填四川之空，说是湖广填四川，其实是“五胡乱蜀”罢。可你不会知道的，除了我，没人会告诉你，迄今为止，能说地道四川话的人很少了——他们全是银桂肠子里爬出的小胡种。

至于王二，这个在大明三百年的历史中，率先用武力起事的草头王，最终以短命收了场。就在天启七年八月的某个后半夜，一名叫吴襄的游击将军，冒着蚊虫一样飞翔的雨点，突袭了王二的营帐，斩首八千颗，并用一条铁链把王二锁拿到了紫禁城。午门献俘的仪式是小刘公公亲口给我讲述的，那天北京也在落着雨，这使整个帝国的空气仿佛都具有同样的潮湿。在净鞭和锣鼓声之后，两百个魁梧雄健的大汉将军，用声震屋宇的吼声，迎出了刚刚登基的我的父皇，十七岁的少年天子。父皇徐步穿过富丽、庄严、厚实的门洞，还有肃立两侧的文武大臣们，在琉璃瓦、红色宫墙的背景下，由杏黄伞护卫着踱到王二的跟前。落后父皇半步而几乎与之并行的，还有一个面无表情的人，这就是被呼为“九千九百九十岁”的大太监魏忠贤。

王二只剩了一把老骨头，用一种生硬的姿势在跪着，不过看起来，他更像是被从头到脚的铁链压趴的。一只大汉将军的手伸下去，抓住他的后脑勺，把他的脸有力地揪起来，这就使父皇看到了他淋湿的、纠缠不清的花白头发和胡子，还有皱纹中一双眯着的眼。

父皇当然知道王二嘴里被塞了块木头，但还是用天语纶音问："朕不信，你就是那个要捅破天的人？"

王二咬着木头，说不出话来。父皇的目光越过他，远远地望出去。向南延伸的宫墙，把天空挤压成了长长的条状形，好像在这个视点上，可以看到藏在灰云后边的秘密。父皇说："你就要死了，你就没有一句话留给朕？"

王二眼缝里射出光，似要说话，却只能够沉默。

父皇顿了一顿，又说："人死不能复生。但听说转世回来还是可能的，你要回来了，要是坐江山的还是朕，还会再反一次吗？"

王二眼珠激动地转着，嘴里呜呜叫，但说不出一句话。

父皇喟叹一声，若有所思，又转而笑道："那时候朕必然已是很老了，河清海晏，男耕女织，朕躲在御花园里含饴弄孙，你振臂一呼，又有谁会响应呢？……好，你是铁了心，钳了嘴，不屑和朕说话的。"他指着王二仰起来的脖子，虚画了一画，侧脸对魏忠贤浅笑道："那么就齐这儿砍了罢，魏公公？——朕还要去个地方赏花呢。"

王二眼里滚出两行泪水来，滚进他干草一样的胡子里。十数只肌肉饱满的手放下去，一齐把他拎起来——拎起一堆两百斤的铁、四十斤的骨头、二十斤的肉——扔进了死囚笼子里，推到菜市口一刀就劈了。

就在那一年更晚些的时候，大概是北京已经落了初雪了，父皇在养心殿召见了生擒王二的吴襄。吴襄的用兵神速，还有他的魁梧的身材、英俊的国字脸，都给父皇留下了深刻的印象。父皇用寥寥数语表达了对吴襄的嘉勉，随即提拔他为山海关的总兵，并即刻赴任。吴襄次晨就在北京飕飕的冷风中，载着妻妾和十三岁的长子吴三桂，驶出安定门，替父皇镇守帝国的北疆去了。

○七

银桂远嫁成都后，陈主母就病倒了。那时候，她还不是太老，但看起来已到了风烛残年，头发是全白了，脸颊也塌陷、干涸了，好像用掌一抹，就会落下纷纷皮屑。她把家政大事都交给了丹桂去料理，自己搬到一个僻静的佛堂，终日吃斋礼佛了。她两扇紧闭的门外，就是金桂走完最后几步路的河滩。但她或许已经把这件事忘记了，因为当丹桂向她禀报家政时，她常常目游神移，一脸的漠然。她的记忆力看起来明显地下降了，她常常搞不清现在木樨地还有多少间房屋、多少座院落，进了多少花娘，又走了多少丫鬟。秋天来的时候，她从风中嗅到了让她昏沉沉的味道，她忽地从床上撑起半个身子，惊问："甚么东西腐烂了？"丫鬟吸了一口，回话说："是桂花开了。"陈主母的头重重倒在枕上，她说："我要死了，我要再看看……"丹桂闻讯赶来，把一大摞账本放到陈主母的枕头边，她说："妈妈，都在这儿呢。"

陈主母吃力地摇摇头，丹桂不懂，迷惑地看着，也微微摇了摇头。陈主母呼口气出来，哆嗦着把账本一推，就闭了眼。

丹桂定定地看着落下的那堆乱七八糟的账本子，默了半天，说不出话来。事后，她称自己病了，一点气力都没有。就此，她甚么事情都不再过问了。

木樨地的人们反复去跪在丹桂的床前，恳请她出来主持家政。但丹桂并不松口。次数多了，丹桂就说：“木樨地是大伙儿的，大伙儿都帮着管罢。”丹桂是来自洛阳的女儿，幼年时候，家里开了间馒头铺子，从蒸笼里喷出的水雾，把她的皮肤养得说不出的白皙和滑嫩。有一夜炉子倒了，店铺起火，连带洛阳七条街坊都烧成了一片白地。她被父母塞进水缸，躲过一劫，却从此成了孤儿。陈主母在街头的青石条上捡到她时，她正抱着一个乞丐丢下的酒葫芦，睡得十分的香甜。丹桂没有金桂的娇憨、华贵，也没有银桂的机巧、决断，她身上所有的，是午后那种芳气袭人的慵懒。陈主母一直像大树一样庇护着丹桂，而当大树倒下后，丹桂却没有力气和愿望长成另一棵大树，来庇护任何的人。现在，她在桃花心木的床上躺下来，用背来对着这些跪成一排的恳求者。

父皇到来的时候，正有一拨人刚刚从丹桂的床前离去。

丹桂躺在床上，听到楼梯又响起橐橐的声音，索性蜷起双腿，两手抱怀，闭了眼睛假寐。上楼来的人，她自然不会知道，这是帝国刚刚加冕的皇帝。

书生打扮的父皇，随身只带了一个中年的太监。太监身材十分高大，双眼常在眼帘下眯缝着，一部又浓又黑的胡须是粘上去的。他穿着一身的皂服，双手时时笼在宽阔的袖中，里面藏着一柄钢斧。他走路时步履滞重，表情则极为安详。他姓刘，我后来称呼他为老刘公公。

但父皇是独自一人登楼的，在登到中途时，他停了停脚步，因为有个小姑娘，安静地坐在楼梯上。父皇柔声问：“你是谁？”她说：“小沅。”父皇说：“小沅是个好孩子吗？”小沅说：“嗯，小沅是好孩子。”父皇用扇子把小沅的下巴托起来，看到她的浅色滴泪痣。父皇说：“小沉常哭罢？”小沅摇头：“从来不哭的。”父皇笑了笑，把扇底的玉坠摘下来，挂在小沅的脖子上。小沅笑笑，下了楼梯，一下子跑远了。

在楼梯最下边的一级，坐着塔一般沉着的老刘公公，他以身体和钢斧截断了木樨地这条狭窄的通道。

父皇的目光怅惘了片刻，接着走上去。他的脚步放得很轻，也很慢，这似乎可以表明他是一个犹疑、警觉，而又充满好奇心的男人。他第一眼看到的是窗前那堆为阳光照耀的陶罐，陶罐高低错落，它们没有釉彩的表面把阳光安静地吸进去，显出一片晕染的湿润。他把目光收回来，发现自己已站在一个女人的床前。

○八

四十五年前国破后，被我悄悄投入井底的十字架，此刻正在我的手心里攥着。四十五年的抚弄，这块冰冷的金属染上了我的体温，变得有些温润如玉了。我是为了不使德吕尔·德吕翁伤心，而叫下人把它从井底打捞出来的。我虽然看不见德吕翁的表情，但我能嗅到他的眼眶中盈满了含盐的液汁。德吕翁是在为我拆除伤疤上的绷带时发现十字架不在的，但他并没有责备我，他长久地沉默着，让我只能听到他吃力的呼吸。接着，他对上帝的忏悔，变为了对我的惊愕与怜惜。他一定是发现我拆除绷带后的面目有多么的可怖！他说：“啊，天啦……”

但我自己一直没有作声。我把没有受伤的左手放到头上，摸到烧焦的残发和新生的头发纠缠在一起，就像农家茅舍顶上的一团乱草。我将五指插进发中，一下一下地梳理起来。每梳理一下，都有泪水从我的盲目中滴出来。我至今认为我不是为毁容而悲哀，我是因为发根处发出的疼痛太过钻心而哭泣。然后，我拿手掌顺着额头向下抚摸，我摸到的全是凹凸不平的姜瘢，就像是被一群饥饿的蚂蚁啃咬过的石头。所有的水分都被烤干了，鼻子瘪了，嘴唇豁了，耳朵烧得仅剩蚕豆大的两个小点。只有我的左脸的局部，还有整个的左掌还如往日一般嫩滑和湿润；正是左手在触摸我脸颊时的感受传到心里，使我发出一次次的干呕。我右掌上的皮肉烧化后粘在骨头上，使它变得像一只粗糙的雀爪。

“可怜的孩子。”德吕翁说。

但我发现自己竟然十分平静。我说：“神父，我活下来了……我真幸运呢。”

“哦，你是活下来了……”德吕翁欲言又止。我想他的意思是要说，你活下来了，可又有甚么意思呢，真是生不如死啊。

他斟酌着词句，很无力地安慰我：“我可怜的孩子，相信我，人活着，总是比我们自己设想的要差许多……”

我大概是笑了一下罢，我说：“神父，相信我，我会快乐的。”

我记住那一年我是十六岁，失去了光明和花容。我说出我会快乐时，就好像我早已经过深思熟虑。户外就是一个与往昔不同的帝国和她的人民，但我暂时还不打算出门散步或是远足。院门和触眼的黑暗把我执意地留在往事中，我常常想起父皇来，我以为并没有足够的证据说明他已经死去了。我能够证实的只是，他已经“大行”了，我永远也看不见他了。

如果父皇确实没有死去，我想他是不会离开北京城的。他一定就隐身在距紫禁城不远的某个僻静的院落，甚至，就在紫禁城千门万户的某个不为人知的阁楼里，起居，呼吸，吐纳，活着，一天接着下一天。如果他的过去并没有欢乐，那他现在就无须感受到痛苦；如果他的过去是欢乐的，那他今天就有了充裕的时间可以去缅怀和追思。但是没有人可以理解父皇的心事。我虽然是父皇的女儿，我的想法却可能最为幼稚。在我的有生之年，我视线所及的范围超不过从木樨地到紫禁城的距离。而父皇的目光从他登基那一天起，就应该看得到帝国最遥远最动荡的疆界了。

天启七年，父皇登基，而按德吕尔·德吕翁的夷历，是救世主耶稣降临后的1627年。父皇的实足年龄，尚不到一十七岁，而他面对的却是怎样一个动荡之秋啊，尚未入主中土的清军正在山海关外猛攻朝鲜、宁远、锦州。率先捅天的王二虽已被杀，却已有饥民步他的后尘，铤而走险，在八方酝酿着起事……然而，父皇却似乎表现得无所事事，他的年龄正在风月少年的好时光，而他的长相也清秀得像一位姣好的女子。也许他已和心腹谋士在帷幄中做过种种策划，但他第一次走出深宫的旅行，却是对木樨地这处帝国秘境的拜访。父皇就是这样一个人，谁也不清楚他游移的眼光在看向何处，他的心思正想着何事，他伸出的双手将落在甚么地方。那一天，在木樨令人晕眩的气息里，父皇伸出双手，把床上用背脊对着他的那个女人翻了过来。

○九

天启七年的秋天，从内阁大学士到十字街头烧饼铺的吃客，都在用压低的嗓音，谈论着一个人的命运和前途。这个人位居朝中太监的首席，门下豢养着雅称“五虎”“五彪”“十狗”的打手，他们出入大内的身影，会使六部二品的尚书和苍髯白发的将军都感到不寒而栗。这个人总督着皇家的秘密机构东、西两厂和锦衣卫的一切事宜，效忠于他的各色官吏们山呼他为“九千九百九十岁”，同时在大明帝国的江南塞北为他修建了九十九座宏伟的祠堂，使他能够在生前即享受到死后的尊荣。但是，如今他权倾天下的地位，因为天启皇帝的驾崩而受到了挑战。

这个人我已经跟你说过了，就是和父皇一起接受午门献俘的魏忠贤：大明帝国的史书注定不能跳过他的名字而向前叙述，而后世黑白两道的文献也都将在醒目处写下他传奇的人生。据一般的说法，魏忠贤是北直隶河间府肃宁县人，因为家境贫寒，债务累累，便于夷历1589年以二十二岁之身引刀自宫，抛妻别子，只身投进了深不可测的紫禁城。那时候的魏忠贤，身无所长，目不识丁，最大的愿望，就是混上一碗饱饭来吃。然而，他岂止吃了一碗饱饭呢！魏忠贤步步登高，把文武百官都甩在后边，快顶着万岁爷的龙椅了。在他身后把他托上去的，是一个女人：她是天启皇帝的乳母，魏忠贤在宫中的“对儿”，客奶奶。

客奶奶至今对许多人来说，都还是一个神秘的女人。不过，在很长的时间里，我对客奶奶本人并没有甚么兴趣。在我的心目中，与其说她神秘，不如说她更像一个影子，或者一出凄迷、冗长杂剧中必要的楔子。她是夷历1605年天启皇帝出生时被选入宫中做乳母的，那时她已满过了二十六岁，结婚八年，并且刚刚生下了一胞双胎的婴儿。她入宫以后，从此留侍在这位含着自己奶头长大的皇帝身边二十三年，直到他驾崩归天。她一直受到天启皇帝的厚待，享有“奉圣夫人”的赐号，宫中呼为“老祖太太千岁”；而皇帝本人称她为“客奶奶”。

客奶奶与太监魏忠贤的交好，是她打发寂寥的宫中生涯的唯一慰藉。她在懵懵懂懂之中，将情人魏忠贤扶上了大明帝国权力的巅峰，从而也使自己苍白的人生打上了一块鲜明的印记。——这个理解，我在从前是确信无疑的，今天看来，却是十分的浅薄。计六奇，女人都是不可以小看的，女人体内储备的柴和煤要比男人多得多，如果恰好溅上了一颗火星子，就会可怕地燃起来，直到静静地把石头烧成灰……我曾经小看这个女人了，——噢，我们先把她搁到褪色的帷幕后边罢，因为魏忠贤的眼睛，正在我的故事里阴沉沉地逼视着我的父皇呢。

以我的年龄，我不可能见到过魏忠贤。但是，宫中陪我玩耍的小刘子曾给我找来过一幅魏忠贤的画像。那幅画像绘于夷历 1625 年，即天启五年，那一年魏忠贤获得了皇帝赐予的“顾命元臣”金印，将东林党的党魁杨涟、左光斗、魏大中等人捕入大狱，乱杖打死。还捣毁了天下的书院，公布了东林党人的黑名单并在全国追杀。战功卓著的前辽东经略熊庭弼，在一个月黑风高之夜，神秘地毙于非命。但那幅画中的魏忠贤，却带给我一种完全不同的感受。他端坐在一把巨大的椅子上，旁边是虚构的太湖石和寥寥几笔兰草。他的身材中短、肥胖，和所有太监一样面白无须。魏忠贤的表情似乎在笑，他的嘴唇微微地抿缝着，宽大的眼帘松松地耷下来，看起来就好像一个慈眉善目的老奶奶。而他的皮肉是松弛的，眉头是皱着的，这就透出了一些疲乏，或是厌倦的情绪。那时候，他在扶手上敲一下指头，就可以砍下一颗人头，或者一千颗人头。但是，从这幅画上，我看不出他拥有这样的权力。

当然，我现在知道，在先贤留下的大量典籍里，都反复告诫我们要铭记“大智若愚”和“兵不厌诈”的古训。但是，我还是要说，魏忠贤是一个看起来让我产生好感的人。至少他表面的肥胖和憨愚是那么讨人喜欢的，顺从，体贴，温存，还有一种雌性动物般的糯软。对了，是一只受宠的雌猫，他的疲乏、厌倦，正像雌猫的慵懒；而他憨愚表面下可能隐藏的智慧，就如同雌猫在撑起眼帘后射出的两道幽幽的蓝光。

我曾经把魏忠贤看起来像一只雌猫的想法，分别说给了父皇和老刘公公听。

我的想法近于一种顽童的说笑。但父皇听了，却沉吟了一刻，他说："哦，他真的像是一只雌猫吗？"老刘公公没有说话。他只对我报以长长的沉默。那时候已是父皇登基一十六年后，他们过于审慎的态度，给我留下了极为深刻的印象。魏忠贤怎么会让他们如此讳莫如深呢？

还是回到天启七年的秋天罢。和六部尚书以及烧饼铺的吃客一样，魏忠贤这只慵懒的雌猫嗅出了危险。天启皇帝的死，使他被迫要面对一个完全不同的君主，这就是我父，新皇帝崇祯。那时候，魏忠贤几乎拥有支配帝国的全部实权，禁卫军，内阁，财政，漕运，盐粮，组织系统，以及特务和宪兵等等。他最大的愿望是新皇帝能够维持现状，但同时他又本能地对此抱着悲观的态度。他知道自己最终的选择，肯定是一种诉之于力量的摊牌。为此他做好了准备，将有形和无形的箭，都悄然搭在了强弓硬弩的弦上。在这个多事的秋天，魏忠贤整满六十周岁，心智与体能正值从容不迫的耳顺之年。

父皇的实足年龄尚不到一十七岁。登基之前，他在自己的信亲王府中过着那种重门深锁的生活。一切细节，至今不为外人所知。我猜想，父皇打发时日的方式，一是长久地看书，一是长久地看天，站在院中心看那块长方形的天空，听风吹竹动，雁鸣黄昏。现在，他坐在金銮殿的龙椅上，成了大明帝国唯一的“万岁”爷。但是，他除了只比魏忠贤的“九千九百九十岁”多出十岁外，几乎一无所有。

然而，魏忠贤惊讶地发现，新皇帝对自己的险恶处境浑然不知，对魏忠贤的巨大存在，视而不见。有好几次，魏忠贤经过深思熟虑，以太极推手的方式，挟着刚猛的内力向父皇发起口头试探时，父皇都一律还以客气的微笑与沉吟不语。再后来，魏忠贤还发现，新皇帝常常擅离朝廷，微服悠游去了。

紫禁城深处那只警觉的雌猫，射出了她令人发抖的目光，却没有落在预谋中的对手身上。

对于父皇的秘密出游，按某种诗性的解释，是他在阳光亮得刺眼的金銮殿行过登基大典后，想再寻找一处凉荫匝地的地方，行自己成人的洗浴，从而揖别那过于冗长的少年时光。

一〇

木樨地的秋天杂花错开，现出了她繁复而凄迷的色彩。在淅淅沥沥的雨后，湿润的红叶落下来，如同斑蝶扑打着那些悄然无语的瓦屋纸窗。行过晌午，天空一片放晴，阳光干净而爽脆。木樨的馥郁芬芳，却因为老主母的猝然弃世和丹桂不理家政带来的惶然，濡染上了感伤的气息。

但是，对于首次拜访这处帝国秘境的父皇来说，他一定以为今天的阳光和今天的氛围，正是每天装点木樨地必不可少的一个部分。我说过，父皇不足一十七岁，敏感，矜持，虽然紫禁城外的花花世界足以让初涉其中的每个男人心荡神驰，而他却努力显得像一个倜傥不羁的浪子，醉入花丛恰似一次闲逸的信步。他时而停下脚步，深深吸入一口木樨地的阳光与芬芳，时而将那柄湘妃竹的折扇大张开来，护在自己的胸前。那扇上他用批阅奏折的御笔，飘飘洒洒地写着前蜀亡国之君王衍的《醉妆词》：

者边走，那边走，只是寻花柳。
那边走，者边走，莫厌金杯酒。

其实，他从前仅仅听说过木樨地的存在，而现在，他对桂树与桂花的理解，也只有字面意义上的那么肤浅。当他独自登上丹桂的小楼时，他并不知道接下来将会发生甚么样的事情。

他第一眼看到的是窗前那堆为阳光照耀的陶罐，陶罐高低错落，它们没有釉彩的表面把阳光安静地吸进去，现出一片晕染的湿润。他把目光收回来，发现自己已站在一个女人的床前。

那女人身上只懒懒地盖着一件鹅黄的斗篷，背对父皇侧卧着，她的体姿，看起来就像一张等待拉开的软弓。父皇看不到她的眼睛，无法判断她是熟睡抑或假寐，因而也不知道她是不是听到了自己上楼的脚步声。父皇就那样站着，有一小会儿，他显得手足无措，不明白自己此时此刻，应该如何去做。

但父皇迟疑不决的时间并不太长，因为这时他想起了一件事情。这件事情是如此的重要，以至于他为了抑制心中如潮般的激动，不得不久久地去眺望窗外的秋色。窗外的秋色是他所熟悉的北京秋色的一部分，在信亲王府中过着深藏不露的生活时，他凭借嗅觉就能知道秋天的来临。他爱秋天，秋天的大气中飘荡着温厚而辽阔的物质，混合着花香、陈酿、麦垛和腐叶败草的复杂气味。木樨地的秋色是他所爱着的北京秋色的一部分，但是更富有深浅浓淡的层次，绵密、细软而又结实，一丝一缕都闪耀着阴郁的光影。他长长地呼吸着，他辨别出了木樨的芳香，同时，他也辨认出了床上这个软弓般的女人的体味。他伸出双臂，把这个用背脊对着自己的女人，翻了过来。

丹桂从床上转过身子时，她的双眼是睁开的。在鹅黄的斗篷下，她穿着粗服，蓬乱着头发，她的左腕和右腕交叉着护在额前，它们掩蔽着同时又衬映着她的眼眉。她沉思似的抬眼望着父皇，她脸上的神情也许表明，对这位不速之客的到来，她并没有吃惊。

父皇和丹桂四目相接时，微微嘘了一口气。丹桂的眉毛又长又弯，眼睛斜斜地向后挑出去，眼角一直连着了眉梢。那时候，父皇还不懂得，这就是绣像画上关羽那种义薄云天的丹凤眼。丹凤眼长在男人的脸上，就像是火，让你时时感受到他们诚实的热情。丹凤眼长在女人的脸上，就如同是水，带有你一触即溜的阴凉。而我的父皇只是觉得，这副眼眉怪怪的，是怪得不可思议的。

父皇虽然不足十七岁，但他也能看出，这个女人的好日子已经快要用完了。在她不饰铅华的脸上，芳泽凝脂黯然褪去。她的双乳软软的，挂在胸前左右摇曳。她的身子曾经是苗条而修长的，但现在腰臀之间失去了先前弧光一般跌宕的曲线。但是，她的眼眉却奇迹般的稚嫩清澈，虽然挨过漫漫的风尘，却是一派少女的天真和迷糊。大概不会有人相信的，木樨地那种朝云暮雨的日子没把她调教得更聪明，反倒是四季不散的桂花香，使她的心智、官能都和嗅觉一道变得日益麻木、迟钝了。她的这一双丹凤眼眉之于她的一躯世故人身，就像冬天阴霾沉沉的淤湖上，还触目惊心地留着两朵一掐见水的粉菡萏。

父皇侧身在床沿坐下来，他伸出左手，用指尖在丹桂的丹凤眼和弯弯细眉上划动，就像一个发蒙的儿童在凝神屏息地描着红。

丹桂举起手，挡住了这个陌生的少年。她说："孩子，你是谁？"

父皇站起来，把双手剪在身后。他以君临天下的方式，俯视着眼下这个唯一的臣民。

父皇说："朕。"

一一

丹桂笑了。自从为木樨地的老主母举哀以来，丹桂这是第一次露出笑容。她喜欢看到床边这个白净、秀气的少年，他表现出的威仪和骄傲，对她来说是前所未有的陌生和有趣。

在木樨地，老主母弃世所带来的恓惶，使人们忽略了天启皇帝驾崩的国丧。金銮殿换上新的主人，他们也只是道听途说而已。虽然就近在天子的脚下，仰望天子的时候却反觉得他遥不可及。龙庭中皇帝某次的拍案一响，就连边关草民都会感受到它余音的威肃。偏偏就是皇城根外的那一溜，每天都看熟了出自大内皇宫的车水马龙，任你是风雷十万的金牌号令，也只当作了杂耍或者儿戏。北京人的感官麻痹了，就是刀架在脖子上不拉出一圈血来，他也会嬉皮笑脸，卷着舌头嘀咕，我还偏不信这就是要命的铁刀子。

在那一个秋色迷离的下午，丹桂仰躺在自己的床上，将父皇用天语纶音说出的"朕"，听成了一个平庸无聊的姓氏："郑"。

"郑。"丹桂的脸上继续挂着笑意，她说，"郑，你是怎么来到这儿的呢？”

父皇声色不动。他说：“朕是走着来的。”

“走着来的，”丹桂沉吟着，“走着来木樨地的客人，你还是第一个呢。郑，那么远的路，你为甚么要走着来呢？”

“不为甚么，”父皇说，“朕想走的时候，就走了。”

“你一定累了。”丹桂的脸上有了诚恳的关怀。她把身子朝里挪了挪，拍了拍床沿，示意父皇再次坐下。

但是父皇没有坐。他上了床，紧挨着丹桂长长地躺了下来。

“郑……”丹桂说。

但是父皇用极其清晰的声音告诉她：“不要说话。”

父皇拉过那件鹅黄色的斗篷盖在他们两人的身上。有一阵，他俩在这件斗篷下边齐头并肩地躺着，一动不动，一声不吭。丹桂最初的喜悦和好奇，现在变为了说不出来的紧张。在她颠鸾倒凤的岁月中，常常被异已的力量撕咬着，气喘吁吁地逼上绝境……最终又被气喘吁吁地拖回来。那是一种生死之交的恐怖。而此时此刻她躺在这个不明身份的少年身边，被他的镇定和威仪挟持着，她感到的紧张，还包含着神秘与期待。

天色慢慢暗下来。四下显得更加的安静，桂花的香气在甜蜜中透着寒意。父皇拿手在鹅黄的斗篷上来回抚摸着，斗篷看起来就像麻一样的粗糙，摸一摸才知道是绒一般的柔软。父皇说：“这儿，怎么就听不到一点儿鸟鸣？”他说话的时候，眼睛望着软木镶嵌的天花板。

丹桂说：“鸟都飞到南方去了。”

“北地就那么留不住人……”父皇说。

“北地天冷。”丹桂说，“郑，你冷不冷？”

“冷？”父皇侧过身子。丹桂也侧过身子。他们四目交接，看着彼此的脸。父皇问丹桂：“你是说你冷吗？”

丹桂清楚地看到，在这个少年的腮边和耳轮上，还留着闪闪发光的乳毛。他的嗓音，正介乎童声和成人之间，清亮、圆润，好听。丹桂禁不住伸出手，在父皇的额头和脸上抚摸了起来。但是，父皇用手挡开了丹桂的手。他的目光静静地落在丹桂丰满而凹陷的颈窝上，在天近黄昏的薄薄雾翳中，丹桂的颈窝就像一处温暖的巢。父皇真切地感到自己的龙体生起了丝丝缕缕的寒意。他说：“来。”

丹桂从这个少年的目光中领会到他的需要，温顺地移动着自己的体位。她让自己脖子下那柔软的巢深深地，舒服地，覆盖住了少年的头。

父皇久久地伏在那妇人的凹地里，自己的鼻子正抵在她的两块锁骨之间。他同时感受到了木樨的芬芳和丹桂的体味，这双重的气息使他有了眩晕，脑子里那些一根根绷紧的弦都悄然松弛开来了。他明白自己正堕向忘情与忘我的谷地……但他就这么由自己去了。他将头从丹桂的颈窝滑下来，用鼻尖和嘴唇探察着妇人干燥而热忱的腋窝，以及她在一张薄皮下排列的根根肋骨。他找到了那双松软摇曳的奶头，并拿齿尖使劲咬它们。少年呼出的清洁而新鲜的热气，使这个妇人久经熬炼的皮肤也感到了难耐的酥痒。他听见了她嘴里发出哆声哆气的哼哼，他以自己的身体体会了她身体的颤抖，他觉得这正是对自己的肯定和鼓励。

这时候的父皇，虽然实龄不足十七岁，却已经不再是童身。今年二月，他作为信亲王，娶了周家的女儿作为王妃，并纳了田氏和席氏作为庶妃。他和这三个女人的关系是和睦的，也是亲近的。这种关系的基础，就是信任和关怀。在天启年间，魏忠贤的身影笼罩着北京城这座权力和财富的集散地，党争，出卖，流放，秘密处决，每一天都在重复演绎。所有人对“朝不保夕”或“危如累卵”这些词都有了最具体的理解。在那些冷飕飕的日子，父皇的亲王府却像我养父德吕尔·德吕翁讲述的方舟，维持着平衡和温暖。这一切，都来自父皇和他三个女人的关系。天启年间，信任与关怀是朝廷和家庭的奢侈品，而父皇却同时拥有三个女人的忠诚与慰藉。虽然天下汹汹，他却用一把铜锁隔开了天下。向外看的时候，他犹疑，警觉；向内看的时候，他神闲气定，满心的舒坦。他早早养成了一副冷静和缜密的头脑，也认定了危险无时无处不在，而可以共忧患的人则很少很少。当他和自己共忧患的女人共枕的时候，他脑中装着对她们真心的感激，耳朵却在紧张地谛听着院外的风声。他深信，王府的围墙，究竟不是剑门的天险，而蒙面的厂卫特务随时都会一纵而入。

我是父皇的女儿，由我来谈论他的床笫私事，可能不合我的身份，也有损父皇的尊荣。但是，我还是会坚持讲下去。因为，我的父皇，他是一个严肃的男人。按照祖宗的礼制，他拥有紫禁城中的三千粉黛。即便他与她们一一行房，他也会保持住天子的尊严。当他进入女人的片刻，恰恰是他与淫邪离得最远的时候。他进入女人的需要，是祖宗礼制的需要，身体的需要，和寻求安全的需要，而不是欢乐的需要。我说过，他认定欢乐其实是虚无的，不存在的。无时无处不存在的，只有诡异莫测的杀机。他珍惜自己既安全又脆弱的小小王府，对自己信任的那三个女人抱着心疼、关怀，和永远的歉意。今年秋天的一个漆黑的晚上，父皇忽然被一顶轿子抬进了紫禁城，因为，他的皇兄大行了。黑暗覆盖着紫禁城，就如雾水裹着山谷，父皇孤单单坐在烛台下，听着更漏，等待天亮去金銮殿即位。有很多人影在走动，窃声耳语，刀剑叮当，他们个个都是魏忠贤的亲信。父皇饿了，但他不吃任何的食物，也不喝一口水。挨到五更时辰，四周寒意遍生，父皇站起来，试着唤了一声“来人”。他听到黑暗里一阵疾驰的风声，一片黑影在他跟前跪下去。他淡淡说：“给巡夜的人取些吃的罢。”黑暗中有很多的声音回应他：“是，万岁！”父皇微微一震，这是他头一回听到有人称呼自己是“万岁”。

父皇正式坐上皇兄的龙椅后，随即册封了周氏为帝国的皇后，田氏和席氏为宫中的贵妃。他们继续团聚在紫禁城中的某一处深宅里，父皇退朝的时候就退回了他所熟悉的巢。这使他感到这儿的生活似乎与信亲王府并没有两样。

他仍旧习惯地站在深宅中仰望天空。北京的秋天已经来临，秋风中波动着让他不安的尘埃与气息。他极其清楚地认识到这一点：

我不再是信亲王，而是一个皇帝了。

一二

现在，父皇的巢是丹桂的颈窝、腋窝、胸脯，是丹桂的肚脐、肚腹、两股交叉的私处，是她那些干燥而鬈曲的体毛……他来来回回地用手和身体触摸着丹桂的皮肤，感觉就好像是在触摸一匹旧年的丝绸。她有着丝绸的皱褶，也有着丝绸的滑腻；有着黯淡的纹理，也有着黯淡的余晖。薄暮已经落下，木樨地里静静开放的桂花，属于那种状如冰粒、滴血成丹的丹桂。丹桂的芬芳中透出甜蜜至极而酿出的酒意，丹桂的体味则挟着淡薄的汗腥和腐液汁的潮湿。父皇还能够明确地分辨她们，却再也不知道哪一种气息属于哪一个丹桂了。

丹桂温顺地服从着父皇。这个有着沉默权杖的少年，让她的寸寸肌肤都焦灼似火，但她还是强制自己选择了被动的服从。这种服从是一个妙解风月的妇人的服从，她从这个少年的眼神、呼吸甚至指头、齿尖的动作领会着他的需要，调整着自己的体位，以呻吟和颤抖，来呼应着少年的忘情。少年迟迟地拖延着那个最后时刻的到来。他伏在妇人的身上，倾听着她的呼吸、心跳、血液的循环。他的鼻尖长久地嗅着她身体的皱褶和角落，品咂着她最隐秘的滋汁，就像幼兽要牢牢记住自己洞穴的气味，以免迷失了回家的路。

然而，父皇知道，他将永远不会迷路。因为四海之内，率土之滨，即便是他偶然驾临的地方，都莫不是自己风雨飘摇的家。看到的是疮痍满目，听到的是边声四起，而魏忠贤的刀斧手正隐在帷幔后，静静地瞅着自己的脖子。但他已经习惯于这样来理解自己的家了，他有时甚至连自己的生命都感到诧异和陌生。

他的生命孕育于万历三十八年一个暮春的午后，慈庆宫的皇太子朱常洛经过冗长的午睡醒来，喝过了侍妾端来的莲米羹，他感到自己的身体有了一点多余的气力。但这点气力还远不够应付驰骋田猎或者踢毽摔跤，况且他对剧烈运动从来没有兴趣。他是一个不受宠爱的太子，万历皇帝时刻都在筹划把他废掉而另立皇储。体弱与焦虑使朱常洛把大部分时间都用在了靠着床头打量蚊帐，而此刻他思考的却是如何支出这一份多余的气力。但他显然不是一个长于思考的人，而端来羹汤的侍妾刘氏正巧还立在他的跟前，于是朱常洛就把她拥过来，在床沿边上宠幸了一回。这个卑微的侍妾，后来成了大明帝国最后一代君王的生母。但是正如睡眼惺松的朱常洛没有记住刘氏的容貌一样，刘氏也没能够看清儿子朱由检的长相，她死于产后的大出血。

父皇是不信神的。他曾经对我说过，看那些宝相十足的佛陀或者菩萨，不过是一团泥土、一张纸片而已，一触即溃，一撕就破。天地之间，最足畏惧的不是神，而是人。不过，父皇从未指斥过梦境也是虚妄的。他对梦中的事物怀有复杂的心情：他常常在梦中与自己的生母刘氏相遇。刘氏没有留下图像，他只是从与刘氏相好的宫女那儿听说，生母是瘦弱的，左眼睑下，有一颗小小的滴泪痣。从三四岁到三十四岁，生母在他梦中出现的方式和背景几乎完全雷同：当他走向一个乡野的渡口，或在某个十字路口踌躇不前时，他的生母从背后叫住了他。他和她之间永远隔着凄迷的阳光和飘落不完的黄叶，她总是瘦小的，噙着泪花的眼睛怯怯的，充满了怜惜和自怜。他走近她，她消失了。刘氏的死和她的生一样，都是无足轻重的。父皇曾经让人在京郊遍寻刘氏的坟茔，但是一直没有下落。父皇甚至怀疑，生母或者还隐秘地活着，而自己却仿佛与她阴阳阻隔。他还亲自动笔，想把自己与生母梦遇的地方描画下来，但每一次画毕都觉得不像。梦境只能在梦中再现，况且，他从未看清过生母的慈颜。生母只给他留下了身影、声音、爱和一颗讲述中的滴泪痣，甚至没有给他留下一丝呼吸和体味。梦境是不诉诸嗅觉的，这是它与人境的重要区别。

现在，他深埋在丹桂的怀里，贪婪地嗅着、品着妇人的体味和滋汁。他没有空隙去想到自己的生母，也不去想到自己会表现得像一只惧怕迷路的幼兽。他呼入的是两种丹桂混交的腥甜气味，他同时感到了眩晕和感到了幸福。在没有察觉的时刻，他已经进入了丹桂的身体。我说过，父皇早已经不是童身，他拥有三个共忧患的女人和拥有三千娇艳的宫娥，但他这是第一回发现他的进入是一种挺进。挺进就是强制和征服，就是肆意非礼、任性妄为。波动的夜色覆盖了这张摇晃的大床，丹桂终于羞答答地使出了自己全部的手段。父皇觉得他的抑郁之躯被灌满了浓酽黏稠的老酒，然后引爆，成了碎片。

一三

父皇侧身卧着，四肢蜷起来仿佛一只受惊的海马。他耷下眼帘，掩蔽了迷惘。他刚从一个黑暗和温暖的地方滑出来。那是一种不透明的黑暗，一种柔软的温暖。他进入那儿的时候，就像是游子的回归。现在他躺在床上，没有一丝气力。但是他明白，我回去的那个地方就是这个妇人的身体。就是这个妇人身体最隐晦最深入的通道。多么不可思议。这个妇人就像是黑暗的地母，接纳我的归来、我的孤单和我的饥渴，她与我融合膨胀，成长为无限辽阔无限深厚的体积与流质。黑暗的地母，他喃喃地念着，他联想到冥界，联想到阴阳阻隔，神秘的生与死，孕育和遗弃……他一次一次回忆到了那最后一瞬间的爆破，又恍惚体会出了被伤害和被放逐。他赤裸的肌肤感受到了秋夜的霜凉，他的睫毛上凝结起两颗苦咸的水滴。它们看起来就如同草尖降落的初露。

其实我并没有能够回到我想回到的地方。他想，我只是挤进了我回去的路上。这个妇人不是黑暗和温暖的地母，这个妇人只是一条黑暗和温暖的通道。他最后从通道中滑出来，退回到这张疲乏的床上。他闭着眼睛，他觉得屋里亮起了一碗青灯。

这时候，他还觉察自己除了一双隐蔽的眼睛，全身都赤条条一丝不挂。因为，他的皮肤感受到了如风般的女人的气息。丹桂左手擎着那碗青灯，凑近父皇，从头到脚细细地观赏着他，像观赏一件多年失而复得的器物。而且这是一件薄胎细瓷般的器物，精致而易碎，所以她格外小心翼翼。她用一张热毛巾在少年的身体上擦着，为他拭去灰垢，汗渍，残留的液津。他觉得自己的裸体被那碗青灯和那双怪怪的丹凤眼睛同时照亮了，他的每一条细腻的肌理，每一根细微的体毛，都背离了自己的意志，接受了妇人熨帖的抚慰。

丹桂似乎要将自己的抚慰无限地延迟下去。在木樨地，欢愉的方式是没有规则的，而欢愉的时间是没有边界的。她以抚慰这个少年的方式，抚慰着自己的感官。她的激情刚刚过去，余焰还在慢慢地燃烧。但是她忘记了一件事情：她并不知道这个她称为"郑"的少年的来历。她只是把他视为一件精品器物，据为己有。

只有这个少年自己明白，他是大明帝国的皇帝。他不能被占有，而只能占有。他不能被征服，而只能征服。他从床上立起身来。他指着床上、地下那些乱七八糟的衣服，他说：

"穿上。"

丹桂的身子也是光光的，她站在那儿，还没有从迷迷糊糊的世界中清醒过来。但是，这个少年冷静的目光使她在懵然中仍然选择了顺从。她为他穿齐衣衫，梳好发髻，还把那柄湘妃竹的折扇放到他的手上。他还原成了那个骄傲和威仪的少年，就和她最初从床上翻过身来时见到的一模一样。

他走到门口，又回过身来看了一眼。灯光是朦胧的，伴随有轻微的摇曳。丹桂站在那儿，不复是他第一眼见到的正韶华流逝的女人。青灯照着她光光的身子，就像刚刚滑出乌云的半块月亮，凉爽而湿润，蕴藏着丰满的肌体，却看不出脸上的表情。他说："你，叫甚么？"

"丹桂。"丹桂说。

父皇带着邪气地笑起来。父皇说："你应该叫肉桂。"

他撒开那柄折扇，护在自己的胸前。那扇上他用御笔飘飘洒洒地写着前蜀后主王衍的小令。那是一首为木樨地所有女人都会吟唱的《醉妆词》：

者边走，那边走，只是寻花柳。

那边走，者边走，莫厌金杯酒。

今夜的木樨地落下了稀薄的雨雾。父皇这边、那边地走着，鞋底带起的黏泥使他越来越步履滞重。他的五腑六脏都淫浸着丹桂的气味，他已经闻不到黑暗中那些馥郁的花香了。老刘公公紧跟在他的身后，如影随形听不到一声响动。在木樨林子的深处，散落的宅院亮出发晕的光来，暗示着与声色有关的事情。

但是父皇对这些都视而不见。他慢慢地走着，倾听着内心的声音和远处的声音。他终其一生，都相信自己对猝然降临的危险有着本能的预感。他听到自己发出了一道坚定的御旨："拿下！"

一条巡夜的巨獒已经扑到了胸前。它闷声不响，带着残忍的冷静和兽的腥臊，张开大口正对着父皇的颈子。但是，老刘公公的钢斧和父皇的御旨同时发出。斧头在夜色中的高速运行挟着吱吱之声，这使巨獒的头看起来就像是古怪地撞向那凛冽的斧刃。

狗血高高地溅了起来。但是老刘公公不待狗血落下，继续挥着钢斧向前迎风一劈，斧子深深地揳入了一个健壮家丁的胸脯，直至没柄。

人血和狗血在黑暗中交汇着，落英缤纷般地洒下来，洒在父皇和老刘公公的肩头与前襟。

父皇蘸了一点血凑到鼻尖闻了闻，一股腥甜的气味。他的嗅觉恢复了，这气味让他觉得好闻，觉得不安和心悸。他曾经在甚么时候甚么地方闻到过？但是他没有去多想。

【第二卷】

午门以深

一四

父皇的木樨地之行，没有在紫禁城中引起任何反响。至少，在我们今天已知的明代宫闱记事里，查阅不到崇祯皇帝像陈后主、宋徽宗一样的风流逸闻。是的，他是一个严肃的男人。他的神秘出游，与道德无关。如果我们同意“人生如梦”这个说法的话，那么相对于永恒而黑暗的死亡，生活以及有关生活的琐忆不过是瞬间的错乱重叠，恍惚迷离，难以确知。九重宫殿在焚烧瑞脑、椒兰的云霞氤氲中屹立着，以久远的沉默显示了深海般的寒冷与岑寂。那些砖砌石垒与雕梁画柱所凸现的巨大体积，使穿行其中的每一个人都会蓦然想到永恒与速朽这硬邦邦的主题。大明帝国的气数，在天启七年的秋天，还没有人去为它掐算。曾经拥有帝国的那个人已经死掉了。他的合法继承人和实际权力的持有者，正掐算着的，是自己的气数。

魏忠贤以新皇帝的名义，从潼关、居庸关、山海关外征调十万披甲大军回师京都。同时，御林军开始了昼夜巡逻，全城实行了严格的宵禁。东厂、西厂和锦衣卫的高级官员每天午后和深夜都聚集在魏忠贤的府邸进行秘密磋商，根据最新情况制订应对的策略。这一切，魏忠贤都在事后奏明了父皇，并说明在天子更替的时期实行紧急状态是如何的必要。

每一次，父皇在冷静地听完魏忠贤的汇报后，只平平地说出三个字来：“知道了。”

有一回，父皇补充了一句：“客奶奶，她也知道吗？”

魏忠贤涨红了脸。他嗫嚅了半天，却没有说出话来。客奶奶是新的君臣之间一个讳莫如深的名字。他和他达成一个默契：不见到她，也不提到她。而现在，实龄不足十七岁的新皇帝率先打破了禁忌，破坏了规则。他询问魏忠贤："边疆部队的调动，京师的宵禁，特务宪兵满城乱窜，客奶奶她都知道吗？"

魏忠贤完全没有思想准备，但是他必须在礼仪上回答皇帝的垂询。他的回答是一种反问："客氏不过是服侍先帝的一个奴婢，国家大事和她有甚么关系？"

父皇笑了。他说："天下兴亡，匹夫有责么。一个奴婢，算不算匹夫呢？"父皇脸上的表情，就像在开一个轻松的玩笑。不等魏忠贤回答，他就起身踱到帷幄后面去了。丢下魏忠贤一人站在那儿，对着那张空荡荡的龙椅，兀自出了半天的神。

那是父皇木樨地之行后第二天上午的事情。父皇照例没有举行早朝，而是找了一些人来个别谈话。魏忠贤是这些人中的最后一个。谈话是临时决定的，在皇帝的日程安排中完全没有这一项。被通知谈话的官员黎明前在家中收到快马送来的御旨。皇帝还告诉他们，这是一次家常性的谈话，他们不必穿戴过于庄重累赘的朝服，相反应该尽可能表现得随便一些。

就在这些官员费心揣测皇帝的真实意图时，北京城的上空现出了橘红的曙色。他们开始沐浴、更衣，长时间地梳理疙疙瘩瘩的头发。他们心情复杂，再一次感到他们和新皇帝之间隔着陌生、怀疑，隔着紫禁城的重重埋伏。

而父皇，从他凌晨发出第一道御旨到现在，他都一直浸泡在坤宁宫的巨大浴盆中，四肢有一种发酸的倦怠和惬意。有一会儿，他在浴盆中睡着了。宫女进来给他添加热水的时候，他醒了过来。他闭着眼睛，吩咐宫女用水淋浇他的身子。水是温暖、柔和的，冲刷到他的身上，变为了坚定而舒服的按摩。水声淅淅沥沥，就像是雨声，然而这样的雨声让他高枕无忧，没有弦外之音，也不是风雷闪电的先兆。于是，父皇再一次睡了过去。

父皇的浴室是他继任大统之后改建的，没有一扇窗户，也没有摆设一件家具，它极其地狭长和阴暗，在一盏盏等距相连的壁灯映照下，就像一条通往无限深远的隧道。那只巨大的浴盆下边安置有可以任意转向的木轮，父皇可以躺在里面像乘船一样，在浴室中自由地游逛和遐思。浴室的外间就是父皇的书房，而书房外间唯一的通道就是他最忠实的女人周皇后的卧室。再外边，站着那个不知疲倦的老刘公公。这是父皇在紫禁城里最后的防线，也是父皇在庞大帝国中最可靠的巢穴。

父皇是一个极其敏感而疑虑重重的人，但是在为数很少的几个人身上，他却表现出了毫无保留的信任。一个是由皇兄做主为他娶进的妻妾，即现在的周皇后和田、席二妃。再一个就是三步不离身后的老刘公公。老刘公公并不是当年信亲王府中的旧人，而是父皇入主紫禁城后向魏忠贤讨来的一个亲随。为此，魏忠贤深感诧异。第一次见面，父皇只告诉了老刘公公一句话："你现在是朕的人了。"

老刘公公长身下跪，用头叩击着地砖，一叩之下把地砖叩出了放射状的裂纹，二叩之下地砖凹进去一个圆坑。他以此向父皇证明了自己的忠诚和勇力。他是一个耳聪目明但是不能说话的哑巴。

父皇曾经出过一道题目来考我：少说话的人受人敬重，不说话的人让人畏惧。那么，你该怎样做，才能使别人既敬重你，又畏惧你呢？

我觉得这是一个两难的问题，根本不可能有正确的解答。但是，今天我在六十一岁之年，我不仅明白了答案，而且理解了父皇为甚么要去思索这个看似荒谬的问题。我可以告诉他了，而他却已经听不到我的声音了。

我曾经说过，父皇天生对声音有着优异的反应能力。那会儿，他浸泡在巨大的浴盆底，在宫女为他浇淋身子的淅沥水声中睡过去，又在更漏的报时声中醒过来。他问："是哪一个时辰了？"

宫女说："是卯时了。"

卯时，按我的养父德吕尔·德吕翁的西洋计时法，是凌晨的5点。

父皇继续躺在盆底不动。他召来了负责秉笔的太监，把想到的需要谈话的官员名字清晰地念出来，并且排列好了谈话的次序。次序他斟酌了很久，就在太监将要离开的时候，他又改变了主意，再次进行了修改。最后修改的结果是，把列于谈话名单末尾的"魏忠贤"三个字画掉了。

狭长的浴室内又只剩下父皇一个人了，他开始用手掌慢慢地搓洗着自己白皙颀长的身体。

一五

我曾经瞻仰过大明帝国的缔造者、太祖皇帝朱元璋的遗像，他英姿俊美，而且表情高贵，集父仪天下的仁慈和统驭神州的威严于一体。但是我要说，这不是真的。我更愿意相信民间的野史逸闻，出身贫民，做过乞食僧人的太祖皇帝只可能身体五短，其貌不扬。他的前额高耸，双眼如豆，而他的下巴长长地伸出去，就像一只弯曲的瓢。他以推翻前朝江山的革命，来证明了自己的信心和掩盖自己的卑微。然而，沙场上的征战春秋，大内中的宫闱惊变，都增加了他的粗陋，扰乱着他的心神。太祖皇帝杀人如麻，对他来说，杀一百万人是杀，杀一个人也是杀，这是平平常常的事情。白天，他看着一颗颗头颅在刀斧下滚落；晚上，他躲在帷幕后面不寒而栗。

为了让自己的龙颜能够永远护佑子孙万代的家业，太祖皇帝招来了天下最有名的画师为他画像。结果，这件看似简单的事情持续了三年有余。有一百一十位画师被太祖砍下了脑袋，罪过不是因为他们技艺平庸，没有描摹出太祖的龙颜真容。恰好相反，他们画得太像太祖本人了，就像一面铮亮的铜镜，清楚地映出了太祖形容的猥琐和内心的阴郁。他们都是些愚蠢木讷的画呆子，死不足惜。

第一百一十一位画师跟你一样，计六奇，都是来自无锡、滞留京城混生计的年轻人，他不仅清透俊逸，而且顾盼之间眼波流转，就如同戏剧中招蜂引蝶的花旦。他只跪着望了一眼太祖皇帝，就勘破了其中的机关。于是他三笔两笔，为我们留下了这张传之久远的太祖神像，使朱家的龙子龙孙三百年来对着它顶礼膜拜，反躬自省。这小子发了，太祖赏赐给他的金银玉帛可谓车载斗量，这使他的家庭即便在富甲江南的无锡，也有了石崇再世的美誉。除了画画，他还会抚琴、下棋、唱戏、逗鸟，说起笑话颇有一点东方朔的流韵，常常博得太祖龙颜一悦。有一回，他在御花园中显出手段，披一件猩红的大氅，扮起了贵妃醉酒，那穿花似的颤步颤音，把整个后宫都弄得晕晕乎乎。

那时候，太祖已是非常的老了，不仅举步维艰，就连吃饭说话都很困难，他嘴角常常挂着的龙涎，淌湿了黄袍的前襟。但是他放不下繁重的国事，同时需要找一个人为他破闷解乏。他选择了这个来自无锡的画家，让他永远留在自己的身边。这使你这位三百年前的同乡大喜过望，后宫中那些芳心寂寞的妃嫔媵嫱，早就让他馋涎欲滴了。他交上了锦上添花的好运气。但是，在最后一次逛窑子的时候，你的同乡和一伙嫖客为争夺花魁而发生了冲突，他被利索地按倒在一条春凳上，干干净净地割掉了男根。除此之外，他细嫩的肌肤没有受到丝毫的伤害。

太祖皇帝在南京驾崩之后，这位身兼优伶的无锡画家还侍奉过建文皇帝，再后来被裹挟到北京继续为永乐皇帝、洪熙皇帝、宣德皇帝和正统皇帝服务过。在七十八岁上，他奉旨扮演霸王别姬，当虞姬横剑在脖子上一抹时，失脚从丹墀上跌落下来撞死了。他对御医留下了一句著名的遗言："天威不可测，正如天恩之不可测。"他留下的其实是一句废话。普天之下的臣民都知道，权术和房术同是帝王之家秘不示人的禁脔，却偏偏瞒了他一个蠢蛋。

现在，当我的父皇登基为大明帝国的第一十七代君王时，江山虽然还是朱家的江山，但是情形已经有了很大的不同。在接近三百年的时间里，朱家后人经过与千挑万选的后宫佳丽代代精血交融，她们的冰肌玉肤、花容月貌使朱家皇帝的龙颜发生了令人惊讶的渐变，到我的父皇朱由检时，他的英俊和威仪，竟奇迹般地酷似那张无锡画家作伪的太祖遗像，只是父皇的容貌更年轻，更精致，也更为忧戚。三百年的时间，抚平了虚假和真实的界线。我们朱家的人从虚假出发，终于走到了一个真实的结局里。

结局，从前的皇帝他们从不思考这个问题，他们与生俱来地认为结局距离他们非常地遥远，或者，根本就不会有所谓的结局。父皇似乎也不去考虑结局。这是因为"结局"是一个冰凉而可怖的字眼，就像在春草中更行更远的驿路，终于见到了自己最后的一座驿站。我说过，父皇是一个长于倾听内心声音和远方声音的人，他自信，别人无法欺骗他，而自己也无法欺骗自己。他总是时刻都在思考着，他告诉自己，我思考的是眼前，是明天，是下一步，而不是可能已经预设好了的未来。

就在那个注定要决定帝国下一步命运的黎明，父皇泡在浴盆的温水中，却意外地停止了沉重的思考。他发布完看似心血来潮的御旨，挥退宫女和秉笔太监，狭长的浴室内又只剩下了他一个人。他开始慢慢地搓洗着，打量着自己白皙而颀长的身子。

那是一具十七岁男人的躯体，在烛影与水雾的掩映中，它看起来就像月光下的大理石一样皎洁。他十指如葱，反复抚摸着自己精雕细刻的额头、鼻梁、嘴唇，还有宽阔的胸膛和扁平的肚腹。他深深地呼吸着，有说不出的舒展，惬意。相信我，他不是在寻找自慰，他是一个严肃而健康的男人。但他确实对自己的肉体抱着隐秘的恋恋之情，这就像一朵花或者一只蝴蝶倾慕于自己水中的倒影。父皇沉溺在温暖的水中，他忘记了自己是一个皇帝，忘记了黎明前的黑暗中无处不在的寒意和杀机。他想象自己已从肉体中分离出来，在远处或者在天空，静静地审视着自己美丽的躯壳。与此同时，他似乎还想到了一朵花或者说一只蝴蝶的好时光是那样的短暂，短得如同白驹过隙的一瞬间。他的胸中涌起了一阵辛酸，双目沁出了泪花，这是十七岁男人所普遍具有的那种伤感。他体会到了自己的脆弱，甚至认为自己的生命就完全像是一个薄而易碎的器皿。他不信神，不崇拜超自然的力量，否则，他会捧着自己的躯壳走上祭坛，把它奉献给冥冥昊天，使它伤心易碎的美丽得到永恒。

我并没有目睹过父皇年少时处子般的冰肌玉肤。我确信这一点，是来源于曾与父皇亲近者的讲述。更为重要的事实是，我的推论来源于我自己的身体。父皇的精血、美仪、呼吸、思想以至他的生命，都通过我的生命与身体而存活着。女儿就是父亲的活着的标本。今天，我已经是六十一岁的老妪，瞎了双眼，右脸满是姜瘢，烧焦的右手比雀爪还要干枯。但是，我的隐藏在严密衣袍下的肌肤依然雪白而又细嫩。每一天的清晨，我会从床上爬起来，一丝不挂地踱到嵌满整整一堵墙壁的大镜前，久久地打量着自己的裸体。我几乎是一个瞎子，我能看见的只是一片白花花的晃动的影子。但那是怎样的一种白啊，就像玉石一般结实而润滑，豆腐脑一般温和而稀软。我将自己完好的左脸贴在镜上，并用那只完好的左手捧着自己耷下的乳房、肚腹，轻轻地搓着，真有说不出的曼妙欲醉啊。自从我初醒人世起，我就对自己的胴体有了近于惊慌失措的爱慕，有了深深的心疼和珍惜。我把我的胴体视为我自己的娇女宝贝，终年四季把她严严地藏在从颈项一直拖及红色绣鞋的长长裙袍中。这就像我的存在，是我父皇生命中的秘密一样，我身体的存在，则是我生命中的秘密。我是我自己唯一的秘密。

我不仅珍藏着自己的秘密，而且我享受着自己的秘密。是的，我不像我的父皇那样，是一个严肃的人。从很小的时候起，我就开始在自己的身体上寻找自慰。不要笑话我，一个又丑又老的老太婆居然向一个年轻男人谈论自己的自慰，或者说自渎、手淫。但是，你一定还记得，我是一个在木樨地长大的女孩子，高尚、廉耻、堕落、邪淫，这些塞在道德匣子里的字眼跟我们的生活从来无关。况且，对于一个没有父亲管束，而母亲又无力管束的孤单女孩子来说，她快乐的源泉也只可能来自她的自身。

和大多数人在黑暗和睡梦中自慰不同，我的自慰始终都是清醒的，看得到明亮的光线，看得到我自己的欢乐。我的欢乐都是不期而然地到来的，就像是一次突然袭击，让我身不由己地晕眩，战栗，直至高潮。

明亡后，我一直隐居在养父德吕尔·德吕翁的府邸中。养父历任明清两朝共五代天子的钦天监首席历法官，享有王公贵族般的尊荣。他家的殿宇院落，就像他绘制的星象图一样深邃和复杂。他常年寄宿在钦天监，观测浩瀚的星空，和日月的光芒。时间对于他就像是河流，既是运动的又是永恒的；空间对于他就像是穹庐，既是单一的又是多义的。而我对于他，就像是从某个消失的星系中滚落出来的小球体，他满怀悲悯，把我拾起来，安放在了常被他自己置诸脑后的家中。

是的，传教士德吕尔·德吕翁的家四季都是重门深锁，阒寂无声的。平日，我就是这儿唯一的主人，而且是足不出户的瞎子和丑妇。每一天，我都依靠触摸和嗅觉，在这个由花园、楼阁、树林以及水渠和拱桥等等构成的宅院中徘徊。但是至今，我仍然无法正确地描述出门径的位置和走向……也就是说，我常在这个家中迷失，最后只有依靠呼唤仆人来解救我自己。我熟悉的生活，只是我十六岁以前的所见所闻，也就是我回忆中的木樨地、紫禁城。

我回忆里出现的总是彼时，别处，以及他人。我不停地追思着，却遗忘了我，我的身体，我的高潮。

一六

在天启七年那个秋天的早晨，被父皇约请到养心殿谈话的大臣都一一受到了亲切的礼遇。他们是被单独召见的。跪拜之后，父皇还破例赐他们落座，而且太监还奉上了天启七年的春茶。

父皇说："喝罢，多么清香的茶水呢。他们告诉朕，这水，还是先帝在的时候，在御花园里接的雨水。茶叶，是先帝在的时候，从黄山采摘的毛峰，也都是先帝时的旧物啊。"

君臣喝着茶，说着些闲话。说雨水，今年的收成。大臣的儿女可好，儿女亲家可好。然后，谈话就完了。大臣们出来的时候，都舒展着眉头，洋溢着真切的笑意。他们已经有好多年没有这么近距离地见到过皇帝了。先帝神秘地深居大内，事无巨细，都仰赖于魏忠贤一人之手。普天之下，世人只知有"九千九百九十岁"，而不知有"万岁"。今天，大臣们喝着先帝时留下的茶水，比任何时候都更清醒地认识到，先帝已经死了。现在的皇帝，就是近在咫尺，赐他们以茶水和微笑的少年，从前那个隐忍蛰伏的小亲王。秋风穿过午门吹进紫禁城来，挟着肃然与寒意。他们都看见一个昔日权倾朝野的人孤零零地站在台阶下，静候着新皇帝的召见。这个人就是魏忠贤。

魏忠贤背对着刚刚沐浴了皇恩的大臣，这使他们无法看到魏忠贤脸上真实的表情。但他们清楚，忠于魏氏的力量正在向帝国的中心收缩。关外的披甲大军扑向北京，北京的宪兵、特务包抄着紫禁城，魏忠贤则声色不动地瞅着金銮殿上那个寻花问柳的十七岁男孩。大臣们收敛了脸上的笑意，仰望着天空。今天的太阳红通通的，披着长而又长的胡须。那些胡须扫在重重宫殿的琉璃瓦上，扫出一派赤得发黑的光芒，让人悚然心惊。大臣们思忖着，这是否就是兵戈血雨之象呢？

魏忠贤是作为"临时被想起的人"而排在大臣们的末尾的。就好像一个主人忙完了正事，这才想起还有一点鸡毛蒜皮需要打发。至今没有人可以猜测出魏忠贤此时的心情。他一个人立在雕栏之侧、秋风之中，等了很久很久。为此，他当然会感到愤怒与仇恨。但他不会有所畏惧。他甚至想到了种种可以施加于新皇帝的报复手段。只有一点他不会去妄想，就是自己会做一个皇帝。因为他不是一个完整的男人，他唯一的愿望就是挟制住一个傀儡，要么新皇帝充当第二个天启帝，要么他再扶持一个新的皇上。魏忠贤明白自己没有退路可选。

魏忠贤立在初秋的太阳地里，经受着风吹和日晒。支撑着他庞大身躯的双腿渐渐从酸胀转为了肿痛，再从肿痛转为了麻木。而他的情绪，也由屈辱发展到羞愤交加，终于又由羞愤交加而化为了虚无……汗水湿透了他的衣衫，眼前是金星乱溅。他的嘴里禁不住地嘟嘟囔囔起来，只祈望这一切早一点过去。

文武大臣已经陆续离开了金銮宝殿。紫禁城迎来了它的正午时分，在溽热的阳光照耀下，汉白玉的台阶和栏杆反射出冰雪般的寒意。又不知挨了多长的时辰，魏忠贤总算获得御旨，一步一步朝着年轻的天子挪去。这时候，他仿佛听到了大海那无凭无信的潮涨潮落。

父皇接见魏忠贤时的神情看起来和往日一样，但是没有照例赏赐他一个座凳。他就那么疲惫不堪地站着，耳鸣，心慌，一双眼皮重如千钧，已经到了虚脱的边缘。在那一会儿，他忘记了自己的权势，军队、特务、宪兵，弹指之间可以遍布全国的恐怖。他恍惚中像是越过一汪泻地的水银，第一回看清了那个端坐在龙椅上的孩子的面容。

那孩子的脸上始终挂着和蔼的微笑。但是这笑容中没有羞涩卑怯，也没有屈尊俯就。这是高高在上的笑，是贵为人主的龙颜和悦。

父皇一一询问了魏忠贤关于边疆部队的调动，京师的宵禁，以及悄无声息中施行的秘密逮捕和处决。魏忠贤点着头，嘴里嘟嘟囔囔，听不清自己回答了些甚么话。

父皇点着头，说很好，很好。最后，他好像忽然想起甚么，有心无心地问了一句："这些，客奶奶她都知道吗？"

魏忠贤的脑子里嗡然一响，心绪反而慢慢平静下来。他抬眼瞪着那个男孩，瞪了很久。他反问道："客氏不过是服侍先帝的一个奴婢，国家大事和她有甚么关系？"

父皇哈哈地笑出了声来。他从龙椅中站起身子，也反问道："天下兴亡，匹夫有责。一个奴婢，算不算匹夫呢？"父皇的反问，像是一种自言自语。他沉吟着，踱到帷幔后边去了。

魏忠贤刚刚咬定的一口气又泄了出去。他没有想到今天会在毫无戒备的情况下被突然召见，更没有想到召见的结局会是这样的不知如何收场。他出神地望着那张空空的龙椅，充血肿胀的双腿不觉软软地跪了下去。从午门外远远吹来的秋风，吹到魏忠贤的后颈窝上，一直冷入他的骨髓。他想到了一点：我中了那小子的圈套。随即，晕死过去。

一七

当魏忠贤完全清醒过来的时候，他感到自己正躺在一个甚么地方。他喟叹一声，我该是被平放在新皇帝的案板上罢？他想到了他第一次看见厂卫特务拷打一个御史的情景。御史正是被按倒在一张长凳上，血和牙被打得从嘴角流出来。他啐了一口，骂道："我为鱼肉，人为刀俎，我还有甚么好说的！"他最后被打成了一块绛红色的鱼饼。魏忠贤想到自己在六十之年忽然就成了这样一条鱼，心头一酸，两眼就湿润了。他试着虚开一条眼缝，透过泪花，看见了挺拔高耸的树干，和晴朗森蓝的天空。傍晚的阳光穿过树叶洒落在他的身上，温暖而又安详。一只纯金打造的香炉立在不远处，发出斑斓的光晕和紫青的烟雾。丹顶鹤在悠闲地信步，角楼上的风铃在时间的流逝中循环不已地叮叮当当。

魏忠贤终于看清了，就在距他咫尺之遥的地方，有一个人正在关切地注视着自己。见到他终于张开了眼睛，那人如释重负地嘘了一口气。魏忠贤认出来，那个人就是皇帝。

魏忠贤翻身起来，朝着父皇一叩到底。他叫道："吾皇万岁，万万岁！奴才罪该万死……"

父皇哈哈地笑出声来。他做出一个伸手去扶的动作："快起快起。"他右手的食指和中指之间夹着一柄湘妃竹的折扇，很潇洒地转了一个圈，呼的一下将扇子张了开来。

扇面几乎抵住了魏忠贤的鼻子。他看见上边飘飘洒洒地写着：

者边走，那边走，只是寻花柳。
那边走，者边走，莫厌金杯酒。

魏忠贤的目光从扇面上游移开去，他这才看清，自己是坐在紫禁城的御花园中。偌大的花园，就只有父皇和他两个人。光线正在一点点地暗下来，宫墙与树影在变换着位置。树影的轻盈，进一步显示出了宫墙的体积和封闭。花木有了成熟季节的丰茂，也就有了凋零将至的憔悴。

父皇告诉魏忠贤，知道他身子不适的时候，就吩咐小太监们把他抬到这儿来歇息了，还给他灌了一大碗参汤。父皇说：“起初朕还担心你要不行了，可参汤还真是管用的。那是真正的好参啊，高丽的参王，看起来就像一个白白胖胖的婴儿呢。每天喝一碗这参王汤，可以返老还童的。”

魏忠贤再次一叩到底：“奴才罪该万死。”

但是父皇伸出折扇一挡，挡在他的胸前，这一叩竟然没有叩下去。父皇用扇柄拍着他肥厚的肩膀，把他拍回了先前那张巨大的躺椅上。

魏忠贤不敢再躺，坐着却极不舒服。他想着从关外撤回的大军今天一定该在京郊驻营了，而厂卫特务和忠于他的御林军就在正阳门与煤山一线日夜戒备着。然而，从御花园中，听不到外边一点车马的喧哗，也听不到一声小贩的吆喝。

“紫禁城实在是太大了。”父皇微微笑道，就像是在接着魏忠贤的心思做一点补充。他说：“紫禁城大得连苍蝇飞进来都要歇三遍，骏马跑进来都要折断一只蹄。过去有句诗说，‘侯门一入深似海’，这写诗的人，一定没有踏进过朕的门槛罢。”

父皇说话的时候，一直拿着折扇时张时合，在魏忠贤的跟前顾影徘徊。他忽然问了一句：“你刚才说自己罪该万死。朕想听听，你到底何罪之有呢？”

魏忠贤瞪着眼睛望着父皇，却说不出话来。

“那就让朕来列数你的罪过罢。”父皇伸出一根细长而优雅的指头，点着魏忠贤的面门。魏忠贤眼前一黑，身子向后倒在躺椅的靠背上。

“你的罪就是以不知罪为罪，以无罪为有罪。”父皇哈哈大笑，这是一个十七岁少年的狂放之笑，在阒寂无人的御花园中听起来就如同凛冽、响亮的铜钹之声。丹顶鹤惊飞而起，绕着树冠和角楼一圈圈地盘旋。父皇用扇子在掌心重重地一拍，他说："何罪之有！"

这一拍，把魏忠贤像一个婴儿般地拍醒了过来。他哇的一声大哭起来，泪水在脸上恣意纵横。同时，他还发觉，自己的裤裆也被一股热辣辣的东西淋湿了。

魏忠贤从躺椅里蹦出来，扑倒在地面上，他用哽噎的声音喊道：

"吾皇万岁！万岁！！万万岁！！！"

父皇脸上的表情渐渐变得严肃起来。他拿起旁边石桌上的茶壶倒了一杯水，亲手端给魏忠贤。

魏忠贤捧着杯子，感觉微微生温。太阳的高侧光最后一遍返照到御花园的林梢，那杯中的水深色沉着，像一张缄默的脸。他有片刻的时间可以思考，这是高丽国的参王汤，还是致人死地的剧毒药？但是他没有可以选择的余地了。现在他明白，一个太监对付一个皇帝需要百万之师，而一个皇帝收拾太监只需要一个微笑。

魏忠贤一仰脖子，把那杯水喝得干干净净。他愣了半晌，没甚么特别的感觉，只是在舌根和喉头留有一点辛凉药物的薄荷味儿。抬眼看皇帝，皇帝正沉思着，定定地看着自己，好像他已经看透了自己全部的心思。

就在这时，夜幕在倏忽之间已经垂落下来。靠近墙根的花木后边，传来一声令人揪心的叹息。

"陛下，是鬼？"魏忠贤的声音在颤抖。

"是冤魂。"父皇的回答清晰而坚定。

然后是长长的沉默。接着，墙根那儿响起一男一女两个人的低语，声音就像蚊子或者苍蝇翅膀的振动，含混朦胧而又绵绵不绝。好像一个在哭，一个在劝；一个咬牙切齿，一个隐忍不发。最后那声音变为了森然可怖的笑声，就像夜枭的不祥的啼叫。

魏忠贤从额头到被阉割的下身都霎时间长满了鸡皮，连毛发也一根根竖了起来。“陛下，”他匍匐在地上奏道，“让奴才护陛下回宫罢。”

父皇坐下来。他说：“起驾。”

“起驾……！”一片轰隆隆的回应，从墙头、树上、池边、假山洞穴和角楼的顶层突然响起来，仿佛埋伏的千军万马在一齐振臂呐喊。刀斧和圆盾的相互撞击，指关节发出的咯咯嘎嘎，都充满了某种压抑的激情。火把呼呼地燃起来，从上至下将御花园装扮成燃烧的铁桶，松脂的气味闷闷不乐地膨胀着，火焰哧啦啦地舔舐着黑暗。那些被映衬得巨大无比的人影刀影，怪异而又狰狞。魏忠贤的表情，如在梦中。他的嘴里嘟嘟囔囔，不断望着父皇诉说着甚么。父皇悠闲地坐着，就那么由他去说了。

魏忠贤终于说完了。父皇问他：“你说甚么来呢？”

“奴才说，起驾。陛下。”

“慢。”父皇拍拍手，一行白衣白裙的宫娥像神话般地站在了面前。她们的纤纤素手上，各自端着盘、碗、杯碟、调羹、筷子、汤盆、酒壶。父皇将手势向下一沉，她们单腿跪下，捧着的器皿刚好在父皇和魏忠贤之间凑成一个圆圆的桌面。

酒真是一种奇怪的液体。它可以是火种，点燃一个人埋藏在胸中的仇恨，让愤怒的烈焰肆意地焚烧出来。它也可以是清凉剂，消解烦闷，抚慰不安，让他镇静，再镇静一些。这就好像一年里的秋天一样，它同时是充满温暖和寒意的季节。那天晚上的御花园中，魏忠贤在刀光斧影的环侍之下，饮下了一杯又一杯父皇亲斟的御酒。酒入肝肠，他同时品尝到了它双重的滋味。他心中只有一个愿望，那就是离开紫禁城，这个黑暗的陷阱。

好多年来，魏忠贤都怀着轻蔑地相信，皇帝所谓拥有的庞大帝国，不过只是紫禁城这座小小的孤岛。没有他的点头，所有的号令都出不了午门半步。午门是帝国权力的分水岭，这是他与先帝之间最深刻的默契。午门也应该是他与新皇帝之间最终妥协的交叉点。

魏忠贤是午门外的主人，是那儿法律和秩序的缔造者和维护者。他热爱午门外的富裕和贫穷，热爱繁华闹市的辉煌灯火，也热爱杀机四伏的阴森黑暗。他喝着新皇帝斟满的御酒，以眷恋的心情想到了自己在午门外所拥有的至尊至贵和无尚的荣光。他堆着受宠若惊的笑容，一遍遍地告诫自己要沉着，镇静。唯有这样，才能平安地脱身而去。但是，不停灌入的酒却在动摇着他的理智。他想起自己的疏忽，马虎，一个轻薄少年对自己的折辱，涌上来刻毒的怨恨和无穷的懊悔。这时候，连魏忠贤都明白自己脸上的表情一定格外地怪异，因为那少年皇帝的眼睛透出了暗暗的惊诧。

但是，父皇很快就恢复了他一如既往的和蔼与微笑。在他讲述下面那些话语之前，他似乎真的触动了感情。父皇说："朕现在还不到十七岁，说皇帝当然是皇帝，说孩子也是个孩子。朕本来是想带着一家人到封地上过一辈子逍遥自在的亲王生活，白天钓鱼打猎，和骏马小舟同行；晚上呢，月白风清之下，以娇妻爱子为伴。那该有多么的悠游快活。但，现在朕当上了一国之君，亲王的乐趣，只好权当是做了一回春梦罢。甚么是为人君父？就是一点朱笔批上去，好像要使出千钧的气力啊！"父皇很勉强地摇了摇自己的双臂，表明自己的孱弱和无助。他说："朕其实哪里懂得做皇帝呢！即使要学，也不是一朝一夕的事情。先帝走得太快，他嘱咐朕的甚少，而期望朕的甚高。朕这些日子，东游西逛，就是心中难以踏实。朕所求的，就是有几个国家的干才，能够教教我，帮帮我，就像当初辅佐先帝时一样。”父皇说到最后，声音还真的有了哽咽。他蹙着眉头，完全是心潮难平的样子。

在那一会儿，魏忠贤是否被父皇的话所打动，我到今天都无法肯定。魏忠贤和父皇看起来都很有几分醉了，但他们似乎更倾向于相信，对方的醉态是一种伪装。但有一点魏忠贤是确信不疑的，那就是，新皇帝再是装神弄鬼，说到底仍是一个孩子。

父皇把酒一杯一杯地喝下去，他说：“从前周文王向姜子牙托孤，武王尊子牙为尚父。汉昭烈向诸葛亮托孤，后主奉孔明为相父……”父皇说着，声音渐渐地小下去，变成了喃喃自语。他能够清楚发出的最后一道御旨是“送魏公公回去罢”。

一顶精致而封闭的小轿抬着魏忠贤走上了归程。魏忠贤半醉半醒，在颤悠悠的轿中耷着眼帘假寐。他当然不会睡着，今天像变戏法一般的遭遇，终于有惊无险有劳无损地结束了。他就要回到宫墙之外，回到那个以他为主人的世界中去了。他有一种虎口余生的侥幸，觉得生生死死的惊惧和惊喜，都在这一天反复体验无遗。他甚至以为自己捡回了一条性命，也捡回了自己的尊严。他切齿私语：“小子，我再也不会中你的圈套，受你的折辱了。下一次，该让你来陪老夫玩玩游戏了。”

当然，魏忠贤还在一遍遍地回味着父皇临别时给他说的那一席话，姜子牙，诸葛亮……他的手正软软地搭在下体上，想起那些托孤故事，脸上掠过冷笑。笑话，那小子会让我做姜子牙、诸葛亮！但是那些话确实足以让他展开遐想。那一席听起来恳切真挚的话语，到底要达到甚么目的呢？是那个苍白、孱弱的儿皇帝，在任性之后最终认输吗？想到这一层，魏忠贤以赢家的身份，再次意识到了自己是午门外唯一的主人，而紫禁城又是多么的孤独和渺小。

醇烈的御酒使魏忠贤的脑子浮想联翩。但是他忘记了计算一件最重要的事情，那就是小轿在夜色中转悠的速度和距离。当他终于在那顶颤悠悠的小轿中怡然入睡时，他自信已经把朱家的后人都一个个地看透了。

一八

后来，魏忠贤被一声轻捷的敲击惊醒了——那是一柄合拢来的折扇，点在他宽阔的额头上。他勉强撑开眼帘，发现自己正极不舒服地坐在一张石雕的圆凳上，周遭是浓酽黏稠的夜色，有两盏通红的灯笼，在他头上的黑暗中飘浮着，像一双充血的眼睛。

魏忠贤合上眼帘定了定神。风从看不见的地方吹来，潮湿而寒冷，红灯笼摇晃着，他的胸膛中涌起一股热辣辣的酒气，觉得自己一脑一脸都被逼得又胀又疼。那个持着折扇的人，素衣白冠，正站在他的跟前。这时候，酒劲还没有消尽，而恐惧还没有上来，魏忠贤厉声问道："这是在哪儿呢？"

一个声音清清朗朗地答道：

"朕的御花园。"

我相信，在那个黑暗时刻，魏忠贤希望自己能够确定，现在仍在梦中。但是，角楼上的风铃叮叮当当地响了起来。而无数的灯笼一盏接着一盏地点亮了，像一个弧形环抱在崇祯皇帝的身后。魏忠贤看不清灯笼下边沉浸在阴影里的面容，但他知道这些面容如同青铜面具一样冰冷无情。

但是魏忠贤没有哀求，因为他知道所有的哀求都不值一哂。他曾经面对过许多垂死者的哀求，内心充满了鄙夷。向一头老虎或者一个猎人乞求生路，只会激起对手杀心大盛。他感到自己恢复了平静，也恢复了作为午门外主人的尊严。他说：“陛下，明白自己在做甚么吗？”

“是的，朕要比你先明白这一点。”

“陛下，你会不会后悔呢？”

“朕也许会后悔的。”

“那么，为甚么要在陛下和奴才之间做下后悔的事情？”

“因为朕后悔的时候，你这个奴才已经看不见了。”

接着是短时间的沉默。魏忠贤嘿嘿地笑起来：“陛下知道刘备为甚么要向诸葛亮托孤吗？因为，诸葛亮要废阿斗就像弹掉衣服上的虱子那么容易。”

我的父皇以更爽朗的笑声压倒了魏忠贤的话音。他说：“你真是至死不悟：朕不是阿斗！”

这是魏忠贤最后被点醒的时刻。他颓然地坐在石凳上，从未有过地感到了石的坚硬和冰凉。他看着眼前这个被自己称作“陛下”的轻狂少年，把那柄硕大无朋的折扇呼的一声张开来，又呼的一声合拢去。

父皇说：“秦庄襄王死的时候向吕不韦托孤，嬴政尊他为仲父。可是你知道，最终嬴政送给他仲父的大礼是甚么？”

“奴才知道甚么？”魏忠贤冷笑道，“奴才不过是一辈子在宫中侍候天子的贱人。”

“那你今天知道了：一杯药酒。”父皇说着，坐在了魏忠贤的对面。他看着在寒夜、灯笼和自己目光对视下魏忠贤表情的变化，就像在仔细观赏自己精工细作的一件玩物。

魏忠贤深深地叹息了一声。御花园的墙根那边，也传出一声叹息来。秋风萧瑟之中，两声叹息，就像是彼此的回应。他说：“边疆动荡，金瓯破缺。南方大水，北方大旱。陕西的王二揭竿暴动，杀了知县捣了衙门，成了天下寇盗的楷模；山西、宁夏连连地震，毁了房舍，还掀翻了边墙，塞外鞑虏又勾起了投鞭的志向。陛下杀奴才一人容易，而安天下难啊。”

“安天下是朕的家务事。”父皇说，“魏公公少一分牵挂，也走得利索。”

魏忠贤却连打了两个哈哈。他切齿而笑：“亡国之君，还有甚么家可言呢？”

“贱人！”父皇暴跳起来，用紧握的扇柄对着魏忠贤劈面打去。——然而，这只是我的愿望而已。事情的真相更接近于父皇只是在灯影秋风之中默然地坐着，一语未发。

魏忠贤说：“奴才是先帝全心全意信赖的股肱之臣，这一点，陛下知道，天下的百姓也知道。如果陛下执意要杀奴才，该给奴才定甚么罪才能说服民众百姓，还有三军的将士、厂卫的弟兄呢？”

父皇沉吟着站起来，右手握住折扇往左手心里轻轻拍打。他说：“有一日，朕在这京郊一带微服巡游，来到一个桂花盛开的地方。在一所空空的青楼内，意外地看见一个孤单的妇人正在寂寞地睡着。朕这时才发现，自己也是多么的孤单和寂寞。于是朕想上床陪伴陪伴她，可不知道这件事该怎样开始，又怎样结束。朕望了望窗外，天空就像伸展的盖子，一直盖向四野的尽头。朕忽然明白了一件事情，上了床，把那个妇人拉过来，为朕做了一回陪伴。你知道，朕那时明白了甚么吗？”

魏忠贤想说甚么，却犹豫未决。

“那时候朕想到了：朕就是朕。朕想做一件事情，不需要开始的理由，也不必思考如何去收场。”父皇伸出一根指头，点着黑夜中的虚空。他说：“紫禁城的宫墙，绝不是帝国的长城。”

魏忠贤在无知无觉中匍匐在地。他说：“请让奴才像侍奉先帝一样侍奉陛下罢。天下的人都知道，先帝在世时是多么的快乐。”

“朕会快乐的。”

父皇再次把那柄折扇呼的一声张开，气定神闲地扇起来。这一次，魏忠贤看见的不再是那首飘飘洒洒的《醉妆词》。在红得发黑的灯光下，四个碑体大字冷淡而镇定：

天下归心

这是太祖爷爷朱元璋的手迹。

父皇的身后走出沉默寡言的老刘公公。他揪住自己旧时主人的后颈，往一棵桧树走去。这时候，灯笼开始一盏接着一盏地缓缓熄灭。御花园的地上，剥落的桧树皮就像银屑一样闪闪发光。也许，这并非树皮，而就是银屑本身。在禁城金殿的深处，银屑不是甚么值钱的东西。既然它可以满天抛撒，也就会遍地丢弃。

魏忠贤的头被很不舒服地定在桧树巨大的根部。他还在嘟囔：“陛下，为甚么让奴才这种死法？”

父皇笑道：“朕要让你死得明明白白，却又糊里糊涂。”

“陛下，知道奴才的属相么？”

“你就是属虎，也认命了罢。”

“不，奴才属猫，陛下从没听说过罢？猫有九条命，陛下今夜杀一条，明晚奴才还要回来的……”

父皇不语，拿扇子在手心拍了拍，说：“杀了。”老刘公公斧影一闪，魏忠贤滚圆的头颅落了地。胶质状的鲜血涂满了树根。在黑暗中，就连鲜血看起来也是黑暗的，甚至血腥的气息都像煤烟一样地呛人。

父皇用天语纶音打破了自己在最后时刻的沉默：“让后世的考据家和修野史的闲人多些事做罢——朕喜欢这样的玩法。”

【第三卷】

我在地上的父

一九

有关魏忠贤之死的故事，是小刘子告诉我的。我没有追问过他的来源，作为老刘公公的侄儿，他知道这一切的细节应该理所当然。我是在两位刘公公都弃世多年后，才忽然想到一件事：老刘公公是哑巴，而小刘子是文盲，他们之间难道是依靠手势的比画来传递深宫秘闻的吗？但是在我听过的各种传说中，还是小刘子的说法更让我信任。信任是一种超越理性的感觉：我依据想象而重现的往日，能够与这样的说法完美地叠合在一起。所以我一直倾向于认为，借助手势，甚至歌谣、口语流传的历史，要比竹简碑铭、雕板印刷更经得住时间的推敲。

自从那个黑暗的秋夜之后，时间的流程加快了它的节奏。魏忠贤在倏忽之间，已经死掉了整整一十五年。当鞑靼高原上再一次雪大如席、寒凝万里的时节，北京西山的红叶正绚丽似霞，而紫禁城的苍然古木经过霜冻都像金缕衣一样披挂了璨然的光芒。我的父皇在一日早起之后，在太和殿，那时候还叫作皇极殿的前边信步徘徊。这是紫禁城中最大的一片开阔地，蟋蟀与狗尾巴草在砖缝间慵懒地鸣叫着，慵懒地摇曳着。父皇久久地眺望着四面的宫墙，还有长方形的天空。他脸上的表情，即使是站在距他三步之遥的老刘公公也看不出有任何的异样。这时候天还没有大亮，太阳也还没有破云而出，触眼之际混沌迷蒙。紫禁城就是有数不清的宫墙、禁军，却也和这个云遮雾罩的国度融为了无间无隙的一体。此时此刻，站在宫殿中央的末代帝王，可能都期盼这就是世界的第一个早晨。盘古王再一次张开巨斧迎风一劈，轻者上天为云，重者下落为地。如果曾有过千万类的物种，和千万年的纠缠，都烟消云散，从头再来……然而雀鸦开始聒噪起来，太阳已经湿淋淋地挂在那儿，照耀着破碎的山河。人的故事在一天接着一天地讲述下去，就像风在四季的变迁中轮回地给我们带来温暖和寒冷。

父皇被晨风猝不及防地呛了一口，泪花涌上他的眼角。他的身子轻微地颤抖着，蜷曲起来，慢慢地倒下去。倒下去的时候，他还对扶他的老刘公公说了一声："不……"他在砖地上平静地躺了一小会儿。在那一小会儿，他看起来似乎已从那片开阔地上消失了。

御医为父皇切了脉，说是虚寒，开出一味药来。用早膳的时候，桌上就摆了一小盆药汤。药汤的色泽微黄而透明，在一圈圈的油晕中还漂浮着十数颗枸杞子，就像陈年的宣纸上洒落了新鲜的朱墨。父皇喝了一口，问身边垂手侍立的御医："都拿些甚么东西来熬的呢？"

御医说："是缅甸国新近入贡的肉桂。"

"肉桂。"父皇重复念叨着这个名字。"肉桂……"他说，"朕想起一个人来。"

药汤安静地放在父皇的面前，散发着某种遥远而又感伤的异香。父皇深深地嗅了一口气，他说："快去把这个人宣进宫来。"

父皇在记忆中搜寻着这个人的模样、名字和居住的环境。

三天之后的下午，一顶轿子从北京城郊的木樨地抬进了紫禁城。护轿的人就是那个片刻不离父皇左右的老刘公公，他的形貌，一如十五年前初探木樨地时的伪装，表情严峻的脸上粘着漆黑的假须，双手笼在袖里，握着一柄锋利的钢斧。轿子赶路的速度可谓行色匆匆，轿中的人拨开帘缝儿，只望见红色宫墙在阳光下变成了流转的虚影。

正在诧异这宫墙长得无边无际，轿子已经停在一座僻静的院落。

院中的地面清扫得不见一根杂草，一片树叶。在几棵虬龙一般的古柏下，坐着一个穿黄袍的男人，这就是大明的皇帝。

皇帝看见轿帘一动，探出一双红色的绣鞋。那拨开帘子的五指，像水葱儿一般纤长和灵动。他心中咯噔了一下，就这么闪神之间，一个小太监立在了他的面前。小太监长长地跪下去："叩见万岁。"

小太监的嗓音厚实而具磁性，虽然略微沙哑，却分明是个女孩儿家。皇帝"咦"了一声，他说："你是甚么人？"

"臣，"小太监说，"朱朱。"

"朱朱，"皇帝反复念叨着这两个字，如同真的在把玩着几粒珠子，"朱朱，朱朱是谁的孩子？"

"回皇上，朱朱是父亲母亲的孩子。"

皇帝不觉笑起来。他笑自己明知故问，却也笑这孩子答非所问。他细细地看了看朱朱，朱朱的身子很高，也很单薄，就像柳枝一样苗条而富有弹性。那套太监穿的衣袍从脖子起紧紧地束缚着她就要成熟的身体，一直拖到地面，遮蔽了红色的绣鞋。这反而使她的脸蛋更加引人注目，颊上的茸毛闪闪发光，她的眉眼口鼻长得无可挑剔地精致，嘴巴微微翘着，像漾着笑意，又似满不在乎。皇帝从朱朱身上没有寻找到记忆中那个妇人的影子。也许，他自己也没记住那个妇人的容貌。他记住的只是黑暗中的一种女人的气味，或者一种植物糜烂前夜的芬芳。

"朱朱。"皇帝听见自己的声音变得异样地温和。他说："朱朱，你像谁呢？"

"母亲说，朱朱就像自己的父亲。"

“像吗？”

“不像。”

“是你不像？”

“是他不像。”

“哦。”皇帝站起来，踱到朱朱的跟前，就像是要等待朱朱的验证。朱朱定睛打量着他，觉得他真的不是从小听母亲反复念叨的那个人。皇帝的身材的确很高，也很瘦，但是面容并不俊秀，甚至不算清癯，却有着说不出来的憔悴。母亲大概也记错了皇帝的年龄，因为他远比母亲所描述和推算的要苍老许许多多。而且，午后明亮的阳光显然对倦容满面的皇帝是不利的。朱朱看到他的头发是灰色的，鬓角则已经完全的白了。他的额头和眉心烙满了皱纹，因为过于瘦削，颧骨突出，衬出布满血丝的眼睛神经质似的忧郁和激动。他说话的声音显得疲惫和厌倦，但是朱朱从这声音中还是感受到了一点儿的喜悦。她确信，皇帝之有这一点儿的喜悦全是因为了自己的到来。

朱朱说：“万岁，你的那把扇子呢？”

皇帝愣了愣，望着朱朱那翘弯弯的嘴巴，和天生带着恶作剧表情的眼睛，嘿嘿地笑出声来。他走回石凳子，慢慢地坐下去。这一刻，朱朱觉得现在一把扇子对于皇帝，已经成为华而不实的道具了。

朱朱说：“万岁不需要扇子，而该需要一根拐杖了。”

皇帝的脸上骤然现出惊怒交集的神情来。他咬着牙床，伸出一根指头，定定地点着朱朱。小院内空气紧张，环侍在皇帝身后的太监们个个茫然无措，却作不得声。半晌，只听皇帝在说：“甚么东西，做得了朕的拐杖！”

朱朱的纤手抓住长袍提了提，脚下露出那双红色的绣鞋。她跪伏在地上，娇声说道：“万岁，朱朱愿意做万岁的拐杖。”

红色的绣鞋上有金丝线编织的一对凤凰，在阳光下闪闪发光。皇帝看着朱朱的红绣鞋，默然无语。而朱朱看见，皇帝枯涩的眼窝在阳光的长时间照耀下，有些泪花盈盈了。

二〇

朱朱和皇帝之间的关系，这一天并没有正式确立，而后来也没有进行过任何的补认。但是，朱朱当晚留在了紫禁城，并且就宿在她与皇帝相见的这所纤尘不飞的小院内。

当紫禁城的更漏报告子夜已过的时候，皇帝寝宫的灯光还在寂寂地照亮着。皇帝叹息着，将摆满一案的奏章通通横扫在地。他起身绕室彷徨，影子就像巨大的灰蛾，拍打着黯淡的四壁。就在这一年的九月，即贼寇李自成在围困开封府长达五个月之后，悍然决开了位于开封府北面的黄河大堤，河水势如山岳，以暴涨至两丈多高的波澜，淹没了这座前大宋帝国的汴梁故都，并且使周遭广袤千里的平原成为沼乡泽国。曾被绘在《清明上河图》里的花花城池，沦为了深埋在烂泥浊流下的废墟。从前方雪片般飞来的奏章，却都没有统计出军民伤亡和流离失所的数字。而黄河已经改道睢水入淮，李自成则因为在哀鸿遍野的河南无法寻求给养而远走了陕西。各地的督抚、将军只是在向自己的皇帝重复着一个请求：增兵，增饷。“增兵，增饷。”皇帝像一个郊寒岛瘦的诗人，在反复推敲着这两个单调的词。又不知过了多少的时辰，满面的倦容终于在皇帝的嘴角凝聚成了一个暧昧不明的冷笑……而此时，在紫禁城的某一个角落里，那个装扮为小太监的朱朱姑娘已经在恬怡的长睡中几次梦见了自己的母亲。

在这个预料之中，但是又来得过迟的日子里，母亲从那张长年躺卧的大床上坐了起来。朱朱用十指和檀木香梳交替为她理顺了头发，还在她的发髻上插了一小枝开满丹桂的枝条。像冰晶一样细碎、像鲜血一样殷红的花蕊，在朱朱母亲乌云般的头上，异样地刺目而又和谐。她站起来，在屋内来回地踱着。她穿着象牙色的裙袍，披着鹅黄色的斗篷，满身的环佩发出叮叮当当的悦耳弦音。她的背影婷婷袅袅，回眸之际，那双丹凤眼湿润明亮，只不过此时没有了招人垂怜的慵懒和无助，却浸透了疑云。窗外的木樨还像从前一样地开放着，窗前那堆陶罐承接的桂香依旧能持续到来年的春天。朱朱仿佛今天才第一次看清了母亲的特别之处，那就是她似乎从不曾真正年轻过，却也永远不会再衰老。除此之外，她只有苍白，白到可以清晰地看见皮肤下边的紫色血管。无论从哪一个角度看，朱朱都觉得母亲没甚么神秘感，在她虚弱的身子里，容纳不下女人的激情，也缺乏做一家之主的决断。朱朱甚至怀疑，她是否真和男人之间有过那么多纠葛与勾连。因为，朱朱从未发现母亲的大床上有过男人，或者有过男人留下的痕迹：头发，汗味，一切可疑的斑点。多年以前，那个贵为人主的神秘之客的来访，更像是一个不可思议的传奇。

木樨地的生活方式，就是在阳光与黑夜之间划出了一条弹性十足的线来，朱朱就是在这条线上被拉扯长大的。她的母亲则超然于这条线外，隐身于自己的青楼和大床，淡漠地挨着，或者静候着今天和下一天。朱朱觉得，母亲是爱女儿的，不过她希望能得到女儿更多的爱。但是朱朱长大以后，甚至在她已经到了垂暮之年，她对自己是否深爱着母亲，仍然没有把握。她唯一能够确定的是，她对母亲怀有与生俱来的怜惜或者心疼。朱朱从小就游窜于木樨地的园林和青楼之间，对于来客和女人们之间的事情，对于阳光和黑夜中的勾当，还有乱扔在她们枕边、床下的话本、词曲、歌赋，早已烂熟于心，从没表现出过惊讶或好奇。她经常在气喘吁吁地结束自己的游玩后，伏在母亲的床头，抚摸着母亲的面庞，用十指为她梳理蓬松的乱发。母亲眯着丹凤眼，好像在享受难得的宁静和温馨。她还会反复向朱朱叙说自己个人的生活，而朱朱则对她讲述道听途说的不同女人的经历。现在，那件母女俩通过追忆和想象而存在的事情，终于得到了证实。就像一幅画，眼见它因为年久而变薄变脆发黄的时候，画面上的那个人却活了起来，并向着我们走过来。至少在朱朱的眼里，那个自己从来不曾完全确信的传说，正在显现出真形。那个被认为与自己有着骨血亲缘的男人，在一个苍茫的时刻，泄露了自己对于往事的某种心情和意志。但是穿戴齐整的母亲却在最后一次揽镜顾盼时，犹豫了。在楼下恭候的太监们已经前来催请过几次，而朱朱却看见母亲表现得心绪不宁。最后，她说："朱朱，你去。"

朱朱还没有能够问出为甚么，母亲已经重新爬回了大床上。

那座风中的青楼，阳光下的木樨，在朱朱的梦中远去了。她在宫中的某个院落里睁开眼，光着脚板下了地，像一个飞贼似的悄然打开了房门和院门。过于安静的后半夜，使她的耳边回响着某种沙沙的声音。这正是她所熟悉的声音，因为她一度患有间歇性的梦游症，偶尔会在万籁俱寂的时刻，伴随着这沙沙声，漫步于广阔的木樨地。现在，她的赤脚踩在紫禁城漫无边际的青砖地上，感觉自己的双腿和腰臀真有说不出的矫健和柔韧。她明白这是在梦游，但是她又告诉自己，所谓梦游，就是酒醉后的飘飘欲仙罢。于是，她把重重的宫殿，都看作了座座的青楼；将夜色中红得发黑的灯笼，全当成了木樨地来客的眼睛。

她在紫禁城中东游西逛，觉得这儿的一砖一石，一草一木，对于自己都是分外的熟悉。她对自己说，那高耸的牌坊后有小桥，那隐蔽的侧门外是回廊，门窗紧闭的大屋中有许多太监在赌博，而池塘假山的后面女人在暗暗啜泣……她走过去，猜测的事情都被一一验证了。她习惯地去捡一块石头，想扔过去寻一回恶意的开心。但是，这儿的地面干净得找不到一粒碎屑。于是，她代之以几声响亮的哈哈大笑，就像夜枭发出的凛冽的啼叫。十几支大内的侍卫队闪电般地向叫声处扑来。高高举起的刀剑与火把交映着炽热而寒冷的光芒，杂沓的脚步如同迅速滚转的雷声。但是卫队东撵西追，却处处扑空。因为朱朱随心所欲地一边跑着一边大笑，辽阔的紫禁城里，每一个角落都充满了森然的回响。鹭鸶与白鹤惊飞起来，就连角楼上的风铃也发出不安的叮当声。从那些飞鸟的角度望下去，那个赤脚披发、一身缟素的女孩，就像一个白色的精灵，抑或一个复仇的鬼魂。

后来，她跑得疲倦了。或者说，她对这种游戏厌倦了。总之，她撞到了一个巨大而柔软的物体上，并且撞出个洞来。她钻进去，倒下，很快就睡着了。

醒来时，正听到潇潇的雨声。她于是觉得，这洞穴里边是格外地温暖，她的头和身子安放在某种柔软又坚固的物质上，洋溢着成熟、丰实和好闻的淡淡霉味。但是，洞中一片漆黑，伸手不见五指。她自小就讨厌黑暗，所以又耷下眼帘，睡了过去。她没有再次做梦。即便做梦，她也不会梦想到宫中的日子，最后会把她变成一个让黑暗陪伴终生的盲妇——变成为今天的我。

二一

那天清晨，我是被一只伸进洞来的手给弄醒的。那手是如此的有力，攥紧我的后襟，一把将我硬拖了出去。我看见雨已经停了，遍地都是水迹和落叶，空气中流散着一束束紫青色的烟雾。高低错落的宫殿群，在烟雾中若隐若现它们沉默的轮廓。那个把我拖出洞的人，竟是个和我差不多年岁的太监。那太监长得真漂亮，兼有男孩的俊气和姑娘的秀美。我赤脚站在那儿，傻兮兮地看着他，觉得他非常地好看，来木樨地的客人我见多了，没一个有他这么好看的。他被我看得低了头，忽然拉着我的手就一路跑。我一股怒火冲起来，用那只空手，劈脸就扇了他一耳光。我说："你是甚么东西！"

但是那小太监并不放手。他说："快，万岁爷天威震怒了。"

我回头望望我过夜的地方，但是烟雾几乎要把它掩蔽了。我只瞥见了一座黑黢黢的影子，有着模糊不清的巍峨，却不像碉楼，也不是山峦。

大约我披头散发的样子不宜见人罢，小太监拉着我专拣那些曲折的小径匆匆奔跑。我们甚至贸然穿过一些阴森的大殿，跃过雕花的窗台，或者短暂地躲藏在带刺的篱笆后面，以避开那些开始洒扫工作的太监，还有巡逻的卫队。我还远远地望见，一些穿着透明裙衫的宫女在擦洗着古意斑斓的大香炉，烂熟的黄铜在晨霭中发出沉静的光。但小太监不容我多看，他拉着我东拐西闪，赶着去觐见正在生气的皇帝。

我对紫禁城最初的印象，是无数的点与线，不可思议的精确和复杂。当我被小太监带到一个更为僻静，也更为狭小的庭园觐见皇帝时，我只是感到皇帝似乎不是这儿的主人，倒更接近于一个在紫禁城挂单修行的隐士。

但是，皇帝已经在我们到达前离开了。一树盘扎过的秋海棠在雨露中盛开着，七里香的花架几乎完全遮蔽了那排低矮的小屋。小屋的正房被布置得像是会客用的书斋，中间的书案上，还放着一壶生温的茶水和一本展开的书卷。

小太监在和一个管理庭园的老太监叽叽咕咕几句之后，他告诉我，因为镇守山海关的吴三桂连夜驰回京师告急，皇帝赶去召集御前会议听取奏报，并商讨对策。吴三桂就是捕获王二的吴襄将军的长子，如今他子袭父业，做了山海关的总兵了。

“那我该做甚么呢？”我问他。

他说：“你可以做任何事情。”

“你呢？”

“你做任何事情的时候，我都跟着你。”

“我不需要你，”我说，“我喜欢一个人随随便便。”

“回小姐，这儿的规矩，就是不允许随随便便。”

我乜眼瞅着他，真想再劈脸扇他一个耳光。但是，我却瞅着他，笑了起来。他长得那么漂亮，我喜欢随时看到他，听到他用声音回应我的声音。

他不知从哪儿找出一套太监的衣服，让我换上，还给我梳理好了头发。他的动作，又麻利又轻巧。

撩开书斋侧边的一幅门帘，就可以进到另一间房屋。里边立着很多宽阔的书架，架上堆满了书、册页和纸卷。但最使我感兴趣的，是靠墙伫立的一口褐色大柜子。它比一个武士站着还要高，比一个武士展开双臂还要宽，比最丰肥的妇人身子还要厚实好几倍，前有一扇门，后有一扇门，都紧紧关闭着。它应该已经有不少年头了，木色被反复地擦拭和摩挲，呈现出了熟铜般的焦黄来。我禁不住伸手爱怜地摸了摸柜子，这才发现，柜子看上去是浑然一体的，然而，我柔嫩的掌心告诉我，它的每一面都是用大大小小的木件拼成的，条条接缝都熨帖和坚实，摸上去有说不出来的舒坦，所谓天衣无缝，也没有这样奇巧罢。我又把柜子用力摇了摇，柜里传来一个东西滚动的声音，骇然而又寂寞。

我说："甚么？"

小太监懒懒答道："一个梦。"

我呸了一口，骂道："扯甚么淡！分明是一块木头。"小太监笑笑："小姐，那就算是一块多余的木头罢。"我接着就去拉柜门，我要知道，为甚么会有这奇怪的大柜子，为甚么偌大的柜子就关了一块木头呢？但小太监疾如闪电地抓住了我。我骂了声："狗奴才！"但小太监表现出了前所未有的无礼，他厉声道："你不想活了？"我定定神，这才看清楚，它的前后门都打上了暗淡的封条，上写："先帝天启遗物。妄启者，死。"父皇的玉玺在上面盖了一块赫然的印。我问："那谁能开启它们呢？"小太监说："能开启天启遗物的，自然莫非天子了。"我好奇心又陡增了一层，我问："这东西到底干甚么用？"小太监说："玩。"我这下子更有兴致了："怎么玩？"但他把头一甩，说："不知道，也不能问。"我哼了哼，说："我要是把柜子打开了，看谁敢来杀我？"小太监把佩刀拔出来，搁在我肩上，淡淡道："我，就现在。"我瞪着他，瞪了半晌，朝柜子狠狠踢了一脚，背过了身子去。

小太监立刻又变回了那个体贴、顺从、好看的小公公。他帮我在那些书架上，翻出了一大堆人物的遗像。应我的要求，他替我把这些遗像上的人物分为了几类：大明帝国历代的君王、忠臣和奸臣。

我说："给我讲一讲这些人的故事罢。"

"这么多人，讲谁呢？"

我想也不想就说："讲一个奸臣罢。"

小太监满脸诧异："为甚么不听忠臣呢？"

"忠臣有甚么意思，"我说，"忠臣的故事都是千篇一律的。"

他没有再说甚么，就开始给我讲故事。也就是从这时起，我知道了他姓刘，而那个片刻不离皇帝身后的老刘公公，就是他父亲的叔伯哥哥。

但是小刘子耍了一回滑头，他没有讲奸臣，也没有讲忠臣。他给我瞎吹了一个妃子的传闻。他说有一个从山东淄川选来的蒲妃，长得又娇小又妩媚，却一直无缘得到皇帝的垂顾，成日里郁郁寡欢。宫里寂寞的女人多的是，有些识字的就寻些诗词来吟哦，还有的就皈依了佛门，长年萤火青灯地抄录着经文，一是超度自己的来世，二来也可以克制自己的欲念。

"欲念，"我问小刘子，"甚么是欲念？"

他愣了一愣，说："我没有欲念，我知道甚么是欲念！"

我哈哈一笑："没关系，你接着讲。"

他说，那蒲妃偏不吟诗，也不信佛，就喜欢靠在栏杆上，望着这几百年的深宫出神。有一回皇帝带着皇后和宠姬们到西山游玩回来，给七十二个妃子各赐了一大摞红叶。蒲妃就拿了笔在红叶上密密实实地涂画了许多字。起初别人以为她在写相思闲愁的东西，哪知读了，才知道写的都是些狐妖变了女人，去媚惑白面书生的荒唐故事。

我问他："都怎么个荒唐的呢？"

他说："我没有见过，就是见了我也认识不了几个字。反正是荒唐得了不得。"小刘子的脸上做出惊恐滑稽的样子，他说蒲妃的姐妹们劝她赶紧拿去烧了，只怕皇上看见了要有杀身之祸的。

蒲妃冷笑道："我就怕皇上看不见。"

我问："后来皇帝看见了吗？"

他说，皇上到底还是读到了这些写满了狐妖、书生荒唐事情的红叶，把蒲妃宣了去，一见之下真是气得脸都发青了。

"皇帝是气自己罢，怎么就没早见着这个美丽的女子呢。"我嘻嘻一笑。

小刘子赶紧向着太和殿的方向深深地一揖："万岁爷的心事，奴才不敢妄加揣测。"接着他说，皇帝问蒲妃，从哪里听来这些乱七八糟的事情？

蒲妃说："不是听来的，我自己就是一只狐妖变的呢。我写的，都是我自个儿的故事啊。"

皇帝动了火，骂声"该死"，叫拖了下去发狠地打。

蒲妃却又笑道："我是个弱不禁风的小女子，几板子打死了，变出一只狐狸来，也好让万岁爷明白我并没有说谎话。"

皇帝听了就有些发怵，那些举着板子的公公也个个有点心虚。这宫中常年都在说闹鬼，大白天太和殿的帷幔后都听得见女人的笑声呢。为甚么，这紫禁城里关着三千佳丽、上万的公公，就皇上一个大男人，阴气太重啊。

我说："你又该掌嘴了，皇帝虽然只有一个，镇得住天下还镇不住一个紫禁城！"

小刘子对着我深深一揖："小姐说得是，皇上镇不住紫禁城，还镇得住天下？皇帝那会儿就哼了一哼，说你那贱人，朕专门就有处置狐狸精的好办法。”

“甚么办法，”我听得着急，“莫不是泼她一盆狗血，再封九十九道符咒？”

“那倒也未必，”小刘子咂了咂嘴巴，他说，“只顾给你说话，看把我给渴的！”

我赶紧跑到隔壁端来皇帝的茶壶递给他。他对着壶嘴子慢悠悠地吸了几口，再咂咂嘴，说：“时候不早了，咱们该回去吃午饭了。”忽然见我正抡开巴掌要给他扇过去，忙说：“小姐莫使小性子，你还想让皇上再生一回气？”

我只好跟着他回昨天那座小院落。我这是第一次从容不迫地在紫禁城中行走着，但我却无心去四下打量。我心里还老想着那个妃子的结局，我说：“那皇帝到底要使甚么法子处置她呢？”

小刘子却故意卖关子，他说：“一言难尽。事情早都过了，不着急。”

我又问：“你今天早晨是怎么找到我的呢？”

“不是找是靠鼻子闻。这么大的紫禁城，要找人还不把人找死了。”

“你莫非是狗变的？”

“比狗还灵。”小刘子得意地笑了笑，“连我自己都莫名其妙呢。”

“对了，我钻进去睡觉的那个大家伙是甚么东西？”

“天堆。”他说。

我还想问“天堆”是甚么，却看见路边有几个刚从养心殿退回来的太监在议论纷纷的。小刘子过去问了问，回来告诉我，今天开御前会议的时候，皇帝真的是天威震怒了。山海关外最后几个据点已经失守，而帝国的一个被认为已经光荣战死的统帅洪承畴却被证实仍然活着，并且投降了清军，他甚至还谋划了对山海关的有效进攻。只有吴三桂的五万甲士还在城楼上苦撑。一旦关门失陷，自万历初年以来一直虎视中原的清军，顷刻就会如洪水决堤而入，将整个燕、赵……也许是整个大明的河山，都一揽而收。战，还是和？御前会议成了主战与主和两派大臣强词夺理的舞台。主和的以为只有用缓兵之计稳住关外的敌人，才能腾出手来对付帝国的内贼李自成、张献忠。主战的则坚持，和鞑虏之间的任何媾和都是对帝国的侮辱，宁可玉碎也不能苟且瓦全。两派争得声震殿宇，都没有看到皇帝脸上早已厌烦之极。后来皇帝挥了挥手，叫把两个为首的家伙推到午门去各杖责二十大板。其他人吓得跪下来求情，皇帝伸出一根指头，说再加十个板子。偏那两个挨打的大臣气硬，也不求饶，由着板子在屁股上乱飞，嘴里还大喊大叫，说唯有自己才是赤心报国的忠臣呢！多亏了那些操板子的人，举得高落得轻，不然，那两把老骨头早就散了架。

瘦弱、疲乏的父皇还真会发出那么大的脾气来，这使我感到很意外。我想，这一定是我先惹他生了气，才转而迁怒于大臣罢。

二二

进了院门，我见父皇正背着手，望着一棵古柏的树冠在出神。看到我们，父皇的脸上现出喜色，蹙紧的眉头似乎也松了下来。

我跪倒下去，请皇上宽恕：“朱朱惹陛下生气了。”

“是谁说朱朱惹朕生气了呢？朕定要重重地罚他。”父皇说，“现在，朕只有见到朱朱的时候，才会不生气。”

我指着小刘子：“是他。”

我没有想到，小刘子扑通一声长跪不起，口中连称："奴才该死，奴才该死。"

父皇说："你不该死。你只是该割掉舌头罢了。"

我说："要割，就交给朱朱来动手。"

父皇一笑："你杀过人吗？"

"除了人，我倒是甚么大大小小的东西都杀过。"

"小到甚么呢？"

"小到一只跳蚤。"

"又大到哪儿去呢？"

"大到一条真龙……"话刚出口，我立感犯了大忌。父皇就是帝国的真龙天子，而朱朱正是皇族的龙子龙孙。但偷偷看一眼父皇，他似乎并没有听出忤逆的意思。相反，他表现出进一步的兴趣来。

父皇说："你吹甚么牛。自称有屠龙之技的家伙，到头来不过做了别人的笑柄。"

趁着父皇难得的和颜悦色，我露了一回张狂的本相。我说："未必那家伙就没有杀一条龙的本事，只是世上无龙可杀罢了！"

父皇哈哈大笑，一直笑得满面通红，甚至笑得淌出了眼泪。他的声音洋溢着压抑的激情，从胸腔深处迸发而出。他跷起大拇指，指着自己的鼻子。他说："朕就算不上一条龙吗！"

我在闪念之间，觉得情势大变，咬定嘴唇，哪还说得出话来。

午饭的时候，父皇让我陪着他吃。而那个倒霉的小太监，还跪在院子里一动不动。

父皇又说："朱朱，你看朕算不算得上是一条龙呢？"

父皇的声音是亲切的，我仔细聆听，也听不出丝毫的愠意。在短暂的沉默之后，我笑起来。我说："朱朱知道，陛下今天是龙颜大怒，打死了两个元老大臣。"

"死不了的，"父皇也笑起来，他说，"这会儿那两个老家伙正在家里吃门生故吏的贺酒呢。他们一辈子想得到的，不就是落个犯颜直谏、骨鲠忠臣的清名吗，朕不过是成全他们罢了。"

"要真打死了呢？"

"死不足惜。"父皇说，"这些人读了满肚皮的诗书，国家垂危的时候，却只会说说迂而无当的大话。即使朝服斩于市，也没有甚么冤枉的。"

我附和父皇说："他们口口声声唯有自己才是忠臣，那两个人里就必有一个是大大的奸臣。如果同归于尽，忠臣就算是为国除奸，虽遭杀身，却也成仁了。"

父皇现出有些惊讶的样子。他说："朱朱，你好像对为人君者的办法还很有心得呢。"

"朱朱不过是瞎扯而已。"我说，"在木樨地不论姑娘、丫头，还是更夫、家丁，但凡闹纠纷闹到我母亲跟前的，我都叫母亲不要辨甚么是非，也不问甚么皂白，只是一顿耳光，个个有份。"

"你母亲打？"

"她哪有力气打。我打，我累了就叫来顺儿打。"

"来顺儿是谁？"

"来顺儿是专给母亲护院的保镖，少言寡语，手脚倒很利索。"

"那些下人，挨了打服不服？"

"我从没有问过他们服不服。母亲好像很感激我，她说亏了朱朱，才保住了木樨地这么多年的安静。"

父皇听了，默然良久，喟叹了一声："那真是一处安静的地方啊。"光线通过窗格游移在他的脸上，有些怅然，也有些遥远。他说："木樨地和紫禁城实在是不一样。"

我说："也有很多一样的地方，一样的女人多，一样的阴气重。木樨地的男人虽然多些，但来的都是客，来了到底要离开；紫禁城的男人即便只有一个，天天出门，出了门却总归要回来。"

父皇的脸上又慢慢有了先前的笑意。他说："朱朱来了，朕的饭量也增添了不少。"

下午，父皇去处理朝政。最终被赦免的小刘子从地上爬起来，陪着我在紫禁城中闲逛。我说："皇上一句戏言，你就怕得要死？"

但是他回答我："君王没有戏言。"

我以为他说得很对，所以没有向他道歉。我知道自己的身份，是皇家没有册封的公主。

小刘子希望在动身以前能吃一些点心，喝一壶茶水。我没有同意。我说："赏罚应该分明。现在由你好吃好喝，岂不是你因罚受赏了！"

小刘子一脸的苦笑。他说："做主子是不用学的，偏偏是奴才不好当。"

四下里阒寂无声，我跟着小刘子走了半个多时辰，触眼所见，都是红墙黄瓦。唯有日影西斜，反差强烈的侧光，映出紫禁城一片阔大而无声的辉煌。我走着，觉着心中郁郁不乐。真想佯装是在梦中，展开双臂，来一通惊天动地的大呼小叫。

终于，在一条夹壁小径的拐弯处，我听到了几声小孩子的笑闹声。

声音是从两扇半掩的朱门后传出的。我推门进去，看见院落里一个大头少年率着两个小男孩、两个小姑娘，正在踢毽球，一群小太监在陪着他们玩。大头少年不仅脑袋奇大，脸也肥阔，是那种近似浮肿的蜡黄。看见我们跨进来，他眼珠迟缓地转了转，现出一点点惊讶和迷惑。小刘子好像有一点紧张，拉拉我的衣角，说："走罢，不要打扰他们了。"我却偏不走，背了手，站在那儿细细地看。这个院落让人想到遥远的南方，植着难得一见的棕榈、椰子、芭蕉，池塘里还养着几只海龟、一条鲨鱼，而在本该耸立假山的地方，却赫然插着一柱从海船上卸下的桅杆。一切都怪兮兮的，藤萝爬过屋檐，苔衣沿着墙根漫上了台阶，孩子的笑声反添了院子的冷清，让人想见这小院的主人是如何的清瘦和孤单。

突然，球径直向我飞过来，重重地砸在我的鼻子上，我晃了晃身子，总算没有摔下去。我眼前金星乱冒，而一个银铃般的笑声咯咯咯地响起来，我透过泪花，看见红墙黄瓦都在绕着我旋转。我对着那些人走过去，他们的脸上笑意还没退，那个小姑娘还在咯咯作声。我不知道她为甚么会这么开心呢?

我抡开巴掌，骂了一句："婊子！"那张娇嫩的小脸蛋立刻让我的手心发出灼热的痛，我看见她轻盈的身子挟着呼呼的风声，加入了红墙黄瓦的旋转。她触地的时候，却没有发出我期待的轰然一响。我踏上一步，揪住她的前襟把她提起来，她的半边脸颊已经像水蜜桃一般饱满、红艳了，而她的身子在我的手上却像皮影一样没有体积和重量。我满心失望地把她推出去，回头对小刘子说："走。"

这只是在片刻之间发生的事情，所有的人似乎都来不及做出反应。我朝着院门口走去，终于听到身后一声惊惧交加的呐喊："奴才！"

那个大头少年趺趺撞撞地向我扑来，他的嘴唇在哆嗦，张开的十指也在哆嗦，他想把我吃下去！小刘子扑通一声朝着他的双腿猛跪下去，大叫：“殿下息怒！”少年的身子被猝不及防地震了一震，他突然向后一仰，嘭地倒在了地上，还滚了几滚，嘴角吐出一串白沫来。小刘子闪电般地扑过去，将大头少年搀扶在怀里。同时，他声泪俱下地哀求道：“奴才该死！殿下恕罪！”

我现在明白了，这个害有癫痫的少年就是皇太子，而小姑娘、小男孩自然就是正牌的公主、皇子了。

我拔腿想跑，但是那群小太监已经把我围了起来。而院落的女主人，手捻着一串珍珠，出现在了苔色青幽的石阶上。她的确很瘦，但远非是我想象的清瘦和孱弱，相反，她骨骼奇大而坚实，双乳耷了却还很肥满，还有深色的皮肤和一副刚劲的好牙口。她打量着我太监服下露出的红绣鞋，笑了一笑。

二三

我被关押在一间光线昏暗的小屋里，暂时没有受到任何的体罚。但是那个院落的女主人，单独审讯了小刘子。审讯的详情，小刘子后来一直对我支支吾吾，我也就懒得多问了。但是他告诉了我，那女主人是天启皇帝撂下的妃子，当初魏忠贤差人从琼崖搜来的一个船主的女儿。她不画画，也不抚琴、下棋、做女红，只会跳舞和唱歌。但她的歌声和她说话的口音，都像是海岛上的鸟语，没几个人能听懂，就连念她的姓也是拗口的。她除了个头高大，额头也很突出，而鼻梁则微微塌陷，脸、身子都是黑黑的，是那种被海上的太阳烧伤了，又被雨水反复冲刷出来的，光溜溜的黑，黑得就像精赤发亮的子夜。她的牙齿也很黑，是嚼槟榔嚼黑的。为了省事，先帝特予恩准，宫中上下都称呼她“**黑妃**”。然而，黑妃的眼珠倒是白多黑少的，白得可怖和神秘，直勾勾看人时，极像刚刚跃窗而入的一头兽。就是这兽味，曾引来我父皇对她一度的好奇和宠爱。不过，父皇很快就少有去她院里串门了。小刘子没有说明原因，但我一眼就看穿了其中的奥秘：一个愁肠百结的皇帝，如何能领略用鸟语表达的娇嗔和宽慰！黑妃就长久地病了，即便在先帝一直冷落她的那些年，她也没有这么地虚弱过。渐渐地，她病出了一种病恹恹的美丽来，咳嗽的时候总用帕子捂住嘴唇，仿佛随时都会咯出半口血。但是，父皇对病美人更加没兴趣，因为他就一直被说不出的病折磨着。黑妃发了狠，起了病榻，撩开绣帘，走出了院子，向后宫愿意和她说话的每一个人，学习宫中的口音。这些人中的大多数，是和她同样失宠的妃子，还有头发花白的老宫女，刷洗马桶的健妇，尚膳监的小公公……她在艰苦的对话练习中，矫正了自己发音的口型，也把后宫的秘闻、帝后的房闱，以及芝麻一般又多又碎的家长里短，都装满了一肚皮。然而，当她已能用宫中的口音，跟百舌鸟一样和人拉家常时，她却再也没见过皇帝的影子了。于是，她院门大开，把太子、皇子、公主都纳为了这儿的常客。当孩子们在院里吵吵嚷嚷的时候，她就把自己关在屋子里，满怀乡愁，向自己哼一哼琼崖的小调，向自己说话。

现在，她无意中洞悉了皇帝的一个秘密，但她缄口不语。

夕阳的侧光落在纸糊的窗格上，把关押我的小屋映成了一张发黄的旧图片。线条生硬的木几、木椅、木床，都在那一小会儿里显出了温暖和柔软。木几上放着一只没有插花的瓷瓶，瓷瓶上方挂着一幅画，画着一丛没有须根的兰花。兰花边上还题着许多潦草的字，光线太暗看不清。

我感到了饥饿。中午和父皇吃的那顿饭，太精致太细软，也太不结实了。于是，我大叫：“拿吃的来！”

门外的锁响动了一下，又没有了声音。我这时才明白过来，自己是一个囚犯。我不知道将受到甚么样的处置，但我不愿束手无策地让别人来宰割。我想到了父皇，嘴里却发出一声冷冷的笑。我觉得父皇离我很遥远，中间还隔着说不清的迷雾疑团。我没有叫过他“父皇”，而“父皇”似乎也不等同于“父亲”。况且，对于长成于木樨地的朱朱来说，要不要父亲，并没有两样。即使母亲，也只是永远躺在床上沐浴桂香的一张苍白的脸。

我打定主意，伺机破窗逃离。我已经把紫禁城之行，只当成是游戏了一回的地方。黑夜的降临，使我充满了希望。我相信，梦游症会帮助我，像驾着一阵莫名其妙的风，一吹而去。

我提起那只瓷瓶，在木几的棱角上使劲一搁，“咣当”一声碎响，我手里只剩下一个充满尖角的瓶颈，正是一件可以杀人见血的凶器。然后，为防不测，我铺好了被子，做好了床上有人熟睡的伪装，自己却钻到了床下，静静地等候着梦寐的降临。

但是由于兴奋，或者，是由于过度的冷静，我迟迟没有睡着。小屋内黑得伸手不见五指，我听见外边在下雨，风和树叶扑打着窗户，就像心事浩茫的叹息。是的，我一点都没有害怕。我对自己即将付诸的行动，既无内疚，也无遗憾。我打了公主，冒犯了太子，这没有甚么了不起。以木樨地的眼光来看，公主、太子都不过是些二三流的角色。我从不怀疑，自己是木樨地未来的主人。那个从五里云端坠下来的男人，我的倦容满面的父皇，并没有给我带来光荣，也无所谓带来失意。我握紧瓶颈，想到就要回到那片熟悉的飘荡着桂香的园林，心中升起了一点酸滋滋的温情。

这时，门吱的一声开了，匆匆脚步和衣衫掀动的冷风刮地而来，我打了一个寒战。在红色灯笼的映照下，我看见两个人对着那张空床，交换着困惑的眼神。我一跃而起，用瓶颈朝着其中一个人的脸上狠狠地戳去。

但是，我的手被另一只手扭住了，同时一道寒气逼到了我的咽喉：那是一柄冷冷的斧头。

“朱朱！”父皇的声音中含着说不出的惊怒。

我哼了一声，并不说话。那柄斧头，还在很不舒服地托着我的下巴。

我以冷漠，和这个可能是我父亲的帝国皇帝对峙着。在长时间的沉默后，父皇森然笑道：“所有的人，包括小丫鬟，小毛头，小太监，小猫，小狗，都比我想象的更阴沉，更狠辣啊。”

我也笑了一笑：“陛下，还包括那个挨了我耳刮子的小姑娘吗？”

“你知道自己打了谁？——你打了昭仁公主殿下。”

“那么我是谁呢？”我在红得发黑的灯火里，用自己的眼睛直视着父皇的眼睛，“我为甚么会到这儿来？”

父皇把头扭向一侧，扭向了墙壁上扑朔不定的阴影。他发出轻微的切齿之音：“该死。”

我向地下一跪：“陛下，那就让朱朱以死来谢昭仁公主罢。”但是，那钢斧托着我的下巴，这一跪，竟没有能跪下去。

父皇仍然没看我。他摆了摆手，语调之间，似有无限的厌烦。他说：“你走罢。”

“谢谢陛下。”

“不，你不用谢朕。”父皇说，“朕知道在你的心中，并没有一点的感激。”

我也不去申辩，推开老刘公公，径直走进屋外的黑暗。

“慢……”

父皇这一声“慢”，极为沙哑和黏滞，就像一只手，在我衣服的后摆上拉了一拉。

父皇和我并肩站在屋檐下。雨还在落着，偶尔一道闪电划过，以那排蓝色的雨帘为前景，我看见远处两座黑黢黢的山影。父皇说：“凭你一个人，还出得了这偌大的紫禁城？昨晚，”他再次压低了嗓音，“这宫中还闹了鬼呢。”

昨晚的情景，在我脑子里复活起来。我说：“陛下，那是两座甚么山？”

“万岁山，还有天堆。”

“天堆是甚么？”

“是堆积的御米。”

我吁出一口气，回忆着我睡在天堆中嗅到的那股温暖的霉味。“谁能吃完这么多的米啊？”

“朕。”

“陛下，你吃不完。”

“吃不完，也得在那儿堆着。”

我相信自己没有听错。因为，小刘子说，君王无戏言。

万岁山就是民间俗称的煤山，传说这是为天子储备的燃料。至今，我对此仍莫辨真伪。但是那座天堆是确凿无疑的米山。现在，在大清帝国的紫禁城内，在同样的位置已经没有了米山。它被别的人吃掉了。米，总是要被吃掉的。这两座山，一座象征着可能的燃烧，一座则预支着终极的消耗。

我告诉父皇，我就是昨晚大闹紫禁城的女鬼呢。

父皇在近处看着我。在闪电的光照下，他的脸色和双目凝成了铁青色，似乎要在我的脸上找出恶意或者是俏皮。但他甚么也没有看到。

他可能也不会看到罢，我正用眼角的余光打量他，我的迷惑落进他的迷惑里，就如青砖地上升起的烟霭，把两个人都罩住了。从前我只有母亲，现在多了一个父亲，我发现，做父亲的女儿要比做母亲的女儿，难得多。

二四

雨水，直到小刘子陪我走出紫禁城的红墙时，还在淅淅沥沥地下着。一直阴霾的天空，已无所谓是早晨还是下午。我依然坐着一顶小轿，小刘子则扮成书生，打着油纸伞走在小轿边。长安大街的石板路又滑又亮，两旁的店铺，正在无精打采地卸下门板。

昨晚的事情似乎已经了结。我从小刘子那里知道，尚膳监连夜以“擅离职守”“胡闹宫廷”的罪名杖毙了两个小太监。据说，还检查出他两个人早有中饱柴米经费的贪污行为，真是死有余辜。而父皇，当晚就宿在了黑妃的屋里。我能看出来，黑妃黑溜溜的身子，应该是滚烫的，但愿在冷飕飕的后半夜，她的被窝能让父皇发凉的身子添一点暖和。

快到勾阑胡同的时候，我忽然想起一件事，我枉自进宫中走了一趟，却没有东西给母亲捎回去，哪怕是一股金钗，一只玉戒，或者父皇的一句话。甚么都没有。我拉开帘子吩咐小刘子，去那家有名的“老陈记”买些“眉公饼”。本朝那个擅打秋风的文豪陈眉公，有一张吃遍南北的大嘴，据说“老陈记”就是他后人所开，专卖经他老人家圈点过的果饼的。

过了大半个时辰，才见小刘子气喘吁吁提着花花绿绿的几个盒子赶回来。他的身后，紧跟着黑压压的一群乞丐。当小刘子刚在轿边站定，那些乞丐已经像潮水似的把轿子围了起来。他们一个个蓬头垢面，被雨水淋湿的头发、胡子、眉毛、衣衫都紧紧地贴着皮肉，从上翻的白多黑少的眼珠子里，你甚至以为他们已经感觉不到羞辱、寒冷和饥饿，感觉不到疼痛，死亡，或者就没有了感觉了。但是，从他们嘴里发出的潮水一般沉闷声音，却清楚说出同一个乞求：请赏一口饭吃！赏一口活命的饭啊！

我问：“哪来这么多的叫花子？”

“河南，”小刘子说，“李自成为了破开封，放黄河水淹了中原几千里平川，死了上百万的人，这些跑出来的叫花子，要算是命大福大的了。”

“那他们是身在福中不知福了，”我哼了一声，说，“把他们撵开。让他们去找李自成要吃的罢，天下的穷光蛋不是都跟着他跑吗！”

小刘子应了一声，从怀中掏出一根鞭子，扬手抽打出去。那鞭子是用水牛皮捻成的，前端还镶有十来颗铜珠，挥在雨雾之中，发出绵渍渍的风声。我看见那些肮脏黑腻的脸、脖子、肩膀，都立刻现出长长的血痕来，但是乞丐的队伍却越来越大，铺天盖地般把个长安大街堵得水泄不通。有几次，我的轿帘被难民拉开了，还有的难民甚至跳起来抓住了小刘子怀里的点心盒，差一点就把它们抢走。

幸亏，有一支宪兵的马队从天安门——那时候还叫承天门——方向急驰来，举起的马刀在阴雨天泛着冷漠的光。一个长得像水桶似的老军官吼叫着：“反了！反到天子脚下来了！”

马刀无情地向着难民们的头上砍下去，难民呼地一下乱开了。宪兵们口里发出猛禽一样的怪叫，夹着那些呼天抢地的哭号声。一个人突然撞进轿里，倒在我的脚下。一道新鲜的刀痕从他的左眼划过鼻尖切入了右边的下颚，而右眼则由于惊吓而暴凸出来，可怕地抽搐着。但是他嘴里还在喃喃自语，他的双手抱着我的双腿就像怀抱着满腹的心事。我提起脚来，用那绣着金色凤凰的红鞋，一脚把他蹬了出去。我骂了一声：“小刘子，还不快走！”

走了好久，我还能嗅到轿子里那个难民的体味和血腥。我叫停了轿，跑到路边一阵发呕，却甚么也没有吐出来。但是我不再坐轿了，就着小刘子的油纸伞，并肩走回木樨地。我打量着秋雨中的北京城，升起迷迷茫茫的陌生感。风挟着从鞑靼高原上吹来的寒意，使人想起严冬就要来了。我喜欢冬天，喜欢寒彻、凛冽、爽脆，白雪世界的单纯与干净。漫天的飞雪会使灯红酒绿的木樨地更温暖，更像一个温暖的窠巢。我想起紫禁城的砖石和空旷，寒冷的冬天只会使那儿更加寒冷的。那个坐在砖石中央像一个苦行者的父皇，显得那么小，小到如一粒暗点。由这粒小小暗点发出的所谓声威号令，难道真能支配天下的兵马粮草和生杀予夺么？我觉得简直是不可思议的。

远远地，我望见通往木樨地的最后一座石拱桥上，站着两个人。那是母亲的保镖来顺儿，和像一片柳叶般瘦削的小沅，在迎候我的回家。

【第四卷】

俊仆

二五

在我懵懂醒事以来最早的记忆中，就已经存在着来顺儿这个人了。但我对他，一直所知甚少。只知道他的父母曾长期受雇于木樨地，他也就生于斯，长于斯。后来，他父亲死于意外，他母亲则在一个雨夜，落入河中冲得无影无踪。年仅十岁的他就成了实际上的孤儿。他父母留给他的，只有一个乳名，就是“来顺”。来顺儿先在我母亲的院中充当小厮，等到他长成了一个大块头，就自然成了保镖了。我母亲喜欢他就像喜欢他的名字，意味着绝对的服从与忠诚。

来顺儿皮肤黧黑，但跟黑妃的黑又不同，黑中还隐约泛着火炭似的赤红色。大约是职业的习惯，出门在外他总戴着一顶遮到眉头的斗笠，这反倒使他一副厚实而突出的嘴唇格外引人注目。这是一个惯走夜路的沉默男人的形象。因为他神秘的沉默和厚实的嘴唇，木樨地那些历经巫山云雨的女人，都对来顺儿怀着忧伤的怜爱。

小沅是扯着来顺儿的衣角长大的。金桂给她捡回了一条命，银桂教会了她哼曲子，我母亲给了她一碗饭和自由，我的父皇在偶然中（大概算闪念之间罢），给了她一块玉的扇坠儿。扇坠儿她一直挂在脖子上，它和她的自由，把她跟木樨地的女孩子都区别开来了。但对小沅来说，扇坠也就是一块饰物，自由更是摸不着的东西，两者似乎都没有实际的意义。她的世界，总是离不开来顺儿衣角的五步内。扯着来顺儿的衣角，她能感受到来顺儿的体温，他沉甸甸的体积：这是她唯一所有的。来顺儿寡言少语，走路的时候，做事的时候，都是专心致志的，好像身边没有小沅这个人。然而，小沅的发髻上，总插着好看的丝瓜花或者豆荚花，手里有蛐蛐在玩着，嘴里嚼着酸枣、水蜜桃……全是来顺儿替她弄来的。

有一天，两个扬州盐商坐着驷马大车而来，在林间道上听见小沅哼小曲，就停车把她看了又看，引得来顺儿都仔细地瞅了她一眼，好像这才看见她成了女人了。小沅极瘦弱，也极苍白，但已经从苗长为了树，大概该算弱柳罢，风一吹就弯下去，风过了，直起来还是一棵柳。她左眼睑下的滴泪痣，也成了一颗浅色的、有光泽的豆，有了女人说不出的风情和惆怅了。两个盐商下了车，一个在小沅的头上摸了一把，把豆荚花拔下来，嗅了嗅，揉成紫色的泥丸子，一个在小沅的肩上发狠地捏了捏，捏得小沅叫起来，嘴角、鼻子都歪了。两个盐商相视而笑说，“我就喜欢这种没肉的骨架子”，“多用一点力，都要当心散了架……”。说罢，他们双双伸了手，就把小沅往车上推。小沅没历练过这样的阵势，木木地一笑，脚却不愿动。来顺儿就挡上去，说：“两位客人弄错了。”盐商呸了一口，骂道：“我们弄错了？你以为这是甚么地方啊！”一个劈脸打了他一拳，另一个朝他肚子猛踢了一脚，他晃了晃，都还挺住了。盐商更恼火，从车上抽下一根木棒来，车夫大喊：“轻点，老爷！”盐商冷笑：“妈的 ×，轻点！”木棒不要命地打在来顺儿头顶上，“啪”一声就折成了两段了。来顺儿呼出一口气，慢慢倒下去，蜷成了一个痛苦抽搐的团。

“他死了！”两个盐商跳上车，鞭梢“嗖”的一响，轰隆隆就跑远了。

小沅跪下来，抱住来顺儿，不声不响地掉眼泪。

后来，她告诉我母亲，她心里反反复复在念着：“他死了，我还活不活？”来顺儿活了过来，但鼻梁有点轻微地斜了，因为这点斜，他盯着人看的时候，就多了些阴郁的气。木樨地的人都认为，来顺儿是要娶小沅的，就等着他向我母亲提出恳请了。小沅对母亲说过不止一次了：“只要是来顺儿愿意的事，我没有不依的。”母亲向我提到这件事情时，我只哼了声，没有甚么好说的。说到底，来顺儿只是个下人，而小沅还只是下人的心甘情愿的影子，他们俩，我是不怎么放在心上的。

然而，我还是一直都相信，来顺儿对主人始终是谦卑的、忠心耿耿的。我每一次从外面回到木樨地，都能像今天一样首先望见来顺儿、小沅并立石桥的身影。在我投向木樨地的第一眼中，他俩成了石桥的一个部分，也成了一个游动的标识，两根突兀的旗杆。从那次挨打后，来顺儿的手中总是要弄着一根铁棍，就像是在要弄着一管洞箫。

我们走近的时候，来顺儿拿铁棍在小刘子的胸前一隔，他说：“公公，请回罢。”

“不急，”我说，“请刘公公在家用过午饭，喝了茶再走不迟的。”

但是来顺儿没有收回那根铁棍。他说：“木樨地这种地方，做公公的来多了不合适。”

“甚么不合适！”我焦躁起来，“木樨地难道还是立牌坊的地方？甚么男女都来得，偏刘公公来不得。”

来顺儿却并不让步。“男女来得，就是公公来不得。”他说，“公公，不是男女。”

我的脸霎时涨得通红。我再是自以为是，也不过十五岁。我能够感觉到的，是我没有看见过的；我想认识的，是我无法明白的；被我视为常识而含混回避的事情，恰恰在闪念之间把我掷入了尴尬窘迫的维谷。我甩开五指，向着来顺儿的脸上扇过去。

但是，我的手打在了另一只手上。——小刘子与我双掌对接的时候，那清脆的一响，就像两个孩子正在立下甚么秘密的约言。

小刘子匆匆离去了。来顺儿一手提着点心盒子，一手握着铁棍跟在我的身后，就像在押解一个案犯。小沅一手扯了来顺儿的衣角，一手捂了嘴吃吃笑。起初我觉得很恼怒，一路走着，倒慢慢平静下来了。木樨地还像我两天前离开时一样散发着桂花的芬芳，座座青楼恍惚的影子，就仿佛古老寺院中的烟雨楼台。我呼吸着，一切似乎都没有变。

在踏上母亲的小楼前，来顺儿把小沅挥退了。小沅委屈而迷惑地瞪了瞪他和我（瞪得我不舒服），然后垂下眼帘子，走开了。母亲从床上支起了身子，她的神情微微有一些惊讶。那天，我把母亲的惊讶，理解为了对我归来的惊喜。

但是在她孩子气的脸上，没有流露出好奇。她没有多问关于紫禁城和父皇的事情。仿佛她从前给我反复讲述过的奇遇，只是一个别人杜撰的笑话。母亲说："那些地方，我想也不会有木樨地好玩的。"

我说："就是吃的东西还有点意思。"说着，我叫来顺儿把点心盒子打开。

我说："这就是全北京最有名的'眉公饼'。"

"眉公饼，"母亲有些疑惑，她说，"眉公饼会和皇上有甚么关系呢？"

我看看来顺儿，不知如何回答。来顺儿说："玫瑰的玫，宫殿的宫，'玫宫饼'就是御厨专门为万岁爷做的玫瑰糕点啊。"

"真的……"母亲的脸上漾起了笑意。

来顺儿把一块糕放在手心上，捧献给母亲。那糕紫色而又透明，厚实却又柔软，软得几乎就像流质。它在那张宽大而坚定的手掌上娇怯地颤抖着，在深秋阴雨天的暧昧光线下，糕心那凹凸起伏的部分，真的如同两瓣细腻、敏感的花唇。

然而，母亲只是漾着笑意看着来顺儿，却并不伸手接。

来顺儿犹豫了一下，把糕掰下一块，递进母亲的嘴里。母亲咀嚼着，像一个美食行家那样细细地品味。她的嘴角惬意地沾着一些糕屑，眼圈边有着密密的细纹和失眠的黑晕。但是，她那双看着来顺儿的丹凤眼却格外地湿润和清亮。

我从没有看见过母亲用这样的眼神看着来顺儿。我过去也从没有用过今天这样的眼光，来打量着来顺儿和母亲。

二六

这就是我离开木樨地两天以来发生的变化。两天，我无法丈量出它的长短和厚薄，因为时间一般被认为并不具有体积感。也就是在这两天，我弥合了我和父皇之间十五年的距离。或者说，他从那个十五年来传说中熟悉的形象竦身一变，成了一个让我惊讶的陌生人。而在这两天，母亲割裂了她与往事之间的某种神秘联系。这种联系依靠回忆、叙说、虚构、夸饰和梦寐来串结着，像一朵云那样以一滴水来无限地膨胀着、上升着，最后爆炸，烟消云散，归于虚无。换一个说法，那膨胀的云无限地下沉着、收缩着，最终凝聚为一滴雨水，从九霄坠落。我就是这一滴盲目的雨水，落在紫禁城和木樨地之间的道路、树林、河流和桥梁上，等待着再一次的蒸发。我以自己的存在，使母亲与往事的那种联系有了真实的凭据。但是当联系已经被割裂以后，十五年的凭据也就成了一页没有意义的白纸。然而，过去的两天就是这过去的十五年的一个部分，所以我不能说这两天的变化，超过了十五年来的总和。

来顺儿就是母亲变化的支点。好像墙根的一苗小草，来顺儿一夜之间长成了一根梁柱。他的高大魁梧，黑中泛红的皮肤，他矫健的身姿和宽广的呼吸，都成为母亲蛰居的那个院落和阁楼的重要部分。现在，母亲在一觉醒来的任何时候，都会带着惊慌地呼唤着来顺儿的名字。当来顺儿来到她的床前时，她苍白的脸上却会升起少女般的红潮，并因为羞涩而有些手足无措了。

而就在几天以前，在这儿每一个角落充斥的，都是我急促的脚步，咯咯的娇笑，夸张的责骂和甩向仆人的响亮的耳光。现在，我黯然退去了。但是我的退去，并不是退入幕后，而是从前台退到了台下，我从一个主演，变为了观众。母亲不会对我的变化有所察觉，因为她正处于炫目的光亮中，这光之外的任何事物，对她来说都是黑暗和未知。来顺儿就是照亮她生命的光源，她发现自己被桂香薰蒸了几十年的胴体像芽一样地在萌动着，就如同那块在来顺儿掌心中娇怯颤抖的紫色糕点。

与此同时，我学会了耐心地观察和长时间地思索。白天我漫步在木樨地深秋日见萧索的小径上，隔着云烟氤氲的桂树林，眺望着那些数不清的色情院落和青楼。也许，有人会以为我是在用脚步丈量木樨地的面积罢。然而就像时间没有体积一样，木樨地也没有确定的边界，因而它是无法测定的。很多年以后，我在一家路边酒馆吃饭时，听到一个明代的遗民用枯哑的嗓子吟诵：

南朝四百八十寺，

多少楼台烟雨中。

……

我很自然地就联想到了我们的木樨地。

计六奇……喔，让我叫你小六子，小六子，请不要问我这是为甚么。自我从紫禁城归来后，我学会了观察、思索，也学会了在关键的问题上缄口不语。我的故事，将只向你描述事物的状态，局部，细节，而略去那些复杂而枯燥的推理。

是的，我最重要的观察对象，就是我的母亲。她还像从前一样，不分白天黑夜地靠在床头，眺望着窗外的风景。但是，窗外的风景仅仅只作为某种背景而存在：伸手可触的来顺儿才是这风景唯一的主体。

噢，是的，来顺儿是依靠触摸来存在的。来顺儿可以在母亲呼唤他的任何时刻，出现在她的床前。更多的时候，他就待在那间阁楼里，擦拭地板、窗台、桌面、床头，擦拭那些高高低低的陶罐，为我的母亲喂食点心、莲羹和茶水。然后，他拿一条滚烫的湿毛巾，按在母亲的脚掌心上反复地旋转。母亲小而又小的双脚被并排一起，就像一只破开的玉兰瓜。或者说，就像两只早已破开的瓜，又被粘连在了一块。灼热的痛感就从那玉兰瓜般的裂缝之间倒流至母亲的全身，她长年就像浸泡在凉水中的骨头，关节，皮肤，皮肤上的每一道皱褶，身体上的每一处旮旯，于是都有了生气和激情。“来，”她说，“来，来顺儿……”母亲心急的时候，语调就更慢，声音就更轻，而这时，还更加的含混和嗫嚅。红潮再次袭上她瘦削的双颊，她布满黑晕的丹凤眼闪亮着与年龄不相符合的潮湿。

来顺儿就在我母亲的床前温顺地跪下来。他伸出蒲扇大的左手，抚摸着她的额头和额发。自从我与母亲疏远以后，她的头发一直都是乱蓬蓬的。过去，只有我用纤细、灵巧的五指插入她的头发，才能把它们梳理得清爽而光洁。但来顺儿没有这么做，可能是他对女人的事情还知之甚浅罢。不过，也许是恰恰相反，对女人暴露在空气和光线中的脸、眼睛和一头乱发都没有更多的兴趣，他关心的是置身于隐秘、荫蔽、掩盖、伪装之下的那一部分。他同时伸出了蒲扇大的右手，张开五指从我母亲的额头向下滑。他的拇指和幺指夹住她的双颊，食指和无名指搭住她的眼帘，而他的中指则划过她的眉心、鼻梁、人中……就像君王踏着紫禁城纵贯南北的中轴线，气定神闲地走向那座金銮宝殿深处的龙椅。

来顺儿的胡萝卜般的指头，掠过我母亲乌红的樱唇、圆润的下巴和深陷的颈窝，接着隐入绣满杏花的衾被，像一张耙子那样耙过她业已平板的胸脯、耷拉的双乳，在她的肚脐上做了短暂的停留，最后抵达了那一小块极其狭窄的地带……他的脸上愈来愈没有表情，只有那根被打斜的鼻梁，还有嘴角轻微的歪曲，泄露出一丝晦暗的心情。而她的神态，早已千变万化。在那一根要命的指头的点拨下，她干缩的躯干蛇一样扭曲起来，五官在可怕地变形，痛苦、痉挛、抽搐，那张开的森森白牙恨不能把假想中的仇恨、饥馋一口全吞下！

来顺儿微笑着，把头埋到她的耳边，轻声吐出两个字。泪水从她的眼眶中流出来，她在身体的亢奋中虚弱地嗫嚅着："不……"但是，来顺儿就像自己的那根指头一样，把那两个字不断地重复着，声音体贴、温馨而又坚定，嘴角却挂着一丝恶毒的微笑。"不，"她说，"不，不……”但是，滚滚的高潮冲决了她脆弱得可笑的堤防，——那成串的含混不清，憋成了一股号啕大哭。

二七

立冬后，北京落了一场大雪。那雪从天亮以前一直下到黄昏，沙沙不绝的雪声就像有万万条蚁虫在啃噬着巨大的物质。没有风，而太阳却高悬着，阳光透过密密的雪花照过来，如同不祥的白幛在令人晕眩地晃荡。那些失去居所的麻雀，都争相撞破了木樨地纸糊的窗户，试图在青楼中寻到一点温暖和食物。它们的结局，却是充当了别人的美味。那一天，烧烤麻雀肉的焦煳煳的香气，代替了桂花的芬芳，弥漫了整个的木樨地，并向周边飘扬开去。

客人们闻香踏雪而来，白得肃静的空地里停满了花花绿绿的轿子，使木樨地看起来格外地凄迷。那一天，青楼中都在添酒加菜，泥炭小炉烧得通红，呢喃的小曲唱得醉生梦死。我知道，这时候只有两间屋子里的响动与众不同：那就是我母亲的卧室和我的卧室。

母亲在床头和来顺儿窃窃私语，伴随着时断时续的抽泣。而隔壁的我，则根本就只有持续的沉默。

我用一根又长又细的丝线，系在麻雀的左腿上，把它们拴成了一串。我很有耐心地做着这件事，因为丝线太光滑，稍一不慎就无法系牢。当这串麻雀达到三十六只，也许是七十二只，我记不清了，我就提着它们走到变得如琼枝、珊瑚的树林中放飞。

这些麻雀拴在一起，必须同时张开翅膀，并以均匀的速度飞翔，才有可能逃出这个已经变为烧烤麻雀的大作坊，重新获得一次选择生和死的机会。现在我已经忘了我当时的心情，是对它们怀着悲悯抑或诅咒？我把麻雀提起来，奋力向天空掷了出去，——也就在这一瞬间，我看见翩翩两骑顶雪驰来，马蹄溅起的雪花和泥泞在身前身后优美地飞扬。我明白，那是来自紫禁城的黄衫使者。

这一回，来顺儿没有用他洞箫般的铁棍阻挡小刘子。因为小刘子的手中握着一个可能是御旨的黄色卷筒，他把卷筒指向哪儿，哪儿就好像洋溢着高贵、粲然的天光。小刘子说："皇帝宣朱朱小姐进宫。"

母亲脸上的表情很漠然。但是身为仆人的来顺儿却代替她提出了异议。他说："主母体弱多病，朱朱小姐应该留在她的身边克尽孝道。"

"啪！"——只听绵渍渍的一声脆响，来顺儿脸上出其不意地挨了一皮鞭。小刘子用那黄色的卷筒昂然指着来顺儿脸上的血痕："奴才，这是你说话的地方？！"

母亲惊叫一声，却不知该张开胸怀扑向来顺儿，还是该用尖牙利齿冲向小刘子。她瞪大湿润的丹凤眼，满含着恐惧和仇恨。倒是来顺儿表现得异常地平静，他说："公公息怒，奴才的意思只是问主母能不能和小姐同行，那样小姐可以照顾主母，而主母也能借此沐浴皇恩。"

"不……"母亲把小嘴张成了夷语中的"O"型。但是，来顺儿迅速侧过身子，以坚定的目光阻挡了她的抗议。

小刘子并不回答，只是转向我，充满了谦卑和顺从。而我呢，却一言不发，仅仅报以他莞尔的一笑。

这一回，我是坐在小刘子前边的马鞍上离开木樨地的。小沅在楼下的雪地上抱着双臂徘徊，她身上铺满了厚墩墩的雪花，好像她自己也是从天而降的一朵雪。我哼了一声，抱着马的脖子，小刘子抱住了我的腰。转眼间，太阳消失，风雪迷漫，木樨地在“嘚儿、嘚儿”的马蹄声中被远远地甩在了身后。或者说，转眼间，两骑三人就挟着风雪黄昏驰出了来顺儿那怅然失望的视野。而我的母亲呢，大约正将头埋在松软的桂花枕中，再一次抽泣起来了。

我忽然牵挂起那一串抛向天空的麻雀，它们振翅飞起来了吗？但是我向小刘子说出的话却是：“那个在红叶上写满狐妖故事的妃子，她怎么样了啊？”

“你还在念着她啊。”小刘子爆发出一阵放肆的大笑。他说：“多少年前的旧事了，她早死了。她们那一朝妃子全死了。皇帝最后也驾崩了。——就连骨头都烂了！”

小刘子在黄骠马溜圆的屁股上猛抽了一鞭子，我立刻感到自己就像在驾着一道闪电向前滑翔，雪花扑向我的双眼和面颊，又片片融化。小刘子搂着我肚腹的手有力而又温柔，我第一次察觉胸脯上有两团累赘的家什在上下均匀地颤抖，全身突然之间有了说不出的惊栗和快乐，于是我以放肆的大笑回应着小刘子放肆的大笑。在通向紫禁城的道路和桥梁上，持续回荡着这种凶蛮却没有意义的声音。

这是崇祯一十五年立冬以后的事情。后来我知道，李自成就是在这时候大破了襄阳，纵军杀入荆州，歼灭了父皇派出的一支三万七千人的剿贼劲旅。据死里逃生的残兵散布说，那些倒毙在风雪中的尸体，在苍野中看起来竟有出奇的平静和温顺。从他们的创口和七窍滴淌出来的血汁，在枯死的草根和冰冷的石头上凝成了发皱的紫斑。这些紫斑再后来，就成了京师药坊中重金收购来治疗肺痨的良药，雅称为“血碧”。

在我重返紫禁城，再次见到我的父皇时，战场上的“血碧”还在进行最初的酝酿，没有凝结成形。而我发现父皇的龙体似乎康健了许多，不仅微微发福，而且从前清白瘦削的脸颊还有了些红润。但是，看到这种景象，我心里反而多了层酸楚。父皇问我话的时候，我有些走神，竟不知如何回答。

在这间我们父女重逢的小屋中，用松柏、桦木、青杠精制的木炭在焦黄的铜炉中平静地燃烧。温暖的气息中，有让人难过的树汁的清香。

父皇不再问我甚么。他示意我走到他的跟前，把我的手放到他的手中。父皇用他的手摩挲着我的手，就像是在观察着、辨认着和熟悉着它们。父皇的手可能是他全身唯一没有被磨蚀而保留着优雅的一小部分，说不出的纤长、精细、光滑，找不到一点茧疤或者粗皴的裂纹。而我的手竟出奇地和父皇的手一模一样，就像一双手是另一双手孪生的姊妹。时间在指缝和指缝之间泄漏着，仿佛要执拗地再现昔日的秘密。仅仅凭着父皇伸给我的这双手，我也会觉得母亲反复讲述的十六年前的往事，从此有了重要的依据。

父皇也许正在和我想着同一件事情。他看着我的手，就好像看出了我的心思。他说："朱朱要是穿上朕十六年前的龙袍，大臣们还会以为是那个刚刚登基的少年天子呢。"

我说："朱朱要是穿上一身白衣秀士的轻衫布履，拿了一柄带玉坠儿的折扇，去木樨地走一遭，人家还会以为是陛下又来寻花问柳了呢。"

父皇松了我的手，哈哈地笑起来，脸上泛过一阵短暂的红潮。不过，这不是羞涩，更不是犯窘，而是透着说不出来的得意，对从前任性而又狡黠的欣赏和骄矜。

雪已经停了，父皇拉着我的手信步走到院外。积雪在脚下不断发出嘎吱嘎吱的塌陷声，而为白雪陪衬的红墙黄瓦则显得娇艳欲滴。虽然时辰早过了黄昏，积雪却将触眼可见的一切东西都映得格外亮堂。父皇指着远处巍然耸立的“天堆”：“你看，朕的御米又增添了好多。”一会儿，他又指着一排密闭的房子：“你看，朕存的银子已快胀破了内库了。”他再看看天空，深深吸入一口凛冽的空气。他说：“朱朱，真是瑞雪兆丰年啊。明年的春天，从木樨地走到长安大街，不就是一幅《清明上河图》么？”

我从小就没有树立起甚么是非善恶的观念，对权术就像对房术一样懵然无知。而对边疆动荡，流寇内乱，灾荒连年，瘟疫流行，我至今像面对一堆乱麻无法梳理出甲乙丙丁。当然我也无法判断父皇说的话是否发自真心，还是自己在蒙自己？我只是喜欢这样让他拉着手，听他说着话。他说的都是具体的，局部的，细节的，和关于今后的，我觉得听着心里舒坦，熨帖。我以为，父皇对他的太子、皇子、公主，是不会这样说话的。

那天，父皇在雪地上还向我提到了一件重要的事情，就是要组建一支前所未有的“净军”。

“净军”，是挑选宫中净过身子的精悍太监组成，不仅要培育对国家和君王的忠勇，学习白刃格斗、冲锋陷阵，而且每一个兵士都要当作将军来训练，熟知兵法，懂得布阵，攻坚，退却，伏击，劫寨，直至赢得战争胜利。最后，还要演练包括献俘于午门在内的各种仪式。

今天，许多学问家，甚至大明的遗民，都嘲讽父皇组建“净军”的想法是荒谬无稽的。我现在也已经很老了，但在缅怀往事的时候，我发现自己从未想到过这个想法是荒谬的，只是它当初让我感到万分的惊骇。

我问父皇:“宫中现在尚有多少太监可用呢？”

父皇说有一万五千。但是他又说，他将按照五抽一的原则来挑选，也就是说，这支“净军”的规模是正好三千人。父皇还拈着一小撮胡须笑道:“秦少游就说过，我精骑三千，当敌尔羸卒十万。对罢，朱朱！”

然而，我摇了摇头。我说:“‘净军’如果也和帝国的野战部队一样，临战即望风披靡，这是他们的可悲；‘净军’如果战无不胜，攻无不克，那就是他们的可怕。这一点，还要请陛下多想一想。”

父皇侧过身子，用有些吃惊的目光打量我，就像在打量一个成年人，甚至一个大臣。他又变成了我熟悉的那个皇帝，眼中沉淀着冷漠和警觉。父皇的声音告诉我:“你说甚么又不是可怕的呢？”

我不愿意父皇用这样的目光和声音来对待我。我笑了一笑:“刚才是朱朱胡说。‘净军’又有甚么可怕的呢！魏忠贤就是太监中顶顶可怕的了，还不是拿给陛下瓮中捉了鳖。”

但这一回，父皇却没有像提到木樨地那样，脸上现出骄矜的红潮。他望着在雪地中像琼楼玉宇般缥缈的宫殿群，默然无语。

我又说:“陛下擒杀魏忠贤的经过，真像别人传说的那么神奇吗？”

父皇再次笑起来，好像他的思绪终于从某个遥远之处拉了回来。他说:“只要是传说，就总是神奇的。对不对？”

“那真相是不是这样的呢？”

“朕不知道，从前的事情，该拿甚么作凭据，来证明它的真假呢。一群瞎子在大象身上摸来摸去，以为把大象彻底弄明白了，可他们明白的是些甚么呢？天下的百姓，读过书没读过书的，都把三皇五帝、尧舜禹汤挂在嘴边，视他们为明君圣主，以他们的标准来要求自己的皇上。可除了挂在嘴边的那些话，又有甚么凭据证明他们的存在不是虚妄呢。现在连一点尧舜的坛坛罐罐都找不到，比盲人摸象还要靠不住，可有谁来说过一句怀疑的话！就是那些敢对朕冒死进谏，不怕廷杖的老家伙，也没有这个胆量的。”

父皇的嘴角掠过被皱纹歪曲的微笑。他说：“倒是几百年以后，人们还可以从北京城的残垣断壁中，从印刷的官史和手抄的稗书里，找到许多既看得见又摸得着的凭据，来证明朕是如何的昏庸，刚愎，残忍，还有……这样或者是那样。”

我第一次听父皇对我说了那么多话。我听不大懂，还听得有一些困乏。然而看看父皇，他的神情却在一点点地变得亢奋，眼中闪出了炯炯的光。

二八

大雪又断断续续地落了好些天。过量的冬雪终于淹没了人们对初雪的期盼和喜悦，寒冷锁住了城市、道口和一切的门窗，把松软的雪绒凝冻成了坚实而溜滑的冰甲。背依燕山虎瞰中原的帝都，成了苍茫天地间一座孤悬的城池。然而，帝国的驿卒还是奇迹般地把崇祯一十五年岁末的坏消息从一个个风雪飘摇之乡，络绎不绝地带进了紫禁城，带到了帝国皇帝的案头上。李自成攻破汝宁、襄阳，杀掉了崇王；张献忠破了太湖，又破无为；清军则越过坍塌的长城进入山东，破十余处州县，掠走十余万人口……后来，这些带着寒气和硝烟的报告堆在父皇的案头，成了一座纸垒的煤山。再后来，他已经懒得去翻一翻了。

御前会议仍如往日，每次都开得像讨价还价的乡村集市。大臣们以东林、复社、阉宦、外戚、同乡等等为背景，分为不同的派系，各执一端，相互攻讦：招抚还是剿灭，议和还是抗战，安内还是攘外，割地称臣还是玉碎瓦裂……？如果主战，帅从何来，兵从何征，饷从何筹？要么议和，对谁称臣，家奴还是外贼？割多少地，纳多少银？动皇帝的私房，掏官吏的腰包，还是刮百姓的地皮……？最后，父皇总是叫锦衣卫将几个为头起哄的家伙推出午门，剥了裤子廷杖二十、三十！板子打在这些肥胖的屁股上，绵渍而清脆，在雪后的空气中传得比钟鼓楼的报时声还要辽远。父皇耷下眼帘，好像在这些声音中，他的心事也飘到了更为虚无的地方。

因为积雪堆得过厚，从宫中征集出来的三千"净军"找不到操练的场所。父皇变得愈来愈焦躁，他每催促一次，下边的太监将军都以哭丧的脸，拿口称"奴才该死"来搪塞自己的皇帝。有一回父皇气得拍了桌子，他说："你们口口声声该死，那么以死殉国如何？死都不怕，还怕甚么冰天雪地！"

父皇亲自披了龙鳞万点的金甲，按剑向北步出玄武门，也就是如今的神武门，喝令在煤山的南麓即刻铲出一块演兵场来。

积雪冻成了三尺厚的坚冰，一铲下去，震得人的虎口发麻。那些平素靠着万岁爷的残羹剩水滋养得白白胖胖的公公们，都累得气喘吁吁。过一会儿，陆续有人佯装着滑倒，索性躺在冰上晒起了太阳。雪后的太阳格外夺目，如同急雨般地穿泻下来，又从冰原上反射进父皇的眼睛，直刺得他泪眼模糊。他想喝斥一句甚么，却觉得喉咙口被堵上了一团粉末。那阳光恨恨地照着，没有情义，也没有温暖。父皇感到冷冷的液汁在他的两腋和脚心流出来。他艰难地歪了歪嘴角，旁边的人们却以为他终于露出了微笑。他倒下去的时候，是仰面朝着天空的，他用一只手臂支撑了一会儿，正好倒在了一棵歪脖子槐树的阴影中。那棵槐树给父皇留下了深刻的印象，它看起来就像是过除夕时贴的剪纸。

父皇倒地的时候，我正和小刘子一起在督促“净军”铲雪。小刘子把鞭子挥得呼呼作响，那些东倒西歪的太监们一边躲闪着，一边用尖细的嗓音发出嘿嘿的笑声。我隔着亮得炫目的冰甲望着父皇，太阳刺得我两眼发黑，但是我翘起嘴巴向他娇嗔地微笑着，我想以自己的快乐逗起他的快乐来。直到父皇已经倒下后，我还傻乎乎对着他站的方向在笑呢。

三个御医同时为父皇切了脉，但均称没有发现任何的异常。他们像是统一了口径似的说：“皇上只是受了一点风寒，服一点汤药即可痊愈的。”父皇躺在龙床上把手挥了挥，说：“一派胡言。朕是急火攻心，正该用大寒的泻药。”

御医们一齐在龙床前跪着，大气也不敢出。那个已经当上大将军的老太监也跪下来，他说冰雪已经铲除干净，将士们正在用心操练，以图报效国家，请皇上不要挂念。这时就像要印证他的话似的，从外边隐隐传来均匀的鼓点声，和着一阵阵尖声尖气的呐喊。父皇默然地听了一会，摆摆手：“都去罢。”

但是没有人敢对皇帝服泻药这件事负责。经过皇后、贵妃、首辅大臣和首席太监的反复磋商，最后给皇帝端上来的是一碗长白山的老参汤。这种汤不会有甚么奇效，也绝不会有甚么大碍，皇帝是懂这个意思的，所以也不多问，端起来就喝了。

他对我说："朱朱，你知道国家弄到今天病入膏肓的样子，是为甚么吗？——就是他们总给朕这种方子，看起来贵重无比，听起来是至理名言，其实呢，吃了这药就和不吃这药差不多。"父皇说到最后，竟拈着下巴上的一小撮胡须笑起来。

我想讨父皇的喜欢，但我不知道应该对他的话和奇怪的笑抱怎样的态度，于是我站到他的身后，用十指为他梳理头发。为父皇梳理头发和为母亲梳理头发是完全不同的。母亲的头发虽然蓬乱，但是细密而柔顺，它们长年在馥郁的桂香和潮气中滋养着，散发出一股花生油味道和新鲜木屑的气息。而父皇的头发干涩、花白，像乱麻绞成了一团，我的手指稍一用力，父皇好像都要皱一下眉头。我还在他的后脑勺上发现了一块血包，这一定是父皇在冰原上摔倒时磕出来的。我心底冒起一股火来，这是对老刘公公没能及时挽救住父皇而发出的恼怒。我说："这老刘公公，真是老糊涂了！"

"不要怨他，"父皇说，"他还真的是老了。"

整个冬天，父皇都没有再去煤山脚下视察过净军的演练。他甚至很少去留意那远远传来的锣鼓和呐喊声。宫中的起居一如往常。木樨地对我来说已经变得十分遥远。在这儿有小刘子每天在暖烘烘的屋子里陪我说笑解闷，早晚还可以散步到御花园探一探盛开的蜡梅。桂花的芬芳中夹着糜烂和晕眩的气息，而梅香则格外地单纯，纯到给人带来凛冽的寒意。我问小刘子："太监可不可以结婚呢？"小刘子很谦恭地说："奴才的一切都是由万岁爷做主。小姐问奴才，奴才却不敢去问万岁爷。"

从那以后，我忽然觉得多了双重的心事。这还是我第一次为别人生出摆脱不了的挂念。有一天，我对父皇说："老刘公公太老了，应该放到‘净军’做教头。而小刘公公还太小，可以安置到‘净军’中做前敌将军。而父皇本人，应该重新寻一个腿脚灵便、头脑灵活的贴身侍卫了。”

这时，父皇刚刚杀掉了秘密与清军议和的兵部尚书陈新甲，因为陈新甲泄露了秘密，还口称自己是奉旨行事。朝野为此舆论大哗，并深刻地震动了社稷和军心。陈新甲以“卖国欺君”之罪而丢掉了脑袋，但陈新甲之死这件事却成了至今莫辨真假的秘密。父皇或者是有难言之隐罢，他从未亲口和我谈到过此事。在崇祯一十五年，父皇要杀一个大臣，要远比当初杀一个魏忠贤容易得多了。但是父皇却宁肯天天使用廷杖，却厌倦于杀人。每杀一人，父皇似乎都会增添许多的疲惫和衰竭。他听了我的建议，竟都全盘接受了下来。

但是父皇也提出了几点疑惑：“老刘公公肯不肯走，小刘公公能不能服众，贴身侍卫从何选择？”

我说：“可以宣示天下，许以重金，公开招募一支净军的‘百人忠勇营’，以老刘公公为总教头，让小刘公公做长官，作战时当‘净军’的尖兵，平日则充当皇帝的卫队。而贴身的卫士，正可以从中选拔。”

父皇点了头。

二九

我听见你在黑暗中发笑了，小六子。这有甚么好笑的？我想你是熟读过二十三史的，但愿你还没有成为书呆子，还是留了点人味的。以你的见识，自然没见过皇帝听从十五岁小丫头的建议，拿国家大事作儿戏。是的，这是有点荒谬的。但是，更多的末代君王除了大开杀戒，就是求助于占卜问签，我的父皇真算得上是从善如流了，对不对？况且，那些推诿扯皮却又沽名钓誉的文武百官，又给父皇出过甚么有用的良策呢？如果我做皇帝，我赏给他们的，决不只是闹着好玩儿的大板子。武则天十五岁的时候就说过，驯马之道，一是鞭子，二是铁锤，三是匕首。可见，女人是比男人更下得了手的……嗳，小六子，你天天和我这狰狞、可怖的老妇人关在一间屋子里，就没有一点发抖的感觉吗？

你过来，握一握我完好的左手……嗯，很好，这样很好……让我说下去。

招募“净军百人忠勇营”的告示很快就张贴出去了。不过所谓宣示天下，也就是宣示北京的几座城门和北直隶的几个县份罢，因为“天下”已经被家贼和外寇宰割得七零八落了。

但是一直到抵近除夕，前来应募的人还不到百人之数。我为此感到有说不出的沮丧和羞恼。父皇反倒表现得很轻松，他安慰我说，青壮丁早已充军，哪还有富裕人员来效命“净军”呢？而且国家危亡，谁也不愿自家的子弟被阉割入宫。哪一天连朕都保不住了，那些净了身子的公公岂不是连根都要断完了？

“那么，公公可不可以不净身子呢？”我问父皇。我虽然时常听说“净身”，却一直都是似懂非懂的。

父皇的话像是答非所问，他说：“不净身子，又怎么会叫公公呢？”

我说：“如果今后朱朱嫁人，能不能嫁一个公公呢？”

父皇笑起来：“笑话，朕的朱朱怎么会嫁公公呢？”

我说：“如果朱朱嫁人，就嫁给小刘公公呢？”

“那么，朱朱一定是疯了。”父皇脸上的微笑变为了惨然的自嘲，他转身弃我而去了。

这次对话过后的第二天，有一封信经过某种奇怪的通道，曲曲折折地到达了父皇的手中。他拆信的时侯，嗅到了一股似乎久违的香味，心中漾起一点暖融融。信是我的母亲、木樨地的主母丹桂写来的，她祝皇帝、皇后龙体、凤体安康，祝国运昌盛，祝福新年万事如意。但是她没有说到对皇帝个人的思念，甚至没有一处提到自己深宫中的女儿。事实上，母亲信中的主要意思是，国家正是用人之际，她有一个看家护院的青年，身有万夫不当之勇，心有精忠报国之志，现在已经引刀自宫，随即就来投身“净军忠勇营”，愿为君王肝脑涂地，马革裹尸……

父皇把信推在一边，目光从一扇月形的窗口望出去，正落在一棵疙瘩虬结的梅树上。那些小心翼翼开放的花蕊，在雪中、在宫墙的影子里，真有着说不出的娇怯。他这样长久地看着，心绪宁静。他还看到了在这封信的信笺上，洒着几颗已经干透的水渍。它们抑或是旅途中沾染的风雪，而看起来就像是滴滴的泪花。

父皇没有把我母亲来信的事告诉我。在元旦节的午后，父皇在东暖阁秘密召见了奉旨入宫的来顺儿。来顺儿虽然自宫之后尚未大愈，但是在伏惟叩拜、举手投足间，表现出的钟鼎般的结实、弓弦似的弹性，给父皇留下了深刻的印象。父皇没有询问他入宫的具体动机，而只是像当年对老刘公公那样说了一句：“你从此就是朕的人了。”

但是来顺儿并没像老刘公公那样，用头把地砖叩裂来表达自己的忠勇。他跪在那儿，从口袋里掏出一根纱抛在空中，用掌轻轻一挥就把它削为了两段。来顺儿说：“奴才若有二心，就是这个下场。”

老刘公公和小刘公公叔侄俩分别侍立在父皇的两旁，表情漠然。父皇则充满了喜悦的神情。他说：“很好。你平身罢。”

我是在好多天以后，才突然发现老刘公公的位置已经被来顺儿取代了。我当时的感受真是恍如梦中，来顺儿的出现就像从天而降。他穿着簇新的太监服，双眸严峻而冷淡。他肃立在父皇的龙椅背后三步之遥的地方，尽管是个太监，却把自己装扮得像一个高贵的武士。我定定地看着他，必须承认，在褪去了胡须后，他的脸颊显得格外地俊秀。他也定定地看了我一会儿，就像是没有看见任何的东西。

来顺儿的双手笼在背后，不知是握着一柄老刘公公那样的斧头，还是他惯用的铁棍。而且由于他双手的双重隐蔽性，使即便是最高超的刺客，也无法判断他在刹那间将会如何的出手。

我不记得当时和父皇说了些甚么。大概我们相互都在敷衍罢，有一句没一句地搭了些话，我就退了出去了。我清晰地听到在背后，父皇和来顺儿开始了絮絮窃窃的交谈。忍不住，我回身看了一眼，父皇通体的舒服和放松，而来顺儿则俯在他的耳边说个不停，起先冷淡的眼中流出妩媚的波光来。

走在冷风飕飕的回廊中，我的肠胃里不停地打着干呕。当惊愕消失后，我发现自己并没有愤怒，仇恨，嫉妒，只是打着干呕，想找一个地方把污秽的东西吐得干干净净的。

我满紫禁城去寻找小刘子，却不见他的踪影。天黑了下来，我顺着两道宫墙间的小径，摸进了一座堆放帷幔、被褥、棉絮等等物什的库房。我倒在这些柔软的东西中间，感到既温暖又形只影单。那时候，我刚过了十五岁，处处自以为是却又时时幼稚可笑，交替经受着极端的娇宠，和无限的冷落。在那个有着弹性的黑夜里，我觉得自己像一个面壁僧人那样悟出，虽然“父母”“国家”这些字眼像钉子钉在木板上那么结实，而亲密与疏离、忠诚和背叛却是可以如水一样恣意流淌的。谁守持着信义和原则，谁就是注定无望的受害者，是他妈的蠢驴蛋。

我一边怀着恶意地想着笑着，一边伸手到处掏着。我想找到一个可以生火的家什，午夜时分在突如其来的梦游症里，放一把冲天火焰，而我则像一片树叶那样，被风远远地卷出紫禁城。我才不愿意和谁或者谁同归于尽呢。我要跑到已经被造反者搅得天翻地覆的地方去看热闹，或者放把火凑热闹。

我在不自觉中睡着了。没有找到点火工具，也没有等到梦游之神。当被一阵窃窃私语惊醒时，我想是遇见鬼了。

在距我近得几乎伸手可触的地方，我先是看见两团白影在晃动，逐渐清晰为两个白衣女人。一个年龄大的，嗓音沙哑，虽像在耐心劝导，却高贵严厉；另一个明显是少女，娇滴滴的，像在哭泣，也像在乞求。虽然做梦也想不到会有人潜在自己的身后，但是她们的声音仍然放得很低，在塞满了丝棉织品的库房中显得压抑和含混。慢慢地，她俩的交谈也停止了。继而，传出了窸窣的声音，就像是丝绸和丝绸之间的摩擦声。

我的眼睛已经适应了黑暗。况且，透过库房窗帘撩开的一角，雪地投进来的光洞察了每一个细节。那窸窣的声响，是她俩相互抚摸所发出来的，用手，脸颊，唇，身体，用痛苦的喘息和喘息，用呻吟与呻吟，来相互抚慰和摸索。她们其实并没有穿着白衣，那圆滑饱满的白影就是她们温暖肉体发出的微暗的火。现在，那火就在白影的下边燃烧着。两具身体就像两堆火焰在舔食着、交融着、辨认着、掠夺着。

我听见呼吸声越来越浑浊、急促，甚至还有双手紧握着使指关节发出的紧张的爆裂声。这是我自己发出的声音罢。她们不会听到的。即便是身边山崩地裂，她们也不会听到的。我莫名其妙地觉得自己是那么可笑、可怜，而且很多余。于是，我把自己单薄的身体，深深地隐入了那些棉绒绒的堆积物中，直到厚而又厚的黑暗挤压得我的身体一点都不能妄动了。

第二天早晨，我像从墓穴中爬出来一样，觉得自己得到了一次新生。我仔细观察了昨晚两个神秘女人作乐的地方，那儿就像是困兽搏斗后留下的一个坑，许多布匹上都布满了皱纹、斑迹，有的还被尖锐地撕成了碎片。我不能确定她们的身份，她们也许是两个宫女，也许不是。倘若其中一个是皇后、贵妃，又有甚么不可能的呢？在那个新生的早晨，我只是不能确定她和她之间到底发生了甚么事。这对一个木樨地长大的女孩子来说，似乎是不可思议的。但是，正如灯盏下边黑一圈，我从小对男人和女人、身体与身体之间的事情早有所知，却又一直懵懵懂懂，因为真正的熟手，都必须是身体力行的。而我，除了我自己的身体外，迄今为止，我都还是一个旁观者……小六子，你是在直直地看着我吗，你不会脸红罢？

那个早晨，我唯一想见到的人是小刘子。但是我怎么也找不到他。于是我就在这座库房中待着，等他来找我。反正他有着特殊的嗅觉，总能找到我的藏身之处的。

小刘子一直拖到天再次黑尽的时候，才来到了库房中。我说：“是皇上吩咐你来找我的罢？”

但小刘子否认了。他说自己和老刘公公也已经很多天没有看见皇上了，之所以来找我，是他带来了关于木樨地和我母亲的最新消息。在来顺儿执意入宫后，我母亲把木樨地无限期地托付给小沅，自己带着十二个花娘住进了积水潭扫叶林的葫芦庵。

我问:“是削发为尼吗?”

“这个,奴才也不很清楚。”他说,“老人家大概是去散散心,清静清静罢。”

“老人家。”我喃喃念着小刘子对我母亲的尊称,差点笑起来,如在昨日,她还是在来顺儿怀里发嗲的丹桂,今天怎么在一个小公公嘴里,就成了老人家了呢……除此之外,这个消息没带给我大的惊讶。因为,应该惊讶的事情太多,而我已经麻木了。我只是惋惜地想到,如果母亲真削去了那头乱蓬蓬的长发,就再也没有谁能嗅到那花生油脂和新鲜木屑的味道了。

在小刘子带来的消息中,还提到了一个人,这就是小沅。在来顺儿投了紫禁城之后,她把脖子上父皇赐她的扇坠摘下来,拿铁杵静静地、慢慢地,舂成了一小捧粉屑,撒进狗棚的食槽里,喂了畜生了。我母亲去扫叶林葫芦庵的时候,曾想带上她,但她拒绝了,她说:“我要留在木樨地,我的事情还没有完。”我母亲问她,是甚么事情呢?她笑道:“木樨地的女人,离了男人,还能有甚么事情呢?无非男女之事罢。您去扫叶林,不会把落叶扫净了,又接新的客人罢?”母亲扇了她一耳光,却又捂住自己的脸没完没了地哭。

我听了小刘子的转述,冷冷道:“这个臭丫头,我不会饶了她。”

小刘子说:“这话小沅已经说过了,她说,‘我一个也不饶’。”

小沅的话,让我默然了一小会,但我实在想不出,一个小女子的决绝之心,又能埋伏下甚么惊天动地的壮举呢。

我把小沅搁置到一边,柔声说:“小刘子,我们俩走罢。”

“去葫芦庵探老娘?”

“不。是让你带着我远走高飞。”

“到哪儿呢？”

“满世界游逛，到哪儿算哪儿罢。我给你做媳妇，我们逛完了世界，就去生一大堆小娃娃。”

在黑暗中看不见他的表情，良久，只听到他说：“来罢。”

还是那匹黄骠快马，载着小刘子和我，警觉地绕过数不尽的假山、亭台，跃过重复的花圃、雕栏，溜出一扇一扇隐蔽的门廊，嘚儿嘚儿地向着夜色的深处奔驰而去了。雪已经融化，街道上的店铺灯火辉煌，羊肉汤飘出的香味使我意识到饥肠辘辘。但是小刘子沉默着，不停地扬着鞭子，马的速度已经跑到了极限，把灯光、温暖、美食和北京城都毫不足惜地扔在了身后。野地里，只有星星和寒冷。风吹透了我的衣服，我抱紧马的脖子取暖，抱住的却是满怀的冷汗。我回头对着小刘子大叫道：“你疯了，我们会被跑死的。”

小刘子的答复是，再在马屁股上猛抽一鞭子。他让我明白了，发疯的不是他，而是这匹狂躁的畜生。我觉得自己的五脏六腑都快从喉咙口颠簸出来了，而且一片树叶也足以让我撞得粉身碎骨。我骂道：“狗奴才！”

“呸！”小刘子一口啐在我的脸上，就像沙砾扑面打来，我痛得泪水直流。

马终于不知在甚么时候慢了下来，并恢复了均匀的步点。在黑暗中，马用优雅的体态走进隐蔽的门廊，以修长的四腿绕过假山、亭台，跃过花圃、雕栏，最后我被掷到一张床上。我这时才看清了，这就是我在紫禁城中的卧室。

小刘子用鞭梢指着我：“小姐，我只是你的奴才。其他甚么都不是。”

【第五卷】

闯入者

三〇

直到崇祯一十六年的春天来临，父皇也没有再在“净军”的演练场上出现过。天气虽在回暖，然而北京城依然苦寒，天空时常有风沙搅着旧年的枯叶在呼啸。好在煤山上的槐树芽见了点绿意，我眺望它的时候能找到悦目的感觉，而且这也使它容易和褐色的“天堆”区别了开来。

全仗了老刘公公和小刘子叔侄的心力，“忠勇营”总算建立起来了。但人员大多还是从“净军”中抽调的，而且只凑足了五十之数。不过小刘子倒无所谓，他说：“既然有这么个成语，说甚么五十步和一百步是一回事，可见五十人和一百人也差不多了罢。”

“忠勇营”操练了一冬下来，整个京师都流播开了关于这支秘密部队的传说。据厂卫特务搜集到的情报，民间的谣言大致可以分为四起：

一、破贼有望了；

二、保北京城有望了；

三、保皇上有望了；

四、给皇上收尸有望了。

这些谣言当然不能往皇上那儿报。即便想报，也不一定能传入他的耳朵里。因为，从来顺儿入宫不久，父皇就带着他开始过起了秘而不宣的生活。他俩就像鞑靼高原上居无定所的游牧人一样，自由地在紫禁城成千上万间房子中流动住宿。没有人知道父皇的起居规律，一切似乎都是即兴的，他的心情没有痕迹可以寻觅。当“忠勇营”在艰难中终于被驯育成熟时，父皇却拒绝按初衷将它作为自己的侍卫队。甚至，他没有打算去验证一下帝国的最后一支尖兵，是否有着可靠的锋刃。似乎他现在只需要一个臣民，或者一个卫士，那就是来顺儿。

没有人知道父皇具体在做甚么。太监和宫娥们做了极尽诡谲的想象与猜测，但都无法证实。宫中最焦虑的人当然是周皇后和田、席二位贵妃了，却也是无计可施的。在父皇做亲王的时期，他们共同建立的那个像孤岛般安全、温暖的小家庭，在帝国的末年已被沉默的时间之蚁啃噬一空了。但是，当再次看清所有的出路都对她们意味着是死路后，她们还是只有将未来押在皇帝一个人身上。有一天，她们找来太子做出了一个冒险的安排。

在终于探明了皇帝当晚的住所后——这处住所在满清入宫后被视为不祥之地而拆得无影无踪了——太子带着从宫娥中挑出的两名健妇，去给父皇禀报清军的铁骑已经绕道山东，深入到了北直隶的怀柔县境。把门的太监见太子按着宝剑，怒容满面，就不敢阻拦，由他们径直闯入了皇帝和来顺儿秘密的居室。

太子被见到的情景惊骇得说不出话来，甚至忘了给父皇跪拜。

父皇和来顺儿披发跣足，对坐在遍地狼藉的积木中间，他俩不仅没有君臣之分，而且手捧着不知从哪儿搞来的粗瓷海碗，一边对饮，一边神经兮兮地笑着。他们转向突然撞入的太子时，太子看清了父皇的双目亢奋、迷乱，盈着泪水。来顺儿的眼睛则是镇定而冷淡的，歪曲的鼻梁透出隐隐的自得。太子同时还看清了，地上那些积木的造型，全是紫禁城的角楼、宫殿、亭台水榭、假山花园以及秘径和暗堡……也就是说，在皇帝和来顺儿君臣居无定所的神秘日子里，他们都是在玩弄着对紫禁城的各种形式的拆解和拼逗。在无穷无尽的游戏中，他们耗费着心力，就像赌红了眼的赌棍，看不出一点会有丢下牌局的样子。

太子向父皇禀报，十万清军经山东进入直隶，攻破顺德，兵锋已达距北京只有百里之遥的怀柔了。

父皇默然不语。

来顺儿则端着酒碗站起来，向太子走过去。他的身子晃了晃，就像被风吹歪了腰。他笑着，昂然说道："慌甚么，陛下早已在紫禁城埋下了百万伏兵。"这时候父皇似乎从醉意中清醒了一二，他用手撑了撑地，却没有能够撑起来。他用有点奇怪的眼神看着太子的大头和浮肿的脸，笑了一笑："来顺儿说得对，不要慌。"父皇和来顺儿重新坐回原处，拣起地上横七竖八的积木，开始了对积木又一轮的组装。

太子骇得差点摔在地上，癫痫发作。他带回的情况尽管只在极小的范围内通报，但还是在宫中引起了前所未有的惊慌。后妃与重臣都一致地认为：皇帝是被来顺儿绑架了。

老刘公公叔侄训练出的忠勇营无法派上用场，因为任何方式的营救计划都不能确保皇帝的安全。没有人能够献上一条适用的良策。皇后、皇妃、大学士和公公们哀声叹气。但是还没有人敢于大放悲声，因为清军的铁骑正在百里之外虎视眈眈。宫中依旧对那张空着的龙椅行礼如仪。而文武大员们也络绎不绝地到养心殿听候御旨。我被排斥在养心殿以外，无从知道这一切严肃的伪装是通过怎样的细节来实施的。我只是和其他民众一样，不断听到有关皇帝的近况以前所未有的密度宣示天下：

皇帝为缓解春旱而祈祷春雨；

皇帝昨天检阅了即将奔赴前线剿贼的两支劲旅；

皇帝正在审读开科取士的新政，并将刊布于全国；

皇帝已经批准了工部新拟的永定河灌溉方案，以推进农桑和教化；

……

国中无主的朝廷，在准确地执行了皇帝遗言似的嘱咐“不要慌”二十一天后，清军终于越过北部长城坍塌的垛口，回到了塞外。这一次入关，清军共捣毁大明帝国八十八座城池，掠走人丁三十六万九千口，夺得黄金一万二千二百两，银子二百二十万五千两，牲畜五十五万头，奇珍异宝绫罗绸缎近十万件、匹。人们总算可以喘出一口粗气了，然而后宫中终于爆发出的撕裂肝胆的号啕声，立刻又警示着他们，皇帝还被秘密拘禁于大内中某个阴暗的角落里，而李自成、张献忠已经占据了帝国的半壁河山了。当太阳给北京城投下崇祯一十六年的第一缕暖融融春光时，朝中的百官，宫殿飞檐上歇息的鸦群，都似乎感到了暴雨未至而大厦将倾的末途悲凉。

那一天紫禁城日落时分，当首辅大学士宣布又一次营救皇帝的会议无果而终时，一个披着黑色大氅的高大男子忽然出现在了他们的中间。

作为忠勇营将领出席会议的小刘子后来告诉我，那男子身材魁梧却瘦骨嶙峋；他有着鬈曲的金发、海水般湛蓝的眼珠、鹰隼般坚定的鼻梁，脸膛就像生牛肉一样红得发亮。但是，他的表情却忧伤而憔悴，他的嗓音疲乏并且沙哑。他带来的第一句话是：“不要慌，一切都是游戏。”

三一

那个人是钦天监的天文历法官，也极可能就是我后来的养父，来自西土的传教士德吕尔·德吕翁。我之所以只说“可能”，是因为在明、清两代的帝国中，钦天监一直都为西土的传教士所主持，数百年间出入钦天监的金发男人摩肩接踵。没有史官记录下了那个夷鬼历法官的姓氏和年龄。小刘子说，那官员胸前的十字架闪耀着冷金属的光泽，而在紫禁城朦胧松弛的暮霭中，却看起来是软软的、暖和的。

今天，当我用烧焦成雀爪般的手攥着十字架回首前尘时，它虽然吸收着我四十五年的体温，但它仍然是冰凉的。我是一个瞎子，无法看清它是否闪耀着小刘子说的那种特殊的光泽，也不相信它曾经有过温暖和柔软的时刻。我不信仰耶稣基督，“凭着十字架起誓”这句话，在我听来就像“信誓旦旦”一样靠不住。在那个文武百官束手无策的黄昏，当那个胸佩十字架的夷鬼说出皇帝被绑架的事件只是游戏时，整个帝国的末代历史都披上了古怪的色彩。与暮霭同时垂落在百官眼前的，是古道、流沙、驼铃、星辰、月华和荒凉的废墟。风雨飘摇的帝国连同他们自己，都一齐进入黑暗的通道，成为稀奇古怪的传说的一部分。

疲倦的历法官打开合十的手掌，掌心里放着一尊紫禁城角楼的模型。他说：“这就是皇上正在和那个太监做着游戏的玩具。”他说着，将角楼的模型一番拆解，就变成了养心殿。再拆解，变成了乾清宫，又变成太和殿……百官都看傻了，眼巴巴地等着他再变。

然而历法官却停了手。他笑笑，笑得非常地勉强。他说：“这种游戏是千变万化的，染上它的人都会像喝下了上瘾的药酒，欲罢不能的。何况，皇上和那位太监玩的是整个紫禁城。”

首辅大学士沉吟良久，他说：“难道这种迷乱心智的东西，就仅仅是游戏吗？”

“是的，就是游戏而已。”历法官说，“只不过在这种游戏中，谁掌握着秘诀，谁就能从游戏中脱身而出。”

首辅大学士变得目光炯炯：“那么，我们的皇上掌握着游戏的秘诀吗？”

历法官望了望由灰转蓝的天空，天上还没有出现一颗星。他说：“皇帝是上天之子，他应该是无所不知的。”

“应该。”首辅大学士把这两个字重复了一遍，不再说话。而其他人则在追问，那么，又是谁发明了这种该死的游戏呢？

“是已经远行的天启皇帝，当今天子的皇兄。”历法官抚摸着胸前的十字架，耷下了眼帘。他说：“愿天启皇帝的在天之灵安息罢。”百官都把头转向首辅大学士。后者低垂着他白发苍髯的头颅，似乎是用沉默来肯定了那位金发夷鬼离奇的说法。

当晚，钦天监官员，那位红发夷鬼的奇怪解释被传进了坤宁宫。皇后不相信夷鬼的话，但又希望夷鬼的话能应验。她所能做的，就是率领三千宫娥在坤宁宫为皇帝焚香祈祷。那时候，皇后已经探明，皇上的灾祸就源自木樨地来的一男一女，那男人引刀自宫后已经显出真身，成了帝国最大的绑架犯，而那女子还以皇帝私生女的身份隐匿于大内中，将埋下日后凶险之极的伏笔。皇后娘娘下了一道懿旨，即刻将那个诡称为“朱朱小姐”的女子捕捉到她们正在匍匐祈祷的大殿来，以她的有罪之身承接皇天后土误加于帝国的怨愤。一小队忠于皇后的佩刀侍卫立刻提着红灯笼，如狼群一般向我的住处扑来了，不到一个时辰后，我将在一片祈福声中被绞死。

然而，就在侍卫们还在宫墙间的夹道上奔跑时，一件事情发生了。我迫使自己静坐在蜡烛下，给住进扫叶林葫芦庵的母亲写一封信，向她述说宫中陡然的变故。写着写着，我的笔从这变故中滑出去，成了一种深切的问询，问她乱蓬蓬的长发还在吗，问她的冷暖，斋饭，读经，日课……是不是还称心？每天是不是还流眼泪？记得我写了这么两句话："少哭一点罢，哭伤身子的。不过，哭哭也无妨，眼泪也许会把你度成观世音，菩萨的眼泪，不是都说是珠子么……"写到这儿，我把我的眼窝子都写湿润了，我在心里骂自己，怎么就成了一个婆婆妈妈的女人了？也就是在此时，嗖地一响，我瞥见烛光影里，一只野猫飞一样地蹿走了。我的心坎像被谁猛锥了一下，跳起来赤脚就追了出去。我是多么渴望尽兴地跑上一跑啊。野猫被我追赶着，不知道是为了逃避，还是为了向我指示着甚么，它东闪西拐，在扎进两扇虚掩的红门后，突然消失了。我一边呼呼地喘着气，一边定定地打量，这儿居然是我和父皇小聚过多次的院落。在深海般的寂寞里，院落释放出格外荒凉的气息：曾有甚么事情发生过，现在已经平静了。我轻手轻脚进了屋子，借着从窗口泻入的灰蒙蒙的光，再摸进了里间。从前靠墙的那口褐色大柜子，已经不见了。墙壁空空的，只有被撕下的封条，还扔在地上，跟一条长虫似的，在微风中蠕动。守护院子的老太监，也不知去向，就像从来没有这个人。

出于本能，我直觉到了危险正在逼近。我没有回到我的住处去，而是悄悄地留下来，等候小刘子。我把书架里的书籍和纸卷都扒下来，铺了一地，然后和衣躺上去。我把帝国历史和历代君王的龙颜威仪统统压在身子下，酣然地睡着了。

在天亮前的寒冷中，小刘子果然找到了我。他把迷糊中的我架起来，背到了另一个僻静之处，藏匿了起来。这地方是皇后和我都万万想不到的，就是我扇了昭仁公主耳光、闯下大祸的黑妃家。

皇后的侍卫扑了空，只给皇后呈上了几页我没有写完的家信。她在读完家信后，令人给它打上九十九道镇妖符，然后扔进了铜炉的火焰中。火苗如干渴的舌头，瞬间就把几张纸舔完了。她对侍卫颁布了另一道懿旨，去积水潭扫叶林葫芦庵捉拿我母亲。皇后说：

“倘若擒不到活物，也要立斩妖母的头回宫。”

三二

黑妃慷慨地收留了我，对我曾在她院里扇公主的一耳光，她此刻的评价是：“我以为是有人用鞭子驯马呢。”我和黑妃同居一室，并在她的绣床下边铺了一个被窝，如果听到风声，即刻可以滚入她的床底去。我用文绉绉的语言向她表示，带给她这么大的惊动，十分地歉意。然而，她用手拢着我的额发说：“好多年了，我缺的就是没有人来惊动啊。”黑妃的口音，已远不是初入宫时的鸟语了，她的嘴巴和肚皮，都装满了宫廷的家长里短，但是，她的卧室，甚至她的黑皮肤，都依然散发着一股淡淡的鱼腥味。她说这味道，是世代吃鱼、天天吃鱼留下的。每顿饭，她面前的盘里都盛着一条滑溜溜的鲜咸鱼，她在鱼上撒些盐末、辣椒粉、少许的黄酒，对我莞尔一笑，就把鱼递进嘴，张了森森黑牙咔嚓咔嚓嚼起来，直到把骨头都嚼碎，全部吞下肚。她问我：“我这种生番是不是很可怕？”我摇摇头，说：“还是你们的牙口好。我们的牙齿都磨细了，吃饭硌着一粒沙，就像要把命崩了。”她听了我的话，拿白多黑少的眼珠直勾勾瞪着我，呼出一口气：“我们？你们？我还是不明白。”

有一天晚上，鞑靼高原上的冷风吹来了一场纷纷扬扬的春雪。后半夜的时候，我被冻醒了，蜷成一团，轻轻地呻吟着。黑妃从床沿边伸下手，把我捞进了她的被窝里。在我还没有完全清醒过来时，她已用两条滚烫的胳膊，把我搂住了。她的两个大而热软的乳房，覆压着我刚刚坚挺起来的胸脯。她的脸在我的脸上，嘴在我的嘴上，一下一下地摩擦着，我感觉到前所未有的痒，痒得只想着要从黑黢黢的潭里沉下去，直至把自己溺死了……过了一会儿，她腾出一只手，沿着我的背脊火辣辣地摸下去，我咕哝了一声："不要动。"随后就又睡着了。当雪地上的麻雀把我吵醒时，我睁开眼，天光早已大亮了，而我还躺在黑妃的怀里。她服从了我的话，那只手安静地放在我的腰臀相交处，保持着停下的动作。

我喃喃道："我的父皇，他该在做甚么？"黑妃说："在玩先帝的玩具。"说着，她伸手在床头一阵捣鼓，翻出一块木头递给我："喏。"我说："先帝赐你的？"她说："我偷先帝的。"我把木头摊在掌心里，不相信这就是弄乱了两代朝政的小东西，它看起来很像是镇纸，乌澄澄的、亮滑滑的，因为被手反复地抚摸过，就有了玉一样的温润了。我说："怎么看也不像是玩具啊。"黑妃把它接过去，只听到咔咔的轻响，木头已成了一座楼，转而又成了一座塔，再变则成了一座桥，我乐了，说"我来"，黑妃一笑，顺手一抹，楼、塔、桥……眨眼间就被抹平了，还原为刚才那一块木头，无缝无隙的。我说："太神了……"她说："不现出神迹来，怎么是天启之君呢？"我说："是谁让先帝陷入这种游戏的？"她说："一言难尽，大概该算客奶奶罢。"我说："给我讲一讲客奶奶。"她白多黑少的眼窝里，慢慢浸出一种遥远的迷茫："哦，客奶奶，她已是先帝时候的旧人了……"我伸手拢着她披在额前的头发，一根根地往后抹，她的额头、眼角、鼻子的两边，在黑皮肤的荫庇下，都有了密密麻麻的小皱纹；她的头发是被乌菱的灰烬染黑的，已冒出了浅浅的雪白的发根。我说："我，不是也躺在先帝旧人的床上么？"她小姑娘似的噘噘嘴，手上发力，把我紧了紧。我被搂得有一些窒息，尤其是她热软的乳房，顶得有点要我的命。

我笑起来："我见的女人也多了，你这两个东西，没哪个比你更大了。"

她也笑："可见你的见识，还是小了点，我是最软的，却不是最大的。"

"谁还比你大？"

"客奶奶。"

"为甚么？"

"因为，她是先帝的奶妈啊。"

"你见过吗？"

"是她，还是她的奶？……我倒都是见过的。"

三三

客奶奶被宣入宫，是万历三十三年的事情。

此前，她一直住在菜市口南边临街的木屋里。客家是五代以上杀猪卖肉的屠户，两间门面，两副肉案，每天客父领着四个儿子杀猪、开膛、片肉。猪在一阵凄厉的尖叫后，最后都被像旗帜一样地挂起来，向熙来攘往的人们招摇着。她是长女，也是独女，虽然生在屠户家，也是有个闺名的，父母叫她春桃，弟弟们叫她桃姐，等身子长了出来，左邻右舍又改口叫了她桃姑。春桃也罢，桃姑也罢，她都是有气力，也有心计的，不只是跟熟透的桃子似的，只拿来看的、捏的、吃的。她既受了宠爱，也就当了一半的家，替父母算钱管账，给男人缝衣纳鞋。闲时候，她也读一点唐人的传奇，宋人的平话，字都是母亲教的。母亲曾经是大户人家的丫头，陪过大小姐念书。除此之外，春桃还要帮母亲下厨。母亲总把卖剩的猪蹄塞满一锅，炖在炉上，煨到天晚，煨得将烂未烂，使筷子夹上一夹，娇嫩得颤颤巍巍。那汤则浓而又浓，雪白、肥腻，晚上掌灯吃饭，一家人嘴里呼噜噜山响，说不出的热气腾腾。菜市口的四街、八巷都知道，客家最著名的有两响：早晨杀猪，晚上喝汤。

春桃自小被厨房的水汽蒸着，也被猪蹄的浓汤养着，一直就是白白嫩嫩的。过了十五岁，她身子发了些，白嫩就变得有些白胖了。但她的胖，还是很有腰身的，动作也是利索的，一对杏子眼安放在她白胖的脸上，总闪着乌黑发亮的、温和的、沉着的光。菜市口是刽子手行刑之所，囚车载着死囚过来的时候，看热闹的人把那儿围得水泄不通。午时三刻的太阳晒得人头皮发痒，心里发怵，无数贼溜溜的眼珠都射到鬼头刀的锋刃上，射出一片慌乱的光。光嗖地一闪，人头飞滚出去，鲜血喷起来，人群一齐跺脚，举双手喊："好！"简直就像在戏园子看戏。桃姑也是逢刑必看的，而且一声不响，愣愣地往人堆前排钻。有一回血飞起来，溅到她下巴上一大滴，她竟浑然没发觉，后来就结成了一块痂。母亲见了，给她擦了半晌也没擦下来，惊问这到底是甚么？

她照了镜子，淡淡道："猪的血。"

街对门住着姓侯的菜贩，脚勤、手勤、嘴勤，童叟无欺，生意也总是兴旺的。侯家独子二郎（因为独子，所以忌奇），长桃姑一岁，虽然也算父母掌上的珠子，却是很懂得孝顺、俭朴的，最好吃一口的东西，无非刨一碗炸酱面，嚼十几颗生蒜。只是他脸上有些麻子，右脚微跛，性格就自然腼腆。桃姑爱看杀人，他也想看，就拉了她的手，跟着往人堆里边扎。等到鬼头刀一举，他就尿了裤裆了。再一见血，就软软地晕死了过去。桃姑把他拖回家，侯父搓着手，不知道应该怎么谢。侯母叹口气，说："这姑娘的命也忒硬了些。"但侯家找摆摊的瞎子算了命，说二郎孱弱，服硬，硬才扶得住。桃姑十八岁，侯家请媒婆来说媒，要娶桃姑做媳妇。客父、客母问了问桃姑，桃姑没有顺从，也没有不从。等到秋深了，皇上杀囚犯，客家杀肥猪，北京城南的市井小民储备了侯家的大白菜要过冬，桃姑就嫁了过去了：一街之隔，爆竹还没有响完，她就顶着一顶红盖头，自己走进了侯家门，替二郎省了多少轿子钱。

婚后的桃姑，只变了一点点，就是回娘家喝汤时，屁股后跟了跛脚的侯二郎。二郎总提着两节新鲜的莲藕、一袋又老又硬的花生米，憨憨地往汤锅里边撒。莲藕的芬芳和老花生米的油脂煮出来，和猪蹄的肉香混为一气，是有锦上添花的意思的。然而，二郎不明白（也许他装糊涂），莲藕、花生米煨猪蹄，本是产妇催奶的偏方，桃姑天天喝，没有把奶水催出来，却把奶子催得更大了，就像胸衣里边捂了两只兔。兔子是要蹦跶的，桃姑的奶子就在胸衣里寂寞地蹦跶了多少年，可总也怀不了身孕。直到桃姑过了二十五岁了，二郎都把念想掐死了，他老娘都撺掇着要给他娶妾了，她的肚子忽然就挺了起来，如一夜大雪后，雪地上忽然站起了雪娃娃！

怀胎十月，二郎从不让桃姑下过炕，花生米煨猪蹄汤，都把她养得快像一条肥猪了。然而，养到立夏，已经整整十个月，桃姑却没把孩子生下来，拍拍肚皮，是一点动静都没有。二郎坐立不安，公公成天搓手，婆婆冷笑："看你要给我等个甚么好时辰？"桃姑不说话，说了又有甚么用。又挨了三四十天罢，掌灯的时候，她小弟弟给她送汤来，顺便说些道听途说的事，给姐姐解解闷。"今天有个买肉的顾客说，他家骡子生了匹小马驹，可笑不？"桃姑变了色，低声喝斥："有甚么可笑的！"弟弟赶紧换了个话题，说："今天一早，全北京的喜鹊都飞到紫禁城去了，知道为甚么？"桃姑说："领报喜银子罢。甚么天大的喜事呢？"弟弟说："慈庆宫里，皇太子的侍妾替他生了个皇太孙，九斤一十一两呢，你说怎么钻得出来呢？"桃姑笑笑，刚想说一句甚么，下身一阵惨痛，就哼哼了起来。弟弟惊问："姐你怎么了？"桃姑呻吟道："我生了。"许多的羊水和血把炕全都弄湿了，一对双胞胎像是被山洪冲刷出来的，泊在她两股大腿的交叉口，哭着，哇哇地叫着，一刻也不停！

二郎使称菜的秤给两个儿子称了重，共是八斤零七两。桃姑的奶子，一个儿子咬一个，憋了多少年的奶，泄闸似的朝小哥俩的嘴里灌。然而，奶水很快就把两个小肚子灌满了，甚至都把他俩呛住了，而她硕大、饱满的奶子还是发胀的，胀得酸叽叽地痛。二郎自告奋勇替她吸一吸，但她泪眼婆娑地不答应。做二郎媳妇她是克尽妇道的，只有一件事宁死也不干，就是他吮她的大奶子：她嫌他嘴里总有蒜臭味。

三天后，一顶黄轿停在侯家的门前，一个干瘦的老太监奉上一只蒙了锦缎的托盘。二郎把锦缎揭开来，一百两金元宝照得他眼发黑，差点就要哭出声来了，他何曾见过这么多的钱！慈庆宫的人访遍北京城，最后选了桃姑给皇太孙做奶妈。当然，她可以去，也可以不去。但她看了看二郎，没说去，也没说不去。公公还是只会搓手、叹气，决定最后还是婆婆做出的："去。"婆婆说："有这堆金子垫了底，甚么事情做不成？几辈子都花不完。我都替你们两口子攒着罢，我不吝用在孙子身上的。"桃姑就被两个小太监搀扶着，慢慢挪上了那顶黄轿子。那一天奇热，轿子走了一箭地，桃姑的汗跟豆子似的，从鬓角、额头、全身的各个旮旯涌出来，不住地滚，即便脸上有纵横的泪水，也都被滚滚的汗水淹没了。她把轿的窗帘撩起一小角，看见二郎正跛脚追上来，嚷着俩儿子还没名字呢，他让媳妇拿主意。桃姑把头向窗外探了探，踌躇而柔声地说道："就叫国兴、家兴罢，啊？"

三四

桃姑已经是慈庆宫为皇太孙寻的第七个奶妈了。北京城够大了，但要为太孙找个合适的奶妈，却是千难万难的事。她的孩子要和皇太孙是差不多同时出生的，也就是说，恰好是在哺乳期，而且一定是清白人家的女子，要健康，白净，端庄，而且亲切和温和。同时符合这些条件的，已经少之又少了，但最后决定她去留的，却不是太监、太子妃，甚至不是皇太子，而是那个只会哇哇大哭的奶娃娃。前边六个千挑万选进宫的乳妇，太孙的嘴碰一碰她们的奶头，就撇开去，哇哇大哭着，用脑袋把她们统统拱出了宫。在桃姑到来前，他一直在重复做着一件事，咂一口米汤，就接着野声野气地号。他号了不止一天一夜了，哭声穿过上百道的门，传到午睡的万历皇帝的耳朵里，他吃了一惊，还以为是宫中虎啸呢。他最宠爱的郑贵妃正在枕头边侍寝，噘着嘴告诉他，是他自家的孙子在哭闹，因为他饿得发慌了。万历皇帝慢慢地转了一圈眼珠，咕哝出两个字："胡闹"。就又翻个身，拥着郑贵妃睡着了。

桃姑也被皇太孙炸耳的哭声震蒙了，把她两个儿子的哭声加起来，也未必有他一半哭声的响亮。天是那么热，她流了很多汗，轿帘一掀开，只看见黄色的琉璃瓦和黄色的帷幔上，大团的光在哧溜地奔跑着，她脑子嗡然地一响，腿一软，就朝地上瘫下去。太监和健妇们的手立刻就把她托了起来，上边一级的台阶上，我的祖父、皇太子朱常洛，正捻须看着她，看得都直直地发呆了：那件被汗水湿透的衫子粘在她身上，把她胴体的秘密都暴露了出来，颤巍巍的大奶子，浑圆的肚皮，还有翘得老高的屁股，都在湿漉漉的衫子下压抑着、焦灼着，而她被炎热天气和皇家灿烂的光芒弄得昏沉沉，她的眼虚着，嘴微张着。而正是在她说不出的疲惫与娇弱中，大悲大慈的母仪一点点地显现了出来，并让那些久居天廷的太监和健妇都谦卑地垂下了脑袋，就连皇太子也不自觉地侧了侧身子。就在这一小会儿的时间里，她沉重的身体，就像托一只玻璃器皿一样，被小心翼翼地托到了皇太孙的床沿边。

蚊虫的叮咬是不分皇家和小民的，所以皇太孙的床沿边也垂着蚊帐，而且层层叠叠，好像是无穷无尽的。屋子里纯金的兽炉中，燃着天竺的线香，蚊帐上则洒过薰衣草的花露水，那哭声就是从这迷乱的芬芳里喷发出来的，桃姑想到她家杀猪时惊心动魄的尖叫，心头重重地一沉，汗水再次大面积地冒出来，把身子弄得完全湿淋淋的了。她稳了稳，把蚊帐一层层揭起来，把头一点点地探进去，在她看清楚那个紫禁城未来的小皇帝之前，她先看到的是一只硕大无朋的大脑袋，比一只做瓢的葫芦还要大，然后才是一个光屁股的奶娃娃。有刹那的踌躇，她不知道该怎么侍候这个小主子，但这个饿得发慌的小主子突然弹了起来，扎进她怀里，并用头和嘴，用拱走前边六位奶妈的方式，有力地拱开了她湿透并变得跟绳子一样的小胸衣：她壮若硕兔的奶子猛然蹦出来，比他硕大无朋的脑袋还要大，而且是一双。她的从没被男人吮过的奶头高昂着，有两团乌红的乳晕，还长着十几茎长长的卷毛，就像一对让人发愁的夏莲蓬，——小主子老气横秋地叹口气，“吧嗒”一声咬上去！

屋里、屋外，整个的慈庆宫，都顿时安静了下来，就连横梁上的老鼠，屋檐上的麻雀，都竖起耳朵在聆听，那从层层叠叠的蚊帐深处传来的“咕咕”的水声。“咕咕”的水声在太监、健妇，当然还有皇太子耐心的等待中，有力而均匀地响了很长的时间，长得仿佛过了一百年……后来，天慢慢地黑了，应该是麻麻黑罢，甚么都听不到了，宫里的仆从们跟着太子，踮起脚跟，轻而又轻地走进屋去，拨开蚊帐的一条缝隙，那床已经成了香气迷人的一张床，娇蛮撒野的皇太孙，已经含着他奶妈的奶头，睡着了。桃姑的两只胀得发痛的奶子被前所未有地吸过后，松松地耷在凉席上，和她的身子一起睡着了。

皇太孙朱由校吸桃姑的奶子，吸了一年又一年，就像要永永远远吸下去。这很不符合宫中的规矩，但是在皇太子的旨意下，公公、宫女每次强行断奶的努力，却都被皇太孙用他杀猪般的哭叫声，叫断了他们的念头。

万历三十八年的十二月，五岁的皇太孙曾遭遇了他与生第一次真正的危机。那个月，我的父皇朱由检降生了，他比哥哥整整小了五岁多。当一顶黄轿抬着朱由检的奶妈来到宫里时，皇太子像被忽然点醒了，他仿佛又一次明白，五岁的长子还在吃着奶妈的奶。我说过，这位皇太子在等待皇位的漫长岁月里（他等了有足足的四十八年呢），时间把他变成了一个肥肥胖胖，并总是倦怠和瞌睡的人，而且并不能得到万历皇帝的欢心。在乾清宫和慈庆宫之间弯来拐去的小道上，每天都会吹来这样不祥的消息：皇帝又在盘算废掉太子，新立郑贵妃的儿子为储君了——而天可怜见，这事总算又被大臣们以礼制的名义压了下去。没有人比皇太子对“旦夕祸福”有更深切的体会了，他逃避命将不测的唯一办法，就是让自己保持在昏沉沉的状态里。然而，也有所例外，那就是他蓦然从昏沉沉中被唤醒的那一刻，也能采取为数不多的断然的行动，譬如，他在午后的床沿边心血来潮地宠幸一个还端着汤碗的侍妾，直接导致了我父皇的出世。再譬如，当他一下子想起五岁的长子，这个可能君临天下的龙子龙孙，还在吃着奶妈的奶水时，就坚决地吐了三个字：“不像话”。

那顶黄轿把桃姑送回了菜市口。这一次，皇太孙没有哭，他甚至是不声不吭地接受了奶妈出宫这一巨大的变故。但是，他在不哭的同时，也不吃不喝了。如果几个健妇按住他，强行给他灌燕窝、参粥一类的流质，他事后会全部呕出来。皇太子怒不可遏，骂了声“贱种！”，扇了他一耳光。结果他挣下炕，一头撞在龙柱上！他的脑袋原本奇大，因为绝食，脖子、肩膀以下瘦得不行，这就显得脑袋更加可怜巴巴地大了，就像一个巨葫芦的空空如也的壳，撞破一个洞，将甚么都没有了。风声传到乾清宫，万历皇帝正和郑贵妃下棋，顿时龙颜不悦，把棋盘搅了，还踢了一脚郑贵妃的爱猫，骂道：“愚不可及！”太子吓坏了，在昏沉沉中把他爹骂的这四个字想了一天一夜，却悟出了另一番道理来，当皇帝真好，随便说一个模棱两可的词，可以把人（可以是天下人）绑在这个词上打转，一直到晕死。但太子不想死，他还想当皇帝。他醒过来，把枕边的太子妃（也可能是尚膳监的厨娘罢）

摇醒了，咕哝说：“孤即便当一月皇帝就死了，也是心甘的。”枕边的女人总是体贴的，温言说：“太子做了万岁了，万岁如何会只有一月呢？”明晨日上三竿，太子醒来，揉着眼睛给太监们下旨：“太孙非常人，非常人就用非常之规罢，啊？”太监们听得似懂非懂，但退出去的时候，还是明白了，要把皇太孙的奶妈接回来。

桃姑这一次回到慈庆宫，已经不是桃姑了，甚至不是奶妈了，她成了“客奶奶”。“奶奶”是对她尊贵的称呼，是对她的再一次的命名，也是对她的一双硕乳（奶和奶）的由衷的敬意，——这最后一种说法来自唯一能够用嘴触碰它们的皇太孙，他吸了客奶奶的一只奶子和另一只奶子，总会反复拍打着它们，心满意足地咕哝说“奶、奶”“奶、奶”“客、奶、奶”。

三五

客奶奶之于皇太孙，是一双丰硕的、可以吮吸和依赖的“奶、奶”；而之于另外一些人，她却是个惑乱深宫的妖孽，譬如皇太孙的生母，一个愁眉苦脸，甚至没来得及留下姓名就撒手弃世的侍妾，几乎是和我父皇的生母一模一样的。再譬如，万历皇帝专宠的郑贵妃，一切跟慈庆宫有关的人与事她都厌恨，因为她始终在致力把自己的儿子扶为皇太子，但太子只有一个，她迄今还没把胜算握在手心里，握在手心的，只是一个有心无力的皇帝。当然，对客奶奶心怀嫉妒的，还应该包括宫中所有的女人，客奶奶居然会用自己的奶子和奶水，如此长久地（长年累月地）箍住了小皇太孙的大脑袋，让他对她须臾不离。有一个老女人，就是后来在名义上看管失去生母的皇太孙和我父皇的李选侍，她向太子哆哆嗦嗦说出了这样的担忧：“一个产妇的奶水，怎么可能维持到一年、两年、三年……以上呢？她早该干涸了，却一直还像御花园里的泉水，从假山的洞眼里汩汩地冒。一个产妇怎么可能呢！除非她是一头修炼成精的母猪精。”皇太子耐着性子听完了，朝她厌倦地摆了摆手，说：“如果真能修炼出奶如泉涌，你不妨也去修炼修炼罢。”委屈的李选侍呜呜地哭了。她的眼窝是干巴巴的，就用一块手帕反复地揉，揉得通红通红的，就像是两只警惕的、可笑的红灯笼。

然而，李选侍的担心并非是没有道理的，因为这是来自我们人所共知的常识。不过，皇太孙从客奶奶那儿吮吸到的，千真万确是奶汁，黏黏稠稠的女人的奶汁。在客奶奶入宫最初的那些天，一个专职料理皇太孙膳食的公公就偷偷尝过一小口，对此，除了皇太孙本人，他比谁都是更有体会的。

说起来也很可怜，这太监尝到的，其实还不是一小口，而是在给客奶奶端去鲫鱼煨汤时，要的一个小动作。客奶奶刚给太孙喂完奶，而他还躺在她怀里就咬着奶头睡着了，一线奶汁穿过他弯曲的嘴角，无知无觉地滑下来。太监躬身把鱼汤放到小桌上，趁机用手背在客奶奶胸前蹭了一下子。退出屋去时，他把手背举到嘴唇边上舔了舔。这个小动作没甚么特殊的意义，的确只是一个小把戏——宫中寂寞，而公公寡欲，不给自己找一点乐子，如何打发长日呢？这既是近似自慰的满足，也可以向别的公公和宫女们津津乐道，炫耀自己有几分夺食虎口的刚勇。然而，今天这一舔，却让他有一点发蒙。他舔的奶水应该不少了，除了客奶奶，还有别的奶妈的，甚至还有太子妃和几位侍妾的，都没有给他的嘴唇和舌尖留下特别的记忆，都挺平常的，也挺正常的，是温吞吞的奶味和水味。但，客奶奶的不一样，很稠，近于胶汁似的黏，还有让人迷迷糊糊的味道：淡淡的如烤焦的花生米和刚出锅的熟肉香。

有好长一会儿的时间，这个公公都坐在午后的厨房里独自用舌尖回味着。他是个无聊的公公，但也是有着心事的，也就有能够安静下来寻思事情的时候。他很平凡，也可以说很卑贱，嗓音尖细，面白无须，和所有下层的公公并没有两样。不过，他蓦然间也会涌起一点儿不甘只做奴才的念想。做公公的时候，他年龄已经不小了，在此之前，他是北直隶肃宁乡下的瓜农，是有一房媳妇儿，一个闺女的。媳妇儿白白嫩嫩，闺女就像年画上的人儿，他左看，右看，心里没有一天不是舒坦的。他种的大南瓜沉甸甸，个个都有三五十斤重，而且口感面软、味道很甜，这在黄河北岸都是有点名声的。但他的技艺别人学不到，种好瓜，他凭的是鼻子和耳朵。每一天傍晚，下露的前后，他都要到瓜地里去瞅瞅，他不仅用指头把瓜敲一敲，还趴在瓜身上，用耳朵听、用鼻子嗅，甚至还拿舌头舔，就像在炕上侍候他的热哄哄的女人：瓜熟到几成了，需要浇水吗，施肥吗，还是该往沙地上挪一挪？整个黄河的北岸，没哪个瓜农的分寸有他拿捏得这么炉火纯青的。秋天瓜熟了，遍地磨盘状的南瓜都结成橘红色，还扑了层粉嘟嘟、薄薄的白粉，静静地躺着，映射着秋天的阳光。来他地里收瓜的马车一驾接一驾，都像载走了一车一车的金子呢。然而他知道，自己哪曾有过一锭金子呢？除非他有良田一百亩！后来他真的发狠租了八十亩瓜田，借钱买了八十亩秧苗，有心要让闺女出嫁时头上能插一股金钗。然而，那年的夏天一直都在落雨水，雨水落到立秋，再落进白露，瓜都烂在地里了。烂在地里的瓜，就像一场血战后横着竖着的，乱七八糟的尸体，雨水收了，太阳和苍蝇、蛆虫都来了，整个河北，都飘着一股股挥之不去的腐烂味。

债主上门收债，他就夺门逃了。债主哪里肯放，驱赶着一帮奴才和狗穷追不舍。就这么一路跑着，他居然就跑进了北京了。债主的人和畜生都已经累了，但还在后边跟着，不依不饶。他真的是走投无路了，一瘸一拐跑到正阳门下，正是薄暮伤心时分，问卖大碗茶的老干娘："人要是被追苦了，躲哪儿最稳当？"老干娘疯疯癫癫，朝北一指："就那儿！"——没有人能想得到，这一指，日后把社稷江山都戳出了一个窟窿来——只听鼓楼上"啵"的一声暮鼓响，他顺着老干娘的指头望过去，隔着空旷的正阳门大街，望见的竟然是巍巍而又渺渺的紫禁城。他啐了老干娘一口唾沫，骂道："老东西，你还忍心耍俺吗？那是天廷了。"老干娘咧嘴一笑："进了天廷，谁还敢追你！"他咕哝了一声，身子差点就跟泥似的软下来……随后，他攒了最后一口气，狗一样爬进了紫禁城：在午门的门房里，用刀子从下体割下了血淋淋的根。那时候，他的名字是李进忠；后来，他以另一个名字在时间里永远地留下来，这就是"**魏忠贤**"。

这是万历一十七年的事情，魏忠贤回不了头了。甚至，他不敢回头去想一想，他逃走后，留在家里的媳妇儿和女儿怎么了。这其实是不用多想的，债主如愿地把他的媳妇儿、女儿像收成熟的瓜一样，一架车就同时载走了。他的土墙、茅屋被推平了，瓜田第二年都种上了玉米了，秋收的时候，密密实实的玉米林散发出粮食醇厚、动人的气息来，仿佛河北从未有过一个种瓜的李进忠。"李进忠"就如他割下的男根一样，被扔到了某个角落，喂了野狗、野猫了。

我们通常都相信，公公对女人是没有特别的感觉的，即便扔一个皇帝的妃子给他抱着睡，也跟抱了一床被子、一头母猪是没有两样的。何况，他们大都是十一二岁入的宫，他们从没有抱过女人的经验。就是在这点上，魏忠贤是和他们不同的，他有过媳妇儿，就像熟悉南瓜一样，他熟悉女人的秘密。在割去男根后，他努力地要把媳妇儿和女儿遗忘掉。遗忘是需要时间的，而宫里比别处更多的，就是时间和寂寞，就连树叶从树梢飘下来，阳光从虚开的门缝漏进来，都要比别处更慢些。他在慈庆宫的尚膳监做工——劈柴，挑水，淘米，做饭，也去集市上采买肉食、菜蔬、水果，以及时令的鲜花。后来他掌勺了，他琢磨太子的口味，妃子的口味，还有侍妾们的口味，他发现在这个弥漫着冗长的黄昏气息的地方，主子们最顺口的食物，是喝汤。喝汤的好处，是几乎不需要付出任何的气力，而文火煨汤本来就像是一幅暖色情调的旧画，恰到好处地融入了慈庆宫缓慢的节奏中。魏忠贤差点翻烂了大内的膳食秘籍，学会了熬制各种各样的汤。当他把头一次次埋在蒸汽之中时，一年年就这么流了过去了。他的确不会再去想到种瓜时候的事情了，也不会去思念女人了……但是，在他的记忆里，还是顽强地保留了一点女人的味道：媳妇儿冬天靠在炕头哺育女儿时，土屋里弥漫的她的奶味，她腋下的汗味，还有她身体把被窝烘出的棉布味，这是曾经让他快乐得发痛的味道啊……这味道成了他的一个痂，抠也没法抠掉了。

皇太孙，即日后的天启皇帝出生时，魏忠贤已在宫中度过了一十六年了。那一天午后，在舔了一口客奶奶的奶水后，魏忠贤独自坐在厨房里，这和他一十六年来，在寂寞中消磨时光的方式是一模一样的。但这一次，他用舌尖在回味，回味了很多很多的事情。他蓦然抬头的时候，有点惊讶地发现，阳光从门缝里漏进来，和从前的阳光不一样，它像一把锋利、细长的刀子，落在地上，跳上灶台，再掠过吃饭的桌面，扑上了对面的墙壁，把这间暗淡的、了无生气的房子，有力地切割开来了。魏忠贤心里一动，再次涌上一点念想来，有些看似坚硬的东西，譬如石头，铁器，规矩……这些看似不可改变的东西，其实也不是不可改变的。

三六

黑妃还没把魏忠贤的故事讲完，我已经又蜷在她有淡淡鱼腥味的怀里睡着了。我后来才知道，奉了皇后懿旨的侍卫们在夜色中催马驰入积水潭的扫叶林，用马的前蹄破开了葫芦庵小小的山门。老庵主坐在佛堂的蒲团上，平静地捻着珠子，似乎正是在等候他们的到来。在另一只蒲团上，坐着披着长发、面无表情的丹桂，一副听天由命的样子。长明的油灯照在佛身后的红布幔上，满屋都飘浮着红色的气尘，队长跨前一步，朗声宣示了皇后的懿旨。老庵主一直听着，没有抬眼。她的面容不像是得道的高僧，如果不是光光生生的头皮，和那一袭青色的袈裟，看起来她和一个健硕的农妇没有两样。事实上，她每天都带着屈指可数的几个女弟子，在庵后的菜畦里劳作，她们的吃穿，都取自自家的一把锄头和两只手。老庵主沉默了一小会儿，淡淡道："你杀了她罢。"队长说："娘娘要活物。"老庵主说："那你先杀了我。"队长拔出刀来，踌躇片刻，反手挥了出去，老庵主念了一句："我佛慈悲。"刀锋首先削断了丹桂乌黑的长发，然后是她苍白的颈子，那颗头就从肩上滚了下来。队长把头裹在一块黄色的锦缎里，带回了紫禁城。

皇后娘娘整夜未眠，她一直跪在坤宁宫的佛堂里。在许愿将于西山为佛重塑金身后，她一直在刺血抄写《金刚经》。到了天亮前，侍卫队长把妖母的头呈进来，她已经虚弱得快要直不起身子了。锦缎在她的脚下被一层层揭开，她瞟了一眼，立刻就晕死了过去。包裹在锦缎之中的，竟是一只青葫芦。

三七

魏忠贤在偷尝了客奶奶的一口奶水后，想透了一件事：皇帝的儿子是太子，太子的儿子是太孙，而太孙的命根子，就是客奶奶的大奶子。他尝奶妈的奶水不止一次了，从前也还吸过自己媳妇儿的奶，但都没有这次这么沁入肺腑的。客奶奶的奶水，不仅又黏稠又滑腻，还有淡淡的炒花生米的焦香味，和新鲜莲藕的馥郁。没有哪个婴儿在吸了一口这样的奶水后，还会去嘬别的奶头的，就连他，一个公公的舌尖也被这奶味持久地迷住了。魏忠贤的心口涌上一股模糊而又强烈的念想来，他确信，他的机会已经悄悄到来了。机会会有多大呢，他还看不清，但至少应该翻一个身子了。

他首先在煨汤上费尽心机地下功夫。河北老家的妇人们有俗话，“奶要好，汤来保”。他媳妇儿生女儿的时候，能有那么多奶水（多得都要他帮忙了），全靠每天喝他用老南瓜煨的汤。偶尔，汤里有一只猪蹄，媳妇儿就啃得一脸的红光，而他看着是满心的舒坦。给客奶奶煨汤，猪蹄不用说，除了凤肝龙髓，宫里甚么没有呢。但魏忠贤进了宝山，并不急于大动手。他在大内膳食秘籍里挑挑拣拣，最后还是没找到合他心意的，就暂时走了一步稳棋，确保无论如何不出错，这就是民间一般的做法，猪蹄膀清炖莲藕、花生米。当然，其中也是很有讲究的，猪蹄取自生过十窝猪崽的老母猪，花生米必须老得跟石头一样硬，而莲藕则要嫩得一掐就出水，水呢，要用驴车从无定河的源头运进宫。

头三月，客奶奶喝了他的汤特别的管用，太孙吸多少，她的奶子里就有多少。太孙的头长得更大了，力气也更猛了，但她的奶子任他吸，总是饱满得有富余。魏忠贤也会隔天用指头蘸点奶送到嘴里咂一咂，觉得味道更醇了。现在，他尝奶早已无须偷偷摸摸了，而是直接到客奶奶湿漉漉的奶头上戳一戳。只要是个男人，见到客奶奶莲蓬一样的大奶头，没谁不会心口咯噔一下的！但魏忠贤非男人，他只是对这双奶子感到十分地惊异，尤其是奶头上那些卷曲的长须毛。他问过客奶奶："生来就是这么的？"客奶奶倒是不扭捏，笑道："都是汤催的。"客奶奶入了深宫，处处感受到森严和妒意，只有魏公公一个人在对自己好。

魏公公问过她："你是想留在宫里呢，还是回菜市口？"她说："随便罢。各有各的好，也各有各的不好。"魏公公笑道："是啊，是各有好坏的，甚么事情都这样……不过，要是太孙早晚做了皇帝，就甚么都全好了。你的父母，兄弟，丈夫，儿子，公婆，没一个不好的。"她沉思着，点点头："那我就应该留在这儿了。"魏公公说："你要留在这儿，就先要留住自己的奶，你的奶要跟御花园的泉一样，是不能干涸的。"她又点点头。她知道，要留住自己的奶，自己就一定离不了魏公公的汤。

三个月过去，一切都还好。魏忠贤在汤里谨慎地添加了一些剁碎的乌江甲鱼，百年老龟，长白山的参王，昆仑山的虫草……客奶奶长得更加丰肥了，长圆形的脸养得又宽阔又富态，油脂从皮肤下渗出来，泛着油腻腻的光。她把胖嘟嘟的皇太孙抱在胸口哺乳时，那孩子就像是从她双乳间剜出来的一块肉。皇太孙已经可以开口叫人了，但他叫的不是小民百姓家的“爸”“妈”“爹”“娘”，宫里的叫法太复杂、太拗口，他的舌头团不转，饿了、渴了，只会冲客奶奶嚷两个字：“来！来！”也可能是“奶！奶！”温暖的大奶子就送到了他嘴里去。他吸一会儿，睡着了；不知甚么时候醒过来，再咕哝“奶、奶”，又接着吸一阵……随后，还是在双奶中间睡着了，好像这儿本是他的窝。客奶奶一手轻轻搂着皇太孙，一手在自己奶头上轻轻地揉。她简直不敢想，我会不会一觉睡醒，奶水突然就枯了？

魏忠贤用木讷的憨态掩饰住焦灼，而暗里早开始了四下地寻访。他请教过一个鹤发童颜的老御医：“有甚么法子让产妇的奶水长流不断呢？”这老御医是个老怪物，他捻须扑哧一笑道：“除非她是我亲妈。”魏忠贤咬牙咽下一口气，谄笑道：“您亲妈世上只有一个呢。还能不能是别的甚么人？”老御医哼了一哼，说：“那就是观世音娘娘了。”魏忠贤想吐他一脸唾沫，却又不敢。怏怏退回午后阒寂无声的厨房，呆想了两个时辰，蓦然听到心口叮咚一响，就傻傻地笑了。他想起刚入宫那年吃除夕饭，火工太监们议论北京哪家寺庙的菩萨最灵验，说来说去，都挑着大的说，无非法源寺、法华寺、潭柘寺……只有一个蒸馒头的公公与众不同，说了个生僻的小去处：积水潭扫叶林的葫芦庵。大家都笑了，说，葫芦再大，也就是葫芦嘛。但那公公正色道：“岂不闻，好药都藏在葫芦里？再说，那庵里的尼姑，个个都像刚刚出笼的鲜馒头，白白嫩嫩的。”大家啐一口，齐骂他六根没阉净，菩萨都敢糟踏，灌了他七碗八碗酒。如今，那个公公已死了；魏忠贤蒸过馒头，也都不蒸了，升做炒菜、煨汤了。但在这个有了秋意的下午，那庵子的名字、馒头般的尼姑们，都清晰地浮到他的眼前来。明晨起早，魏忠贤借买莲藕之机出了宫，绕道去了葫芦庵。

积水潭系着几只小船，飘着些黄叶，扫叶林的深处，现出葫芦庵灰蒙蒙的影子来。魏忠贤走拢山门，抬手一推就开了。门后是一块菜畦，靠墙植着几棵齐人高的滴水观音，硕硕的叶子上，潮气集结为水，悄悄滚来滚去。他拿眼瞟了几瞟，只看见一个面容枯槁、头戴僧帽的老尼蹲在菜畦中拔草。他定了神，双手合十，恭恭敬敬地站在一旁。老尼抬眼，看了看他。他双膝嘭地跪在泥地上，泪蛋扑簌簌地落。老尼问他："施主有难？"他哽咽半晌，说老家捎了信来，家兄、家嫂婚后孝顺父母，彼此也相敬如宾，但嫂子一直未孕，到了四十岁上，才忽然有喜，今夏产了一对双胞胎儿子；但大喜之余，忧亦随之，两个儿子猛如虎子，每每哺乳，把嫂子的乳房吸干都不能把自己喂饱，除了号啕，就是乱咬，而嫂子除了忍痛落泪，没有别的办法。家中并不富裕，家兄掏空了所有积蓄，变卖了坛坛罐罐，买鸡鸭鱼肉煨汤，寻各种偏方进补，但都于事无补，三五天前，嫂子的奶子终于就像旱年的泉眼，彻底地枯了。两个侄子偏不喝米汤、菜糊，已经含着嫂子的干奶头，饿得奄奄一息。真要是侄子没了，兄嫂也不想活……阿弥陀佛，求师太救救他们一家子。

老尼举手一指佛堂，淡淡道："施主跪错地方了，你该去跪在菩萨跟前啊。"

魏忠贤把心一横，含着悲痛，厉声道："菩萨像不过是木头雕的、泥巴塑的，你叫俺去跪，它们就算把木头、泥巴给了俺，又有甚么用？佛陀能够舍身饲虎，你如果还有慈悲心，就把心掏出来也是应该的，人命关天，干甚么还要推来推去的！"

老尼惊讶地看着魏忠贤，看了半晌，颓然道："贫尼除了这身袈裟，一无所有，我能给你甚么呢？"太阳光落在老尼的灰色僧帽上，强光一闪，魏忠贤的眼睛被灼痛了一下子。他冷笑说："僧尼收香火钱的时候，总说要金针度人，听得耳朵都起茧巴了……总不会是空口说法，给俺们画饼充饥罢？！"

老尼如被河里的浪子、雪地的冷风猛地呛了一口，缓了好一阵，喃喃说："施主你要我给你甚么呢？"魏忠贤说："给甚么？你有金针么，你有你就拿出来！"老尼伸手在僧帽上一拔，竟拔下一根金针来，也许并不是金子，但至少是金光闪闪的。"噢，拿去……"这一回轮到魏忠贤惊讶了，他迟疑着，把手伸过去，金针嗖地扎进了他的虎口上，一股气灌进他的身体里，剧烈的又麻又胀的痛感，把他的泪水都逼了出来了。"回去罢，给你家嫂子就这么扎一扎，菩萨保佑，但愿能管一点用。"魏忠贤呐呐道："就扎虎口吗？"老尼说："虎口，指头，肋骨缝里……但凡感觉哪儿的血气不顺了，淤塞了，都可以扎一扎，还可以扎得再狠些。"顿了顿，她把眼睛虚起来，看着魏忠贤："如果施主今天说的话有诈，骗得了贫尼，是骗不了菩萨的。"魏忠贤向着佛堂，把头朝地上猛一磕："如果有诈，就让俺死得不明不白的。"老尼伸手托住他的下巴，淡淡说："施主，不要压坏了我的菜。"

魏忠贤跟当年侍候自己的南瓜一样，在客奶奶身体上精心寻找着穴位。金针扎进客奶奶的身子里，滚烫的灼痛，逼得她拿帕子堵住嘴，泪珠从眼角滚滚地落。随后，她还出了许多汗。为了充足的奶水，她流着更多的泪水和汗水。当魏忠贤面有得色地把针拔出时，她嘤嘤道："我吃了这么多的苦，有哪点是为了我自己好？"但魏忠贤没听见；即便他听见了，他又该如何搭理她？魏忠贤装聋作哑，抱住皇太孙放入她怀里，还替太孙把莲蓬般的大奶头塞进他的嘴，再在他屁股上拍一拍，脸蛋上掐一掐，朝客奶奶嬉笑道："你要拍要掐就赶紧了，哪天他坐了龙床了，谁还敢动他一根小指头？"客奶奶恨恨地哼了一声道："我都不敢，我的奶水岂不白流了……"一语未完，竟嘤嘤地哭出了声音来。魏忠贤慌了，捡了枕边帕子就来堵她的嘴，她把帕子夺了砸在他脸上，咬牙喝他："滚！"一个时辰后，当魏忠贤再次送汤进来时，看见她已和太孙相搂着睡着了。细雨淅沥，打着院里的秋海棠，沙沙地响，魏忠贤坐下来舒口气，看着床上的女人和孩子，再搓搓自己的双手，心口酸了酸，眼窝慢慢地就湿了。

那根金针，还有魏忠贤的汤，留住了客奶奶汩汩如泉的奶水，直到皇太孙年满了三岁，也没有现出一点干涸的迹象，一双大奶子上的两颗莲蓬，依旧是湿润的肉红色。然而，魏忠贤又有了新的担忧，如果皇太孙哪一天醒来，忽然自己断了奶，不再去咬奶头了，那又该怎么办？魏忠贤为了这个难题，消瘦了，要愁死了，他午后在厨房里的坐姿都快成了泥塑了，但他还是没有想出办法来。客奶奶现在倒是一副听天由命的样子，她说："你见过杀猪吗？猪争食、抢食，抢着把自己喂肥了，就去先挨那一刀。"魏忠贤用熬红的眼睛瞪着她，说："俺就是死，也情愿是被撑死的，不做饿死鬼。"客奶奶笑起来，说："魏公公，你是上瘾了。"魏忠贤不说话，心想她说得不错的，是公公也总有一件上瘾的事情做。

三八

魏忠贤又去了葫芦庵。他之所以迟迟没再去，是怕那个枯槁的老尼识破了他，咒他天打雷劈。但除了葫芦庵，他又到哪儿去求良药呢？一路上他都告诉自己只是去庵里烧炷香，捐点钱，连一点侥幸、微渺的念想都不敢有。这是二月的天气，地上、树上已经见了一点儿绿意了，但若细细看，到处都还是干巴巴的土黄色，扫叶林的树梢，还没有新芽，喜鹊的大巢，还在枯枝上醒目而危险地悬挂着。好容易到了庵门外，他踌躇着去推门，门却嘭地打开了，大步跨出来一个彪壮的胡僧。

胡僧可能来自昆仑山以南、万里之外的一块湿热大平原，高鼻蓝眼，络腮胡子浓而卷曲，肩上扛了柄带月牙铲的禅杖，左手捏了只系金穗的干葫芦，脸色涨得通红，气哼哼的，似乎口里正憋着只羞愤的鸟！

魏忠贤一惊，赶紧侧了侧身子，念了句："阿弥陀佛！"胡僧瞥了他一眼，看见是个矮矮、胖胖的公公，一脸陪着谨慎和恭敬，而小眼珠子在滴溜溜打转，不觉哈哈一笑，用拗口的中土声音说："公公，是临死才来抱佛脚？"魏忠贤吓了一跳，回了回神，才明白胡僧把"临时"念成了"临死"。他合十道："佛是天天要念的，佛脚却不敢抱。"胡僧问："那为啥要造这个词？"他说："天下之大，除了几个圣贤，无非愚男蠢女、泼妇莽汉，凡想有所妄为，都要耍个小聪明瞒天过海。"胡僧又问："圣贤几个……为啥才几个？"魏忠贤默然片刻，用咽唾沫的空隙搜索枯肠，胡诌道："这个……譬如佛门，北京城寺庙上千，和尚、尼姑过万，每日念经都像一片急雨，足以打破沉船。而破了执迷、了了生死的高僧，能有几个人？"胡僧再问："破执迷？又如何能够破得呢？"魏忠贤不敢乱说，转了几个念头，把脸都憋红了，还是不知该说甚么，只得喃喃道："这么高深，俺如何能够明白呢……总该就如大师这般罢。”

胡僧凹陷的眼窝里射出刀子般光来，直直瞪着魏忠贤。魏忠贤被瞪得手脚发冷，有点想拔腿就跑，胡僧却颓然地把禅杖放下来拄着，现出疲惫和老态。魏忠贤试着上前扶了他一把，说：“大师歇一歇。”胡僧就歇了半晌，说：“公公是有求于佛门罢？”魏忠贤现出苦脸来：“俺弟媳怀胎十月，生下一对双胞胎来，却死活也不肯吃奶，嫂嫂奶水充足，两个侄儿却饿得黄皮寡瘦，再拖，恐怕命将不保，俺老母眼睛都快哭瞎了。”胡僧笑道：“这个最容易，要他们对母乳执迷就是了。”魏忠贤不信：“容易吗……”胡僧从葫芦里倒出些小东西放在魏忠贤的手心里，是几十粒灰色的小种子。

魏忠贤谨慎地掂着它们，问胡僧：“执迷容易……如果要破执迷呢？”

胡僧道：“也容易。”

魏忠贤问：“如何破？”

胡僧毛茸茸的大手伸出来：“把它们还给我。”

魏忠贤把手掌蜷起来，把种子紧紧地握牢了，说：“俺不。”胡僧仰天打了个响亮的呼哨，也不再看魏忠贤，也不回头看身后虚掩的庵门，扛起禅杖，大踏步就往扫叶林外走，杖头的月牙铲闪着绿荧荧的光。

魏忠贤回宫后，用一碗温水将种子浸泡到后半夜，然后披衣起床，在透骨的冰凉中，摸黑把种子播在了厨房后边的一块花坛里。花坛边有一棵高擎的桧树，它落下的树皮在黑暗中跟银屑一样闪闪地发光。几天后，种子发了小芽芽，继而又长出了一片毛茸茸的茎。天气慢慢地升暖，每一根茎的顶子上，都结了乌红的花蕾。随后，花蕾在和煦的暖风中开了，魏忠贤用曾经抱过南瓜的双臂，把花蕾环在自己的掌心里，感觉到她们习习地颤抖，有着说不出的妖媚和揪心。他有选择地，把最饱满多汁的花瓣摘入竹篮，挂在阴凉处盛放时鲜菜蔬的架子上。在每一个下午的静谧里，他把花瓣一点点放进玉杯，用银勺捣为乌红的膏泥，有点像皇后、贵妃的胭脂，但比胭脂更沉着，更黏稠。他蘸了一点到唇边尝，微微甜，微微发麻，还有点眩晕的酒意，让他有一点发怵。但他还是坚定地，在每天的早晨，挑一小粒敷在客奶奶的乳头上，再仔细地抹开去，如铺了一层新鲜、娇艳的乳晕，这使她的两个莲蓬总像是在极盛的好时候。

客奶奶依从了魏忠贤在她身上所做的一切。她看见宫中的女人——妃子、侍妾、宫女、健婢……都像是一根根摆在桌上或扔进篮里的僵硬的筷子，而唯有自己因了魏公公的小把戏，和一个模糊的念想，还是一个热辣辣的活物呢。

花凋零了，就结了果，魏忠贤试着在果子上动了刀，刀口慢慢渗出汁液来，在空气中胶一样地凝住了。他故技重演，拿舌尖舔一舔，跟膏泥的味道一样的，但是更浓郁、更辛烈。于是，他除了留下几颗果子做种子，把汁液都收集在了一只陶罐里，以留作秋冬用。他观察到，这些果子看起来像是加了盖的罐，揭开来，里边就储满了灰色的小种子。他有万千的感慨，罐真是一个好东西，它把秘密都严实地捂住了。

这犹如施了魔法的花与果，当时中土是没有一个人认识的，就连宫中白发的花匠也为难地摇头。直到多年后，我在养父德吕尔·德吕翁的观测室描述到它时，他手上正调试的一架望远镜跌落在地板上。他咕哝说：“阿芙蓉……为甚么天不绝它呢？”

阿芙蓉，你想必知道，如今的人都习惯叫它为“罂粟”。

客奶奶喂了皇太孙五年的奶，在万历三十八年腊月上，因为我父皇的出生，而被突然中断了。她被送回了菜市口老家。虽然如我已经讲过的，她因为太孙的绝食而在次日又被接回了宫里，然而，在老家度过的那一个寒冷的夜晚，却把她彻底改变了。她看见了久别的父母、兄弟、丈夫、公婆，自然，还有那两个怯生生瞅她的儿子：她觉得他们都是那么的陌生。他们坐在一间屋子里，彼此呆滞得就像是一群木偶。

夜深了，她还和衣坐在椅子上，丈夫从被窝里可怜巴巴地唤过几遍“桃姑”了，她都像没听见。五年，她头一回有了空空的感觉，不再被吮吸的奶头，在寂静的寒夜里说不出地肿痛、发痒。她现在发现，自己在宫中所吃的全部的苦，其实都不是为了他们，甚至不是为了对她怀有戒惧的儿子。这个晚上，她想到的都是皇太孙，那个总蜷在自己怀里吃奶的大脑袋娃娃。她一直都是清醒的，街对面的娘家传来杀猪的尖叫时，她依然睁着眼，手里抚摸着葫芦庵老尼的金针，那是魏忠贤含泪放入她手里的。当丈夫忍不住从被窝里爬出来，要对她用强时，她拿针飞快地刺了一下他的脸。他呜呜地哭了。后来，她终于歪着头，迷糊了……迷糊中，她感到丈夫再次推醒了她，用恓惶的声音说：

“宫里的轿子已经停在门外了。”

三九

万历四十三年，客奶奶已经给皇太孙朱由校喂了十年的奶。这一年本该和万历朝四十八年的每一年相同，是沉闷而又无事的。慈庆宫也如从前一样，在沉闷和抑郁中打发着时光。皇帝并未彻底打消废黜太子、改立郑贵妃儿子为储君的念头，但又一直悬而未决，这使太子在惶惶的焦灼之后，只能选择酒、女人、自我麻痹。早晨和午后醒来，他的眼睛总盯着帐顶出神，而极少留意到，他的次子、皇太孙的弟弟，即我的父亲朱由检，已在某个角落长到五岁了。

我父亲和他体格硕大的哥哥完全不一样，他是苍白和柔弱的，也是非常安静的。他三个月的时候就断了奶，也对禽蛋、肉类没有大的兴趣，而爱吃细软、滑腻的面条，里边煮了青菜、萝卜、扁豆、茄子一类的时鲜菜蔬。这个偏好，保持了他的一生。三岁的时候，他开始写字，跪在地上，握笔悬肘，往一张纸上去涂，有些是字，有些则不是，像驴、马、流动的光线和水。有一回他写字的时候，偶然被睡眼迷糊的太子看见了，很难得地拍了拍他的脑袋，笑道："嗯，嗯，很好，很大，很黑的。"

但皇太孙不写字，不画画，甚么都不玩。五岁之前，他总是被抱在客奶奶怀里的，五岁之后他的脑袋和身子都太大了，客奶奶抱他不住了，他就牵着她的手，或拉着她衣服的一角，迟缓地转动眼珠，东张西望。饿了，渴了，无论在任何地方，他都会扒开她的衣襟，把头拱进她怀里吸上一阵子。客奶奶带他去魏忠贤的厨房转过，他对亮锃锃的锅碗瓢盆不感兴趣。转到厨房后边，巨大的桧树下，一个火工太监正光着膀子在劈柴，斧头在空气中呼啸着，被劈开的木块有力地飞起来，砸到这里、那里，咄咄有声。皇太孙拣起一块，举到鼻孔边嗅了又嗅，树汁的味道，有着客奶奶的奶香，还有点菜蔬的青涩，他就朝客奶奶傻乎乎地笑了笑。客奶奶拧拧他的胖脸，魏忠贤就挑选了一些木块、木棍、木板，送给皇太孙逗积木。除了客奶奶的奶，皇太孙迷恋的就是木头了，他胖嘟嘟的手指大多时候都是笨拙的，只有在触到客奶奶的衣襟和木头时，会立刻变得十分的灵巧。他耐心地把木块摆来摆去，当感觉它们的体积或质感还需加工时，客奶奶就拿魏忠贤给她的小斧子，替他细致地削。但后来当他的表达——含混的词语和若干的手势——客奶奶无法精确领会时，他就把斧子接过去，自己动手了。

客奶奶惊讶地看着他，这个如从自己双乳间剜出来的憨小子，用斧子削木头就像厨子用菜刀切豆腐，斧刃下去绝无犹豫和滞涩，恰好符合他的心意。客奶奶的眼睛眨巴眨巴地湿了，她喃喃说："小祖宗长大了，能干了……小祖宗总有一天谁都不再需要了。"太孙转头朝她傻乎乎一笑，拉她看自己拼逗的建筑。她一眼就看出来，这正是她和他居住的房子，就连屋檐、每根横梁，屋里的桌椅，床，床上的蚊帐和被窝，都是一模一样的。唯一的不同，原本线条生硬的房子，在皇太孙的斧子下，被修饰出了细腻、舒软的肌理，并露出一种浑圆的体态来。皇太孙问她："奶奶，像不像一只鸟巢呢？"客奶奶点头说："嗯……"费了很大的劲，才把涌出来的两颗泪蛋噙回了眼眶里。皇太孙日复一日地劳作着，到了万历三十四年的五月，他已用积木把紫禁城所有的建筑都复原出来了，包括广场上地砖和栏杆的细节，金銮殿里那把龙椅的纹饰，都精确得一丝不苟。客奶奶帮助他把它们摆放在一张靠窗的大案上，窗帘上移动的阳光，使这座微小的宫廷有了些晨昏缥缈的感觉。客奶奶搂着他喂奶的时候，温言劝过他，你总该可以歇歇了。但他把嘴从客奶奶的莲蓬上拔下来，咕哝说："天下之大，我哪儿歇得下来呢？"

皇太孙拼积木的事情和他上面那句话，由专司密探的公公辗转传到了乾清宫。其时，太孙的祖父万历皇帝正趴在龙床上，让郑贵妃替他捏脖子、敲背。他听完禀报后，把脸埋在松软的枕坑里不吱声，以至于在一小会儿时间里，郑贵妃以为他睡着了。但她的手刚停下来，他就抬起脑袋向地上吐了一泡痰，嘿嘿笑起来，说："他不傻。"郑贵妃愣了愣，问："那咱们的儿子呢？"他哦了声，用商量的口气说"朕不是封了他'福王'吗，他至少该有福气罢？"郑贵妃不高兴，这不是她想听到的回答。

五月，有两个人擅闯了皇太子的慈庆宫。这该是本年紫禁城最值得记述的两件大事了。

第一个人叫作圣·罗曼·罗夫·保罗，简称圣·保罗，直呼保罗也还是他这个人。他是钦天监新来的年轻传教士，奉旨按例检测大内里所有计时的水漏。时值初夏，天气开始溽热，保罗在慈庆宫的回廊中，无意撞见了正给皇太孙哺乳的客奶奶，她那双汗津津的硕大奶子，还有奶头上十几茎褐色的卷毛，让他的心口烙过了一阵阵滚烫。他是个背井离乡的红发夷鬼，被他的导师拖上驶往东方的帆船时，不过是十二三岁的孤儿。由于旅途多舛的原因，帆船在海上漂流了八年后，才抵达泉州的码头，保罗已长成了一个四肢长大而面带愁容的小伙子。八年中，他接受了所有知识的（首先是关于上帝的）启蒙，只有女人一项除外。船上没有女人，而他的导师由此推论他天生对女人具有免疫力。但是，客奶奶的胴体给他补了一课：他明白了，心魔为甚么总是女人种下的！他如果有机会读过《毛诗》（可惜他还没机会），一定觉得"寤寐思服""辗转反侧"，说的正是他之于客奶奶的相思病。

在被欲火煎熬几天几夜后，保罗忍无可忍，在某日寂静的午后，借口再次检修阻塞的水漏，偷偷摸进了慈庆宫。

刚喂过奶的皇太孙在午睡，客奶奶还敞着胸、袒着乳，侧身歪在床沿上，玩赏从太孙手里掰出来的一块积木。这块积木已被斧子削成了巍然的天安门，黄瓦飞檐、灯笼、雕窗，一应俱全，客奶奶看得都有些发呆了，以至于保罗从后边扑过来抱住她时，她还没有回过神。只感觉到一个年轻男人的鼻息在有力地吹着颈窝，随即一双多毛的手捂住她的双奶，用劲地搓。她大吃一惊，一边挣脱，一边呼叫——然而她甚么都没能做，因为她的身子在被袭击的一刹那，就已经全软了，她甚至无力转过脸看清这个危险的袭击者。但保罗一点没经验，弄不懂该拿这个凭他宰割的女人怎么办？他只是用手发狠，用牙发狠（把客奶奶的肩都啃出了血），他一点没想到，这个软在他怀里的女人，正被唤醒为一头更为危险的兽。客奶奶的身子滚烫，充满了焦灼和奇痒，她在强烈的快感中哼哼着，却迟迟没有唤来期待之中的崩溃。当那个不中用的年轻人饥馋得要揪下她的奶头时，她怒不可遏，反手一击，天安门的飞檐正好砸中了他的左眼窝……小半个时辰后，安静下来的客奶奶调匀了呼吸，穿戴好了衣衫，在盘出一堆乌黑螺髻的头发中插了把梳子，看看地上，洒着几滴发黑的夷鬼血，血滴中间，歪着那具染了夷鬼血的天安门，而皇太孙还像婴儿一样地蜷着，懵然地憨睡。

小六子，你去翻一翻大明帝国的钦天监实录，你会发现一个左眼戴黑眼罩的历法官，他叫罗三思，其实就是圣·罗曼·罗夫·保罗。入清以后，钦天监没留他，他就换上道袍，进了小白云观。罗三思卒年不详，不过，顺治七年春天还有人见过他，多尔衮重起摄政王府时，他的红发已成了银发了，还哆哆嗦嗦地让人搀扶着，帮忙勘风水。

第二个闯入慈庆宫的人，则至今也没能弄清他是谁，因为他说的每句话，无人能听懂，而他后来写下的供诉状，都是语无伦次的。

他是突然出现的，就像那天的微雨在日出后竟淅淅沥沥落下来，他提着一根沉重、结实的枣木梃，身上同时披着阳光、雨沫子，嘴里发出叽叽咕咕的声音，像是自言自语，又像是在向谁不停地发问。他矮而瘦削，但目光炯炯，脸如女人敷粉般苍白，身子是紧绷绷的，就跟他手里的梃一样结实和坚挺，当一个公公试图喝止他，他挥梃劈面一击，公公的双眼立刻瞪直了，随后慢吞吞软在了雨地里。皇太孙正在廊檐下偎着客奶奶削木块，而我父亲在书房里写字，几个宫女都散在一边闲坐着，事发猝不及防，全都愣了，叫不出来，也跑不动，只见那人又举起梃，向一丛海棠花横扫，花瓣乱纷纷地飞，他哇啦哇啦地叫，其中只有两个重复的字可以听清楚，是："太子！太子！太子！"

客奶奶一下子回过神，她使劲抱起其实已经抱不起来的皇太孙（后者手里还紧捏着那块没成形的木头），朝着离得最近的书房躲，并一回脚跟把门踢来关上了。那人似乎也被客奶奶惊醒了，他一定是把太孙认作了太子，大踏步就追过来，一梃就把门打得粉碎！我父亲正背对门，趴在硕大的案桌上抄写圣人的《论语》，大概正写到"未知生，焉知死"的"死"，一股风猛地卷进屋子，一直扑上他的后颈窝，仿佛真是一双死神的凉手。但我父亲并不害怕，也许他只有五岁，还不懂得甚么是害怕罢，他仅仅觉得十分地气紧，就一边做着挣脱的动作，一边回过身子来：客奶奶正把他哥哥塞进一只大柜里，并用她宽阔、厚实的身体顶住了柜子的门。那男人逼上去，把枣木梃搁在她肩上，试图把她赶到一边去。但她没有动，只是拿湿乎乎的眼睛，听天由命地看着他。他叫骂了一声，是"太子！！！"，把梃举过头，怒冲冲地砸下来。但，"噗"的一响，他脸上被一件飞来的小东西击中了，是我父亲投掷出去的笔！我父亲只有五岁，笔正是他可以使用的最轻也是最有力量的利器，而且它恰好墨汁饱满，飞在那人脸上暴溅开来，有如强烈的疑问和惊叹。那人吃了一惊，随手一抹，立刻就成了面如锅底的狰狞的鬼。鬼是无所畏惧的，而且是心无旁骛的，他再次举起梃来，朝着客奶奶当头打下去。就这在这一刻，他“嘭”的一声定住了，眼珠迟钝地转着，陷入了沉思，——魏忠贤从厨房赶过来，用黄灿灿的铜勺叩中了他的后脑瓜。他顿了顿，吐出一口血来，直挺挺地栽倒了。

刑部尚书连夜亲审了这个刺客。大狱中一碗灯如同鬼火，照见刺客蓬头垢面，却精神矍铄，叽里呱啦地咆哮着，一句也听不明白。他写下的诉状，倒是每个字都清楚，却无人能看懂。尚书打个哈欠，说：“一派鬼话。”就回府睡觉了。早晨，狱卒给刺客送粥，见他仰在一堆谷草中，七窍有血，已经死硬了。

这个案子，就是晚明著名四大案之一的“梃击案”。在刑部呈报给万历皇帝的报告中，称刺客为河南饥民张差，多年前与兄长一道流落京城，沦为乞丐。与兄失散后，又成了疯子。此次举梃擅闯慈庆宫，盖因思兄心切，疯病发作，并无加害于皇太子、皇太孙的本意。是夜张差略为清醒，羞愧不已，就以死谢罪，撞墙毙命了。据说万历皇帝看完后，把报告扔到一边，对郑贵妃拈须笑道：“这尚书不傻，他告诉朕，有人要加害皇太子。”郑贵妃跪下去，捣蒜一般地叩头，说：“臣妾便有一万个胆子，也是万万不敢的。”

另一种说法是，刺客系扶桑浪人，其父曾是关西武士，后渡海进入大明帝国，在江浙沿岸啸聚倭寇为害多年，被戚继光的戚家军剿杀了。他为替父报仇，只身潜来北京刺杀戚继光，然而来了才知道，早就卸甲的戚继光已于万历一十六年在贫病中死去，如你们读书人所说，是墓木已拱了。不过，当这个浪人在小客栈喝了两个月闷酒后，有人密告他，戚继光虽然死了，但他的长子却还健在，并深得太子的恩遇，明天便要做客慈庆宫。于是他卖了一把倭刀（另一把已抵酒账了），换了一根枣木梃，次日顶着蒙蒙细雨，就在一个身份不明者的指引下，从东华门闯入了慈庆宫。他认不得戚公子，也不认得皇太子，所以他定下的杀人原则就是，统统杀光，仇人自然就在其中了。

两种说法都近于无稽之谈，但有一点谁都瞒不住，在各种各样的版本中，那根蛮横的枣木梃，都明确地指向了皇太子。朝野一片喧嚷，要揪幕后的黑手，万历皇帝不加理睬，依旧以冷脸相对，而皇太子的位置，也因此被确保了下来。郑贵妃的儿子，即福王朱常洵，最终被封于洛阳。崇祯一十四年正月，李自成挥军破了洛阳后，把他扒了皮，熬成了肉羹，让河南饥民人人尝了一口……这已是后话了。

我的祖父朱常洛，伯父朱由校，如果在梃击案中被击毙，世上就没有后来的天启皇帝了，而我父亲可能在另一个刮风的夜晚，也被剪草除了根……当然，他也可能去了远在四川或者云南的封地，逍遥、长寿呢。谁知道啊，这一切都没有发生，在牢里死去的只是那个口齿不清的倒霉蛋。

“梃击案”之后，万历皇帝为了安抚儿孙，也为了平息宫廷内外的谣言，突然巡幸了慈庆宫。他眯眼瘫在一把躺椅上，耐着性子听皇太子嗑嗑巴巴重叙“梃击案”的全过程，忽然将手一摆，瞅着一个小孙孙笑了。这小孙孙，就是我五岁的父亲。皇帝把我父亲招过去，试着要把他抱到膝上去，但刚做出一个伸开双臂的动作，就有点犹豫了，他发现这孩子脸色苍白，微皱着眉头，用满是严肃和沉思的目光在打量着自己。他把手改来拍在我父亲的肩上，说：“好孙子，你掷那一笔，可是为社稷建了大功啊。”我父亲跪下去，奶声奶气道：“全是托了皇爷爷陛下的洪福。”皇帝又呵呵地笑了，吩咐拿一管蘸了墨汁的笔来，让我父亲再掷一次做游戏。但我父亲叩头谏道：“君王无戏言。臣孙要是再掷，就是把社稷大事做了儿戏了。”皇帝一时大窘，空气死人一般静，皇太子回过神来，抓起我父亲扬手就要扇耳光！皇帝哼一声，把太子止住了。他把这个小孙孙看了又看，睫毛上浸上泪花来，喃喃道，“这孩子，来得忒晚了……”没人听懂他在说甚么。隔了好一会儿，他又瞅瞅大脑袋的皇太孙，太孙也在喃喃自语，像在念着满腹的心事。皇帝也是看了又看，扑哧笑了，挥挥手，起驾回乾清宫去了。

四〇

“国不可一日无主。”你们这些自称秉笔直书的史家，和在茶馆酒楼说书的先生是一样，把这句话都说油了，就像和尚念“阿弥陀佛”时，何曾想到过，它是冥冥昊天赋予人间的戒律呢？小六子。除了我没人会告诉你，在崇祯一十六年我父皇消失的那些天，的确有人先于李自成入主了帝国的宫廷——他们不是人，是猫。帝国的晚年，紫禁城里随处都可见到猫的踪迹。猫首先是作为一种温顺的宠物而被寂寞的嫔妃们豢养的，当一代代嫔妃最后在寂寞中死去时，她们的猫按惯例是作为殉葬品陪伴主人共赴阴曹的。但是，有一些狡黠的猫总能事先嗅察到死亡的气息，在主人弥留之际，它们就挣脱绳索，逃之夭夭了。壁垒森严而又浩瀚的紫禁城，就成了这些猫的自由的天堂。

这些猫就像主人们生前相互防范、嫉恨一样，它们自己也仅仅单独地在宫殿的帷幄后出没、觅食，而从不成群结伙。只有到了春天，当御花园中的杜鹃都如火如荼地开放后，它们蹿出阴暗的藏身之所，昂然地立在屋顶、玉栏甚至皇帝的龙椅上叫春，焦灼不安的尖厉叫声在紫禁城中此起彼伏，叫得后宫心惊肉跳，白头宫女泪水涟涟。每年春天过后，紫禁城中都会增加一批猫仔，但是它们在产下后立刻就被母猫丢弃了，任其自生自灭。那些侥幸能够活下来的猫仔长大后，比它们的父母更狡黠也更凶悍，而幽幽的目光也更加地孤独和阴冷。

由于野猫在宫中为患，历代皇帝都曾下诏捕杀。这使得劫后余生的野猫在与太监的相互消磨中，更历练出迅如闪电、狠似豺狼的本领。到我父亲崇祯皇帝的晚年，人们几乎已经看不到野猫了，人们看到的只是野猫一闪而过的虚影。而与此同时，野猫的繁殖却在这些年头达到了极盛。因为，李自成的贼寇和关外的清军，已经使帝国的皇帝忘记了颁布捕杀野猫的御旨。甚至在太庙的礼器和皇后的绣枕上，都发现了野猫留下的爪痕或粪便。叫春时节，野猫的声音就像怒潮拍击着画栋雕梁，把紫禁城冲刷成了危险的岛屿。有一次，父皇正在养心殿诏见即将出征陕西的大将军孙传庭。野猫的叫声遍地响起，这使父皇不得不几次中断了他的口谕。最后一次他说到“如果潼关告破，卿可……”就说不下去了。待猫声稍歇，父皇已经改变了话题，他说：“朕的野猫抵得过十万甲兵呢。李自成敢来入主紫禁城，就不怕被撕成碎片儿！”一语说罢，君臣都笑了。笑声通常所包含的乐观和暖意，冲淡了养心殿的肃穆和冰凉。但孙传庭却终于没有弄清楚，潼关告破他应该如何才是呢？崇祯一十六年秋十月，李自成攻破潼关，孙传庭在一派茫然中，于总督府的院落里，被乱刀齐下，砍死了。——这，也都是后话了。

崇祯一十六年，就在孙传庭还守着潼关，而父皇已和来顺儿失踪后，暹罗国的使臣乘着装饰华丽的五色帆船，奇迹般地驶过京杭大运河，在北京大通桥码头登了岸。帝国各处都充满了兵燹、瘟疫和饥民，这艘帆船不仅安然无恙，而且使臣沿途沉湎于湖光山色，居然对这儿正在发生的变化浑然不知。可以肯定，暹罗历朝君王对大明帝国的恭谨与仰慕，三百年来都没改变。这位颇有骚人墨客气的使臣，捧着呈献给中央帝国的贡品步入午门后，他惊讶自己怎么就不能够觐见到皇帝呢？他行程万里的目的，不就是为了把浩荡的皇恩和上国的风范带回溽热而又荒僻的母邦吗！暹罗的使臣带着满腹的迷惑离开了北京，他留下一十一盒红宝石，一十一盒绿宝石，还有一只纯白的虎仔。他没有注意到，接待他的首辅大臣其实多么地希望，暹罗人虚构的亘古不变的中央帝国，是以真实的面貌存在啊。

暹罗的贡品是大明帝国收到的最后一批贡品了。在内阁会议上，首辅大臣做主，将宝石变卖后所得银两用作久拖未发的军饷。但是，那只虎仔却让他们颇费踌躇。作为一只宠物，这只虎仔堪称是完美而又高贵的，它那么玲珑、柔软，抱在怀里就像温顺的婴孩。它浑身的白毛又长又细，抚摸起来就像是在抚摸有说不出敏感和说不出暧昧的物质。但是，就在皇帝的失踪近似国丧的时候，自皇后以下，谁有心肝或者谁有勇气去豢养一只世所罕见的宠物呢。古训上说，养虎为患。在这多事之秋，将一只虎仔豢养长大，这将意味着甚么？还不如把它一刀杀了罢，送到太庙去祭祀可能已经震怒了的祖先们。

在冗长的内阁会议结束后，作为一种妥协，那只纯白的虎仔被送进了养心殿。会议的决定是用模棱两可的语言来解释的，玩物固然丧志，养虎终究为患，然而物极必反，否极泰来，白虎非虎，安知不是国家祥瑞、万国来朝的好兆呢？

来自热带丛林的白虎仔，就在中央帝国北方的砖木穹顶下，获得了绝对的安宁。它陪伴着那张为许多皇帝坐过和摩挲过的龙椅，并以环绕龙椅踱步为早晚的日课。没有任何人来打扰它，光线从窗格中洒落进来，把青砖地面、桌子、龙椅和虎仔都变成了块块均等的小方形。除了供它食物的一位老太监，其他人已经无法再见到它了。

然而，一只白虎仔来到紫禁城的消息，却使更多无缘亲睹的人们激动不已。成千上万的宫娥、太监在各个角落中，议论着这只虎仔的容貌、形体、脾气、灵性、预兆以及它诞生与成长的蛮夷之邦。就连处于深切悲痛中的皇后娘娘也向饲虎太监询问了虎仔的日常饮食、起居情况。最后，这只虎仔成了传说中的虎仔，它有着神奇的前生，当然也就有着更为不可揣度的来世。在它的两肋暗藏着双翼，在它硕大无朋的眼瞳中，呈现着整个世界坍塌后废墟的场景。星斗阑干，在风静静地刮过琉璃瓦的穹顶之后，它会脱下自己纯洁而高贵的虎皮，搭在龙椅的扶手上，然后现身为一个器宇昂藏的青年，头顶金冠，手执朱笔，作为百兽之王的王者，在长卷上勾画一幅永享天命的万邦之城。

这只虎仔同样引起了我强烈的兴趣。我不相信这些过于神奇的渲染，就像我不相信养父德吕尔·德吕翁之上帝造人的说教一样。但是，那个金冠王者的青年形象，使我联想到了父皇青春韶华时候的俊逸风流。我是那么思念他，忘记了他曾给予过我的冷漠，也忘记了我有过的嫉恨。尽管皇后娘娘下了懿旨要像捕杀野猫一样捕杀我这个大明皇族的孽子，但我还是要求小刘子带我去养心殿，看一看那只被奉养或者说被囚禁的暹罗的白虎仔。

小刘子为了满足我的要求，使出了他毕生的功夫。他在黎明前驮着我，避开道路、正门，从屋顶、墙头，从一棵树到另一棵树，奔跑和跳跃。我觉得自己就仿佛驾着风和梦，忽然就降落到了一排纵横交错的窗栏前。养心殿本来是一个熟悉的处所，然而由于它的主人从我的父皇改变为了一只虎，这使我觉得异常地陌生和紧张。

透过窗栏和迷蒙的光线，我看到了那只传说中的虎。今天，小六子，我无法向你说清我当时的心情。把描述心情的所有词语加在一块，我以为也不及“复杂”那么意味深长了。噢，是的，我看见了这只虎：在一盏长明灯的照耀下，它伏在龙椅的扶手上睡着了。当然，它首先没有显形为一个优雅高贵的青年，它看起来甚至不像是一只老虎。它睡着时的姿势，显得那么柔弱无助，却又娇小妩媚，这使人怀疑它不是一只虎，而更像是一只猫。或者，它还像一条依着桑叶休眠的蚕。我迷惑不解地想到，人们怎么会把这只怯生生的小东西比拟为神秘的君王，又怎么会想象它会为帝国的出路带来祥瑞的征兆呢？

不过，我更可能甚么也没有来得及想。因为我面对那只虎仔的时间非常地短暂，而一道黑影突然掠过我们眼前，中断了我的思绪，也中断了一个生命的进程。养心殿里的长明灯也因为这飞驰而过的黑影哧啦啦地飘摇起来，这使宫殿的四壁、椅案、屏风和所有的家具都像在风中不安地晃动了起来。

黑影落在龙椅的中央定住，原来是一只黑色的野猫。这是我亲眼看清楚的第一只野猫。它的漆黑和强大，它散发出的腥臊的气息，就像它代表了黑夜的全部寓意。它张开嘴巴，露出森森的白牙和粉红的舌头，它发出的声响不是发嗲的咪咪之音，而更近于嗜肉者梦中压抑的鼾声，充满了饥饿和紧张。这使它看起来，比那只娇怯的虎仔更像是一只真正的老虎。

就在我和小刘子还没明白这只野猫的意图时，它突然伸出了自己的十根利爪，一齐扎进了虎仔的后颈，腾着热气的十注鲜血涌出来，改写了虎仔纯白的原貌。紧接着，它如同草原上暴虐的鹰隼捕获一只仓皇的兔子，挟着虎仔纵身穿越窗格，呼啸而去！

小刘子呀了一声，拔刀在手，几乎以同样的速度奋力追去。我愣愣地站在那儿，眼前不断地重现着血在暹罗虎仔的白毛中像红线虫蠕动的情景。刚刚发生的事情，很快就成了靠不住的记忆了。我不知道小刘子在穷追中用去了多少我等待的时间。当他回到养心殿侧边把我再次背到背上时，天空已经出现了第一道曙光。我听到了他粗糙的呼吸，透过我柔软的胸脯和他肌肉虬结的后背，我还听到了他的心在悲哀地搏动。

后来我才知道，野猫就在躲避小刘子追杀的行程中，把嫩生生的暹罗虎仔连皮毛带骨血整个地吃进了肚子。当小刘子和野猫在紫禁城中已经追逐得精疲力竭的时候，他和它之间的间隔，恰好是一棵树到另一棵树的距离。他和它相互打量着，野猫的眸子在星光下古铜般地亮澈和坚定，它因为吞下了一只虎而显得有些臃肿和迟缓，但也因此而显得更加威仪和庄严。它看着小刘子的神情，宛若是一个王者在审视自己的卑微臣子。

小刘子觉得自己的双腿发颤，汗湿的全身就像虚脱似的没有气力。在那一刻，他不仅没有气力，而且没有勇气跨越这一棵树到另一棵树的距离。当黑色的野猫从容地消逝于黑夜后，小刘子扔了刀，捂住自己的脸呜呜地哭了起来。

在国中无主的崇祯一十六年，雪白而高贵的暹罗虎仔被一只野猫吞吃的消息，就像一声焦雷在紫禁城的上空爆炸了。它的令人心悸的余音在一望无际的琉璃瓦上持续地滚转，就连瓦缝中的长草也伏下了身子。宫中所有人都以共同的沉默来接受了这一事件。没有人能够对此做出任何评议，在末日临头的巨大荒谬面前，任何的评议都是徒劳的，都只会增加它的荒谬而已。

沉默往往意味着默认，但是，在沉默的深处还隐含着拒绝。这就是试图通过对荒谬的不听和不说，使荒谬的现实变成虚构的东西。然而，就像是对这种沉默与拒绝的回答，野猫群在人们的视线中清晰地出现了。

野猫先是三三两两在太和殿前的开阔地上警觉地踱步，后来则开始了追逐与嬉戏，好像这儿原本就是猫们的乐园。从来形只影单的野猫现在过上了群体的生活，成群结队的猫在紫禁城的地面与屋顶现了身，它们行走的姿态优雅而迷人，娇嗔的猫咪声有着说不出的慵倦的美。

就在这些猫群的旁边，总是立着一只严肃而硕大的黑猫。它的举止和眼光，都像是一个皇帝在看护着自己的帝国。它虽然是一只猫，但是，它的威仪使它看起来更像是一只虎。是的，它就是吞下了那只暹罗虎仔的黑猫。虎仔的肉体和灵魂都通过这只黑猫而得到了继续的生长，黑猫因而具有了虎一般的体魄和力量，虎一般的獠牙与利齿，还有虎一般的寡言及阴郁。甚至，在它黑夜般纯黑的颜色中，还隐隐地渗露出了那只虎仔的一簇簇白毛。

有一天我隐在一根大柱后，目睹了一位忠勇营的太监以野猫般的轻捷，从背后向那只猫王发起突然的袭击。就在他的刀尖距离黑猫只有半个刀身长时，黑猫猛然转过来，扑上他的前胸并一口咬断了他的喉管！太监立刻就死了。但是，黑猫的嘴巴还留在他的颈子上，一直到吸干了他体内的鲜血才昂起了头。黑压压的猫群环绕在它的周围，扬起自己的前肢欢呼跳跃。这种场景，真比紫禁城的大典还要惊心动魄啊。

我曾经问过小刘子："你能不能去杀掉那只猫王？"小刘子的脸变得煞白，他摇摇头："噢，不，我不能。"

噢，小六子，他说的是"不能"，而不是"不可能"。

皇帝在宫中秘密消失后，尚膳监仍然每天在为皇帝做好一日三餐。每一餐的一百碗菜肴总是被吃得干干净净的。按时来享用它们的，就是络绎不绝的猫群。

那只黑色的猫王却吃得很少，甚至根本不吃。似乎他吞下的那只白色的虎仔已够它消化一辈子。它立在一旁的某个制高点上，看着野猫们惬意地吃喝着皇帝的御膳，咂舌之音就像成千上万的气泡在爆破。然而它的表情是不快活的。虽然它缔造了猫的帝国，在这个帝国中缔造了自己无与伦比的尊严，但是它依然还是阴郁的。它像一个神灵，通过紫禁城的地面，谛听到了遥远大地的动荡之声。

是的，我已经发现，几乎所有的人都把这只虎猫同体的黑猫看作是一个神灵。尚膳监的大太监曾经请求皇后娘娘同意，用剧毒的鼠药从肉体上彻底绝灭宫中的猫群。皇后娘娘为此悲哀得流下了眼泪。她甚么也没有回答，只是吩咐，给不懂事的尚膳监太监们一人掌嘴五十下。

在太监们哭天唤娘的呻吟声里，皇后娘娘率领着三千妃嫔媵嫱沐浴净身，在坤宁宫中焚香祈祷，祈愿黑猫的神灵没有受到阉宦罪孽的冲犯，并请求黑猫的神灵护佑大明帝国的皇帝和他的社稷江山。

我按捺不住满心的好奇，化装成忠勇营的一名太监，随小刘子冒险来到坤宁宫，目睹了祈祷的全部过程。没有礼乐的伴奏，也没有司仪太监的长声吆喝，这种毫不装饰的祈祷朴素到了令人难过的程度。最后我忘记了对这个被册封为万岁的女人有过的蔑视，眼泪从我的眼眶中簌簌地滑落下来，沾湿了我的脸颊和前襟。

周皇后和田、席两位贵妃，都是信亲王府中的旧人，算是父皇的糟糠妻妾了，在她们的身上，父皇表达了自己毫无保留的信赖。不过，若以姿色论，她们在宫中只能排到中平，抑或再上去一点点。我曾轻蔑地问过小刘子："这三个女人除了绝对的忠诚，还有甚么呢？"他的回答是这样的："皇后以德懿称圣；田妃以娇弱和棋艺见宠；而席妃的忠厚、端庄，受到后宫所有嫔妃、公公们的敬重。"这个回答，并没有让我满意，他说到的这些皇室妇人的品性，都太高高在上了，高得就像是贴在泥塑脸上的金。

但是，我现在如此之近地看到了，金在剥离，泥在脱落，她们的肉身在痛苦地抽搐：在仪式结束的时候，皇后和田、席二妃钻进了半透明的纱帐之中，忍辱含羞地脱尽素衣白袍，将后臀像山岳般地耸起来，深深地跪伏下去，把自己象征性地献祭给了雄性的猫王。此情此景，三千粉黛，还有我，都禁不住一齐悲泣。古意斑斓的香炉因为承受不住这么多女人的哭声而摇晃了起来，它喷射出的雾气中夹着粉尘与火花，带霉味的香烟让人感到天旋地转。

这次异乎寻常的祈祷显然震动了猫王。接下来的数天里，人们都发现它在更为焦虑地思索着，以致它威严的宝相都变得枯槁了。很多年之后，我觉得那只黑猫的样子就近似于菩提树下的佛陀，或者十字架上的耶稣。它思考的问题非常地沉重，但并不复杂。这就是，把生和死交给自己，还是交给别人呢？

直到今天，我们也无法弄清，猫王究竟选择了哪一种方式。

在一场旷日持久的阴雨之后，我们忽然发现，紫禁城里所有的野猫都不知在甚么时候走掉了。它们追随着自己的君王，朝着某个我们未知的地方迁徙而去了。它们给乱糟糟的紫禁城留下了废弃的空巢、杂乱的足迹、刺鼻的气味、脱落的体毛，和谜一般的记忆。

四一

崇祯一十六年的春天终于见深了，院里的槐荫投落在砖地上，跟泼了墨一样地浓了。然而，和来顺儿一块隐遁的父皇，还没有回来的消息。跨越季节的等待，会把一棵树变为枯木，一只蛹变为短命的蛾。为了挨过这漫长而煎心的日子，我只能窝在黑妃的家里，继续听她唠叨天启皇帝的旧事。

那天，黑妃用森森的黑牙，“咔嚓、咔嚓”地咬破了十几个坚硬的核桃。剥去硬壳后，她把核桃喂入我口中。她说：“丫头，看见过人脑的形状吗，都是跟核桃一模一样的……可人跟人的想法，却从来是天差地别的。”

这一天，她的讲述开始于十岁的皇太孙向客奶奶发出的一个疑问上：

“还会有人闯进来杀我吗？”

客奶奶刚给他喂完奶，她拿手背擦了他的嘴，又擦了自己湿湿的奶头，默然一小会儿，柔声说：“我会护着你，小祖宗。”

皇太孙又问：“那，他连你也要杀呢？”

客奶奶没有回答，只是用手搂住太孙，紧了紧。这个动作，使太孙陷入了更为长久的沉思。但这种沉思是没有结果的，接下来，太孙开始用锋利的斧子，把自己削的所有积木都劈了。他一声不吭，劈了一天一夜，地上扔满了七零八碎的木屑。客奶奶任他劈，也不劝，就坐在一把圈椅里，看着他，喝自己的汤。他累了，饿了，就将他揽过来，把奶头送进他嘴里，由他吸。他能找到的积木，都劈完了，就把魏忠贤唤来，吩咐把它们都捡到炉膛里烧成灰。魏忠贤说："多可惜啊，何苦呢？"太孙说："不过是些木头罢了，有甚么可惜的。"魏忠贤说："说是木头，可都是城楼、宫阙啊。"太孙老气横秋地一笑，说："那么多城楼、宫阙，刺客来了，还是没我和客奶奶藏身的地方。"他把魏忠贤和客奶奶拉进书房里，走到梃击案中他藏身的那口大柜前，他说："知道我躲里边在做甚么吗……我一直在祈求，刺客破开柜子时，我已经不见了。"说罢，太孙滴下了眼泪来。客奶奶抱住他的大脑袋，痛怜道："噢，小祖宗。"

魏忠贤叹息："一口木头的柜子，这怎么可能呢？"

我父亲当时正趴在大案上写字，也不回头，奶声奶气应了一声："蠢公公！袖里乾坤大，壶中日月长，袖子能做的事情，偏偏柜子就做不到？"

魏忠贤苦笑："骂得好。可俺到哪儿去找这样的柜子啊？"

我父亲说："天上的东西，你偏要在地上寻，你是真蠢还是装蠢啊？"他蘸了墨，接着写字，不再理睬魏忠贤。魏忠贤拿肥厚的手不停地叩打着脑门，的确是一副蠢相。

有一天（该是多少天之后罢），魏忠贤从小市上回来，眉毛还挂着霜露，他给皇太孙掖回一只褪了色的小布包。布包打开来，是一部又黄又干燥的旧书，散发着秋深处树叶发脆的味道，每一页书页上，都是密密麻麻的字和图，客奶奶看得眼睛都花了。但十岁的皇太孙朱由校却凝神静气地读着。读完最后一页，暮雨点点落下来，他把书合上，再仔细看了看书名，是《天工开物·瞽说》。作者的名字曾经是有的，但已经被小心翼翼地刮去了。

黑妃问我，脸上浮着些狡黠的笑："知道这个书名的意思吗？"

我嗯了嗯，瞎蒙道："就是天上的工匠才能做的事情罢。"

她说："也对，不全对……我曾请教过司礼监一个挺有学问的老公公，他给我解释了半天，我都听傻了，就问能不能直白地说成一句话，他就说，'此书即上天教你怎么做木活'。我又问，那谁读了这书，都能巧夺天工了？他就小娘们似的扑哧一笑，说'那还要天子做甚么！天启神示，世上几人能听懂？'。你不觉得，当初懵懵懂懂的事情，现在已经雪亮了么？"

我没有吭声。我在暮春的青葱暮色中，看见了我父亲的哥哥、那个最终成为天启皇帝的大头少年，提着斧子，在对着一块木头，陷入了长久的沉思。

【第六卷】

柜里乾坤

四二

崇祯一十六年秋八月到来的时候，清太宗皇太极暴卒的消息从山海关外传进了紫禁城。那一天，黏稠的雨水从拂晓以前就开始飘落不停，雨水沉淀在森然苍郁的古柏上，针叶都像裱糊了一层不透明的乳脂。风在空洞的街巷和长廊中呼呼地奔跑着，把黄叶和雨雾一阵阵地抛到一道深墙的隔壁，或者两扇紧闭的院门后……百官围绕着颤巍巍的首辅大学士，商讨皇太极之死是祸兮？福兮？他们的朝服被雨水淋湿后像沉重的铠甲一样压着肩膀，这使他们都极不舒服地尽力伸长着自己的脖子，看起来就像从巢中探出头来的小动物。

但是这些小动物叽叽喳喳地商议了半天，却得不出一个统一的结论。因为他们各怀心事，在心忧大明帝国的存亡时，都在预卜着个人身家的荣辱安危。即便是朝中最愚蠢的大臣也都看到了，大明帝国的落幕已经是朝夕之事。只不过，能够取而代之的人却还不明朗。清军固然强悍，但是皇太极新亡，嗣位的福临才只有六岁。李自成、张献忠已经拥有百万之众，然而草泽鲁莽，流窜成性，前途也殊不可料。神州陆沉，要真的沉下去也就罢了，偏偏是风雨春秋，青山依旧。任那些穿着帝国末代朝服的官员如何思量，也实在是无计可想。

而首辅大学士自然是无话可说的。在帝国的朝廷中，领袖内阁的首辅即是一人之下万人之上的宰相，但终父皇崇祯一朝前后一十七年，先后撤换的首辅就达五十余人。据我所知，父皇撤换首辅的决定，都是在百官议政吵得不可开交的时候做出的。他皱着眉头，脸色煞白，在挥手之间颁布帝国宰相的任免御旨时，就像不耐烦地看着一班不中用的伶官演砸了戏。他让唱腔走调的家伙卷铺盖走人，而指着某一个丑角，要他立刻在白脸上画重彩、挂髯口，站到前台接着把戏唱下去。为了保住相位，以免祸从口出，愚蠢的首辅总是在关键时刻保持沉默。而更愚蠢的首辅则自作聪明，喋喋不休。那么聪明的首辅呢？——哦，根本就没有聪明的首辅。

首辅终于在一阵清理嗓子的痰响之后说了话。他说："福兮，祸所伏；祸兮，福所倚。"百官听了，似乎听出了一点意思。再问其详，首辅却摇摇头，说："我们去奏明皇上罢。"

从本年春天那个不能确定的夜晚以来，所谓的"皇上"，其实就只成了养心殿中那把龙椅的代称。那把巨大、华丽的龙椅就顿在养心殿的中央，孤独而严肃，比一个正在沉思的人更接近于沉思的状态。当朝臣们对着它行礼如仪，启奏，争吵，抗辩，甚或犯颜直谏的时候，它都声色不动地倾听着，尊严而不骄矜，比一个皇帝更接近于君王的风范。百官们已经习惯了它，并且爱戴上了它，他们在它的面前对国家大事做出最后的裁定，以它的名义号令尚可以号令的天下，增减赋税，调拨兵马，推进战事或者是议和。如果皇上真的只是一把龙椅——有时候他们会妄生出这样的念头——国家也许就不会是现在这个样子了？

在前往养心殿的路上，尽管有太监为他们撑伞，但是奔跑着的风和雨还是一次次地扑过来，就像爬行兽呼地把直立的前掌搭上了他们的脸颊和前襟，有着说不出来的恓惶。隔着风和雨，他们惊讶地望见养心殿的门大开着，在那把沉思的龙椅上，有一个人捧着一卷书，正在严肃地沉思着。

那个坐在龙椅上的人，直到百官们扑倒在他的跟前时，他仍然保持着沉思的姿势，他是用左手捧书的，而右手支撑着向前低垂的额头。如果他的内心正翻卷着风云，那么耷下的眼帘也巧妙地把它们遮掩到了幕后。

“皇上，”百官一齐山呼，“皇上！”

是的，这个人就是皇帝，我的父亲。虽然他的头发在失踪的日子里已然白了一大半，长长的胡须拖过了膝盖，袍上粘着斑斑驳驳的痕迹，但是他只可能是大明帝国唯一的皇帝。

父皇伸出一根指头，指着殿外的像兽一般奔跑着的风雨，忽然哈哈地大笑起来。他笑了很长时间，直到他笑不出声的时候，他的脸上还保持着微笑的模样。他用他们久违的天语纶音说道：“朕不在，有多长时间了？”

百官们在他脚下的空地上乱七八糟地长跪着，只听见此起彼伏的呼吸声，却没有一个人来回答父皇的问话。

“朕不在，朝廷还在，”父皇说，“朕不在，天下还在。可见，这世上并没有谁是离不得的人。对不对？”

仍然没有人回答。父皇就说：“你们的不回答，其实就已经是回答了。你们的肚子里正想着这句话，是啊，这世上确实没有离不得的人呢。”

“不……”群臣显出百般惶恐的样子，一齐拿脑袋咚咚地往青砖的地上叩下去。“皇上！”他们山呼着，却没有辩解。

养心殿终于重新安静了下来。只听见风挟着雨在琉璃瓦的屋顶上咴咴地叫着。那些被雨水淋湿了朝服的百官们在寒冷中战栗着，在父皇的持续沉默中，他们还刚好有工夫来得及奢侈地想一想干净温暖的棉袍、家中通红的炭火，和像炭火般璨然而又糍糯糯的妻妾，以及香茶和一卷诗书。

但是父皇并不知道他的臣子们的心思。他微笑着，用指头梳了梳自己拖过膝盖的胡须，那动作里有说不出的优雅和爱怜。他说："你们一定在想，朕这些日子都干甚么去了罢？"

父皇穿着隐遁时的春衣，而在眼下这个秋天里，也算是正当时令。那时朝中的所有人都以为父皇是被绑架了，后来则由一个高鼻深目的夷人解释为耽溺于游戏。父皇在仲秋的重现，说明：父皇脱险了。游戏结束了。月亮要圆了。而风还在吹着，雨还在下。

父皇反手往龙椅的背后一抓，抓出一个人来。父皇是坐着的，当他伸出手来时，宽阔的袍袖滑到肘底，露出的那一截手臂惨白而细长。却不想，这一抓，竟抓出一个魁梧的大汉来。

那大汉的头发几乎披到了地上，面目浮肿，却没有一根胡子。他用双手提着袍子的前摆，里边兜满了大大小小的木块。他的脚边，还有一只堆满了木块的大筐。这个人，自然就是曾经被视为绑架者的来顺儿了。来顺儿的眼里满是茫然和无助，他站在父皇的龙椅旁边，侧身看看父皇，又看看门外的风雨，一副心意难决的样子。

父皇在他的身后推了一把，说："你可以走了。"

但是来顺儿还在犹豫："往哪儿走？"他的声音尖厉，压抑着无处发泄的怅然和恨意。

父皇回答："随便。"

来顺儿于是朝着养心殿的门走过去。那只装满木块的大筐，被他的一只脚盘带着，也在朝前移。而当他的另一只脚碰到还跪伏在地上的大臣时，他就漫不经心地一扫，大臣的身子就像熟透的瓜一样滚到老远的角落里去了。这时候，父皇身后，已经立满了老刘公公和小刘子率领的忠勇营太监，神情紧张地注视着来顺儿的一举一动。

来顺儿走到门槛的边上，却又转回了身子来。他脸上歪斜的鼻梁和筋肉在痛苦地抽搐，好像在一片白色的晕眩中回忆起了往事。他举起双手，指着坐在那张龙椅上的父皇，冷笑了一声。他说："可是，陛下，我们之间还有一桩恩怨没有了结呢。"来顺儿怀中的木块稀里哗啦地落下来，东倒西歪地撒了一地。

父皇朗声笑了起来："朕会和你有甚么恩怨？——不要唠叨，你全输了。"

"不！——"来顺儿从胸膛中逼出一声猛禽般的长啸，两手像蟹钳一样张开，突然向父皇跃过去。

来顺儿和父皇相距有两丈多远的距离，就在他纵身跃出的同时，忠勇营的太监们一齐向他扑了过去。但是，来顺儿的身姿就像是一道黑色闪电，当太监们死死抱住来顺儿的时候，来顺儿已经落在了龙椅的前面，他那两把张开的蟹钳，正卡在父皇的脖子上。父皇的下巴被极不舒服地抬了起来，他的脖子看上去是那么的精细和脆弱，仿佛来顺儿稍一用力，脖子就会立刻发出咯咯的折断之声。

这一刹那的变故，使养心殿中沉闷的空气变得激动了起来。朝臣们都拖着湿得难受的朝服站起来，立在忠勇营太监的外围往里瞅。但是他们甚么也瞅不见，甚么忙也帮不上，他们的样子就像是事不关己的看客。忠勇营箍桶般地把父皇和来顺儿箍在中央，仍然束手无策。老刘公公的钢斧抵在来顺儿的后颈窝，小刘子则握着一把短剑对准来顺儿的背心，也都落了后发制人的下风。

父皇发出了被钳制后的第一道御旨："退下。"父皇的声音很微弱，但仍然是非常地清晰。

人群略略散开去。来顺儿把手收回来，搭在父皇的肩上。来顺儿说：“陛下，您毁了一个家……您把他们全毁了。”

父皇眺望着门外的风雨，红墙黄瓦被奔跑的烟雾笼罩着，显出一派凄迷的光景。在重重的宫墙之外，在风雨之外，有连绵的战事正在发生。一匹载着驿卒的瘦马，这时可能正经过河水暴涨的卢沟桥，驰入风雨中的北京城。来自帝国各处告急的奏章，远不如从前那么频繁了。因为帝国的疆域已经所剩无几，不能被这场秋雨淋湿的土地，也就成了紫禁城的号令不能抵达的边疆。父皇引颈眺望着，他的双眸中映出紫禁城的烟雾与迷惑，对身边来顺儿的述说，置若罔闻。

来顺儿的眼中已经敛去了亢奋和凶险的光焰。伴随他的述说，他的脸上甚至现出了一种柔和与伤感。他指着老刘公公手中的钢斧。

“这把斧头在十七年前，杀死了木樨地的一条狗和一个无辜的家丁。那个人，就是我的父亲。”

来顺儿的述说，使我记忆起了这件事情。或者说，在很多年之后，我接受了来顺儿在崇祯一十六年秋雨中的说法。

在天启七年那个同样飘着秋雨的天气，在黑暗而溜滑的木樨地小径中，一条巡夜的巨獒扑到了刚从丹桂床上下来的皇帝的胸前。它闷声不响，带着残忍的冷静和兽的腥臊，张开大口正对着少年天子的颈子。但是，老刘公公挥出的钢斧在夜色中发出吱吱的声音，这使巨獒的头看起来就像是古怪地撞向那凛冽的斧刃。

血高高地溅了起来。但是老刘公公不待狗血落下，继续挥着钢斧向前迎风一劈，斧子深深地楔入了一个健壮家丁的胸脯，直至没柄——

来顺儿长长地吸了一口气。他说:“我就跟随在父亲的身后，斧头挥舞过来的时候，我闪在一棵开花的桂树后躲过了屠杀。那些血飘散在我的脸上，就像是丹桂的花瓣。”来顺儿用手拂了一下脸颊，好像那血腥的芬芳还残留在那儿经久未散。

来顺儿问老刘公公:“你想起来了罢？”老刘公公声色不动，手握钢斧，盯着来顺儿的一举一动。来顺儿也许不知道，他是一个不能开口说话的哑巴。

“那么您呢，陛下？”来顺儿俯身又问在他挟制下的父皇。

父皇用高贵而坚定的声音回答他:“朕杀过很多人。”

来顺儿愣了一愣，又自顾自地讲下去:“父亲死后，母亲面临两种选择，要么在木樨地做接客的花娘，在皮干肉糙之年，重操旧业;要么做一个守身如玉的节妇，捡花娘和嫖客的残汤剩水度日子。那天就像今天一样下着雨，吹着风，她站在石拱桥上想来想去，想不出结果，最后纵身一跳，一了百了。那一年，我十岁，成了个孤儿。”

来顺儿忽然变得目光炯炯，在人群中漫无目的地扫视着。他看到有一个俊俏的少年公公混在大臣们中间，用轻蔑和敌视的眼光在看着自己。他觉得那个人和那种眼神极为熟悉，却想不起到底是谁了。他把视线收回来，把双手很近很近地摊开在自己的眼前，一根指头一根指头地仔细瞅着，每一根指头都像是一根粗硬的铁棍子。他的脸上漾起了微笑，泪珠同时噗噗地跌到了手上和地上。“十七年了，”他说，“我在木樨地熬炼出了最好的功夫，在床上和女人耍尽了各种各样的把戏，就是为了今天能够来到皇帝您的身边，向陛下讨回公道来。”

“你要甚么样的公道呢？”父皇一度迷惑的眼睛变得清澄明亮起来。虽然他并没有看着来顺儿，但他的声音显得是极有兴致的。

“一、为我的母亲建一座贞节牌坊——就建在木樨地最显眼的地方。”

“朕成全你的一片孝心。”父皇说，“朕今天就派人冒雨开工罢。”

“二、木樨地的小沅，我看作是自家的妹子，陛下要把她嫁入王侯家。”

父皇叹口气，点头说：“你是个有情有义的人，朕答应你。”

“三、我父亲是怎么死的，我就要让陛下怎么去死。”

养心殿中一片哗然。忠勇营的太监把兵器的把柄捏出了汗水，而朝臣们在惊愕和愤慨的表情下，心里转着各自的鬼胎。但这种哗然是有节制的，似乎唯恐会激起刺客杀性大发，所以斥责、咒骂、议论和叹息听起来更像是无数蚊翅扇起的闷雷。

“你是想用你父亲的命，来换皇帝的命？”父皇问来顺儿。

“不，”来顺儿摇摇头，“是用皇帝的命，来换我父亲的命。”

人群中，有一个手持钢斧的人全身不停地哆嗦着，终于咚的一声栽倒在地上，晕死了过去。这个晕死者，就是从前无往而不利的老刘公公。

四三

皇太孙朱由校翻开《天工开物·磬说》，对着第一页就发了三天的呆。客奶奶不识字，只能小心翼翼陪着他发呆。他的样子，从没有出现过这么专心致志的表情。他总的来说是安静的，但目光常常很散乱，而这一回，他像是被从书里伸出的一只手给捕捉了，并深深地被拽进去。甚至在黑夜里，他把头埋在客奶奶的双乳之间时，他也在牵挂着那部书（第一页）描述的东西。就连我五岁的父亲也为哥哥的呆相吃惊了，我父亲弄不懂这该是一部如何晦奥复杂的书，就凑过去打量了一回，他没有见到答案，反而更觉得不可思议了：第一页绘着一幅图，配了很多字，图是一张简单的凳子，而文字是打造凳子的简洁的说明。就以我父亲受过的初浅启蒙来看，也没一个字不识，没一句不通。他的第一个念头是，这很简单啊。但他没有说出来，因为他模糊地意识到，真若人所见的那么简单了，还配称是“天工”吗？我父亲觉得自己脑子还不够用，就老老实实走开了。

僵局终于在第四天的早晨被打破了，当太孙醒来后习惯性地吮吸客奶奶的奶头时，客奶奶把他推开了。这是他从她那儿遭遇的第一次，也可能是唯一一次的拒绝，他急了，再次用力把头拱进她的胸口去。但她一把掀开被子，赤身走到窗户边站着，熹微的晨光从窗纸透进来，她的身子映得格外地丰肥，垂在胸前的长发乱乱地掩着两团滚滚的大奶子。被拒绝的太孙感到了焦灼和疼痛，他几乎径直就从床上向她跃了过去。她展臂把他揽住，但不容他的嘴拱到她的胸脯，就忽地把他推了回去。他跌跌绊绊地倒退着，栽在床沿边，大脑瓜“咚”的一响。然而，客奶奶不哄他，不劝他，只是看着他，就像是甚么都没看见。他的呼吸变得急促了，粗糙了，撑起来，跟饥饿的兽一般闷叫了几声，恶狠狠地扑过来。

但是一件冰凉的东西把他挡住了。客奶奶，这个北京菜市口屠户的女儿，手里握着一把雪亮的斧子，横在皇太孙的颈子前。他愣了一小会儿，呜呜地哭起来，又伤心、又委屈，又丑、又难听。客奶奶用空着的那只手反手扇了他一个大耳光！他立刻就安静了。她把斧子塞进他手里，她说：

“你这个王八羔子！就是寻死，你也先把凳子给我打出来。”

这张凳子，皇太孙严格按照《天工开物·瞽说》上的指令，精确到了毫厘都不差。但他和客奶奶都没有料想到，看起来一张简单的凳子，打造起来，工序却繁杂到了如用客奶奶的浓发编织九百根小辫子。这个游戏，客奶奶曾在皇太孙八周岁的晚上，为成全他心血来潮的心愿，陪他一起玩过的，当结完最后一根辫子时，她和他已经累倒在一床红通通的阳光中。而这张凳子，耗时是三天又三夜，和皇太孙为它发呆的时间正相等。当凳子显形，蹲在一地微微飘红的烛光里，看起来已不像是凳子了。皇太孙有一点发怵，他说："怎么蹲着的像是一头虎？"客奶奶不吭声，走过去坐在凳子上，并拍了拍自己的膝盖。皇太孙磨蹭着，走去坐在她膝盖上。但他心里依然不踏实，手在凳的下面摸索着，摸到一块突出的机括，用力一掰，凳的轴、榫、藏着的梁和栓，都一齐发出润滑的声音，他发现他和客奶奶的坐姿都在不由自主地改变着，当屋里重新安静下来时，那张凳子已经成了靠背很长的椅子了。客奶奶俯在他耳边鼓励他："再试试……"他摸索到了另一块机括，再掰，椅子应声倒下去，成了一张舒适的卧榻。

在随后的几个月里，皇太孙又造了一张书案送给他弟弟。当我父亲伏在这张书案上写字时，它忽然成了一条滑动的船，父亲伸手去拉，碰巧扣开一块机括，船立起来，成了一匹传说中的木牛流马。皇太孙哈哈地笑，说："怕了罢？"我父亲说："不怕。"皇太孙又递给他一方又长又厚的镇纸，我父亲接过来往桌上一搁，镇纸成了一尊佛陀的雕像。佛陀有盛唐的风格，两颊饱满，细眉细眼，竟略似客奶奶，正虚眼打量着我父亲。我父亲定了定神，提着佛像进了厨房，径直就要把它往炉膛里边扔。皇太孙、客奶奶紧追而来，魏忠贤则在前边横手一拦，连叫："阿弥陀佛！佛也烧得么？"我父亲笑道："我取舍利子。"

魏忠贤顿足道："一块木头，哪来舍利子？"我父亲又笑："既是一块木头，又有甚么烧不得？"扬手一送，木雕的佛陀眼睁睁就被一炉子火焰吞没了……事后，我相信魏忠贤在向客奶奶说到我父亲时，一定用的是这三个字："小畜生"。

但是，弟弟的焚佛之举，并没有让皇太孙嗅出任何讽谏的味道。一个套着一个的变化，把他套了进去，他已不能在无穷尽的变化中停下来。在镇纸之后，他打造了两扇门，悬挂在孤零零的门框上。门框是活动的，可以置放在任何的地方，包括庭院中央或者青砖墁地的小道上，跨过它有如跨过一座微型的牌坊。但是在黑夜里，推开这两扇门之后，你还会见到层层叠叠的门，一扇门通向更多的门……如果你拽住两扇门用力掰，门和门就成了可以折叠的画屏。画屏收进卧房里，立在蚊帐低垂的大床边，把秘帷再次隐蔽起来了，而在这重重画屏和无穷变化的深处，就睡着依偎在客奶奶胸口的皇太孙。不过，他睡着，却还远不是安睡。一只苹果在雨中落下来，砸在水汪汪的砖地上。一片叶子也落下来，在琉璃瓦的屋顶上"嚓"的一响……皇太孙在客奶奶的怀里抽搐了一下，痴痴出神：城楼、金塔会不会变成荒凉的村庄，苹果会不会变成不再溃烂的石头，而我，能不能变成另一个人，譬如沿街托钵的和尚，驴背上的老者，或者闹市区的一个菜佣酒保……变成这一个，或者那一个？

皇太孙如参禅苦修一样，每天琢磨着《天工开物·噜说》。但他布满憨态的胖脸上，已经没有了呆相了，他的眼睛也不再散乱，而渐渐有了沉着的光。客奶奶从旁看着他，是有些心乱的。这个每天都吮吸她奶头的小娃娃，终于有了男人气。当他推开那本发黄的《噜说》，挥起斧子朝着一段杉木砍去时，木屑纷飞，他的嘴里，腋下，然后是全身，都散发出一股热腾腾的男人味。然而，她心里也在隐隐地发虚，皇太孙长成一个男人了，他也就没甚么人是离不开的了。只有当他一次又一次，用沾着木屑的手扒开她的衣襟，含住她涂了罂粟膏的乌红奶头吸奶时，这种担忧才会得到一时的缓解。她捧着他的大头，低唤道："小祖宗。"太孙应着："嗯。"她又唤："小祖宗。"他应着："嗯。"她说："你使点劲……"他含糊道："嗯。"她皱紧了眉心，脸在微微地抽搐，一股酣畅、快意的痛，刀子般割到了她的心口去。客奶奶还试着把那根秘密的金针，在皇太孙沉思的时候，扎进他的颈窝或者大臂、手背，并辅以张驰交错的揉动，以消减他的焦灼与不安。有时候，皇太孙默默起身，突然运斧如风，还留在身上的金针，就像是一抹颤抖的阳光咬住了他不放。

万历四十八年七月二十一日深夜（也许是后半夜），万历皇帝，即我的怪倔的曾祖父朱翊钧，在寝宫的一张凉榻上咽了气。此前，他因为群臣反对他改册郑贵妃为皇后、改立郑贵妃之子为皇太子，赌气不见群臣已经二十五年了。二十五年中，他隐居深宫，不出内廷，连去南郊祭天、太庙祭祖的大典，都给废弛了。他的旨意（只言片语），都是通过一张纸，或者内臣的一张嘴到另一张嘴，传达给百官朝臣的。这种事情是没几个人可以理解的，至少像我的养父德吕尔·德吕翁活到可以成精的岁数了，还是非常地疑惑：一个帝国居然可以在君王隐匿的情况下，凭着他的只言片语运行二十五年的时间！换句话说，就像一架马车上的车把式已经醉得睁不开眼睛了，他还在喝，车还在朝前赶，一直赶……他的臣子们在等候他回来，而在等了二十五年后，他却大行了：他再也不会回来了。大行的另一个说法是驾崩，大行而又驾崩了，那也就是说，那车在途中垮掉了，他也就永远可能到达不了他大行的终点了？这真是非常有意思，小六子，你们这些文人在造字、造词的时候，真的是一手烤着火炉，一手捂住冰块罢？

国不可一日无主，哪怕他只是活在只言片语中的皇帝。皇帝死了，太子即刻就成了新皇帝。而顺理成章地，皇太孙成了皇长子，而我父亲成了皇次子。当新皇降旨，令两位皇子入乾清宫守灵时，皇长子正趴在一堆新鲜的樱桃木的刨花上熟睡着。这时候，他虚龄有了一十六岁了，身子已经又长又沉，睡在刨花里，如一头安静下来的牛。只有他厚墩墩、柔润、弯曲的嘴唇，依然有说不出的稚气和怯弱。客奶奶帮太监们给皇长子套上重孝的白衣，他还在懵懂中，几乎是被太监们抬走的。客奶奶看着那一堆刨花，刨花上留着一个空空的人形，她觉得自己的心也陡然变得空空的。

在这五年时间里，《天工开物·磬说》里的东西，差不多都快被他打造出来了。客奶奶惊讶地发现，他做出来的一堆新玩意，又成了曾被他毁掉的积木，但这一回更多了，数不尽的亭、台、楼、阁，随意地散在枕边，床角，书案，甚至海棠花盆中，把它们拼拢来，几乎就是一整座微缩的紫禁城。

在一个垂满忧伤暮色的晚饭后，客奶奶悄悄拣了一块“养心殿”去厨房，拿给魏忠贤看。她说：“怎么辛辛苦苦弄了几年，又给弄了回去了？”魏忠贤把积木接过来，看了又看，摸了又摸，这大头娃刀工的细腻、精微，比他当初伺候南瓜的劳苦，何止多消耗了千百倍的心力呢！客奶奶见他不说话，急道：“是小祖宗病深了？”魏忠贤喉头哽了哽，说：“不是，是苦了这娃了……”在“养心殿”的空荡荡的中央，看得见一把孤零零的龙椅，椅背上还搭着一件孔雀裘，仿佛是皇帝议朝毕，踱到幕后去泡一壶茶，歇息了。魏忠贤喃喃说：“让他歇一歇。”客奶奶摇头：“他歇得下来就好了。”魏忠贤叹口气，把胖指头伸到“养心殿”的门槛上敲了敲，只听到殿内传出叮当一响，门缓缓地关闭了。所有的门，所有的窗户，随即都合上了。就连琉璃瓦的殿顶，都沉降下去，成了一个平面。当他们还在发愣时，魏忠贤托在掌心的“养心殿”已经不再是养心殿，而成了一个六面光滑的长方体，如一口挺立的、坚实的柜子。客奶奶“咦”了一声，柜的右下角开了一个洞，钻出一个小人儿，竟是个头皮光光、披了橘红袈裟的小和尚。小和尚朝着客奶奶双手合十，深深一揖，两眼全是怅然，客奶奶赶紧去抓，小和尚却已经退回洞去了。魏忠贤嘀咕道：“犯邪了。”客奶奶滴了泪，看着他。过了良久，魏忠贤咯咯笑起来，说：“养心殿，居然会在俺的掌心里。”客奶奶大怒，说：“别昏了头，哪儿还有养心殿！”她把已经变为柜子的积木夺过去，一把摔在了地上：柜子破开成了两半，里边却是空空的，甚么也没有了。

新皇帝，即我的愁眉苦脸的祖父、光宗朱常洛，在贵为天子后刚满一个月的那天，突然就死了，也就是说，大行了而又驾崩了。有人说，他是被繁重的朝政压垮的；但也可能，他是在终于卸掉压力后，在女人身上虚脱而死的。而在更多的传说中，他死于两颗臣下敬献的红丸。我没见过红丸，大概跟诗人一写就要落泪的红豆差不多罢。红豆相思，我可怜的祖父，他还会和哪个嫔妃宫女玩相思？然而确确实实的是，小六子，在你们这些人写的史书中，“红丸案”还真的成了晚明宫廷的一个大疑点，据说至今还没有下定论……这很好，“史不绝书”的意思，也就是在一个疑点上生出密密麻麻的疑点罢。但小刘子曾告诉过我光宗之死的原因，我觉得这是最接近真相的说法，非常简单：他是被一口痰噎死的。可是，这么简单的答案，不啻是对朝臣和史官智力的嘲弄，谁愿去冒做傻瓜的风险呢？！但不管怎么说，结果是唯一的，也是无可争议的：新皇帝的确是死了，他的长子朱由校成了新的新皇帝。

十六岁的朱由校，在这一个月里，由皇太孙而皇长子，还没来得及册封为皇太子，他就一蹴而成了新皇帝。一次次让人惊疑交加的巨变，给他身边的每个人都带去了振奋、激越，或者心绪不宁、心乱如麻……却唯独就像跟他本人没关系。

还在他头一回履行完作为皇长子的职责回到家的那个傍晚，他坐在最初打造出来的那把凳子上，马着脸，闷闷不乐。他身边新添的一大拨小宫女、小太监，都赔着小心，没一个敢跟他支吾。时令正在七月，夕阳打下来，映得满屋子通红，而天气是热得不能再热了，客奶奶捻捻他的衣服，湿渍渍的。她把他拖起来，给他剥衣服，他不说话，由着她剥，待她剥光了，横手摸到一把斧子，就朝着就近的一块木头，也可能是一只茶几、一张案子，运斧如风地砍下去。斧刃发出寒光，也发出嗖嗖的哨音，斧子下行，木屑纷纷上扬，在通红的光线中，如雨点子逆向地飘飞，并散发着储藏在木头内部的芬芳，一种青涩得令人心痛的味道。客奶奶走到他身后，用从未有过的怯生生的声音唤他："殿下。"这种怯，不是胆怯和害怕，而是来自慌乱与担忧。他听到了，但就像没听到，斧子并没有停下来，汗珠滚满了他光光的身子，恍如他正被兜头的雨水浇淋着。"殿下……"她再唤一声，同时伸了手去抓他的手臂。他不让，但斧子偏了偏，斧风掀开了她的发髻，并把几根青丝削断了。她叫起来，说不出的恓惶："殿下！"扑通跪下来。他愣了，手足无措，愣了半晌，还握着斧子，也扑通跪下来。

客奶奶喘口气，说："殿下。"

他滴下两颗粗泪，说："怎么今天就成了你的殿下了？"

客奶奶改了口："小祖宗……"他说："我要。"他指着她的胸脯。她解开衣襟，把奶子扒出来。然而，他没有用嘴吮，只是用沾着木屑的汗手，在奶子上不住地又捏又揉。他说："自古这宫里，还有吃奶的殿下吗？"客奶奶眼窝里全是听天由命的茫然，却给了他一个肯定的答复，她说："嗯……做了殿下，做了皇长子、皇太子，也还是皇帝的孩子，哪有不吃奶的孩子呢？"他又说："我还能做几年的孩子呢？"她说："应该不止几年罢，当今皇上，不就是做了四十八年的皇长子、一十九年的太子吗？"他转了一会儿眼珠，似乎在计算时间的长度，他说："四十八年，一十九年，就够长了吗？"客奶奶看他犯了呆，就敲敲他的大额头，柔声道："当今皇上万岁，又何止这个年数呢。"他想通了，破涕一笑，说："当今皇上万寿无疆，又何止万岁呢？"客奶奶也笑了笑，笑得有一点勉强。她说："到底是小祖宗聪明。"

第二天，皇长子朱由校在午后抄家伙干活时，指头跳过半本《天工开物·瞽说》，径直就翻到了最后的几页。最后几页有一些破损，但已经被他细心地补缀好了，新纸新如米脂，旧纸则黯淡似蜡，有些字没了，他新添了些字，有些画残了，他也画了拼上去，这就看得出，它们是一组柜子的说明图，侧、卧都有，还分解成板子、柱子、榫头，大小不等，都平淡无奇，唯一特异之处，是部件数量惊人：有一百零八件之多。一百零八件最后组合成一个长方形的物体，乍看犹如有八根柱子撑起来，而蚊帐又深深低垂的大床，但前后各有一扇如帘子般的门：有一个人从前门进去，另一个人从后门出来。

皇长子的手在这儿点了点，问客奶奶："看清楚了吗？"客奶奶说："看清楚了，两个人。"

皇长子摇头说："是同一个人，他进去的时候，是一个人，出来成了另一个人。"客奶奶把头凑过去，细看之后，笑道："'另一个'是小祖宗自己画上的，墨色还新得很。"

皇长子说："是……也不是，这个，我也琢磨很久才想透，如果出来的不是'另一个'，何必称天工，又何必费事造一百零八块的木件呢？"但客奶奶也摇头，说："这怎么可能呢，小祖宗说笑了。"

皇长子却不笑，说："天工者，就是人工不能为之的那些事情罢。凡夫俗子，自然看不到这一层，即便上天的启示就在你脚跟前，你也未必看得见。"客奶奶喉头一哽，强笑道："纸上的天启神示我看不见，又算甚么呢？幸喜小祖宗眼下还是皇长子……哪天坐了龙椅了，做了天子了，要见一面天颜，也真是难如登天了。"皇长子愣了愣。

这时候，我父亲凑过来，在一堆横七竖八的木条中挑了一根称手的，嘀咕说："请哥哥替我削一柄剑。"皇长子咧咧嘴，说："好兄弟，你也贪玩了。"我父亲说："不敢贪玩，是学剑。"皇长子说："弟弟贵为皇子，找一口宝剑还不容易，要木剑做甚么。"我父亲说："宝剑太沉了。"皇长子说："你就不嫌木剑轻？"我父亲说："皇家之剑，何分轻重。哪天哥哥做了皇帝了，赐我一柄木剑，一把折扇，照样也是尚方剑。"皇长子忽然伸手揪住我父亲的衣领，一把拖到跟前来，怪笑道："别跟我说皇帝，好弟弟。让我仔细瞧瞧你，这天下还是你替我坐了罢。"客奶奶听见他这么乱叫嚷，吓得脸煞白，赶紧用手去捂他的嘴。两兄弟才刚刚当上了皇子，就在嚷着让天下，传到乾清宫，即刻就会有大祸上门的。我父亲只有十岁罢，柔弱，苍白，被他哥哥一拖，差点滚翻在地上。但他稳一稳脚下，居然还是站住了。和骆驼般庞大的哥哥站在一起，他看起来就像瘦小的小马驹。然而，这匹小马驹，却显得相当地镇静，只是朝客奶奶淡淡地一笑："哥哥说的，不过是我们的家务事，你一个奴婢，慌甚么？"

客奶奶大怒，掰开皇长子的手，一掌就把我父亲掀出去。这一掀够狠的，我父亲身子跟羽毛似的往后飞，幸喜跌在一堆蓬松的刨花上。他就在刨花中躺了好一会，想着这妇人何以敢对自己下重手？卷曲的刨花释放着松、樟、桉、楠、槐、桑各种木料忧伤的气息，他的眼睛慢慢发了湿，他想明白了，自己虽然要比哥哥小，却不是她的小祖宗。也不是任何一个妇人的小祖宗。

四四

皇长子和客奶奶满心期待的至少四十八年皇长子光阴，只过了三十天，光宗皇帝朱常洛说崩就崩了：两颗红丸，一颗烂在了他肚子里，一颗噎住了他的喉咙口。在皇长子看来，他的父皇之死，就像一块黑抹布，粗暴地遮蔽了眼前一柱旋转的阳光，抹布弥漫开，成了普遍的、无所不在的黑。好在这三十天之中，他苦心打造的那一口巨柜，已经安置在了沆瀣着暖秋熟红气息的寝室中，与他和客奶奶的大床并卧着，倘若从屋顶望下去，是有几分像木头的太极阴阳图。

但是，他的试验却一直没有最后成功：就在他入主乾清宫的前一夜，他还在可怜巴巴地尝试——屡试屡败。没有人看见他失败的细节，除了客奶奶。大概是从这扇门放一只兔子进去，那扇门出来的，还是一只兔子，而非一只鸡；让一个宫女进去，出来的也的确不是小太监，还是这个注定要孤枕到白头的小女子。在那夜过了子时后，皇长子彻底绝望了，以至于他靠着柜子呜呜地哭起来，如丧考妣，其实是比崩了他父皇还要恓惶和绝望的。客奶奶不哄他，不劝他，只直直看着他，字字顿顿说："你今晚在我这儿还是小祖宗，天一亮在天下人面前，就是陛下了。陛下！"皇长子收了泪，冷笑说："谁的陛下？谁都别指望我去做陛下。"客奶奶攥着斧子，另一种绝望使她的眼睛、牙齿都跟斧刃一样在闪闪发光。她说："我劈了这劳什子呢？"他不看她，径直用大头撞得柜门咚咚响，他喃喃说："那，我连活都不想再活了。"她手臂一扬，斧子嗖地砍出去，却突然停在了半空中。

她说："你就为这口柜子活？"

他说："我想变个法子活。"

她说："你还想变个人？"

他低了头，低了声："我想变成你……让你变成我。"

她打了个战，一口啐在他的阔脸上。"昏了头了，你！你凭甚么要变成我，我凭甚么要变成你？"

"我，"他转过溅了她唾沫的脸，愣愣看她，嗫嚅道，"我想伺候你，就像你伺候我。"随后，他直起骆驼一般的身子，把客奶奶揽过来。他的头发上、皮肤上，全身，都冒着热气腾腾的体味。

"胡说……"她听见自己的声音在哆嗦，小肚像被抽了一鞭子，痛苦地一紧。"你怎么会懂得伺候人，怎么会懂得伺候我……"

他柔声说："等我变了你，你变了我，我自然就会知道了。"

她摇摇头："变不了……"

"变得了。"

"变不了的。"

"就是变得了。"

“好罢。”她呼吸急促起来，以至于不得不喘出了一口长气，缓一缓。她说：“如果你答应我明天做皇帝，我就陪小祖宗试一试。”

“……”

她把烫得发肿的嘴唇贴在他耳轮上。“我教你。”

他说：“嗯。”

她拉着他，钻进了黑暗的柜子里。

成群的麻雀在晨光中轰鸣时，新皇帝在柜子里才刚刚睡着一小会儿。客奶奶迷糊着，把手放到他的脖子上，找到那块起伏的喉结，摸了又摸，心口冒出一股酸汁来。她决然而然地跪起来，抓住他的脚踝，把他的身子从当初钻进去的那扇门，拖了出来。和这两个人一起出来的，还有许多黏乎乎的汗。

皇长子的背影，在客奶奶坚定目光的注视下，向着乾清宫去了。他的身后，跟着一大拨的人，其中包括慈庆宫全部忠诚的太监。在慈庆宫的门口，他的弟弟即我十岁的父亲，把他的斧子双手呈给他。他迷惑地瞪着眼珠，嘟哝说：“这是儿戏么？”我父亲说：“陛下斧钺海内，岂是儿戏……”但他没听完我父亲的话，把斧子朝腰间一别，就跨出了门去。这是八月度入下旬的第一个早晨，紫禁城像通常一样的安静，或者比平日更静些，杂沓的脚步踩在昨夜吹过红墙的落叶上，发出切切嚓嚓好听的声音。

乾清宫的门口，披麻戴孝的大臣们，密密麻麻，堵满了宫外那一块空地，把门封住了。他们个个表情肃然，眼神僵硬，直直地打量着昨天的皇长子。昨天的皇长子、我伯父朱由校在这样的打量下，一下子嗫嚅了，他的眼睛在和大臣们眼睛的对视中，耷下了眼帘。他停了下来，甚至在偷偷地后移，他很想问问谁：“百官反了吗？反了又如何？”当然是问客奶奶最好，但她并不在身边，所以他就问得怯怯的，声音含混在嘴里团了一圈，又吞回了肚子里。但他无法退回去，身后边的那一大拨人正在有力地推着他、裹着他向前走。他走一步，就感觉对面的文武百官也朝自己逼进了一步。百官孝服上，染了层银甲般的薄霜，看起来恍如披坚执锐、杀气腾腾的武士。他忽然觉得，自己就像是身不由己，被人推着去问斩。

然而，百官怎么会有反心呢？！他们不会反的，就算是后来我父皇的板子抽在他们的屁股上，他们喊的还是“皇上圣明，臣冤枉！”。在今天这个早晨，他们面对着这个即将君临天下的少年，只是充满了疑惑和茫然。他们都听说过皇长子，知道他至今还在吮吸乳母的奶头，而活得就像一个小木匠。但他们中的大多数人，还是头一回这么近地看到他，都莫不震惊于他的魁梧、健壮，还有硕大无朋的头颅，一双恐惧、慌乱的眼睛：这就是他们从此要伺候的主子。他们在震惊中愣住了。他们的犯愣，被皇长子看成是了可怕的对峙，甚至是一触即发的反叛。新皇帝和他的大臣们，在乾清宫的门外僵持了。

也许僵持只持续了一小刻。但就在这一小刻里，有个太监提着铜勺，从皇长子身后走出来，骂一声：“乱臣贼子。”劈面一勺打在当头一个大臣的脸上！喷溅的鼻血雨点般飞上人群的孝服，如扑了一身的杏花瓣儿。随后，那大臣软软地栽倒了。这个挥勺的太监就是慈庆宫尚膳监的魏忠贤。魏忠贤对着百官，大吼：

“皇帝驾到！”

文武百官一片哗哗响，全趴在了地上，山呼：“吾皇万岁！万万岁！”

魏忠贤脸上慢慢浮起笑意来，他一手提着铜勺，一手牵着如在梦中的新皇帝，走进了乾清宫。当新皇帝在龙椅上坐稳后，他的手还在魏忠贤手里哆嗦着：魏忠贤用力把它紧了紧，侧身让到两步外，背了双手伫立着，——这个位置和动作，从那天早晨起，他一直保持到了另一个新皇帝即我父皇坐在了这把龙椅上。

那天早晨在君臣之间，还发生了一个小插曲：一个瘦嶙嶙的文渊阁大学士，盯着新皇帝腰间别的斧子看了又看，喃喃自语。皇帝伸耳听了一阵，也没听清楚。魏忠贤哼了哼，指着他鼻子问：“你是在嘲笑国之利器吗？”他扑通跪下来，惊惶道：“臣不敢！”一颗鼻涕珠子般悬在他鼻尖上，他不敢吸，也不敢揩，将落未落，十分狼狈。皇帝大概是不耐烦了，起身朝他走过去，百官还没回过神，只听斧子“嗖”的一响，横着向老臣劈过去！百官齐刷刷地捂住了眼。在死一般的寂静后，大学士摸了摸自己的头、脖子，都还在，但鼻尖上的鼻涕已被斧刃风一般扫得干干净净了。他呜呜地哭起来，拿额头咚咚咚往地下磕，像唱歌一样地诵道：“圣上一把斧头开天辟地，不啻是盘古王重生，天启神示的君王啊。”魏忠贤说：“你慢点，天甚么的君？”大学士说：“天启之君。”

魏忠贤转向皇帝道：“陛下，天启倒是一个很好的年号呢。”

皇帝坐回龙椅上，舒了一口气，说：“很好吗？那朕就准了罢。”次年帝国改元天启，合西历1621年。两年后，我父亲一十三岁，被天启皇帝册封为信亲王。

四五

天启皇帝耗费了一年又一年的时光在那口柜子上，试图实现从一个人变为另一个人，但都没有能成功。因为，他按《天工开物·瞽说》

造的一百零八块部件中，有一块镇纸大的木头，总是找不到合适的位置安插它：它看起来是多余的，却是最最关键的。

客奶奶安慰他："陛下万寿无疆，有的是时间，只要我不死，一定日日夜夜陪陛下，了了自己的心愿。"皇帝于是把国事托付给魏忠贤，册封客奶奶为"奉圣夫人"，享"千岁"，自己就在乾清宫的后院里，用斧子对付无穷无尽的木头。木头被解开之后的味道，使后宫总是漂流着令人眩晕的香气。当然，第一个被弄得晕乎乎的人，就是皇帝自己了。皇帝甚至不清楚，他何时封了魏忠贤"九千九百九十岁"，更不会知道，魏忠贤砍下一个大员的头，比他劈开一段木头还轻巧。

皇帝登基的次年，就在咸安宫亲自给客奶奶起了一座奉圣楼，楼下遍植四季不谢的花木。但当他把客奶奶携进楼时，却发现她暗自在垂泪。皇帝愣了半晌，就降旨将所有花木统统铲除去。客奶奶吃了一惊，问他为甚么。他反问："唐诗里不是说，'花近楼台伤客心'么？"太监、宫女都低了头，或捂了嘴，偷偷地笑。就连客奶奶也扑哧了一声，嗔怪道："陛下又犯呆了……我难过，是因为建了奉圣楼，说是侍奉圣上，其实是和圣上从此两地分隔，还说甚么日夜侍奉呢。"皇帝跺脚说："朕该死……"客奶奶慌忙捂了他的嘴，示意众人都退出去。她说："小祖宗，知道你今天一句话可以颠倒乾坤么？"皇帝咧了嘴，说："若朕不该死，就天天都来奉圣楼让你侍奉朕。"客奶奶把皇帝携到床沿上，解了衣襟，让他吸自己的奶。她的莲蓬一般的奶头，在被这个大头男孩吮吸了一十六年后，已经变得黑如乌金，有了黑澄澄的光芒了。

魏忠贤在铲去花木的奉圣楼下，又密密麻麻播下了罂粟灰色的种子。罂粟开花的时候，娇艳而摇曳的花影，和破开木头的气息交合在一起，漂流着说不出来的诡异。

客奶奶愈发发了福，身体变得更加宽阔和厚实，而那对大奶子双峰一样从胸脯隆起来，又沉沉地向下坠，这使她行走和侍奉皇帝的时候，动作都比从前迟缓了许多，但也因此显得有了几分庄严、端肃的母仪。她的皮肤是油亮亮的，还看不出皱纹，只是眼圈发青，眼帘常耷着，泄漏出隐隐的疲相与老态。魏忠贤的身子也发了福，走路会微微蹒跚和喘息，他白而无须的脸上，有着如老奶奶一样的慈眉善眼，因为他每天都有好心情：他是在替皇帝料理天下事。而皇帝却逐日逐年地憔悴下去了，他依然是奇大的个头，却越来越消瘦，仿佛他每晚都用斧子削下一块自己的肉。

客奶奶密召魏忠贤来奉圣楼议事，说皇帝一日破不了柜子变人的秘密，就会一日日受折磨。她喃喃地重复着："一日日，没有尽头。"魏忠贤说："那有甚么办法呢？"她说："我随他一起想了多少年，总算想透了，我有一个法子可以教给他。"魏忠贤勃然变了色，站起身子来："万万不行。蠢驴为甚么总是蠢驴呢，因为它嘴边有一块永远吃不到的肉。"客奶奶大为不悦，说："皇上不是蠢驴，只是个傻孩子。"魏忠贤笑道："好罢，傻孩子。不给他一件永无休止的傻事做，他就会变为大男人，读春秋，点兵马，查赋税，批奏章，一日三朝，垂询百官……"他伸出一根粗短的手指，指着她浪起的大胸脯："到那个时候，他还会稀罕你这儿？"客奶奶被这句话问得木木的，她拿手捂住自己的脸，泪珠从指缝间不住地滴下来，跟她的奶水一样稠。客奶奶选择了和魏忠贤做同谋。她以为这样，她也就选择了自己无限延长的哺乳期，而这也正是皇帝的愿望：做一个永久的嗷嗷待哺的孩儿。

当有一天，死神的光芒像夏天的太阳一样，使皇帝涣散的目光变得神采奕奕时，时间已经过去了八年了。她起初也被这假象蒙蔽了，午睡时他的身子在她怀里罕见地赤热和有活力，这使她有点羞涩地听见，自己已从内部萎顿的身体，又发出了咕咕的激动之音。但很快，在淌过第一遍大汗后，他的皮肤就迅速地凉了下去。她回忆起菜市口那些临刑者眼中一闪即逝的火焰，就知道皇帝是真的不行了。这是天启七年八月二十一日的事情，秋热仍炙，客奶奶身上只披着一块薄如蝉翼的纱，而皇帝却冷得牙齿嗒嗒地响。御医给皇帝下了猛药，她又给他压了两床天鹅绒被子，还钻进被窝一直搂着他暖他。到了天色麻麻黑，他终于缓过一口气，降旨要喝米汤。她黯然地点头，他没有喝她的奶水，因为奶水温暖，却不及刚出锅的米汤滚烫。米汤是魏忠贤亲自呈上来的。客奶奶接过米汤的时候，差一点把汤钵扣在他迷茫的脸上。

喝过米汤，皇帝入睡了一会儿。

醒来后他吩咐她，把传教士新进的自鸣钟关了。

屋子忽然静得如密封的柜子。烛火舔着黑夜，像蚕在小心啃噬着桑叶。他望着她，笑了一笑，说："朕要大行了……"她说："不会的，陛下还有大事没做完。"他说："朕做不出来了。"她从他枕下抽出那块多余的、镇纸大小的木头。木头经过手垢、汗的浸淫，和手掌千万次的抚摸，变得就像是一柱黑色的玉。

她说："我已经替陛下想出来了。"

他摇头，以眼答她：这难如登天，如何可能？

她说："陛下，若真是想得通透了，其实也不难。譬如青天，固然又高又远，可陛下贵为上天之子，不是就与我尽在咫尺么？陛下您听我说，您要让柜子变人，一个人变成另一个人，这该就叫重生罢？

人是不能死而复生的，却可以得到贵人的相助，死里逃生。他称那贵人，自然就是‘重生父母’了。出生、重生，都是一个‘生’罢。是人都知道，能生的，莫非是母的：母鸡生蛋，母猪生崽，女人生孩子。就连造人的女娲，也是一个女神啊……陛下想要柜子变人，就该把柜子当作女人来琢磨。可是，陛下贵为天子，也是堂堂的男儿，对女人，知其一，不知其二；知其二，不知其三；知其三，不知其四……一是陛下看到的，二是陛下摸到的，三是陛下……快活到的，而女人的秘密，还在三后边。这秘密譬如女人的肚子，也像柜子里的乾坤，是生了又生，生生不已的……”

他深眨了一下眼，以眼说话：这我相信。

客奶奶舒一口气，接着又说：“我随陛下进出这柜子也该有几百上千回了罢，它的每一处榫头、每一条接缝，所有的旮旮旯旯，都印在了我的骨头上。我早就把它勘破了，却没敢跟陛下说……怕陛下骂我是女人之见，一派胡言，——这柜子，我说的是它里边，就是照一个女人的身子来造的：一百零七块木件，从一块小趾骨，到一根弯弯曲曲的肠子，恰到好处地拼起来，就把一个木头的女人做活了。”

皇帝瞟了一下她手里的木头，满眼都是不相信：那么，它呢？

客奶奶白腻的手在木头上来回滑动着，嘘出一口气。“它是女人的男人，小祖宗。”她柔声笑了笑，“陛下该不会觉得，是母猪就天生能生猪崽，是女人就天生能生孩子罢？”皇帝嘴角一弯，似乎微笑了一下，示意她：“这个朕不会。”客奶奶轻轻掐了一下皇帝的脸，她说：“小祖宗自然不会了，小祖宗八年前就不是小孩了，对不对？可陛下要捣鼓女人生孩子，怎么就把这一件东西忘了呢？”皇帝的眼窝浮上灰蒙蒙的雾，他静静地回忆着。回忆了一小会儿，他以委屈的表情告诉她："朕想不起来了……来罢，让朕验一验。"

客奶奶想说话，喉头哽咽，竟发不出声音来，只是把身上那块纱揭了，上了床，蹲在他枕边，做出合适的体位给他看。皇帝的嘴唇哆嗦了一下，客奶奶把身子凑近去，让他的鼻子能够嗅到自己的皮肤。但他摇了头，从被窝里把手颤巍巍地伸出来。她会意，用手握了他的手，在自己发热的身子上，慢慢地摸。她还摁着他的指头，透过自己厚实的肉，久久地去探究自己的锁骨、肋骨、髋骨、耻骨……同时向他耐心讲解女人骨架、骨节、接缝，还有肌理的秘密，让他在想象中如庖丁解牛一般，把自己的身体从外向里，肢解成了恰到好处的一百零七块。最后，她把她乌黑的乳头塞进他嘴里，但他没有吮吸，只舔了舔奶头上那十几根卷曲的毛。他已没能剩下几口气了，但还想做点别的事，这个最后的愿望，使他已经灰了的眸子，又射出了炯炯的光。

她把《天工开物·瞽说》给他捧过来，翻到最后一页画着柜子的地方。他一手摩挲着多余的木头，一手握了笔，在柜子侧边写着字。他写得犹犹豫豫，写几个字，又会想上好一会儿。细小的汗粒渗出他的大额头。客奶奶要去拿一块绒棉给他揩一揩，但他愠怒地瞪了她一眼，她赶紧打住了。写到可能是丑时的时候（自鸣钟关闭了，没人知道确切的时间），他写满了半页纸。字大小不匀，轻重失衡，像乱铺了一地的砖，但就连不识字的客奶奶也看得出来，它们充满了皇帝从未有过的坚定。

随后，他嚅了嚅嘴唇，客奶奶含泪把耳朵凑近去。她听到的不是私语，而是对臣子降下的一道御旨：

"宣信亲王。"

信亲王即是我父亲。父亲尚未就寝，还在烛光下展读《公孙龙子》。正读到“马者，所以命形也；白者，所以命色也。命色者非命形也……”，御旨就到了。他来不及换衣，甚至来不及给王妃交代几句话，就被太监塞进小轿里，风一般从信亲王府抬到了乾清宫。他跪伏皇兄的龙床边，在令人揪心的静谧中，他谛听到帷幕后忠于魏忠贤的侍卫在呼吸，枯叶在黑夜中扑扑地拍窗。客奶奶捧着木头和《天工开物·瞽说》，退到了墙根下，用背抵着那口森然的柜子。皇帝的喉咙发出咕咕的响动，终于成为一句天语纶音：

“天下给你了，别学朕。”

父亲身子一阵发抖，竟说不出话来。

皇帝跷起指头点了一下客奶奶。她站在烛光影外，但兄弟俩都能感觉到，她的大胸脯正在剧烈而克制地起伏。皇帝说：“你，对她好一点。”父亲拿额头撞了一下地，泣告：“陛下千秋万岁，万万没到交代后事的时候。”

天启皇帝吃力地笑了笑，呼出一口气：“朕大行了，变个人再回来。”说罢，就崩了。

四六

帝国的文武大臣，谁都没想到，来顺儿释放我父皇的条件，竟会一个比一个狠辣和荒唐！然而，他的确就是这么要求的：给一个自杀的老娼妇建贞节牌坊，把一个花娘的养女嫁入王侯家，还要用天子之命来换一个死去的家丁的命。当他咬牙切齿说完这三个条件后，养心殿里安静得只听见呼吸和心跳。突然，轰隆一响，老刘公公山一般的身子坍塌了。大臣们瞟了一眼，又迅速盯回来顺儿的手上和脸上。来顺儿满脸是泪，无知无觉地滑着。突然，他提起五指，收拢来变成了一把刀，定在一个即将劈向父皇肩胛的动作上。来顺儿说："陛下若能够遂了奴才的这三个心愿，奴才愿意以死相报。"

这句话，来顺儿说得几乎泣不成声。

父皇微微一笑："怎么个以死相报？"

来顺儿说："潜入贼营，取李自成的性命。奴才死而无憾。"

父皇摇摇头，他说："你杀一群羊的头羊，还有点意思；可是杀一群狼的头狼，那条条狼都成了头狼了……"

"那，奴才就立刻随陛下去死罢。"

"不，"父皇仍然摇摇头，他说，"你不要死。"他指着那只大筐和满地撒落的木块："你不要死，朕也不死，游戏还没有结束呢。是不是？"

"再不要提您的游戏了。"

"不，是我们的游戏。"

"我们的？是我和陛下您的游戏吗？"

"是我们的游戏。朕不是早就说过吗，朕赐你以天下，如果你能变成朕，朕就变成你，天下就是你的了。来罢，把朕的天下拿过去，——你有做不完的事情呢。"

来顺儿盯着那些被他拼逗过又拆解过无数次的木块，脸上的凶蛮之气渐渐地散去，显得心神涣散，一种说不出来的怅然。

太监中走出一个来顺儿似曾相识的小公公，他手里也捧着一只木块，那是天启皇帝早期打造的紫禁城模型。模型被塞到了来顺儿的手上。"喏，这就是你的金銮殿，这把龙椅，就是你的座位呢。"

"你说，这是我的座位？"

“再瞧这儿，穿过这道回廊，就是你的后宫……”

“我的后宫？”来顺儿拿手一扳，后宫中现出一行婷婷袅袅的佳丽。他说：“我的……朕的嫔妃。”再一扳，现出一条暗道，他说：“朕从这儿去御花园欢宴。”再一扳，是正阳门高高的箭楼，他说：“朕站在这儿大阅三军。”再一扳，是一条河一座拱桥，他说：“朕从这儿回木樨地去探亲，见小沅……”

小公公看见来顺儿铁棍般的手指在紫禁城的模型上翻翻转转，那些模型像变戏法似的千变万化，真的是巧夺天工。把小公公看得两眼都大了，就在他也禁不住伸出手去想试一试时，来顺儿忽然带着哭腔哇的一声叫起来：“妈，我回不了家啦！”

那个小公公悚然一惊，清醒过来，发现自己身上出了一层冷汗。

“回去罢。”父皇站起来，一只手搭在来顺儿的肩上，一只手指着门外。他的声音异常地和蔼：“天子以天下为家，你若变成了朕，你就是皇帝了，凡你所见，哪儿不是你的家呢？”

雨已经停了，淋湿的青砖地面就像一张广阔的铜镜，聚敛着天上徘徊的云影。来顺儿的神色犹豫不决，他望着那些矗立在云影中的宫殿群，就像海市蜃楼一般缥缈不定。他说：“陛下您说了，我就是皇帝？”

父皇说：“你若变成了朕，你就是天下的皇帝。”他指了一指来顺儿手里的模型：“你若变不了朕，你至少也是它的皇帝啊。做皇帝的游戏是没个完的，动手罢。”所有人听见最后那三个字，都一片地哆嗦。但是，来顺儿却恭顺地跪下去，挑拣着筐里筐外的大小木块，专心致志地拼逗了起来。

父皇展开着手里的那卷书，给他指指点点。

大臣们，还有忠勇营的太监们，都围拢来，惊讶地看着这一对奇怪的君臣，他们真会变出君臣互换的把戏吗？对于来顺儿，“动手罢”这三个字，他一定是不止听了千百次了的，就像狗听到主子的一个口哨，就会立刻扑向某人的胸脯，或者一根肉骨头。

养心殿里的光线亮了些，宫外的湿地上，映上了一层薄薄的阳光。差不多小半个时辰后，众人嘘了一声，朝后让了让。正对着龙椅的地方，来顺儿用可以反复拆解的木块，即那些紫禁城模型，拼出了一口褐色的大柜子。

它比一个武士站着还要高，比一个武士展开双臂还要宽，比最丰肥的妇人身子还要厚实好几倍，前有一扇门，后有一扇门，都紧紧关闭着。它应该已经有不少年头了，木色被反复地擦拭和摩挲，黯淡而有金属的光泽。

父皇站起身，一边绕柜踱着步，一边拿指头敲敲柜子的门。门橐橐地响着，如敲在坚硬的铁上。父皇指着礼部尚书：“说说，像甚么？”尚书低了低头，说：“一座城池。”父皇摇头，再问御史大夫。御史咬咬牙，说：“就像一口柜子。”父皇哼了一哼，点头道：“老实人说老实话，可全都是废话。”他把往后偷偷退缩的首辅大学士揪住：“朕也问问你，像甚么？”老首辅只好捋着雪白的胡须，沉吟多时，说：“乾坤。”

这个回答，让父皇也沉吟了一会儿，他忽然目光如炬，转向那个俊俏的小公公：“你也说一说。”

小公公朗声道：“棺材。”

此言一出，把所有人都吓了一跳。父皇却拍着柜子仰天大笑，笑声如风，把他的花发一浪一浪掀了起来。“好，好，”他说，“圣人云，未知生，焉知死。朕说，人若不死，无以复生。佛陀教人修来世，可人不先躺进棺材去，来世又从何而来呢？”他踢了来顺儿一脚，说：“进去罢。”来顺儿跪下来，带着哭腔说：“还是不成啊，陛下，只用得了一百零七块，还是有一块多余的。”他双手呈上去，手里放着一块镇纸大小的乌木。父皇把木头拿过来，陷入了沉思。

“陛下！”来顺儿突然怒号一声，“您一直都在耍奴才！”他微歪的鼻梁扭了扭，现出更加凶险的亢奋。

“陛下，”那个俊俏的小公公挺身走到父皇跟前，“交给奴才罢，奴才早就把它勘破了。”说着，从父皇手里抓过木头，同时拉开柜门，嗖地朝里边一插。他拍拍手，说：“好了，哪还有多余的东西呢，全都归位了。”来顺儿把头朝柜子里探了一探，冷笑道：“这柜子分明天衣无缝的，你往哪儿插？”小公公说：“柜子的确是天衣无缝的，可木头插进去就是天作之合，自然就是浑然天成了。你凡胎肉眼，怎么看得到！”来顺儿又冷笑了一声：“插！一个公公，你懂甚么插？”小公公骂了声：“我插你娘！”扬手就是一耳光。

你不傻，你听得出来的，小六子，那个小公公只可能就是我。

但是父皇把我的手挡开了。父皇把手里的书交给我，并深深地看了我一眼：“听见朕在里边敲三声，你就按图把柜子拆开罢。”随后他拖着来顺儿：“跟朕来。”柜子的门被拉开，然后又关上了：一对奇怪的君臣从闹嚷嚷的人群中突然消失了，就像他们从来没有存在过。光线暗了一暗，北京的晚风穿过午门，吹进养心殿，群臣的朝服窸窸窣窣地响。我还头一回听见，蟋蟀在墙角里哼哼。柜子如大海，父皇进去了好像已经一百年，却一点消息也没有。我想起黑妃讲过的樵夫砍柴的故事：一回头，寻找树上的斧，木柄已经烂掉了。我知道自己没道理，但还是心发慌。我绕着柜子转了一圈，两圈，趴着把柜子的每条缝都瞅了遍，我承认，柜子其实真是天衣无缝的。我在心里叫了声“父皇！”，父皇哪里听得到。我想把门拉开，但手伸出去，又赶紧收回来。我怕这一拉，惊破了百年梦……正在踌躇着，担忧着，柜子里终于啪、啪、啪地响起来，是父皇的手掌在柜壁上慢慢地拍。

我心一酸，霎时觉得莫名的委屈和心乱。

群臣退出一块圆。我把柜子的后门拉开，再把柜子的前门拉开，喊了声“陛下！”，父皇没答应。我咬住嘴唇不让它哆嗦，动手把两扇门拆了，把柱子、板子都拆了，这的确是天工开物的设计，拼和拆都相当的容易，容易得就是在拼积木：柜子迅速还原为一百零几块部件，但是父皇和来顺儿不见了。

真的大行了！这个念头像斧子，呼地劈在我的心口上。

木件散落一地，如庖丁解过的牛，漠然等着人收拾。我觉得腿哆嗦，正想蹲下来，后脑勺忽然挨了一巴掌。我闪电般一回头：父皇正立在我身后。来顺儿脸煞白，牵着父皇春衣的一角。

“皇上！”

群臣表情麻木地轰然叫着，做出再次喜见皇帝归来的样子。但父皇摆了摆手，指着来顺儿：“此时此刻，朕不是皇上，皇上是他了。”说罢，对他合掌一揖，叫了声：“皇帝陛下！”

汗珠子从来顺儿的额头纷纷滚下来。“可是……”他嗫嗫嚅嚅地问道，“可是，朕应该杀掉皇帝，为朕的父母报仇啊。”

“可是，”父皇说，“你现在就是皇帝了啊。”

来顺儿望着门外的宫殿群，嘻嘻地笑了。他喃喃地说：“是啊，朕就是皇帝。朕要把谁杀了报仇呢？”他说着，就向门外走。

“等一等！”就在来顺儿已经走到门槛边沿之际，我突然娇声大叫。与此同时，小刘子和他的忠勇营太监呼地拥上去，几十把刀剑一齐把他拦下了。

然而，来顺儿没有一点反抗的表示。他只是看着我，似乎觉得面熟，露出疑惑和询问的神情。他就像真的不知道，只要父皇点一点头，他的身子立刻就会被刺得千疮百孔。

“放他走。”父皇说。

“但是，你要留下一样东西来。”我就像没有听到皇帝的声音。

“要朕留甚么？”

我侧身望着小刘子：“我要他右手的中指。”

这是一个突如其来的决定，却是长久积蓄在心底的夙愿。是的，当那根指头肆意地爬上木樨地主母的身子时，我就等待它有这么一个结局了。

风声陡然一紧。

小刘子把一根黑乎乎的东西捧到我的面前。它的断口干净利索，能够清晰地看到红色的肉质和洁白的骨头。我拿指头按了按这曾经像铁棍一般坚挺的物事，它冷丁地抽搐了一下，拱成一个弓形，然后软软地塌下来，成了一条有气无力的虫子。来顺儿入宫时已经自阉，这件东西也就成了从一个非男人的身上宰割下来的一部分。但是，我相信，这才是我为他施行的真正的割礼。

我瞅了一眼来顺儿，他的脸上只有一片松弛和茫然，断指带来的锥心之痛，只是使他的嘴角流出些白色的唾沫。我挥挥手，重复了一遍父皇的御旨：“让他走。”

来顺儿左右顾盼着他的紫禁城，走在倒映天光云影的青砖湿地上，像被风托着，飘飘浮浮，时隐时见。

四七

天启皇帝大行后，客奶奶抱着《天工开物·髻说》，和那一块多余的木头，回到了奉圣楼。她把自己独个儿关在顶楼的卧房里，一个人也不见。楼下的园子里，绚丽、妖冶的罂粟花结了汁液饱满的果子；魏忠贤的头，被刀斧手按在一棵桧树的根部，砍了下来。这些，客奶奶都不知道。她的停止了吮吸的大奶子，奶水饱胀得都快爆裂了，她痛得昏昏沉沉的，却不愿自己拿手揉一揉，让奶水流出来。某一个时辰，当她从床上孤零零醒来时，看见强烈的太阳光穿过窗帘的缝隙钻进来，长长地跌到地板上，再跳上了梳妆台，像锋刃一样折断了散乱的妆奁、香囊和可以叮当作声的玉镯、环佩、金钗，再一头撞入久未擦拭而模糊的铜镜，筝然一响，阴暗的屋里有了一团球形的、旋转的光线，尘埃在里边袅袅浮游……她睁眼看了很久，然后裸身下床，拖着两峰摇晃的巨乳，踱到铜镜前。她向镜里端详着，她看见的却依然只是光与尘。她在梳妆台上摸索到一只紫檀的盒子，打开来，里边是一只秘瓷小碗，抠开碗盖，碗中还盛着半碗黑澄澄的罂粟膏。她蘸了膏泥，抹在自己有着卷毛的奶头上。抹了几抹，她想起甚么来，哑声地一笑。

奉圣楼外的天空中，有两行雁阵在向南方飞，雁在嘎嘎地叫着，落进她的耳朵里，就跟菜市口临刑的死囚和猪的尖叫是一样的。她把自己的巨乳捧到嘴边，十分爱怜地挨个亲了亲。

北京城飘头一遍雪花的那天，一群小太监以奉旨保护奉圣夫人为名，破开了她卧房的门。屋里的空气寒彻入骨，他们被眼前的情景惊呆了：客奶奶裸身站在梳妆台前，已经死了很久了。她的双眼是微微虚着的，恍若还沉溺在逝去的时光中。而她胸前的两峰巨乳，已经干瘪成了两张打满皱褶的皮，一直耷到肚脐上，就像两只空无一物的褡裢。但在她手里，还攥着一块木头，一本书。她攥得太紧了，以至于小太监把书拔出时，出现了一丝忧伤的撕裂声，直到她入土，还有小半页纸夹在她的指缝中。

四八

我指着堆在地上的木件，恳求父皇："请陛下恩准，让我试一试。"父皇微微吃惊，他问我："你不做朱朱了，也想成为别的人？"我的心思，并没有想这么多，但我无法跟父皇说清楚，于是就傻傻地笑道："朱朱如果不做朱朱了，自然就是做了陛下的拐杖了。"父皇面无表情，只把头点了一点。

柜子被重新拼起来，零散的部件又成了和谐、神秘的整体。父皇把我送到柜子后门口，握握我的手，似乎无限离恨别愁，都在这一握中。我想说甚么，他已替我把门关上了。柜子里一片漆黑，是真正的伸手不见了五指。我沉住气，记住父皇的叮嘱，左手贴着柜壁摸过去，碰到一个栓子，再转身使右手拨开，是一孔小小的洞口。我把头伸进去，感觉身子随之在滑行。我心里默数一、二、三，迅速把头朝上一顶，双手竟然抓住了一把梯子。我爬到梯子上，忽然感觉它栽了个跟斗，本应是不停地向上爬，却怀疑是朝着一口深井在坠落。终于到了顶也许是到了底，有一只手（应该是木手）握住我、牵着我，跟过栈道一样，但觉波涛翻滚，风声鹤唳，我侧身踮着脚尖，步步惊心，木手忽然一松，我脑袋磕着柜壁，“咚、咚、咚”就响了三下。三下之后，万籁俱寂……不知过了多久，也许地老天荒，我睁开眼来，看到了父皇瘦削、长发的背影。我唤了声：“陛下……”

父皇转过头来，眼神有一刹那的慌乱，随后就淡定了。我木木地看着他，勉强笑道：“陛下您看，朱朱还是朱朱。”他伸出手，说：“拿来。”我说：“甚么呢？”他说：“天机。”我无奈，只好把藏在袖里的那一块多余木头抽出来，放在他手里。他掂着木头，在殿中央踱了好几圈。他说：“甚么是天机？天机不可泄，即便贵为天子，舍不了天下，也未必识得破天书。”我说：“那么先帝呢？”他说：“朕的皇兄，也许罢，谁知道……”

他把手里的书翻到最后一页，递给我。最后一页是破损的，只剩下了发黄、发皱的大半页，画着大半个柜子，还有几十个读不通的字。我说：“天书？”父皇说：“是啊，天书。”说罢，他长长地喟叹了一声。我劝慰父皇：“陛下不是先帝，识得破、识不破这天书，又有甚么关系呢？”父皇说：“是啊，朕若识得破天书，领悟得天机，朕也就成了先帝了。”他扫一眼环绕的众臣，提高一点嗓音：“是不是呢，你们说？”众臣不敢吭声。

这时候，突然一声霹雳轰响！大地哆嗦了，嗡嗡的气浪像风一样穿过午门，长驱直入，有力地贯入养心殿，把所有人的身子都拽住晃了一晃。

没人敢说话。父皇步出养心殿，举目远望着。这是秋天，但不是他所喜爱的那种北京的秋天。在一场风雨之后，秋天的大气中没有游荡着温厚而辽阔的物质，也嗅不到混合着花香、陈酿、麦垛和腐叶败草的复杂气息，却飘来一股呛鼻的硫磺味。起初，大家都以为是天上的雷声，然而，片刻之后，有忠勇营的太监满头大汗跑进来报告：是顺天府的衙门被一只暗藏的火药桶炸了，府尹和两个差役当场尸血横飞，伤者十数个。现场发现了一张内容猖狂的字纸，就贴在府尹背后的屏风上，是李自成下的帖——他以流血来向帝国的皇帝宣示：闯王的力量已经到了京畿了，饮茶长安大街是指日可待的事。

众臣都在看着父皇。而父皇把目光从远处收回来，只是毫无表情地打量着我。他的胡须像白马的长尾在风中飘扬，他的袍子也在风中发出旗帜般的哗啦之响。站在崇祯一十六年的秋风薄暮中，看着我的那个父皇，仿佛是从某个肉身中分离出来的形体，已经超越了年龄、体积和重量，虽然有形却又玄虚。在那个瞬间，我相信这个形体是可以不朽的。

【第七卷】李自成

四九

李自成引爆的这一桶火药，直接导致了田贵妃的死。

在父皇的后妃中，他最信赖周皇后，而最宠爱田、席二贵妃。年轻时他曾拥着二妃调笑道：

“一田一席，可耕可眠。”

田贵妃以棋艺和娇弱见宠，心思比常人敏感十分。在父皇携着来顺儿失踪后，她没有再下过一回棋，因为自十七年前嫁入信王府，她就把我父皇当作唯一的对手了。皇帝不在了，她夜夜不能成眠。除了日夜焚香祈祷，她还实行了斋戒，甚至是断食，这使她的身子，瘦到几乎只有一握了。而帝国军人在山海关外的鏖战，她都知道；李自成破洛阳，烹食福王朱常洵，她也知道。立秋后，皇后曾驾临她的香烟缭绕的宫中探望她，她躺在病榻上，昏沉沉地对皇后说到了死。她说：“死而无怨。”皇帝终于回来了，但那一声让宫墙也为之颤抖的爆炸声，送走了她的游魂。她推倒了放在床头边的两只棋盒，咬牙吐出四个字：“宁死不辱。”就咽了气。

当父皇闻讯赶到时，他第一眼看到的，不是爱妃那憔悴并已经发凉的玉容，而是打翻一地的两盒棋子，黑的、白的、黑的、白的……散落在脚下、桌下、床下，旮旮旯旯，任何角落，一切地方。

而在来顺儿劫持皇帝的关键时刻晕死的老刘公公，事后经过御医的诊治又活转了回来。他请求父皇赐他自裁，以作为对其严重失职和失态的惩罚。而且他表示，奴才已经成了一个废人，再也没有力量为陛下服务了。

老刘公公在请求没有得到皇帝的恩准后，又希望能够让自己的负罪之身离开大内，去一个偏远之处了此残生。父皇说："那么你就去南京，替朕守护太祖的孝陵罢。"

老刘公公谢了恩。随后，他患了一场风寒，持续地发高烧，小刘子侍奉他喝下的黑乎乎苦药水，至少可以盛满三口水缸了。这使他南下的日子拖延到了崇祯一十六年的十月。他带着一个小太监离京的那天，天上落下的霏霏细雨中已经夹有稀薄的雪花。他选择的上路方式是徒步。他的表情一如从前地严肃，嘴上贴着假须，双手仍笼在宽大的袖中，只是它们攥住的不是锋利的斧子，而是两只空拳。过了卢沟桥，但见天地茫茫，郊原上看不见金戈铁马的痕迹，也没有男耕女织的气象，纵目望去真有说不出来的荒疏。

到了邯郸的郊外，一拨陕西籍败兵深夜来劫店，被老刘公公和小太监抓起小炕桌，全数打死。询问一个快咽气的倒霉蛋，才知道李自成已经大破潼关，杀了讨贼统帅孙传庭，并进入西安城扎营，改号为"西京"。老刘公公无声地叹口气，明晨带了小太监，依旧朝着南京去。走到黄河北岸的金沙滩，已经是某一个风雪黄昏了。他们搭一条载了七八个客人的渡船，要过河去开封城。船到河心，艄公和客人忽然掣出明晃晃的板刀来，把他们两个绑猪般一圈圈绑死了。河风冷得扎骨，一川黄水冷得起冰碴，小太监以为要把他们扔进黄河里，就尖声惨叫："爷，给我一刀罢！"但那些人不理睬，把渡船摇到下游的一艘落了帆的大船边。大船高峻的桅杆，如一棵光秃秃的树，或者是扑杀人头的刑柱。他们登上大船，把小太监捆在桅杆上，把老刘公公推入了底舱。

底舱里点着一根蜡烛，烛光影里，有个身子瘦削的男人捧着一本书在踱步。看见老刘公公五花大绑地进来，他呵斥了一声“无礼！”，亲手提刀把绳索割断了，并扶老刘公公在一把梨木的椅子上坐下。这个人叫李岩，又被称作李信，是李自成的大谋士，如果李自成能够像刘邦一样建立四百年帝国，那李岩就该是不折不扣的张良了。李岩对老刘公公说了些甚么，迄今无人知道，因为老刘公公是哑巴，而李岩后来也死了。只有一件事情是确切的：李岩托老刘公公给皇帝捎一封李自成的亲笔信。

老刘公公在一张纸上写了五个字：“君命不可违。”

李岩在一瞬间误解了老刘公公的意思，以为他已经以李闯王为君王了。然而不是，老刘公公的意思是，皇帝陛下派遣我去守卫太祖的孝陵，我万死不辞。所以，我只能把信交给小太监，而自己继续南下。如果李岩不允许，任其砍头或者抛黄河。但是李岩答允了。明晨，小太监骑了一匹鞑靼小马北上，老刘公公依旧搭了那条渡船过河入开封。李岩给老刘公公拱拱手，说：“公公若是生在成祖时，下南洋的一定不是郑三宝。”老刘公公的脸抽搐了一下，转过了身子去。渡船破水而进，两岸风土，全是看不到头的焦土与凋败的村庄。

五〇

父皇把李自成的来信贴在养心殿墙上，早晚揣摩，就像一个痴迷的玩家，在赏玩着前朝大师的法书。然而，李自成的字迹既不飘逸妩媚，也没有吞吐万象的丰润与雄阔。它们的确是有力的，但是干硬得如同斧头劈出来的柴。父皇拍着龙椅的扶手，笑着问我：“朱朱，你看李自成的字，觉得他能不能坐到这把椅子上？”

这个问题让我很为难，我不能说“能”，因为这把椅子唯一的主人，当然只能是我父皇。但我也不能说“不能”，在帝国的整个北方，如今李自成挥鞭所指之处，都是摧枯拉朽，孙传庭战死后，就连挫一挫他兵锋的将军都没了。我无法回答，就做出轻蔑的样子，哼了一声。

但父皇又是何等样的人啊，他分明听出了我一声“哼”里的意思，侧了脸，陷入了沉思。自从摆脱了来顺儿和那口不祥的柜子后，他重返朝政，用白蒿和乌菱的灰烬染黑了头发，剃光了脸上长长的胡须，由于剃得太过坚决，下巴和双颊甚至现出了一种发狠的青色。他试图专心致志地批阅奏章，和大臣唇焦舌燥地商讨国事。但是，奏章总是如山一般堆积在案头，看不到有清扫一空的那天；而国运依然在日日衰颓，没见到一丝复苏的迹象。有一天早晨我见父皇眼窝血红，额头和脸都在发烧，就问他是不是受了风寒？他说：“是朕一夜未眠……一整夜，朕都听见蚂蚁在啃宫墙，千千万万的蚂蚁啊。”我知道父皇做了噩梦，就劝慰他：“陛下的梦兆，是说李自成以流寇称雄，不过如蚂蚁搬家而已。蚂蚁甚么牙齿，还能咬得动砖石！”父皇笑道：“朱朱总会有法子宽朕的心……不过，也只是宽心罢。”

当天早朝，十三道监察御史雷恩玉给父皇上了一道折子，说，目前国家的大事，莫过于北御外敌，内破李贼。外敌，有山海关、吴大将军在顶着，暂不足虑。而李贼猖狂横行，既然能把火药桶放入顺天府，帝国的君臣谁还敢高枕无忧？所以，御外敌可以缓行，而剿灭李贼是急务。但是，国家已经没有剿贼的劲旅，而且也没有足够的兵饷，士气涣散，民生凋敝，这使李贼所到之处，破官军、破州县，莫不势如破竹，乌合之众云起响应。而最为可怕的是，破落的士绅、不及第的秀才，都希冀在乱世中附逆以求一逞，譬如那种童谣“穿他娘、吃他娘，开开大门迎闯王，闯王来时不纳粮”，就出自他们之手，流播半个天下，以超过瘟疫的速度煽动愚民造反，致使人心大坏。臣以为，粮饷、劲旅、大将，是剿贼的三大缺口，而三者中，最不可求的是大将。天降大任于陛下，陛下是中兴之君，而朝中却无可用之臣，文官爱财，武将怕死，积弊百年，于斯为盛，陛下及天下苍生，岂可指望他们于万一？臣以为，欲救陛下、苍生者，唯有陛下、苍生自救，这才是唯一、切实可以扭转乾坤、重振社稷的正途。为此，臣冒死向陛下举荐一人：这就是陛下。——请陛下御驾亲征。只有陛下御驾亲征，才能做到破除冗官庸吏的推诿扯皮，以倾国之力，整合三军，重聚民气，匡正人心，迅速寻找李贼之主力正面决战。李贼以流寇起家，最忌讳的莫过于正面相撞，陛下披坚执锐，统帅仁义之师，为正天、地、人心而讨贼，或能一鼓而破之。

父皇大怒，喝令把雷恩玉推到午门外斩首。

雷恩玉昂然不惧，问父皇：“臣有何罪？”

父皇冷笑：“好一个‘或能一鼓而破之’，为甚么是‘或能’而不是‘必能’呢？朕杀你，就是为了正人心。”

雷恩玉也笑，说：“如果杀了臣就可以把‘或能’变成为‘必能’，那陛下何妨杀掉一百个雷恩玉。这让李贼听说了，或能有一点损失，那便是笑掉一颗牙齿。”父皇起身踱了几步，说：“依你看来，朕要如何，才一定能够破得了李贼？”雷恩玉摇头，说：“世上的事情，除了日出日落，并没有一定之规。如果当年巨鹿之战，项羽不破釜沉舟，怎能以区区数万之众，全歼秦之四十万主力？反过来说，如果是项羽败给了章邯，秦又安能不会以一世、二世而至万世呢？再设想，如果天启七年，先帝不……不死于非命，恐怕魏忠贤早已效赵高故事，弑君王以献贼寇了。”父皇骂道：“浑蛋。你既藐视了朕，还敢嘲笑先帝，如果不杀你，真是天道不公。”

小刘子从父皇身后走出去，一脚就把雷恩玉踢翻了。但雷恩玉撑起来，横手揩一把鼻血，依然笑道：“臣既然上这一道折子，就已经抱了必死之心。可惜，陛下却总存侥幸于万一。项羽、李贼，为甚么屡战屡胜，正是置之死地而后生。”父皇哼了一声道：“项羽匹夫之勇，从破釜沉舟到乌江逼霸，不过五年时间罢？李贼小丑跳梁，朕不信他还能猖狂五个月！”

雷恩玉长叹一声，说：“陛下说的，句句都对，却统统于事无补。枝上才结花蕾，却已经看到了花谢；小儿刚刚啼哭，却已经预见了他的衰朽；功业还没有到手，已经彻悟了荣华掉头成空……这世上的人，就不如全做了出家人，青灯黄卷，万事不争。天下，又哪来的烦恼？可惜，就算陛下是佛陀再世，度得了臣，又怎么度得了来跟陛下抢天下的英雄呢？哈，哈，哈哈哈！”

父皇默然片刻，淡淡吩咐小刘子：“他疯了。架他回家去，交他的妻妾儿女调养罢，多喝碗葱汤。”

雷恩玉一阵狂笑，继而号啕大哭。“臣没有疯，是天下人疯了啊……陛下！”

父皇就像甚么都没有听见。

五一

这一天之后，父皇好些日子都没再召群臣议事了。有一天下午，我陪着他在养心殿批阅奏章。太阳光斜斜地落进来，照着钉在墙上的李自成手迹，泛出些柔和的黄颜色。父皇搁了笔，喃喃说：“瞧，这么快，它就像是成了古董了。”

李自成通过一只只手捎给父皇的这张纸，其实是一封措辞得体、含蓄雅驯的请求信，一点不像出自草头大王的手笔。信中说，自天启七年三月陕西澄城的王二起事以来，天下未尝有一日的太平，盗寇、绿林、豪雄，都在跟陛下争天下，江山如画，却已被宰割得七零八落了，征城、征野，杀人盈城、盈野。自成的军队出自草莽，兵多蛮横、刁悍，而陛下之官军，仁义、忠勇，但两军决战沙场，都不啻涂炭生灵！以崇祯一十五年中原大战为例，自成围开封城数月不下，只好扒开黄河大堤，引水灌城，致使千里沃土，五省百姓，都在滔滔浊流中辗转呼号。这一浩劫，自成至今愧痛，想陛下爱民如子，必然也愧痛至今。为天下苍生计，自成恳请陛下，召自成一晤。自成愿以李氏列祖列宗的名义起誓，保证陛下的安全，并向陛下一诉胸中的块垒，面陈澄清宇内、重兴国运的大策。李自成还在信里说，他如果得幸觐见圣颜，时间、地点都听从圣裁，即便是紫禁城的金銮殿，他也会抱着必死之心，如约而来。陛下的回信，请插在一支雁翎箭上，射入积水潭扫叶林的葫芦庵。

我担心父皇把葫芦庵视为贼窝子，而我母亲还在那儿调养呢。但父皇对此付之一笑：“李自成何等狡黠，行迹岂肯示与人看？”他把话锋一转：“朱朱，雷恩玉的话，其实自有他的道理，可为甚么朕气得差点杀了他？”我说：“因为他和李自成一样，都借甚么‘天下苍生’‘必死之心’来逼宫、逼君，逼人太甚。夷他三族，九族，也不为过。”父皇笑起来：“朱朱要做皇帝，不是秦皇汉武，就是夏桀殷纣。这天下，也许真该你来坐。”我赶紧扑通跪下去，说：“朱朱胡言乱语，请陛下掌嘴。”父皇俯手把我拍了起来。他说：“朕为甚么喜欢跟你说说话？因为除了你，朕一句胡言乱语也听不到。”我说：“陛下是有点想念雷恩玉了罢？”父皇点了头，说：“嗯，有一点。”我说：“陛下真想御驾亲征，跟李自成的主力正面决战，硬碰硬？”父皇指一指墙上李自成的信，他说：“正面决战，也不一定要劳损三军罢——朕何妨与他面对面。”我说：“可是，陛下想过他的用心何在吗？李贼终究是贼，贼说的话，绝非是贼要做的事。”父皇沉吟说：“朕是在想他的用心，你也替朕想想罢。”

然而，父皇还没批完案上的奏章，我也还没猜透李自成的花花肠子，当夜就传来了雷恩玉的坏消息：他在木樨地喝醉了酒，和花娘们放浪群欢时，竟被一支玉簪捅破了喉咙，当场气绝了。父皇十指哆嗦，脸气得铁青。在被雷恩玉顶撞之后，父皇就在心里把他当作了唯一可以倚重的股肱之臣，是否接受李自成的觐见，还要跟他商议，如果真要成行，少不得还要用他与贼周旋，而他却一声不吱就死了。

“可恶！”父皇抓起一只宋代宣和年间的玉瓶，愤而向墙上撞去——烛光发怵地飘起来，瓶子呼呼作响，却距墙面还有半个拳头远：它在空中划了一圈，侥幸还留在父皇手上，没粉碎。“雷恩玉忠魂不远。”父皇喘口气，把瓶子放回案桌上。他说：“是李自成的人下的手，木樨地里应外合。”我吓了一跳，赶紧说：“陛下息怒。”但他就像没听见，指着小刘子，降旨道：“给朕把木樨地烧成一把灰，就权当给雷恩玉烧纸钱。”

我跪在小刘子和父皇中间，高声说：“陛下，雷恩玉活着的时候，以必死之心劝陛下顾念苍生。木樨地的主仆、花娘，未必就不是苍生，是畜生？雷恩玉死得蹊跷，请让朱朱回木樨地彻查清楚，如果他真的死于谋刺，别说把木樨地烧了，就是把那些婊子们都剐了，也是不冤枉。”

小刘子把新沏的一碗蒙顶黄芽捧过去，父皇喝了两口，说：“朕且依了你。”

明晨，北京降下一场弥天大雾，紫禁城只能看见几角屋脊和飞檐，就像大海深处冒出的礁石。我和小刘子带着一拨忠勇营的太监，在雾中摸回了木樨地。木樨地现在没有主母了，但我母亲去葫芦庵出家前说过，凡事问小沅。小沅俨然就成了当家的人。我吩咐速叫小沅来见我，但她的丫鬟回话说，小沅在已故老主母的佛堂里闭关。我问甚么时候出关呢，丫鬟说，也许只剩一个时辰了，也许还有一年半载的。我最恨装神弄鬼，呸了一口，就先去雷恩玉猝死的青楼召见了所有相关的花娘。

时已近午，但还得点亮蜡烛才能看清彼此的脸，和地板上那一小摊血。因为黏稠的雾气穿过窗户和门下的地缝，钻进来无处不在，这使雷恩玉的血看起来恍如隔夜的米汤。我喝问到底是哪一个杀了雷御史？花娘们一片号啕，根本说不出话。小刘子用挥舞鞭梢的呼啸声，让她们闭上了嘴。我说：“你们拿了李自成多少锭大银？”花娘们面面相觑，在彼此询问：“谁、谁是李自成？——尚书，侍郎，翰林，盐商，粮商？”我怒不可遏，就近揪了一个花娘过来，一连扇了七八个耳光！一直扇到我手心发烫，她的鼻血狂喷。我骂道：“全都是没有心肺的母狗，改朝换代了，反正少不了你们的花娘做，是不是？”她们吓得不敢出气，雾茫茫中，只听见她们的牙齿在嗒嗒地响。

我抽出那根刺穿雷恩玉喉咙的玉簪，问是哪个的？有个胖花娘赶紧跪下来。我说：“你拿哪只手刺的？”她诅咒发誓说，簪子一直都是插在头上的，雷御史和一群人追逐嬉闹，突然就从身后把她扑倒了，一个压一个，就像叠罗汉，有人喊死了死了，她还以为是自己被压死了。

我冷笑道，看你一副蠢肥，倒会花言巧语。等我把枝枝节节都弄清楚了，再回来揭你的皮。满屋子的女人都跪下来，跟死了亲爹似的哭。

我拉了小刘子下楼来，我说："你知道是谁杀了雷恩玉？"小刘子笑道："小姐肚里已经雪亮了，何须再来问奴才。"我哼了哼，说："那你知道我现在最想做甚么？"小刘子望着把木樨地裹了一团又一团的雾，说："人心岂止隔着肚皮呢，简直就是雾中的迷魂阵，我如何能知道。"我说："我想回这儿做主母，比起宫中，何等快活啊。"小刘子说："天无二日，人无二主，除非你把那个小沅姑娘给杀了。"我说："好罢，我这就去杀了她。"他还没来得及吐出"笑话"两个字，我已经嗖地把他的佩刀拔在手里，径直朝着佛堂而去了。

佛堂跟木樨地奢靡、香艳的青楼、庭院全然不同，只是一幢背依菜畦、临着枯河草滩的小木屋。两扇剥尽漆水的门掩着，门外站着个从河南讨口过来的粗使女仆，见我要推门，就伸手一拦。小刘子两拳打在她胸口上，发出水桶般"嘭、嘭"的闷响，她跟着就蜷在地上了。我拿刀尖挑了挑门，门吱呀地哼哼着开了，我就和背后的雾、冷风一起拥了进去。我是在木樨地长大的，但进这间佛堂还是头一回，我不喜欢冷清的地方。佛堂的里边比我想象的似乎更大，也更深，雾蒙蒙中，烛影重叠，传出木鱼单调、均匀、清冽的敲声。走到一个拐弯处，我顺手从壁龛上擎了支蜡烛。大概又转了几个圈，冷风呼地一吹，蜡烛突然就熄了，我定住神，才发现已经站在了小沅的跟前。她和我站得非常之近，我能听见她的呼吸，而白雾在我们之间不停地飘过。我好像已经有很多年没有见过她了，她的容貌让我吃惊：不是可怕，是十分、十分地惊讶。

她身子瘦削、修长，披着白色袈裟，站在白雾中，高出我足足一个头。而她的窄脸冷淡、白皙，像霜雪一样让人发怵，唯有两颗眸子乌金般黑亮，而小嘴突出的两瓣血唇，如锋刃刚刚一刀子抹过。

我仰视着她，一时不知该说甚么。

但小沅清晰地叫了我一声："公主。"

我发了发蒙，我说："我不是。"她淡淡道："好罢，你不是。"我听见她话中带话，却找不到话来反刺她，干脆径直就发作："一个朝廷命官，十三道监察御史，去沙场上杀过贼，毫毛未损，却活生生被你的几个婊子扎死了。你身为一家主母……"小沅说："我不是。"我缓口气："好罢，你不是，你是当家的。你在做甚么？"小沅说："我在超度雷御史。"她低低头，深切地看着我，仿佛我才是她要超度的人。她让我感到十分不舒服，我就冷笑一声，厉言说："我索性请旨把木樨地烧了罢，反正这儿没人是不需要超度的。"但小沅声色不变，双手合十，轻轻念了句："阿弥陀佛。"我说："你不怕？"她说："如果注定有这一劫，那是没人能够逃得过。"她依然低一低头，用乌黑的眸子注视着我。我渴望刺痛她，甚至想看到她的眼泪是不是跟霜雪融化般绝望，我就柔声说："你想不想来顺儿？"她说："我忘不了他，你也是。不然，你不会这么问我的。"我笑起来："你和我总不一样罢。夜深人静，古佛青灯，这种日子，甚么时候是头呢？"她也笑了起来，是淡淡的、莞尔的浅笑，这一会儿，就连她忧伤的滴泪痣也现出了一丝愉悦来："你真是忘了木樨地的本，谁会为哪个男人守节呢？昨晚我喝了酒，明晚还会喝，喝了就唱弋阳腔，我唱的时候，全木樨地的客人都静下来，痴痴地听……你是听过的。"我仰视着她，忍了又忍，才没把一口痰喷到她脸上。

回紫禁城的路上，雾在慢吞吞地散着，而太阳出来了，阳光隔着雾阵播下来，像铺了满地的霜花，冷得让人想跳脚。进午门的时候，刮起了大风，终于把雾一团团向东南吹走了。天空蓝得发黑，极高处挂了一轮明晃晃的东西，已经是月亮了。我莫名其妙问了小刘子一句话："你说说，我为甚么想把小沅宰了呢？"小刘子鬼头鬼脑地笑："奴才不敢说。"我喝道："说。"他说："说了找死。"我卡住他脖子，使劲卡："不说，现在就死。"他尖声尖气说："小姐发现，她才更像是金枝玉叶罢。"我松了手，笑起来："一个婊子，金枝玉叶？"

父皇趴在大案上睡着了，头搁在两堆奏章的中间。月光、烛光映在他的脸、头发、龙袍上，如盖了一层暖和的被褥。他的脸是侧放的，在这短暂的睡眠中，眉头和皱纹都松弛了，展平了，现出了一点滑腻的微光。我把手伸过去，轻而又轻地在父皇脸上抹了抹，我的掌心甚至感觉到了他脸上的茸毛。

父皇立刻惊醒了。他说："朕梦见了一只虎……查出结果了吗？"

我说："是的，陛下。"

他说："是不是遭谋杀？"

我说："不是。"

他顿了顿，强笑道："是他找死？"我说："也不能这么说。""那怎么说？""死于非命。"

父皇拍着大案撑起身子，高声嚷着："'死于非命'，真是妙极了！传旨翰林院，让那些宿儒、编修们查一查，发明这四个字的人是谁，朕要替他立块碑，重重地嘉奖。"嚷完了，他颓然倒回龙椅里，身子怕冷似的蜷起来。我赶紧找来块虎皮褥子，盖住他的膝盖和胸口。他从褥子下伸起指头，在虎的斑纹上小心而又爱怜地弹了弹。他说："朕梦见了一只虎。"

五二

曾经有一个燠热的午后，我应父皇的要求陪伴他在红墙下散步。我问他：“古往今来，历朝历代的皇帝，陛下，您最佩服谁？”

父皇说：“没有我最佩服的人，只有朕最想成为的人。”

我想了想，扳着指头，数着我所知道的那些文治武功煊赫的帝王：秦始皇，汉武帝，唐太宗……“噢，这些人，一辈子都瞎忙。”父皇摇摇头，他说：“朕最想成为的人，是唐明皇。”父皇笑出了声：“这个人，把人间的好处都享用了，不冤枉做了一回皇帝啊。”

唐明皇？我也笑起来，学着老气横秋的样子对父皇说：“大唐的花花江山都糟蹋在他老先生手上，还留个昏庸淫逸的骂名。”

“留骂名的人是杨贵妃，女人才是亡国的祸水嘛。”父皇说，“在吟风弄月的文人眼里，唐明皇可是风流绝伦的天下一君啊。”

“陛下要做唐明皇还不容易！”我乐起来，“且不说四海之内的女人都是陛下您的，就是后宫的三千粉黛，陛下您也消受不完，是罢？”

“似是而非，似是而非。”父皇连连摇头。他说：“从古至今，皇帝不知出了多少，而杨贵妃却只有一个。”

长长的红墙在绿松掩映下，消失在远处的一派雾化的光斑里。忽然，我看见有一团黄黑相间的影子从墙上飞跃而下，扎进了那光斑，无声无息地不见了。我叫起来：“陛下！——”

“朕看见了。”父皇说，“是一只猫。”

“我看见的，是一只虎。”

父皇疲倦了，额上沁出汗珠子，他说：“回了罢。哪来的老虎？”

“哪来的老虎？”是一个用来否定老虎存在的疑问句。但是这句话在经过千百次的回忆后，它也许会变为关于一只老虎的询问：噢，这只老虎是从哪儿来的？紫禁城中是不是真有过老虎，这已经无法由我来证实了。我说我在金銮殿后边看见了一只虎，你相信吗？就像我对父皇说我看见了一只虎，我得到的回答只是一个含混的疑问，要经过时间的淘洗才能见出一点暧昧的意义。

噢，是的，暧昧。我之所以要向你强调暧昧，不仅因为虎奔跑的速度和令人眼花的身姿，它的脾性也的确集合了凶悍和温柔，毛色既绚丽又诡异……这统统都不是最为重要的。我想说的是，世上其实存在两种虎：一是满身腥臊，出没草泽中；一是写在纸上，无臭无味的，老虎就是“老虎”两个字。但纸上的老虎并不是纸老虎，它是用来代指愿望的：以成为虎来表达一种志向，以杀死老虎来表达更大的野心。不过，两种虎，所有的虎，有一点都是共同的，那就是吃人。

在崇祯一十六年寒冷的夜晚，当父皇告诉我，他趴在堆满奏章的大案上梦见了一只老虎时，我立刻就说：“陛下梦见的是李自成。”

但父皇沉吟了半晌，喃喃道：“噢，安知不是李自成梦见了朕？”

五三

父皇决定了要去面晤李自成。当然，换一句体面的话说，是去接受李自成的觐见。父皇告诉我，他已经明白了李自成觐见他的目的，就是来探虚实的，如果帝国已然虚弱，就挥军直捣幽燕；如果帝国余威尚存，就给身后猴急的张献忠让道，坐收渔人之利。我问父皇：“那陛下接受觐见的目的，又是甚么呢？”父皇说：“亲眼看看李自成，朕值不值得与他玉石俱焚。”我说：“不值得又如何，值得又如何呢？”

父皇说："如果不值得，朕就与他玉石俱焚。如果值得……"他望着养心殿外的宫殿群，有一刹那的走神。他说："如果值得……那就再容朕想一想。"父皇的回答，似乎是颠三倒四的，而他脸色的阴晴陡变，已让我不敢多嘴多舌了。

时间、地点，父皇已经在密旨中确定了，风雪无阻：崇祯一十六年十二月的大寒日，北京法华寺。大寒，自有一种敛绝人迹、秘约私会的意思；而法华寺则是城东名刹，李自成自西而来，即便真的凶悍如虎，但和他自己的巢穴隔着卫戍森严的北京城，应该不敢蠢动妄为的。

密旨系在雁翎箭上，父皇令小刘子一人一骑，乘夜射入了积水潭扫叶林的葫芦庵中。他刚回来，就被我拦住，问庵里有甚么动静吗？他一脸茫然道："无声无息。"明晨，我忍不住偷偷叫了一顶小轿，跑去葫芦庵看一看。积水潭已经冻得像一块光滑的鹅卵石，扫叶林早就被北风扫成了一片枯树林，我下了轿走到山门前：一扇已被推开，一扇被谁踹在地上。我跨进去，嗅不到一丝人气，连一声木鱼声也听不见，香案上的蜡烛已成了冷灰，黄苹果皱得像蜡，而菩萨在壁龛里蒙尘微笑，庵子早就空了。

就在父皇筹划与李自成的法华寺秘晤过程中，出了一件意料不到的事情：从不干政的周皇后以死相谏。皇后滴着泪说，世人都知道李自成狠如虎豹，毒如蛇蝎，而陛下却要去与他议事于密室，不啻是自投虎口。我一个区区妇人，今天拼死一谏，不是为天子的龙体担忧，也不懂得为国运操心，只知道与陛下是同生共死的夫妻，诚不愿看到夫君被那逆贼损了一毫一发。如果陛下铁了心要去，要么请先赐我三尺白绫自裁，要么就请依了我两个小小建议，以保我夫妻还有团圆之日。

父皇曾颁过一道铁旨：后宫不得干政。但这一回，他却对皇后的死谏表现了容忍，并很有耐心地听她讲出那两个建议：一是选替身扮皇帝，而皇帝扮大臣；二是调用钦天监的望远镜，从即日起严密监视法华寺。父皇听完，木木地坐了半晌，说："你去操持罢。"

选替身的主意，是尚膳监一个公公献给皇后的。这公公姓甄，无锡人，也就是你小六子的同乡罢，他入宫时已经不算年轻了，脾气好，沉得住气，皇后喜欢喝他细细熬的汤。深宫寂寞，国事艰难，皇后见得到皇帝的次数少，见到了，也是蹙着眉头的时候多，而喝一碗甄公公的汤，会稍稍顺一顺郁结在心的气。甄公公除了熬汤，还做得好馒头，蓬松、柔韧，咀嚼中自有淡淡的回甜，而且还会变戏法一样，把馒头做出松鹤、喜鹊、梅花鹿等等的样式来。皇后问他能不能捏出个人样来，他就拿湿面捏了皇后的头像，不仅形神相似，而且母仪高贵。他成了皇后的红人，以皇后的忠诚和谨慎，她不会在父皇面前替他美言，却会对他倾吐一二烦恼的心事。心事是不能窝在心里的，要是找不到个倾吐的人，你不妨挖个洞，对地下的鬼说话。鬼并不是那么可怕的，都是人死之后变的嘛，比一具死尸还要干净些，不会腐烂发臭的，对不对？无锡据说就出两种手艺人，捏面人的，打棺材的，都是发的"变相人"的财。人都会变相的，变成棺材里的死人，变成别人手里的面人、泥人，画在画里的纸人……大概是个人都会去琢磨，我这个样该怎么就成了那个样？过了几十年，几百年，人们看你的书，就看到我早已经成了你字里的人，你的字人儿……嗳，这是多么荒唐的事情啊，你的字人儿！

皇后让甄公公用湿面捏了八尊父皇的塑像，都跟拳头差不多大小罢，交给忠勇营的八组人秘密捧着，去全北京城寻找父皇的替身。三天之后，寻回来的人有一百一十多，皇后带着甄公公，在东华门内的一间偏殿里一一过目，最后认定最酷似父皇的，是一个消瘦的老鳏夫——正阳门外王记茶馆的小二：不仅面容、高矮、身段十分相同，而且一头花发，细密的皱纹，木木坐着时的茫然表情，都是和父皇一致的。皇后吩咐把他蒙了眼睛带到坤宁宫，再给他披了件黄袍，让宫女、公公们入见，一个个都口称万岁，齐刷刷跪下来磕头。皇后又去乾清宫请父皇亲自过来审，父皇不来，只说皇后说行了，那就行了罢。

他只问了一句："甚么名字呢？"

名字皇后恰恰忘了问，想了想，就随口答道："王二。"

父皇沉吟着，说："王二？朕似乎听到过。"皇后柔声说："不会罢，陛下。"父皇噢了声，就不再说甚么。

钦天监的望远镜，皇后确定把它搬运到煤山顶上的寿皇亭，从那儿监视出入法华寺的每个人、每匹马，甚至每条狗。但她遇到了彬彬有礼的抗议：高鼻深目的传教士跪在皇后芳泽九州的凤袍下，他们说，天运大于国运，君王的权力也是从上天授予的，不应该因为天子一人的安危，而让天父的钟摆出现可能的差池。

皇后的母仪现出忧伤的微笑，她说，我听说过你们书上的故事，有一个母亲，她抱着被钉死的儿子，比一切人都伤心，因为一切人都把他敬为神，而她只把他看作自己的儿子，——这跟国家、天下，都是没有关系的。

传教士从地下发出一片唏嘘："噢，圣母马利亚。"

皇后顿了一下，柔声道："我今天所要做的，不是为帝国救君王，只是为我的儿女救父亲，为我自己救丈夫。听说你们的书上有这么一句话，救一人即救全世界。对罢？"有一个传教士落了泪，泪珠砸在地砖上，跟蓝玻璃珠一样碎裂了。他们跪在皇后的凤袍下，表现出了从来没有过的臣服与谦恭。在传教士的指导下，忠勇营太监把三架望远镜中最雄壮的一架，扛上了煤山顶，这个全北京城的最高点。当窥日、窥天的望远镜斜下来指向大地时，它就变得很像是一尊红夷大炮了。煤山顶上的北风挟着霜花飕飕地吹，但皇后仍通过望远镜观测到了百十条街巷外的法华寺。她看了又看，扑哧一声笑了："谁给那小尼姑剃的啊，头皮青青的，还留了两道血口子。"

五四

大寒的头夜我一个时辰都没睡着，不是因为恐惧，也不是替父皇担忧，而是由好奇带来的兴奋。

在北京，从大学士到拖着清鼻涕晒太阳的叫化子，都把李自成说成是魔头和贼酋，用臭唾沫把他淹死了不止千百回。他大不赦的罪名之一是，崇祯一十四年正月间，他攻破洛阳后，活剐了福王朱常洵，还将福王血与鹿血勾兑为"福禄酒"，将福王肉和鹿肉一鼎煮，叫作"福禄肉"，与帐下将士和饥民们同嚼共饮了。福王的粮仓堆积如山，也都破开了，一袋袋给了那些眼睛饿得发直的暴民。据说当噩耗传入宫，我父皇如遭棍击，他举手护住额部，面容煞白，竟一日一夜没有再说话。福王即万历皇帝和郑贵妃的爱子，掌上明珠，还差点拿他顶了我祖父的太子位。他封于洛阳，仅庄田就有两万顷，实为帝国第一富户，说他富堪敌国，这差不多是没有虚夸的。没有谁想到，福王下场竟会如此的凄惨。而李自成从此以青面獠牙的形象，成了北京人噩梦中的客人。但我是一个例外，我从未梦见过李自成……不过，我梦见过几次虎，也许这就是他变的一个把戏罢。不管怎样，明天我就要见到他本人了。想到我、父皇将和这个敢于对皇室嫡亲扒皮食肉的贼酋共聚一屋，我就辗转难眠。世间最狠的诅咒，就是让某人死后被打入十八层地狱，李自成自然是难逃这一劫，而这也正是我兴奋的理由：我将见到一个注定要下油锅的活鬼了。

天亮前我终于迷糊了一小会儿，但随即就被穿进窗缝的强光惊醒了。窗台上的水仙花开了，屋外太阳光洒得满地黄亮亮，一点不像是大寒天。在和父皇会合时，我说："咿，有一点怪哉。"父皇笑道："牝鸡司晨，寇盗称王，你说，还有甚么怪哉不怪哉？"

为了不让对方探子准确掌握我们的行动，父皇选择了提前从西华门出紫禁城。这一行人中，还有一个刚换上来的武英殿大学士，一个曾在潼关战败后率残部与李自成顽强周旋的游击将军，一个兵部侍郎，以及小刘子和他率领的十二个忠勇营太监。他们都打扮成进京采买年货的客商，唯独我的装束是一个少年书生，跟着父兄长辈进京长见识。十八人十八骑，中间簇拥着一顶轿子，里边坐着坐立不安的王二。

由于天气晴好，北京城开始热闹起来，兜售的红灯笼、花布匹都高高挂出来，还有顽童在提前放鞭炮，淡淡的火药香在冬阳下飘来，很有了些腊月年关的气象。我这是头一回与父皇并马揽缰，忍不住多次侧过脸看他，而他总在仰着头，虚眼望着街两边落尽枯叶的白杨树：在颤巍巍的树梢上，挂着一个一个团形的喜鹊窝，有喜鹊在飞进又飞出。他说："朱朱，这真是好看的风景啊。"我说"嗳"。可我不觉得这有甚么好看的。

我们一直向西出了阜成门，能望见漠漠的田畴了，父皇把马向小路上一岔，再走了一箭地，就进了一座青砖灰瓦的小庙。

小庙又清静又干净，我瞄了一眼山门上的匾，字不大、不遒劲，却是舒展大方的，让人一见难忘："橘子寺"。没有落款，但我认得出，这是父皇的手迹。橘子寺的前院、后院里，果然有几棵老橘树，还有几个老和尚，见了父皇自然都是认识的，但并不十分地拘礼。父皇拉我在橘树下徘徊了几步，随口问我，寺名还好罢。我说："好，不酸腐。"父皇笑道："朕做信亲王时，常到这儿来看书。庙里僧人都是河南过来的讨口子，饿慌了才投的佛门，不识字、不读经，哪来酸腐气？就捡几个橘子，捡几个香火钱，也算是我佛慈悲罢。"

老和尚在茶室里奉上黑黢黢的茶水，还摆了几盘橘饼。王二裹着貂皮袍子坐在角落里发呆，父皇招手叫他坐过来，并递给他一块饼。父皇说："吃罢。"王二就咬了一口，说："好吃，好吃。"父皇静静地看着他，而一屋子的人都在看着他和他：他俩比一对孪生兄弟还更相似，应该说，他们就如各自对着一面镜。父皇突然一侧脸，向着小刘子说："吃完这块饼，把他拖到野地里砍了。"我以为父皇说笑，但他语调冷淡，绝非戏言。小刘子嗯了声，闪到王二的身后。

王二慌了，颤声问："为甚么杀我？"父皇说："天无二日，国无二王。这还不够吗？"王二哭起来，说："可我不是二王，也不叫王二啊……"父皇看看众人，众人都扭头看着大学士。大学士就谏道："陛下大事未了，先脏了自家的手，终究有所不利。"父皇把白皙修长的双手举到眼皮下，摇头笑道："朕的手，还会是干净的？"王二的命，就这么不清不楚地寄下了：父皇吩咐把他推入存放香烛、供果的小库房，拨了个佩戒刀的老和尚把住门。随后，我们就在茶室吃了一餐斋饭，萝卜、大白菜炖粉丝，阳光般黄澄澄的窝窝头。我还偷偷摸了两个橘饼藏入皮袄中。

从橘子寺出来，我们折而向北，在德胜门附近再向右拐，绕过封冻的积水潭东行。积水潭下，无数的鱼在有力地撞着冰层，有如无数手指在发出咄咄的敲门声。我最后瞥了一眼扫叶林中的葫芦庵，隔着阳光、薄雾的氤氲，它只露出些斑驳、晃动的影子。随后我们一直默默沿着城墙的外侧走，至东直门倒向南方。当我们终于走到朝阳门洞时，洞口正泼水般地泼出一地暖融融的夕照来。我们的马蹄就踏着这片好看的光线，钻回了北京城。

五五

法华寺的山门外一切如常。有几个叫化子在夕阳下捉跳蚤，听口音就跟王二是一路的，八代北京土著的小民，舌头伸不直，说话总有含含糊糊的自得。皇后曾请父皇动用东西两厂的特务暗中封锁城东区，必要时瓮中捉鳖。但父皇用冷淡的口吻否决了她："没意思，李自成既然进得来，就一定出得去。"父皇跟李自成约定，接受觐见的确切地点，是法华寺西手的海棠院庙寓。但马到山门，父皇也不下鞍，双腿一夹，率先嘚儿嘚儿跨进去，穿过天王殿，绕过大雄宝殿和法堂，径直驰向松柏深处的藏经楼。我明白父皇的意思，就请旨先去海棠院探一探。父皇默然点了头。

法华寺的庙寓可能是北京庙寓中最大的，床位少说也有三五百张罢。庙寓从前只接待游方、挂单的行脚僧，后来也住香客，再后来，礼崩乐坏了，就不管僧俗、无论良贱，只要给银子就可以躺下来。这一点，倒是和木樨地一样不扭捏，是我所喜欢的。噢，你也是住过庙寓的，小六子？是地安门外的观音阁吗，也还好，不过跟法华寺比，只能算巴掌大的洞天了。法华寺是深不见底的，而寺西的海棠院，灰蒙蒙的海棠树云团般密实又蓬松，数不清的寓舍就错落在林子里。崇祯一十六年腊月的大寒日，当我走进海棠院的月门时，我做梦也不会想到，要在这儿嗅到海棠的味道，我还要等上四十五年的时间。

那天首先钻进我鼻孔的，是一匹乌驳马的汗臊味：一个穿粗服、戴斗笠的中年马夫正在给它上下地刷洗。这匹马极其高大而又十分地修长，颈后的鬃毛和马尾在微风中优雅地飘扬，这使马夫的劳作以及他本人的气象，都显得很有些从容和不俗。

我问马夫："有没有见到姓李的客官住进来，陕西过来的，一大帮人？"

马夫停了手里的活，靠着马，一根手指在马脊上舒服地滑动，同时仔细地看着我。马的主要毛色是黑的，但并非是纯黑，还夹杂着斑驳的棕色和灰色，如裹着一件风尘仆仆的袍子，而袍子下边才是马真实、鲜活的身子。在马夫短暂的沉默中，我嗅到马汗的气味，有些酸和臊，也许马汗都是一个味，在这匹马后边几步外，还拴着几匹马，但它的味道特别有力量，这很容易把它跟它们区分开。马夫看着我，我也用目光迎上去，看着他。斗笠使他的脸隐在略为昏暗的影子里，但我还是记住了他通红的高颧骨和刷漆般的眉毛。他指着一幢带小院的灰楼说："俺家的人，老爷、少爷都是姓李的，公子。"我拱一拱手，向灰楼踱了过去。

灰楼下，侧身站着一个男人，正伸手在海棠的枯枝上摸索。我拱手唤了声："李大官人。"他转过来朝我微微一笑："公子叫我？"

我吃了一惊，胸口涌上一阵酸楚来：这个人的瘦削、修长，面容和手的白皙，还有双眸中说不出的淡定，都太像我的父皇了。当然，是我无数次想象过的，那个天启七年初游木樨地的少年，而非今天满眼疲惫和厌倦的他。今日的父皇，竟可以由一个茶馆跑堂的老鳏夫做替身，除了外貌的相似，还有花发对着花发、愁容对着愁容罢。而眼前这个人，一袭书生装束，手指夹着一柄折扇在摆弄，扇下系的两颗珠子叮叮作声。我看得出，他远不止十七岁，大概要比十七岁再大上十七岁，但我之所以看着他酷似我父皇，是因为在锥刺般的疼痛中，我想到天启七年的父皇到了今天，本应该是他现在的模样。

他说："我不是李大官人，我是李大官人的朋友。"

我有些发木，只呆呆地看着他。他说话和衣袖微微摆动时，都带出淡淡的香味来。我知道，这一定不是香脂，也不是熏过香草，是一股干净男人的、好闻的味道。如果一定说像甚么，大概可以比为一棵树，白檀、香樟、核桃、梧桐……他和这些树是恰好般配的，相互不会辱没谁。我吸了一口气，发傻地笑笑，在他看来，也许这笑显得矜持和做作。然而，他并不介意，对我拱一拱手，说："公子是朱大官人的朋友？"我不置可否，答非所问地说："先生在赏海棠？"他嘘了一口气，把手放回枯枝上摸摸，说："可惜，还不到北京赏海棠的季节罢？"我终于缓过一口气来，哼了哼，说："花要困倦，美人、将军、霸王，就是一匹骏马，也都是要困倦的。古诗上说，为了不让海棠睡过去，就点亮蜡烛射她的眼睛……风雅的文士，其实要比常人歹毒的，对罢？先生，你就不像个常人呢。"他"哦"了声，对我的话锋里的挑衅就像全无察觉，甚至还对我亲切地一笑："公子说得不错。不过，风雅文士的歹毒，也就是借了文字说几句俏皮话而已，不值得计较的。君王昏庸，武夫当国，这才是可怕的，为了绷面子，逞一时的意气，在版图上拍一巴掌，眨眼间那儿就成了千里赤地，哀鸿不绝。"我冷笑道："先生所说的，应该就是李……李大官人罢？"他微微摇头："就算是李大官人罢，不过，要没有朱大官人，他跟谁去斗？当然，朱大官人要是没有李大官人、张大官人，也很省心的，天下也很太平……可惜，天下不太平，已经有很多年了。"我说："先生说得不错，可账不能只算在大官人头上罢，要不是助纣为虐、为虎作伥的人多了，天下又何至于乱得不可收拾呢。"他直直地看着我，眼窝里亮起湿淋淋、感伤的光。

"公子，你是在说我吗？"他的声音和蔼、低沉，有着你无法怀疑的恳切。我迎着他的眼睛看着他，他的嘴角还留着笑意，但已经十分勉强了。我胸口又莫名地一酸，低了低头，柔声说："先生，我也是在说我呢。"他愣了片刻，突然把扇子往手心一拍，朗朗地笑出声来。他说："既然如此，那我们应该做甚么？"我老老实实说："我不过脱口而出，你说呢。"他又伸出手去握了握海棠的枝条，说："'试问卷帘人，却道海棠依旧……'卷帘人其实也没有错，绿肥、红瘦也罢，海棠睡着了也罢，海棠不还是海棠吗，对不对？"我说："先生的意思，是想做一枝海棠了？"他摇一摇头："哪有这么风雅啊，我甚么也做不了，我大概只能做……做一点让自己心安的事情。"我说："甚么事情？"他说："你知道的。"我说："我，如何知道你，我连你的名字也不知道啊。"他说："我姓李……"我说："果然……"他说："我姓李，可我不是李大官人。"

我说："那你是甚么？"

他说："我是李岩，也是李信。"

我笑起来："你一个人倒像是两个人。"他也笑笑："如果你信，那两个都是我。"我说："好罢，我是……"他竖起一根食指摆了摆，说："公子不用说了，我知道公子是谁。"我一愣："为甚么知道我？"他看着我的眼睛，鼻子，嘴角，还有我藏在严实衣领中细细的脖子，他说：“惺惺相惜罢。”我咬了咬嘴唇，慨然说：“那我们就去酒楼喝个一醉，好不好？”

李岩，也就是李信罢，他拱拱手，也慨然说：“等我们做完了这件事，好不好？”我说：“不好。”他以镇定的微笑安抚着我，我甚至觉得那微笑一直拍在我肩上。他说：“来日方长，朱大官人还在等公子的回话罢？请他老人家裁定，是他屈尊驾临，还是我们过去拜访？”我傻笑一下，也不拱手，拔腿就走。

就在这时，我看见两个人跨出院门槛，径直朝李岩走了来。两人都是财主打扮，穿着裘袍、狐皮帽子，一个较瘦，表情严肃，像在沉思；另一个则很魁梧，阔嘴、大鼻，双目精光大盛，加上一抹的髭胡，雄阳逼人。李岩朝我微微努嘴，示意我快走，但我偏不走。那两个人就狐疑地扫了我一眼，再看看李岩。李岩就说：“这位公子是朱大官人的朋友，先过来联络联络的。”他指着那瘦削的，“这位是李大官人”，指着那魁梧的，“这位是刘大官人”。我双手抱拳，朝两个大官人恭恭敬敬地行了个礼。

李大官人点点头，回了个礼。我心里嘀咕，他跟我想象的李自成有三分像，七分不像，但我并没见过他，像和不像也是很没道理的。

我又瞟瞟刘大官人，正暗想他又是谁呢，他已经哈哈一笑，摇头道：“公子，还有这么水灵的公子？像个羞答答的小妮子……朱大官人，有意思，有意思。”他双手抱拳，像是回礼，又像是活动指关节，弄出一阵噼噼啪啪响。我气得脸色煞白（幸好太阳的余晖让它染了一层胭脂红），恨不得啐他一口唾沫，但还是忍住了。不是因为我身负父皇的大事，而是我看见了李岩安抚的微笑。他的微笑如他伸出的手，在我肩上轻轻拍了拍。我也笑笑，做得真跟个小妮子似的，羞答答地笑了笑。

五六

父皇问我为甚么去了那么久，我说：“遇见了一个人。”他问是甚么人。我说“一个故人。”他用李大官人一样狐疑的目光看了看我，但不再发问。他大概想，我能有甚么故人，除非木樨地一个花娘在这儿做了尼姑了。父皇等我的时候，坐在藏经楼上，边喝茶边翻着一部《金刚经》，并不显得急促或焦躁。他听完我转述李岩的意思，立即说：“就把海棠院当作他的老巢，我们去探探罢。”我们一行人簇拥着父皇往海棠院走过去。地上墁的砖石被上百年的鞋底磨得油亮，只听到嚓嚓的脚步，和佩刀、佩玉当当出声。晚霞已经黏稠得如红得发黑的油漆，我跟在父皇后边，看见点点霞光在他的肩上、胳膊下微微地闪烁，而他成了一片黑洞洞的背影。

我脑里闪掠过刘大官人雄壮剽悍的模样，追了一步，凑到父皇耳根说：“为防不测，改主意还来得及。”

但父皇一笑：“以他们的聪明，会把朕看作一个替身罢？”

李大官人、刘大官人、李岩，都在院门口恭候着。至少，这些已把大半个帝国打垮了的寇盗，这会儿对君权神授的天子，还是显得毕恭毕敬的。父皇略摆一下手，示意免礼，就率先跨入院门，上了小灰楼。紧跟他的是大学士、侍郎、游击将军和小刘子。再后边才是二李、一刘，还有一个刚冒出来的挥着拂尘的道士，被尊称为“牛师父”，他是他们的人。我忽然后悔没提醒父皇，我们也该捎上个和尚啊。虽然我一向以为道士、和尚都是装神弄鬼之徒，但也可以唬一唬对方，你能请神仙助阵，我也能打你下十七八层地狱。但这些念头都晚了，一扇一扇的门和一扇一扇的窗，都啪啪啪地关上了。父皇，我们的人，他们的人，都消失了。而我遵照父皇的旨意，留在了麻麻黑的光线中。那剩下的十二个忠勇营太监，游动在墙根、林中和每一处可能被闯入的豁口。我不时看见他们中的某一个影子，在远处风一般嗖嗖地掠过……随后，天就完全黑尽了。

我仰头望了一望，发现晴朗、寒冷的夜空在黑尽后，变得更加璀璨夺目了，成千上万的星星，包括我养父后来告诉我的那些死去的星辰，都拥挤在漆黑中，用光芒争先恐后发出自己的声音！如果父皇确切无疑是天之子，那么，他超凡的力量该就是从这片星空中获得的？那他也就能听到所谓的星空，其实是一片与尘世同样吵闹的世界？

就在我心里嘀咕着天问时，我听到月门那儿传出几声咴咴的马嘶。随后，藏经楼下，也有马群应和着，咴咴地叫起来。古庙寒夜，马嘶的声音，听着要比枯槁的木鱼和蚊子般的唱经好听得多了。我心里一动，拿脚背碰了碰插入靴筒的尖刀，就朝起初邂逅乌驳马和马夫的地方踱过去。然而，那里已经人马俱空，只有几小堆新鲜马粪在星空下发出丝绸般的光。我无声地笑起来，觉得夜晚的粪蛋，是比红灯笼要优雅、好看得多的，可惜竟没人把粪蛋写进过诗词。我转过身去，猛然看见一个瘦削的人影正站在几步外，侧脸看着我，风吹着他的袍服，发出微弱的窸窣响声。我差点叫了声“陛下”，但话到嘴边又吞了回去，因为这个人是李岩。

我感觉自己的面孔微微发烫，应该是惊讶，还有欢喜罢。我上前一步，唤了声：“李先生……大官人们谈得还好罢？”李岩让了一步，他说："我出来透口气。"我用鼻子吸了吸，我说："你们喝酒了？"他笑道："我是从不胜酒力的。"我再上前两步，他试图走开去，也许是走回去，但他的身子一晃，打了个趔趄，我伸手把他的胳膊抓住了。他衣服上有酒的味道。但酒味没有压过他身上干净、好闻的气息，隔着他的衣服，我能清晰地把它们嗅出来。

我说："你喝了很多酒？"他迅速站直了，我没想到，他的胳膊竟跟树干一样的结实。他说："折冲樽俎，能有不喝酒的吗？"说着，他用手把我的手从他胳膊上抹下去。但我的手发狠地攥着，他没有能成功。

在沉默了一小会儿后，他说""公子，你像一个人。"我问是谁。他说："一个二十年不见的故人。"二十年？我在心里喃喃说，二十年前的木樨地，全北京，都还没我这个人呢。

可我并不觉得他好笑。我对他说："我也告诉过我家大官人，你是我的故人呢。"他笑了笑："是吗？"我听出这笑中有让我难过的忧伤。

他说："如果公子与我沙场重逢，会不会兵刃相见呢？"我说："先生你说呢？"

他吁口气，说："苟能制侵陵，岂在多杀伤！"他说的，应该是哪位古人的诗句罢。古人用一辈子的时间苦熬恶吟，留下的诗词都可以填满阿房宫了，而它们唯一的用途，就是可以被随时借来表达一些模糊不清的念头。这两句诗，我还是头一回听到，因为在木樨地，没人会唱这样坚定、决然的句子。当李岩念出这十个字时，他的嗓音意外地沙哑，甚至他也成了另外一个人，也不再像我的父皇了，更像一棵活过了一百年、一千年的树，苍劲有力，而又触手微温。

我把他的胳膊松了，说："你走罢。"

我背过身子，听见李岩的步子在砖石上发出忧郁的嚓嚓声。院门吱呀地开了，又吱呀地关上了。

五七

院门吱呀着把李岩掩了进去，把我丢在黑暗中发呆。但我没有想到，一小会儿时间后，它又大开了，这回没有吱呀声，而是从里边"嘭"的拉开了：寒冷的晚风立刻咴咴地吹进去，但门并没有被推上，它为走出来的那个人保留着：他披着一斗篷的灯光，果断地走进黑地里。

我的脸烧了一下，低低唤了声"李先生……"，就由不得自己地朝后退，同时闪电般地转念头，他为甚么又朝我走来了？他是要对我说甚么话？我一直在退，退入一棵又一棵的海棠后。

但他的步子比我快多了，当他和我近到伸手就能抓住我的胸口时，我靠着海棠不动了，而他停了下来。随后一阵窸窸窣窣的衣服响，我正木木地想他要做甚么，突然一股尿箭有力地射过来，射在我的腰上、裆上像豆子一般蹦蹦跳跳！我即便是个在木樨地长大的刁蛮丫头，也从没经历过这种事，那一刻除了羞愤，还有说不出的惊惧，就连叫骂的气力都没了，却"哇……"的一声哭出了声来。他也吓了一跳，尿箭陡然就停了，几乎就在同时，他一掌飞快地叉过来，钳住了我的纤细的脖子。我这才知道，自己是落到了刘大官人的手里。

刘大官人把我拽到一块可以照见星光的地方，星光照在我脸上就跟照在马粪蛋上是一样的，宛如淡蓝的丝绸。但他显然无心这种多余的联想，他的手利索地顺着我的脖子，一下子从领口捅到了乳沟里。他树皮般的手掌在我秘不示人的皮肤上搓动，痛得我龇牙咧嘴。我再次抽抽搭搭起来，哀求着："放了我罢，求你了，爷。"

他呸了一口，骂道："俺氽你娘的 × ！哪来的野妮子？"

我小心翼翼地把他的手从我领口掰出来。但他就势把我的两只手捏在他的一只手心里，发狠地捏，捏出一种碎裂的痛。但痛楚让我镇定了下来，我不哭泣，也不求饶，而是朗声说："刘大官人，我是皇上的人！"

他把手放了，却呵呵地笑。他俯下身子凑近我的脸，他问我："哪一个皇上？"

我说："我的皇上。"

他在星光下仔细地打量了我一小会儿，笑道："那俺就偏想尝一口，怎么办？"

我怒嗔："你敢！"

他一下子展臂就将我箍住了，接着把热哄哄的嘴巴压到我嘴唇上。他的嘴散发着刺鼻的腥气和酒气，而他卷曲、干燥的胡须扎得我又痒又不舒服，我翻着呕，差点就要把秽物吐到他嘴里。但我选择了刀，我把脚向上伸了伸，突然拔出靴筒上的尖刀刺向他的咽喉！但这个老贼比我快多了，他提起膝盖猛烈地顶在我的胸口上，我立刻就倒了。倒下的时候，一根海棠枝划破了我的脸。他朝我啐了口，骂了一句："你败了俺的兴。"

我忍痛强笑道："会有人让你尽兴的，刘大官人。"

但他不再搭理我，转身走掉了。良久，院门"嘭"的一响，有力地关上了。

我在地上躺了很长的时间，大概差不多有半个时辰罢。冷风习习吹着，吹了半个时辰才把刘大官人的酒味、腥味和尿臊吹淡了。地上的寒意穿过我的袍子，冷透了我的心口，随后我嗅到了淡淡的血腥气：是从我脸上的伤口流淌出来的。我看不清自己的脸，但我知道这时候一定又丑又狼狈，如果李岩看见我这个样子，他会怎么想？一股难受袭上来，比刚才遭受的屈辱还要更难受，我咬着嘴唇，无声地哭了。从我的眼角流出了很多泪水，把我的鬓发都打湿了。我想起李岩，一会儿觉得自己很可笑……一会儿又觉得他很可恨。

李自成，即那个所谓的李大官人，他对父皇的觐见，持续到了后半夜，也许还更晚。后来，小刘子率先出来巡看了一周。他见了我吃惊道：“小姐去哪儿披了一块银甲呢？”是刘大官人的尿在我袍子上冻成了薄冰，但我不说破，我说：“不是银甲，是我跌进了盐缸里。”他笑道：“恭喜、恭喜，盐腌过的肉，都能搁上好年头。”换了平日，我会撕他的嘴，但我现在没心肠，也没气力，只问我们甚么时候能回宫？他回答：“皇上说为了不惊动任何人，今夜都宿在法华寺。李自成的人睡庙寓，我们跟皇上住藏经楼。”说完，他就拉了我一起去收拾床铺。

五八

忠勇营的太监们把藏经楼围了起来，小刘子坐在楼梯的最末一梯，而我则与父皇同处一室，随时伺候他。但他还甚么都没有吩咐我，我已坐在一只蒲团上睡着了……当“啵”的一声钟磬声敲开我的眼帘时，我看见父皇还在一碗青灯下阅读着《金刚经》。我喃喃问他，很有意思罢，陛下。父皇嗯了声，说：“很有意思……可惜朕读到得太晚了。”我说，我是问李自成觐见陛下的事情。父皇展臂吁了一口气，答非所问道："你下去转转罢，朕要打个盹。"

天上还挂着霜晨的一钩弦月，而光线已然在麻麻地亮了。小刘子抱着佩刀、耷着头，坐在最末一级的梯坎上打呼噜。他还不到二十岁，面白无须，但身为末代帝王的贴身太监，主子的焦灼也成为奴仆的煎熬，他即便睡熟也把眉头拧成了疙瘩，眼角还有了些皱纹，而嘴角滴出一丝唾涎来，在晨风中蛛丝一样地发抖。我虽然不忍，但还是踢了他一脚。他迟迟疑疑地睁开眼，咕哝着："皇上睡得还好罢？"我反问他："皇上要是被李自成劫持了，你也只当是在梦中罢？"他吓了一跳，扑通跪下，哑着嗓子叫："奴才该死！"我说："既然反正是死，你就去海棠院替我杀了刘大官人去。"他摇头道："皇上降了旨，要保他们毫发无损出北京。"我又踢了他一脚，骂道："狗奴才，你就先保自家皇上毫发无损罢。我自己去动手。"他发慌道："你真要去杀了他？"我冷笑："我至少要去杀条狗。"

我朝海棠院踱去，一路都在寻找可以让我出气的东西。僧人们已经在偌大的佛堂里唱经了，蚊雷般的歌声中像有千军万马在行走，我一点没想到，出家人清修的地方，还会藏着这么剧烈的力量。

走进海棠院月门，意外地看见那个魁梧的中年马夫又在刷洗他的马，好像他昨晚哪儿也没去，就这么刷洗着，一直到天亮。他已经快把他的活干完了，刷洗过的马群悠闲地伫立在冷风和晨雾中，那匹乌驳马依然站在马群外几步远，不时扬起前蹄来，甩出一个有力的响鼻。马鞍的左侧，多了一张弓、一壶箭。我把手按在乌驳马的屁股上，感觉到它的肌肉在有力地蹿动。我说："好马啊。"

马夫把手叉在腰上点点头，他说："你是个识马的人。"

我说："你养马多少年了罢？"

他说："差不多就是一辈子。"

我对这个回答感到很吃惊，但也找不出它有甚么不对头。我疑惑道："可你并不像养马为生的人啊，我是说，譬如草原上的游牧者。"他点头道："你说得对，我从前是驿卒，养马是为了骑马，把皇上的天威传到四面八方去。"我问他："好端端的嘛，为甚么又不当驿卒了呢？"他把一双大手放到眼前看了看，又搓了搓，他说："皇上是个难得的节俭人，崇祯二年，为了省几十万两驿站银子，裁了很多的驿卒，我也在其中……"我哦了声，说："我明白了，你于是就……上了李大官人的道，跟他闯天下？"

他咧嘴一笑，露出满口结实、坚定的牙齿。但他越过我望向光秃秃海棠林子的目光，却有一种无法释怀的忧伤。他说："我总得有一口饭吃罢，你说呢？"我说："有一口饭吃的法子多得很，贩履织席不也挺好吗，何至于走到这一步？"他把目光收回来，刀子般在我脸上扫了扫，扫得我微微心惊。他说："你说的这一步是哪一步呢？刘备也干过贩履织席的营生，后来不也称王称霸了？你是没饿过……我饿得发慌了，就想径直去锅里盛饭吃。我也是个节俭的男人，想省下些气力和时间。"我想避开这个问题，我相信他是在胡说八道，但我找不出反驳他的话。我就说："好罢，你就跟李大官人去闯罢，但愿你能吃得更好些，还有肉吃，有酒喝。"他点头："谢谢，已经是这样了。"我心里骂了句"贼骨头"，又问他："那位刘大官人……你也替他喂马吗？"他"嗯"了声，说："那是刘宗敏，刘大将军……你有话带给他？"我咬咬牙，莞尔一笑："就请带给他罢，我还欠他一个情，我会还他的。"他的表情微微一惊，虽然只在瞬息之间，却也足以让我惊讶了。

他说："甚么情？"

我不答，反问道："你听说过'倾城倾国'么？"

他不说话，沉着脸走近乌驳马，把手伸到它的马鬃上爱怜地抚摸着。习习的晨风中，千丝万缕的马鬃在令人心醉地飘着。马夫沙哑着喉咙告诉我："我是个粗人，对粗人来说，这头畜生就是我的倾城倾国了。"我笑道："如果这头倾城倾国的畜生偏偏是个女人呢，你也不动心？"他说："不。"我噘噘嘴，追了他一句："如果动心了呢？"他踱了几步，走到海棠树下一口小小水潭边。潭水清冽、冰凉，游着两尾红色小鲤鱼，水潭的深处，映着天上的那一钩弦月，浮浮沉沉，在冷水中波动。他一抬头，很难得地笑了笑，说：

"就让这月亮掉下来砸了我的头。"

我说："屁话。"

他吃了一惊，眼睛刀子般闪了一闪，对我淡淡道："人发毒誓，都说些不着边际的话，也真跟屁话差不多。只有它应验的时候，你才知道，甚么是天意。"我忽然十分不舒服，不是讨厌他，也不是恨他，就是觉得不舒服，他不应该有这种表情，也不应该用这种腔调对我说话，他算甚么东西？很多年之后，我都还是这么认为的，一个驿卒出身的人，凭甚么要有这种山岳般的气象与镇定？然而，他的确是有的。我把头无礼地扭开去，望着远处两扇虚掩的院门。我想再看一眼李岩，跟他打一个招呼。

那院门真的就吱吱呀呀地开了，接着就是一片脚步响。在李大官人、刘大官人之间，我瞅见李岩清瘦的身子一闪，忽然心里一慌，埋了头转身就走。马夫站在路边，向我拱手致意。他说："后会有期，公主。"我咕哝了一声："后会有期。"走出月门，我隐隐觉得不对，他居然是在叫我“公主”，而不是“公子”。我真是撞了鬼。

父皇打盹还不到半炷香的时间长。他下楼时，我和小刘子几个正议论昨晚觐见的事。

我问小刘子对李自成的印象怎么样，小刘子说：“李自成的面相倒没传说的凶蛮，阴阴沉沉的，寡言少语，心机很深，你说甚么话，他都记在心里，似乎心里藏着一本账。但账上又写了些甚么，那就只有他知道、天知道、鬼知道。”我哼了一声道：“一个得意一时的匹夫，拿给你说成了阴谋家，也太玄乎罢。”额上留着红通通刀疤的游击将军凑过来插话：“兵以诈立。李自成固然是匹夫，也读不懂兵书，可兵书偏就是从这些匹夫们身上总结出来的。”我瞟他一眼，知道他是被李自成打怕了，又问小刘子：“刘宗敏呢，你不觉得他就像一头满身臊气的畜生吗？李自成就指望这种人打天下？”小刘子说：“说得是：他是李自成的头号悍将，也是一头畜生。不过……”我说：“不过甚么？”他嗫嚅道：“不过，他们还是把多半个天下打了下来了。”

我正要找句话骂他，没睡醒的武英殿大学士在一旁打个哈欠道：“畜生固然人人骂得，可畜生兽性发作，就是一头猪，一条狗，也逼得主人走投无路啊，何况刘宗敏如狼似虎呢。”妈的，我冷笑起来：“照你们这么说，既然都走投无路了，打也打不过，谈也是废话，索性把天下拱手让给他们罢，对不对？”

众人一片哑然，木木地不说话，就像没听见我说甚么。而我恰在这片哑然中，感到一阵悲风拂面。为了不陷在哑然中，我又揪住小刘子的耳朵问：“那个牛先生又是个甚么东西呢？”小刘子说：“天知道，牛先生就跟桥头算命的瞎子差不多，开口就是阴阳、八卦、风水、骨相……他还想摸皇上的脸。”我说：“你就没把他剁了？”他说：“皇上倒是伸手让他摸了摸。他说……”我急问：“说甚么？”小刘子说：“他说‘时辰到了’。”我更急切地问：“那，皇上呢？”小刘子说：“皇上不动声色。”我舒了一口气。

我最后才问到了李岩，我说：“喏，还有那个李岩呢，你觉得他如何？”小刘子含糊了几声，似乎找不到合适的措辞，游击将军再次插进来，呵呵道：“李岩么，他就像被那伙人绑架的秀才。”我恶狠狠地瞅了一眼他额上的刀疤，我说：“将军，潼关一战就是李岩运筹帷幄的，你说说，你们谁有能力绑架得了他？”游击将军讨个没趣，讪讪笑着，闭了嘴巴。小刘子干咳两声，说：“将军刚才说笑了，不过，李岩倒真是气宇不俗，胸有翰墨，有几分像个诗人呢。”我“呸”了一口，说：“诗人！你说得他就跟翰林院的蠢编修、蠢侍读，还有甚么蠢学士一样了？”

小刘子连声干咳，一旁的大学士已经憋红了脸，却强忍着不好发作。我不给他面子，反而冲他又加了一句：“皇上的左右要有一个李岩，天下何至于这样。”大学士已经缓过气来，他整了整衣冠，向我踏上一步，昂然道：“李岩大隐于朝，又有谁认得他？”我盯了他半晌，扑哧一笑，说：“你是说你自己啊？”众人也都跟着笑，大学士羞愤不已，竟把脸埋在手中呜呜地哭了。但刚哭了两声，突然就收了，我们一回头，父皇已经负手伫立在那儿了。他显然听到了我们在说甚么，但脸上没表情，就像他站在那儿只是让风吹一吹，他虚着的眼窝里确有许多的倦意。我们对他的突然现身，都惊骇不已，心怀惴惴地向他垂着头。但他在一阵沉默后，只是淡淡道：

“回了罢。”

五九

我们簇拥着父皇揽缰徐行。还没有绕过大雄宝殿，就听见前边马蹄一片“嘚儿、嘚儿”从海棠院出来，径直朝着山门跑。我两腿一夹，纵马赶过去。当我追到天王殿，李自成的人马已经到了门口了，早晨的阳光越过晃动的头顶射过来，他们看起来就像是一片跳跃不安的影子。马吰吰地叫着，有力地喷着响鼻。那个魁梧的马夫骑在乌驳马上，率先破门而出，闯到了大街上。有一瞬间的工夫，他收缰勒住马头，马昂起了前蹄，弓与箭在鞍边摇摆，而他在陷入思索。一瞬间之后，他伸出右臂挥了挥，一拨马头催马就走。后边“轰”的一响，十几人十几骑挤出门去，齐刷刷朝右跑起来。我追出山门，只看见马夫那顶带红缨的斗笠格外地扎眼，有如在风中、在水上自由地漂，而所有人的背影都是相似的，根本认不出谁是李岩，谁是刘宗敏。

父皇很快也出来了，和我并马而立。他用狐疑的目光询问我：看甚么？

我扬鞭指了指远处马夫的斗笠，它正在向下一个街口转过去，并迅速隐匿于崇祯一十六年岁末的寒冷晨光中。

父皇“哦”了声，问：“是那个马夫吗？”

我说：“是李自成。”

父皇剧烈地咳了一声，接着持续地咳了好几声。我赶紧摸出一块白帕让他捂住嘴。过了好久，他把白帕还给我，上边有一小摊殷红的血。

【第八卷】

吴三桂

六〇

父皇从法华寺回来，就一直昏沉沉地倒在床上睡。他大概是染了严重的风寒，脸烧得通红，嘴唇焦裂，眼睛都睁不开了。皇后率着贵妃、御医们列在龙床前，一点办法也没有。药钵里酽黑的苦汁，父皇从没这么顺从地喝了一钵又一钵，但三天之后依然见不到起色。这三天，皇后咬着牙不哭，一时一刻不离床沿边。她还降了一道懿旨，寝宫内务必保持温暖，灯烛通明。一个小太监犯困，给灯添油时洒落了几小星，火花发出“噗”的惊心一跳！皇后大怒，吩咐立刻拖出去杖毙。大寒之后，北京城陡然又添了一重肃杀，北风如群马昼夜嘶鸣，把鞑靼高原上的沙子和小太监的尖叫，都一阵阵地掀上红墙，爬上了屋顶。父皇虚开一条眼缝，似乎在问：“谁在上边跑？”但这眼色无人能会意。过了一会儿，父皇嚅了嚅嘴唇，皇后急忙舀了一勺药水喂过去，但他摆头，他是要说话。皇后把耳朵伸到他嘴边，但是听不清，父皇的声音微弱而含混。后来，贵妃、御医们都来听，也都没听出来。皇后无奈之下，只得以嫉恨的心情，吩咐小刘子速把我宣来。

父皇归来后，皇后放弃了必杀我的心：她没有承认我，但承认了我的存在。

我像他们一样，把耳朵凑在父皇的嘴边，依然甚么也没听清。但我瞟见父皇的一根指头钻出被子，在轻微地哆嗦。我把他的手抬了抬，拿他那根指头在我脸上轻轻地划。我说：“我明白陛下的意思了，他写了三个字。”

皇后急切（而又不甘心）地问："哪三个字？"

我说："下猛药。"

皇后看了一眼御医，御医叹息一声，点了点头。猛药罐下去，父皇一夜又吐又泻。有一小会儿，他甚至突然来了劲，两只腿跟鼓槌似的扬起来，在床上一阵乱擂，像极了驾崩之前的蹦跶。我们全都吓坏了，只有皇后噙着泪，挽了袖子，亲自给父皇换床单、内衣，还间一个时辰给他喂半钵苦药水。她没对任何人发怒，甚至没有吭一声，但我们明白，如果父皇就在今夜大行了，所有人包括她，都将不会活着出去见阳光。但我并不惧死。我甚至祈求父皇与我从速而去。我想象我和父皇的棺木终于在沉重的墓门之后安眠了，外边的杀戮和逃亡，还有连天的风雪，从此都与我们无干了。

然而，天亮的时候父皇又活了回来。他在枕上把头缓缓地侧向窗户，并虚开了眼缝：窗帘阻碍了他的视线，然而，他虽然看不见花园，窗帘上被晨晖映出的一大块玫瑰红，还是让他淌下了滚烫的泪水。这一刻，我明白了，父皇还不情愿走。他用清晰的声音对我们宣旨：

"拿一碗白粥来。"

六一

父皇在病怏怏中迎来了崇祯一十七年的元旦。除夕之夜，他把周皇后、席贵妃、太子、皇子、公主，召来吃了一顿团年饭。而周皇后补了道懿旨，把我也算了进来。但父皇虽然劝大家多吃些，他却几乎没有动筷子，也不沾酒杯，只喝了一碗白粥。他的脸上一直都浮着微笑，但气氛因这一碗粥而显得很压抑，满桌人都木偶般地呆坐着。

周皇后给我使了个眼色，我明白，这就是她用得上我的地方了。我就指着一只月牙形的盘，盘里有一条清蒸的鲤鱼，噘嘴对父皇说：“陛下，有个人跟我发毒誓，说他要是撒了谎，就让月亮落下来砸破他的头。您说好笑不好笑？”

父皇沉吟道：“你说他好笑，是因为他为不撒谎而发的誓，本身就是一个谎：月亮怎么能够落下来！……不过，要是真能呢，还好笑吗？”他问的是大家。

周皇后和席贵妃摇头道：“不好笑。”皇太子摇着硕大无朋的脑袋，咕哝说：“这，如何可能呢，月亮落下来……”其他皇子、公主则跟麻雀似的叽喳着：“除非起了一阵从古未有的大风了……”“除非，广寒宫哪天倒塌了……”父皇被逗得嘿嘿笑，他看着我。

我说：“不是说，鲤鱼跃过龙门，就不是鲤鱼了，鲲一变，就成了大鹏了，大鹏御风，日月都要哆嗦呢。哪一天月牙儿落下来，砸在人头上、狗头上，也不是万万不能罢？”

父皇把眼泪都笑了出来了。他把鲤鱼头夹给我，说：“你就去变了这一条鱼罢。”

正月初七，人日，午膳后父皇由我携着走出寝宫透一透气。这是他病倒后，头一回见阳光。虽然空气还是冷得凛冽的，但这天的阳光也的确是真好，大块大块地铺在太极殿前广阔的砖地上，再顺着长长的汉白玉台阶跳上来，露出触目惊心的一段黑一段白。父皇惬意地舒口气，他说：“朱朱，你不想问问朕和李自成密谈的事情？”我说：“朱朱和李自成谈的话，比陛下多得多，应该是陛下向朱朱垂询罢？”但父皇望着飞越紫禁城上空的鸽群，矜持地笑一笑：“有甚么好问的，不过是些马夫跟公子哥儿的闲话。”我对于李自成，是有话对父皇说说的，但他的骄傲把我的话堵住了。于是，我只能换一个位置，谦卑地问他，李自成所谓的觐见，到底是想要做甚么？

父皇的答复简洁明了："想要朕禅让。"

说得更确切些，这个意思是李自成通过李岩表达的。从李岩嘴里说出来，就是江山易主是迟早的事情，而禅让可以罢干戈、熄烽火，既是对天下苍生的怜恤，也能够使末代皇帝的风范上续尧舜、下垂千秋，成为后世追慕的贤君。李岩还引用了两句杜甫的诗："致君尧舜上，再使风俗淳。"他说，自孔夫子以降，这样的念想就代代不已地挂在了人嘴边，却从不曾实现过。而如今（天若有情），天公地道，大明的气数已然耗尽，改朝换代的皇冠将（必然）交到闯王的手里，而改天换地的光环却会永远萦绕在（隐遁而去的）陛下的头上。

父皇笑道，分明是逼朕早订城下之盟，却要说这么多动听的话。朕到了这一步，身为帝王，不能富国安邦，辱没了祖宗，又有负于臣民，还要自己去钻一个自欺欺人的圈套，以此昭告天下，你们是合法的继承者……呵呵，朕还算清醒，却从此就要被骂为昏君罢？

李岩引用了一段先哲的话来打消父皇的顾虑："受国之垢，是谓社稷主；受国不祥，是谓天下王。"

父皇则用点头来示意了他的否定："天下莫不知，莫能行。"

李岩默然了半晌，恭谨地问父皇：陛下您还有更好的选择么？

父皇嘴角保留着一丝深奥的微笑，但对李岩的问题不予回答。在这一段尴尬的冷场中，牛先生（金星）开始摇动麈尾和唇舌，向父皇讲述风水已经转向了何方。刘宗敏则表现得十分地焦躁，他不断噼噼啪啪地按响十指关节，还从鼻孔和牙缝里呼出猛禽般的气流声，而这正是李自成要让他向皇帝炫示的。李大官人，即那个所谓的李自成，多年后我知道他是李自成的侄儿李过，却一改他阴沉着的脸，仿效帝国皇帝的神态，推出了一副莫名其妙的笑容来。

在其后冗长的谈话中，父皇都把他们的要求搁置一边，而询问到陕西去年的收成，河南的灾荒，黄河何时开冻、能否缓解中原的旱情，以及他们一路进京的所见所闻……他询问他们，就和一个皇帝垂询自己的封疆大吏没区别。李岩依然保持着他的恭谨，一一向父皇答复。而牛先生面露愠色，刘宗敏终于一拍桌子，对他的李大官人抱怨嗓子冒烟，口中淡出了鸟，就不能按山上（山寨）的规矩，边吃边喝边说话么？李大官人一惊，含糊说："这个……"父皇把话接过来，笑道："朕都备下了。"

他击了一掌，小刘子立刻率众太监把酒菜抬了上来，全是大块肉，大碗酒。父皇擎碗，朗声说："开了胸怀，吃罢。"李岩迟疑不决，说："陛下，佛门圣地，恐怕不合适？"父皇把酒一碗干了，呵呵地笑起来："不合适的事情，你们做得还少吗？再多，也不多这一回罢。"李岩满脸通红，埋头把一碗酒也喝了。

刘宗敏在对付一只腌猪头，他嚼得很不痛快，就拔出佩刀一阵狠宰，猪头立刻宰成了一堆乱七八糟的零碎，又脏又恶心。牛先生茹素，只喝茶，这时候连茶杯也放了，笑说："刘大将军哪天做宰相宰天下，这天下就大有可观了。"刘宗敏指着李岩说："宰相拿给他做罢，俺只喜欢马背上打天下。"牛先生追问一句："天下打完了呢？打兔子？还是宰相好，一人之下，万人之上，伊尹、吕尚，足为万古的风范。"刘宗敏哼了声，说："这宰相你既然想得心慌，你做也罢。俺不信，刀把子还镇不住笔头子？"这话一出口，牛金星和李岩都相互瞅了一眼，尴尬地笑。李大官人干咳一声，又咳几声，然后把一碗酒小口小口地喝了。

父皇听见李自成的悍将与策士当着自己，以儿戏般的口气谈论瓜分一国的相权、军权，他的心情真是难以一语道清的：岂止五味俱全、岂止羞愤交加？他是不是曾顿生恶念，要将他们一锅端了？我事后问过父皇，但他无语望天，没有回答。我猜想，即便起了这个念头，也未必可行，海棠院的秘密觐见之夜，真难说谁攥在谁的手心里。

吃喝到子时的时候，李岩再一次把话题往“禅让”上边引，但父皇充耳不闻。李岩就在另一张桌上铺出预先备好的笔墨纸砚，求父皇赐字。父皇矜持一笑，让他们不妨一一先写。李大官人示意了一下，于是牛金星纵逸挥毫，写下：

千门万户曈曈日，总把新桃换旧符。

李岩则一字一顿，拙而有力：

民贵，君轻，社稷次之。

刘宗敏的字最少，也最大，如同鬼画的三个狰狞面具：

万人敌。

李大官人若有深意地看了父皇一眼，却写了一句最不耐烦的字：

问鼎中原

父皇点头，轻轻击掌说："好，好，字字见本心。"他接过笔来，吸口气，选了一管大毫，却用笔尖写了两行娟秀的小楷：

周德虽衰，天命未改。

鼎之轻重，未可问也。

牛金星俯身看了，冷冰冰地一笑，说："陛下的字，真是龙行虎步……鼎的轻重，哪是问得出来的？周定王元年，楚庄王挥大军陈列于周原，名义上是接受周天子检阅，实际上是想问鼎轻重，试试九鼎的斤两。可这一'问'字，就见出了他还不行，色厉内荏，差得很远，所以天子使臣训他一句'鼎之轻重，未可问也'，就只能夹了尾巴掉头回家，留下一个千年笑柄来。不过，此一时，彼一时，时间过了三百五十年，秦昭襄王就懒得用嘴皮子问了，他用重兵百万、战车千乘把周朝的王都箍起来，就像他孙儿秦始皇后来用万里长城箍九州，周天子就只能摇着尾巴，把最后的家当，自然还有九鼎了，都统统献了出来，送到秦王的王宫里。秦王要知道九鼎轻重可就容易了，没事就提在手上掂一掂。"

父皇也在微笑，但捏笔的手在不停地哆嗦，恨不得劈面涂他一脸墨。李岩往前挪了挪，插在父皇和牛金星之间，恭谨道："陛下胸怀四海，而又能体察一叶之荣枯，即便是几句微言，也藏着春秋大义在。我们这些起于草莽的人，就算认得几个字，也难免望文生义的。还恭请陛下开金口，对我们把话讲清楚。"李大官人也点头，说："是啊，请陛下说清楚。"父皇看了看刘宗敏，刘宗敏转身就朝门口走。李岩叫了声："刘大官人哪里去？"刘宗敏一拉门，说："俺去撒泡尿！"

我问父皇："陛下知道刘宗敏的尿撒在哪儿了吗？"父皇茫然地看着我，大病初愈的眼窝满是疲惫和迷惑。他喃喃说："朕怎么知道他撒在了哪里？"我就给父皇讲了刘宗敏尿箭射我，以及他种种的非礼。我说："李自成帐下都是些胡乱撒野、撒尿的鼠辈，还想称王称霸？笑话。"父皇笑道："那么李岩呢？"我迟疑了一下，笑道："李岩哪里比得过鼠辈呢，他撒野的时候，大概只有哭鼻子；他撒尿呢，天，我简直想象不出他撒尿的样子……"我顿了一顿，想听父皇哈哈大笑。但父皇只是吁口气，淡淡说："七天前，李自成已经在西安称王了，国号大顺，年号永昌，刘宗敏为大元帅，牛金星为大学士……朱朱，扶扶朕，朕要坐一坐。"我在台阶上铺了块暖垫，扶父皇坐下来。

阳光跌在长台阶上的阴影，就像溺水者向上伸出的手，我下意识地提提脚，似乎害怕被它们拽住了。天安门以远，游人日的老百姓腾起阵阵喧哗和尘埃，升到空中，再吹进了宫来……我瞅了一眼父皇，他靠着我的肩，眯了眼在静静地养神。

六二

那天，父皇还告诉我，早在去年李自成攻破潼关后，他就动过退隐的念头。很久以来，文武百官都在御前为重振国运而争吵，他一方面蹙眉厌烦，一方面也自慰还有臣子愿为他分忧。那时候，帝国还剩下两支生力军：一支属宁远总兵吴三桂，在山海关顶住了攻势如潮的满清兵；另一支属陕西总督孙传庭，死守潼关，就像在兵荒马乱的北方打下了一根钉，让李自成和各路流寇，都如刺在喉，不敢蠢动。但父皇犯了一个错误，这是他在下过的十几道罪己诏中都没有提到的，那就是他下了七道严旨，督促孙传庭出关与李自成决战。促使他下此决心的，是东厂特务在卢沟桥客栈破获了李自成的探子窝，并逼供出一个惊人的消息：李自成在郏县阅军时坠马，昏迷七天七夜不醒，刘宗敏代理主政，暴躁、酗酒，不能服众，帐下将帅各怀鬼胎，一场内讧如箭在弦，随时会发生。父皇征询百官的意见，百官十余年来头一回异口同声说："天佑我大明。请陛下速传孙传庭出关，一鼓灭贼罢！"父皇为大臣的同仇敌忾感慨不已，他以击案来坚定决心，眼里甚至噙了一颗泪。

但孙传庭阳奉阴违，磨蹭着不肯出关。孙传庭刚好过了五十岁，一身瘦骨，满脸风霜，早晚都裹着战袍，枕下放着佩剑，这给人的印象，他一辈子都在和贼寇们打仗。而事实上，他早在二十几岁时，就高中了进士，诗赋都写得不俗，胸襟很深，气象也大，推敲平仄和韵脚却小心谨慎。他写诗，但最喜欢的两句诗却是别人的，他把它们抄下来，戎马倥偬，也要挂在军帐中看一看，那是李长吉的吟马诗：

向前敲瘦骨，
犹自带铜声。

崇祯九年，他在陕西盩厔大败老闯王高迎祥、闯将李自成，斩首无数，而且擒杀了高迎祥。这一战，孙传庭名动天下，父皇亲自给他题写了"国之利刃"四个字。他把它置于李长吉诗左侧、更高一些的位置，同时在更左、更下的地方，他补写了一幅字："慎之又慎"。孙传庭明白，潼关的守军只能保潼关，无力灭贼寇。他们缩在关城里，如同刺猬缩着身子，就算被狼群攻击也是安然不惧的。但一旦出关作战，无异于刺猬跳起来咬狼，很容易就被狼一口咬中了咽喉。然而，父皇的七道严旨，还是把孙传庭逼出了关门。孙传庭听完部将们的激烈反对后，只苦笑了一句："尔等知道甚么是天威？！"大军出关，一路淋着缠绵、伤感的秋雨，战袍都泡成了重甲。好容易赶到郏县，却是一座空城。随后，饥渴、沮丧的部队在返回的途中，被李自成的三十万伏兵几乎全部砍死了。孙传庭逃回潼关，但李自成怒追穷寇，把潼关一鼓而破了。

李自成要亲手活剐孙传庭以祭奠高迎祥，但孙传庭当着他的面，走到一棵枯朽老树下靠着，满腹惆怅地摇摇头，气绝而死了。李自成的亲兵拥上去，把他剁成了泥。潼关失守，黄河天堑就像一个在贫穷中勉力守节的寡妇，终于被强人掰开了身子：李自成的马蹄从此在帝国整个的北方，都可以风一般往来无碍了。

噩讯传来，东厂的特务头子当晚就在家中自缢了。他们中了套子，而这个套子正是李岩一手策划的。朝中的文武大臣噤若寒蝉，而父皇在羞愤中，一连数日都罢了朝会。小刘子偷偷告诉我，皇上曾经以头撞墙，吼叫着要撞死自己以谢天下！全亏了皇后、贵妃、太子、公主跪了一地哭谏，才让皇上平静了下来。

那之后，我见过父皇额上通红的一块伤痕，但我甚么都没问。父皇没有就此做出任何责罚、询问，或者一句结论，朝臣中自然也没人再提起孙传庭和潼关，因为孙传庭已经殉国，而潼关已经落入贼手，仿佛这些事从来就没有发生过。父皇陷入长久的悲哀，如果有一个大臣跳出来责备他，就像当初如果有人力谏孙传庭出关，他还会觉得好受些。然而，君臣之间如今只剩下了沉默。他视天下一家，自己是万万子民的君父，然而，在这个家行将坍塌时，苦撑梁木的只有他一个人。就是在这个时候，他萌动了一点退隐的念头。

在去接受李自成秘密觐见的前一个傍晚，父皇信步走到了钦天监。

寒冷的微风中，一老一少两个红发传教士正在奉皇后懿旨，在撤卸庞大的望远镜。父皇拍着望远镜筒问他们：“地上的一个人，都应着天上的一颗星。一颗流星陨落了，就是一个人弃世而去了。你们信不信？”两个夷鬼转了转蓝眼珠，深深地低了低头。父皇又说：“那么你们是信了？那么，一个人应一颗星，一个帝国又应一个甚么呢？”两个夷鬼耸了耸肩膀，欲言又止。父皇说：“真有这么一颗帝国之星吗？”

少年传教士说：“没有这样一颗星，——帝国应该是整个的星空，如果陛下的子民都持有同样的信念。”

父皇“哦”了一声，沉吟着问：“那朕的帝国没了呢，星空又如何？”

少年传教士说：“星空依然如故，——陛下的帝国没有了，会有新的帝国取代她：地上可以改朝换代，而星空却是永恒的。”

父皇脸色铁青，连牙齿都在嗒嗒地响，但他还是温言询问说：“你还是没有回答朕的问题。如果朕的帝国没有了，星空就没有一点变化吗？”

少年传教士说：“当然会有的，但也仅仅是陛下的君王之星，成了一颗流星了。”

父皇沉默半晌，把眼凑到望远镜筒下边，强笑道：“那，朕就来看看天上的朕罢。”天色正在转暗，冻云密布，他只望见了一些寥落、微弱的光点，没有找到他期待中的璨然夺目的君王之星。

父皇喃喃说：“那颗星在哪儿呢？”

那个一直沉默的老年传教士终于开口了，他说：“它可能正在退隐到遥远的天幕后。”

父皇把头抬起来，直直地看着他："它不会陨落吗，就如一颗流星？"老传教士吸了口冷风，凹陷的眼窝溢出伤感、动人的弱光，他说："也许不会罢，既然它选择了退隐，也就是选择了不朽。"父皇说："你们知道秦始皇吗，他为甚么自封始皇帝？"少年传教士说："大概是一世传二世、二世传三世……以至于万世相传、无穷无尽罢。"父皇说："这也是选择了不朽，对不对？"少年说："是选择了不朽，然而还是速朽了。"父皇看着老传教士："你说说呢？"老年传教士哑声道："已经有人说过了：我恨恶一切的劳碌，就是我在日光之下的劳碌，因为我得来的必留给我以后的人。那人是智慧，是愚昧，谁能知道？他竟要管理我劳碌所得的，就是我在日光之下用智慧所得的。这也是虚空。"父皇听了，绕着望远镜踱了一圈，他似乎要再次用望远镜筒寻找一次天上的君王星，但略一沉吟，又算了。他问老年传教士："他是谁？"老年传教士说："陛下的四海之外，另一位君王。"父皇说："跟朕一样，山河破败、民穷财竭吗？"老年传教士摇头："不，他富而又富，以黄金铸造宫殿，用奶和蜜灌满池塘，他只是厌倦了……陛下，他厌倦了。"

父皇追问道："厌倦甚么呢？"

老年传教士再深深一低头，恭谨地说："陛下，那是帝王的厌倦，臣并不懂得的。"

那天晚上，父皇满脑子都是"退隐"两个字。挨过了子时，他睡意全消，终于起床披衣，踱到了太子的宫中。太子宫中的太监、宫女都吓得发抖，父皇这是首次在深夜不期而至，瞬息万变的天威有如雷霆不可抗拒。但父皇并不看他们一眼，就径直闯进了太子睡觉的房间：太子正裹了毯子蹲在大床上，和两个宫女大嚼刚买回的头一炉眉公饼。看见父皇进来，太子有一些慌张，但在他浮肿的大脸上，茫然的表情要比惊吓多得多。父皇沉着脸坐下来，太子跪在他脚跟前，屋子里飘浮着眉公饼略带焦味的香气。父皇问太子："李自成破了潼关，也许兵锋指日就到了京师城下。你可有甚么破敌之策吗？"太子宽阔的额头冒出密密的汗珠，他苦苦想了半晌，父皇在耐心地等着。他终于回答说："臣儿想来想去，一点办法都没有。"父皇说："你平日里也曾想过吗？"太子敲着自家的大头，咕哝道："没有……臣儿不中用，不能替父皇分忧，但凡琢磨事情，这儿就发痛。"父皇淡淡一笑："那么，你该死吗？"太子愣了愣，拿额头往地上咚咚地磕，哭着说："父皇，臣儿还不想死。"父皇伸手托住太子的下巴，看着这个随时可能晕厥的帝国储君，喟叹了一声。他用自己的衣袖，替太子把额头的血珠子，还有粘在嘴角的一点饼屑，都轻轻地抹去了。

父皇又去了皇后的寝宫，却扑了一个空。坤宁宫的侍妾说，皇后押运望远镜上了煤山了，今夜娘娘就宿在寿皇亭。父皇在黑暗中引颈望了一望，对自己喃喃说："煤山，也该算个退隐之处罢？"那一夜，他秉烛翻了《史记》《汉书》《三国志》《通鉴》……一大堆乱七八糟的书，他要找到些末代君王退隐的故事，然而他没有能找到，他看到的全都血淋淋：自缢，投井，鸩杀，无限期的囚禁……蜀后主刘禅该算善终了，"乐不思蜀"现在还在用，而且还会用下去。父皇把书都扔了，亲口把烛火吹灭了，窗帘已然被大寒日的晨光漂白了，他对自己笑道，让太子去做阿斗罢。随后，他和衣躺了一会儿，好像把许多烦恼都卸下了。

然而，第二天在法华寺海棠院，李岩请父皇效仿尧舜，把天下禅让给李自成时，他内心还是受到了强烈的震动。"亡国之君"，他在喉咙口反复念叨着，这四个从前他只在书上看到的字，只要他此刻一点头，眨眼就会写在自己的脸上。他下意识地抹了把自己的脸，端起大碗，抑制着不断上升的悲痛，把酒徐徐地喝下了喉咙。

翌晨在法华寺的山门外，我指着马夫雄健的背影告诉父皇，他才是李自成。父皇强吞的羞愤终于化为一块淤血，喷在了勉力捂住嘴唇的手帕上。四十五年后的今天，小六子，我瞎了眼都还能听见父皇发出的悲怆的心声：“贱役匹夫，你怎么敢！”

六三

皇后在煤山顶上用望远镜亲自远眺法华寺。她没有瞭望到可能对皇帝构成的威胁，却意外看到一个戴红缨斗笠的马夫，在庙墙外僻静的小街上，扔了一只麻袋给虬髯胡子的客商，客商当即乐呵呵地把麻袋打开了：里边塞着一个脑壳儿青光的小尼姑。但是，皇后噙泪奏上的这一报告（即便任何痛心疾首的报告），都已不能再把父皇激怒了。

人日的晚上，父皇让我烫了一瓶江南的加饭酒。我把黄澄澄的酒斟进陶碗，隔着小铜炉递给他，但他不接，径直在我手上吸了一口。他说：“好酒啊……古人说得不错，弃捐勿复道，努力加餐饭。加饭酒的味道这么醇，就是吸尽了饭的精华啊。朕没去过江南，也知道江南是块繁华地，不比木樨地差，只比木樨地大，趁北京还没有破城，朱朱去做个江南人罢……江南是连稻米都润如珠玉的，对不对？”我也吸了口气，鼻子发酸，我说：“陛下既然选择了玉碎，朱朱又如何能够偷生？……不过，我们就这样坐守孤城，等李自成来把我们碾碎么？”

父皇慨然道："玉碎而后宫倾，就是朕的宫阙倒下了，砖头也要在李自成脚背上砸一个坑！"

我说："何须用砖，陛下不是还有一把快刀么？"

父皇微微惊讶："在哪儿？"

我说："吴三桂。只有捅了李自成的心窝子，才解得了陛下的心头恨。"

父皇端起陶碗，笑道："好啊，捅了他贼的心窝子……"陶碗轻微地哆嗦着，酒浪了些在铜炉上，发出令人难过的吱吱声。我看见，父皇的眼里有泪光，他在咬牙抑制住自己。好一会儿，他说道："朕担心调吴三桂迎战李自成，等于把山海关的门闩给拔了，关外的清军就会趁机潮水似的涌进来……"看见父皇左右犯难，身为帝王渴欲一雪羞辱而不能，我真是剜心一般痛。我把酒碗举起来："陛下，来，加饭！君臣之间不是有句玄之又玄的话，叫作'便宜行事'吗？就让吴三桂便宜行事罢，吴大将军不是黄口小儿了。"父皇把酒喝了，脸上漾出些汗来，他说："你知道'便宜行事'是甚么意思吗？"我说："略知一二，大概跟'死于非命'一样，老奸巨猾罢。"父皇笑笑，又问我："见过吴大将军吗？"我说："只听说是将门虎子，惯用大刀的，临阵必身先士卒，跟项羽一样，是个万人敌。对罢？"父皇不置可否，只淡淡说："吴三桂正在来京的路上……朕没有宣他，他是主动请旨的，要来给朕献元宵的礼物。"

六四

人日之后，北京仍是好太阳，而且风弱了，地气回暖，连柳树也居然抽出了星星点点的嫩芽，让人恍惚以为时令已是暖春了。而我是常犯春困的，在木樨地时，起床喝一碗银耳莲子粥，或者是几勺桂花酿醪糟，又可以趴在椅子上迷糊到麻雀归林了。但宫里的规矩繁杂得要命，而要偷到一口可口的汤汤水水，必须穿越蛛网般的小径，才能到达尚膳监的御厨房。有一天，天还灰蒙蒙，我就溜起来裹了棉袍，光着脚板，抱了一只银碗在紫禁城里跟狗似的乱窜。但直到阳光出来，映得我的双眼发痛，我的碗还是空的，而我已经困倦了。恰好身边就有一棵大柳树，于是我就打了一个很长的哈欠，顺着树干蹲下去，靠着树根打起了盹。

但“嗖”的一响，把我突然惊醒了。我抬眼一看，头上插着一支箭！

这箭射得真够狠，箭杆从柳树上有力地插进去，几乎只留下一小截雁翎的箭尾。而在距我一箭远，站着两个人，一个是负手微笑的父皇，一个是握着描金雕弓的将军。我这才发现，我是懵懂中撞入了后宫的御花园。父皇踱过来看一眼我的空空如也的银碗，向那位将军笑道：“你看看，朕的家里，还会有托钵化缘的游僧。”

那将军十分魁梧，也十分年轻，但刮得发青的脸膛上，仍铺满了风霜和倦意，就像一个从高原上跋涉下来的猎熊人。他毕恭毕敬地向我双手一拱，躬身说：“朱朱小姐受惊了，臣——吴三桂，是奉旨献丑的。”他右手的拇指上，戴着一只已经发黑的鹿骨扳指：这是他从自己砍死的第一个满清弓箭手的拇指上摘下的，其时他十三岁，头一回随父亲吴襄杀出关门，反击皇太极。

吴三桂的话让我吃了一惊，远胜过刚才的迎风一箭：我的身份也许人人皆知，却是没人有胆说破的，何况我此时蓬头赤脚，穿着太监装，一副鬼样子，居然被帝国的大将军当着皇上，行以晋见公主的礼仪。我傻头傻脑地笑道："没甚么，没甚么，将军好箭法。"说着，飞快地瞟了父皇一眼。父皇说："薛仁贵一箭定天山。吴将军没有好箭法，如何替朕顶得住清军的千军万马呢？"吴三桂向着父皇跪下来，用悲切的声音说："臣父子两代蒙受皇恩，无时不在感念圣上……如今国家有难，社稷垂危，外寇家贼争抢天下，吴三桂即便无回天之力，不能为陛下分忧，但愿为陛下流尽最后一滴血。"

父皇不说话，也没有叫他平身，而是在阳光下看着自己的影子，一边踱着一边问："射柳、击球，应该是几月的事情？"我说："五月。"吴三桂迟疑着，补充了两个字："端午。"父皇点头："答得不错，是五月，端午，还早得很，对不对？隔着整整一个春季呢……可朕今天为甚么就要你射柳呢？朱朱，你也说说，为甚么？"我正在转脑子，忽然瞥见吴三桂把头埋得更深，咬牙不回答，气氛一下子凝重了起来。父皇说："因为，朕恐怕再见不到你射柳了……既然吴大将军都知道，回天无力。"

我愣了一愣，有些慌神，不知如何劝解，就强笑着胡诌："陛下真会说笑，柳树既然都发了绿芽，转眼就是开春，读书人不是都说，洪水之后，必是河清海晏么？别说端午射柳、击球，就是中秋桂下赏月，一年之计、十年之计，都在春秋，春秋大计，还不都是陛下一言九鼎？陛下是上天之子，李自成就算是蚍蜉撼动了大树，他也翻不了天啊。"

父皇似乎没有听见我的话，定定地看着吴三桂。

吴三桂并不抬头，只是无限怆然地吐出两个字："陛下！"

父皇嘘了一口气，在就近的一张椅子上坐下来。父皇对吴三桂说：

“刚才你把内贼、外寇说成是洪水、猛兽，这个比喻很不错。孙传庭就是洪水中的砥柱，你就是北大门的铁锁，如今，孙传庭……已经殉国了，你该怎么办？如果你还是做你的铁锁，谁来剿灭李自成？如果你去剿灭李自成，谁替朕守北门？”吴三桂埋着头，甚么都不说。我以为他会慷慨陈词的，或者，至少他会说一句“谨奉御旨”，但他就是甚么都没说。他在以沉默和几乎徒具空壳的末代皇帝对峙着，这一刻我完全清醒了过来，并自信看穿了他的心。父皇侧脸向我说：“知道吴大将军给朕送了甚么重礼吗，是十二笼山海关最有名的小包子，还有一块裹在玉帛里的城墙砖。知道他的意思吗？”我说：“吴大将军的意思是，只要他还有一口饭吃，就誓做山海关上的一块砖。”父皇捻须呵呵笑了。难得见到父皇这么笑，我赶紧也咯咯地娇笑了起来。

吴三桂抬起头，吃惊地看着我，我明白是我的笑声让他分心了。我的笑声原本有木樨地的放浪、撒野，后来有了皇宫禁城的高贵，当然，还有十六岁小女子的娇憨，这对于一个在苦寒之地征战的男人，不啻一束让他发抖的阳光罢……嗳，我已经很多年没这么笑过了，小六子，我要再那样笑起来，笑声会像是黑暗中的蝙蝠乱飞吗？天，我不会吓着你的，你坐过来一点，再过来一点，让我听到你的笔在纸上走动的声音，就跟习习的风好听地吹在柳叶上……吴三桂不是你这样的人，那天他的眼睛盯着我，突然精光大盛，随即就消失在了惯有的倦怠中。隔着落在我和他之间的阳光，还有少有的习习微风，我嗅到了他的强烈的体味，不仅有猎熊人的气息，还有熊的味道。这时候，父皇似乎才看出吴三桂还跪着，就伸出手臂，向上抬了抬，示意他站起来。

父皇看了看四周的柳色，微微叹息说：“朕的后宫、禁苑，多少诗人用铺张、奢靡的句子描绘过，写得神神秘秘的，都是想当然，一场场春梦罢了……朕的重臣中，你是第一个进了御花园的人。给朕说说你的感受？”吴三桂想了想，说：“如在梦中。”父皇笑道：“就不能多说几个字？”吴三桂又想了想，说：“天上人间。”父皇说：“你是不是也做诗？”吴三桂依然想了想，说：“臣是个武人，识字有限，不通诗赋，只知道食君之禄，忠君之事。”父皇不再说甚么，招手把隐在一旁的小刘子唤来，吩咐他送吴大将军出宫去歇息。

六五

当天下午，父皇把在京的文武重臣都宣到了养心殿，请他们吃吴三桂呈献的十二笼小包子。那块裹在玉帛里的山海关城墙砖，也由小刘子和我抬出来，向他们展示了一番。这块砖十分普通，没有凿一字以表披肝沥胆的忠心，只有发干的苔藓，雨水浸蚀的痕迹，以及被刀刃、箭矢咬过的坑。包子也极平常，馅不过羊肉拌葱叶，却是十天前吴三桂挥军向多尔衮反冲锋时，在清人村庄中掳获的战利品。父皇喟叹了一声，“疾风知劲草，板荡识诚臣啊”，就默默地吃着小包子。群臣也都窸窸窣窣地吃着，忽然有人开始唏嘘，继而是饮泣，随后许多人都呜呜地哭了起来。一个人哑着嗓子喊：“誓与京师共存亡。”大家接着就含含糊糊地响应。父皇把一个包子吃完，用袖子揩了一下嘴角，他说：“众爱卿，除了跟京师共存亡，就没一人胸怀破贼的长策么？”群臣面面相觑，没人再吱声。父皇摇摇头，穿过身后的帷幕，去了御花园。

我和小刘子也随后赶到了御花园。花园里阳光正好，父皇坐在柳树下一张椅子上微微喘息，他现在稍一高声，就会累，发虚，淌汗。见我们来了，他就问吃了包子没有，觉得味道如何？小刘子说："吃了一个，味道重。"父皇问味道重是甚么意思。小刘子说："就是味道厚。"父皇又问味道厚是甚么意思。小刘子哭丧着脸说："奴才就说不清楚了。"父皇大骂："你这个狗东西，也敢来糊弄朕！"小刘子扑通跪下去，连说不敢。我就笑起来，说："这狗东西怎么说得清人话呢，意思大概就是羊肉特别膻，葱叶特别冲，绝非淡而无味罢。"

父皇缓过气来，也笑笑，问我吃了几个？我说："一个包子一颗忠心，吴三桂的忠心，朱朱怎么敢吃呢。不过，吴三桂献小包子给陛下，是想和陛下以物换物的。"父皇站起来绕椅子踱了几步，笑道："换甚么呢，朕的江山就剩京畿的几个县城了，国库都见了底，户部尚书可以在里边狩猎打老鼠……封王，从太祖皇帝起，异姓功臣生前不封王，这个他就别想了。做将军做到了总兵，他一个武人就算是到了头了，再往上想，除非……"父皇用细长的手指敲着椅背："除非他想坐这一把椅子。"红檀的椅背在父皇的手指下，发出雨点打在青石板上的声音，又沉着，又寂寞，听得我心里冷飕飕。

我试着转了一个话题，我说："陛下觉得吴三桂是个忠臣吗？"父皇微露诧异："不是忠臣，他何必要赶这个时辰进京，给朕表忠心？"我说："他是要用他的肉包子，换一颗陛下的定心丸。"父皇说："可见他还是忠心的……"我说："不然，他的确是要陛下相信他忠心耿耿，是能臣、重臣，国之股肱栋梁，陛下如果还抱有一线中兴的念头，就只能寄予他一人的身上。而他之于陛下，不过是要试一试陛下的虚实。"父皇哦了一声，若有所悟地捻着胡须："朕虚又如何，实又如何？"我说："这个，朱朱哪里能够知道……吴三桂虎背熊腰，是个吃弓马饭的武人，却处处谨言慎行，可见心思极重，简直深不可测呢。”

父皇朝小刘子一笑：“你也说说，吴三桂胸中真有这么深的城府？”小刘子吞吞吐吐说：“吴三桂那点小鸡肚肠，陛下早就目光如炬，洞烛幽微，他算甚么，不过自以为聪明罢了。他是那种蠢东西，总想看到别人心里去，却永远不让别人知道他在心里想甚么。”父皇骂道：“绕了一堆废话，还是想要告诉朕，吴三桂不简单。”小刘子双膝跪下，说：“奴才不会说话，触怒天威，请陛下治罪。”

父皇扶着椅背缓缓坐下来，他说：“治甚么罪？你怕是朕的最后一个忠臣了……朕十七岁登基，君临天下十七年，把身子都耗成一把枯藤了，祖宗的天下还是要丢在朕手里……朕不怕奸臣，魏忠贤何等猖狂，朕收拾他不过就像掐死一只跳蚤。可惜朕没几个忠臣，倒有一大堆庸臣，庸臣误朕，朕误苍生……吴三桂忠奸难辨，大概是个骑在墙上的能臣罢，他要定心丸，朕就给他罢，这还不容易？以朕之力，已然不能封疆裂土，以祖宗的遗命，也不能给他封王。那就赐他一个美女罢，他是当世头一号英雄，朕就选一个天姿国色配给他。”

我心中一动，如小鼓被指尖“啵”的一叩，说不出的清冽，心中一下子雪亮了。我想说甚么，却咬了咬嘴唇，忍住了。父皇话说累了，靠着椅背耷下了眼帘，阳光从柳枝间泻落到他脸上、肩上，花花碎碎地摇摆，有一小会儿，我觉得父皇和暖融融的光线都已经安闲了。但一只蜜蜂顷刻就击破了虚幻的宁静，它误以为阳春已至，就从不知哪家的蜂箱里钻出来，飞越了紫禁城的重重宫墙，不啻一个孤独的驿卒骑瘦马走过万里关河，终于降落在父皇左边的脸颊上。父皇大叫一声，烧灼般地蹦起来，同时一掌响亮地打在自己的脸上！蜜蜂嗡地一响，飞了开去。父皇骂了他平生第一句粗话：

× 你妈！

我和小刘子都吓傻了，愣了一愣，才伸手在空中乱抓，企图把那只该死的蜜蜂掐死，以息天怒。但蜜蜂振动着翅膀，忽高忽低地盘旋着，我们怎么踮脚尖，怎么跳，也够不着它。后来，它停在了树梢的一片嫩叶上，若无其事地朝我们俯瞰着。小刘子拔出佩刀，觑准了迎风一劈，蜜蜂向上腾了腾，叶子纷纷飘落，而他没躲过猝然到来的趔趄，栽下去发出“嘭”的一声笨响。父皇叹口气，捂住左脸坐回了椅子里。他说：“算了，一只蜜蜂……要是吴三桂还在这儿，他早该替朕一箭射下来了罢。”我听了无话可说，小刘子却撑起来揉着膝盖接嘴道：“那就请陛下赶紧降旨罢，奴才去给吴三桂寻一个天姿国色的女子。”父皇把手从脸上放下来，那儿已经红肿，亮堂堂如鼓起一枚桃。父皇苦笑：“天姿国色，谈何容易呢。不要说眼下朕看北京城嫌小，就是广极八荒、万国来仪的汉唐，她也是难得一现的尤物。如若不然，西施、王嫱，燕瘦、环肥，又怎么会传扬千古……你去寻？去哪儿寻？”小刘子嗫嗫嚅嚅，不敢说话。我用指尖轻轻地摸了下父皇的脸，我说：“陛下，朱朱是蠢物，没有看护好陛下……让御医上一点药罢？”父皇说：“朕还挺得住，不碍事。”我说：“陛下，俚语说，向阳人家早逢春。蜜蜂迢迢飞来，必是它知道陛下的花园，从来就是花团锦簇的。天下虽大，而天下如花的美人窝，依朱朱看来，也不外乎两个罢：一个是陛下的后宫，三千宫娥，无一不是南北的粉黛。可这个窝除了陛下您，谁也休想动一动。”我瞟了眼小刘子，笑道：“当然，除了公公。”

父皇也笑了，说：“还有哪一个？”

我说："木樨地。陛下没有忘了罢？"

父皇没有回答我。他微眯了眼睛，把双手放在膝盖上，在阳光下静静地坐着。微风吹着他花白的鬓角，还有他正在枯槁的脸，而他脸上那一小块红肿处，在暖融融的阳光里，正现出某种遥远而又感伤的疼痛来。

六六

我和小刘子是乘着马车和夜色回到木樨地的。不过，说回去也许并不妥帖，因为我们回去的方式是隐蔽潜行。拉车的四匹河曲大马，是父皇亲自在御马监挑选的，一色的漆黑，连马车也蒙了一层黑布，还摘掉了马脖下挂的铃铛，给马蹄铁绑了软垫，车辕上昂起的铜马灯则始终都没有点亮。当我们的马车穿过茂密的桂树林驰入木樨地的腹地后，就风一般地直扑老主母晚年吃斋礼佛的小佛堂。

木樨地今晚的夜色，和她每一晚的夜色都没甚么不同。是的，在几条小径交会的路口，多扎了一座双龙戏水、丹鹤朝天的鳌山，幢幢青楼都悬挂着通红的灯笼，并且有透着迷醉和野劲的哼哼从窗缝中钻出……然而，这都和元宵将至没有关系，因为在木樨地，夜夜都是元宵。我只是有点惊讶地发现，佛堂的外边，新添了一个拄禅杖的胖大和尚在拱卫小小的山门，禅杖头的月牙铲在夜色中闪着阴郁的寒光。小刘子借口问和尚今夜头牌的花娘是哪个，"嘭"的一拳击在他的胸口上。这一拳，足以击碎一匹劣马的心肺。和尚艰难地喘了口气，就地坐在石梯上，成了一尊宝相端庄的泥塑。

佛堂深处，跟从前一样燃着两支蜡烛、三炷香，壁上的一碗青灯，飘出发蓝的光线，像飘着一些总也飘不完的雾。小沅，这个带发修行的女尼，正披着一袭白裟，盘在佛座下的蒲团上沉思。我舒了口气，她没有敲那冷彻得揪心揪肺的木鱼。事实上，她没有在祈祷，没有念诵经文，而是一双素手，捧着来顺儿留下的铁棍子在摩挲。我肯定她从眼角的余光瞟到了我进来，但她没有搭理我。

我浅笑两声，说："你又在想他了？你念甚么佛呢，佛在眼前，你眼里看到的不过是些泥巴、石头、木雕；你素也白吃了，菜根、稀饭也没让你清心寡欲……成天想他有甚么用，还不是空想？"

她撑起身，朝我冷冷地行了个万福，也笑道："我自然是念佛的，我感激佛陀，还有一个他让我能空想……公主殿下，您想哪一个？"

我嘴里恨恨地酿了一坨痰，差点就啐到她脸上。但我把痰吞下了肚子，依然假笑道："我想我该成全你，来顺儿一刀阉了自己时，就想你嫁个好人家……"

小沅突然骂了声"贱胎"，一口唾沫喷过来。等我使袖子把脸揩干了，她已经折身向另一扇小门走过去。我不说话，也不哼哼，摘了小刘子腰间的水牛皮鞭子，朝她身后甩手就是一鞭！这一鞭几乎没有声音，有也就是像微风吹在雨后的树梢，瑟瑟地一抖。小沅捧着的铁棍闷闷地落下去，砸破了两块地砖。随后，她仰面一栽，正栽在小刘子展开的一张黑色大氅上，并被他迅速地卷成了一个筒。

六七

小刘子把卷筒扛进了坤宁宫，呈献于皇后娘娘的脚跟前。

我陪父皇站在一张竹幕后，静静地打量着卷筒，它正在烛光和我们的目光下，柔软地蠕动。皇后用她绣着金丝凤凰的绣鞋在黑色卷筒上踢了一脚，在稍稍的犹豫后，她屈尊弯下去捉住大氅的一角，使劲一拉，长发白裟的小沅就在迷迷糊糊中滚了出来。皇后身边的太监、宫娥都垂手肃立，没人敢吭气，只有烛火舔着寒夜聚敛的冷气，吱吱地响。小沅坐起来，用她冷冽、乌黑的眸子，看着这个宛如彩绘石窟的宫殿。但在烛光下，她左眼睑下那颗浅色的滴泪痣，使她看起来比这个宫殿更神秘。她看了很久，似乎认出了这儿的女主人是谁，因为她在木樨地见过的所有人，没人有她这样的尊贵。小沅站起来，向皇后合十施礼，叫了声："娘娘，阿弥陀佛！"

皇后沉默了一小会儿。在这令人透不过气来的沉默中，一只威尼斯挂盘从墙上落下来，砸出惊心动魄的碎裂声。但所有人的表情，就像是根本没听见。这些人中，也包括小沅。她的镇定，让皇后，还有竹幕后的父皇，都有一点惊讶。不过，这全在我的预料中，我为父皇选中她，除了她的色艺，就是她那张天崩地裂也无动于衷的脸。她的脸白而滋润，就像从河水里捞出的一块容长条卵石，只有两瓣红唇是温暖、真切的，仿佛随时要滴下油腻腻的血脂。皇后把她仔细地看过了，在转着念头估量、验收，又向她招了招手，说："你过来。"小沅就直视着皇后，款款地走过去。她实在是过于修长和高挑了，几乎比皇后高出了一个头，皇后似乎感觉到某种不舒服的逼压，不自觉地向后退了退。皇后说："知道为甚么要宣你进宫吗？"

"不是宣，没有人宣我，"小沅摇摇头，她说，"是劫持。"皇后假笑了一声，说："你是被宣的，宣你的方式不由你来定，是让你受了些委屈。不过，受委屈是值得的……你猜猜，夜里急着宣你进宫，是要给你甚么呢？"

小沅依然摇头："猜不到。给甚么？无非一条活路、一条死路罢。"

皇后不置可否，再假笑一声道："好罢，我们说活路。来顺儿当初被皇上赦了罪、逐出宫去时，还乞求皇上把你嫁入王公家。皇上为他的多情打动，居然就恩准了，并一直在为你找寻。现在，这个人算是找到了，他此刻就在京城里。本朝异姓不封王，他自然不是王，也还不是公，但他是宁远的总兵，国之长城，封侯是早晚的事情。你知道山海关罢，若没这个吴大将军披肝沥胆地苦守，中原只怕已是蛮夷的天下了……你嫁了他，了了来顺儿的心愿，也是对吴将军一片忠心的慰藉。"

小沅说："为甚么是我呢？就因为来顺儿的一句话？"

皇后说："因为，你天姿国色。"

小沅说："天姿国色的另一个说法是，倾城倾国。娘娘，您就不怕大厦将倾，我把整个北京城、大明国，都给倾家荡产了？"

皇后的脸上，现出无限的母仪和悲悯，她的睫毛上噙着将落未落的泪滴，就像观音菩萨柳枝上的小水珠。她说："你不会。你不会把国运作儿戏。"

小沅眉心拧了个小疙瘩，莞尔一笑。她说："未必就不会……是的，我在佛堂中青灯黄卷，读了许多书，但很多并不是经文，乱七八糟的都在读。木樨地来的僧俗客人，我有时也跟他们喝杯酒，说一晚上的话……以我一个小女子，又能懂得甚么呢，终究不过是小女子。可偏偏哪朝哪代烂得垮掉了，就把亡国之罪都推给小女子，譬如褒姒、杨贵妃；而哪位圣上恰好要重振山河了，也要把小女子派上大用场，譬如西施适吴，昭君出塞，把小沅配给老不死的吴将军……"她似乎还有很多话可说，但顿了一顿，不想再说了，就淡淡道："娘娘，您还是把死路指给小沅罢。”

我站在竹幕后听见小沅要选死路，心中一惊，偷偷瞟一眼父皇。但父皇透过竹幕直直地地瞅小沅，脸上竟没一点的表情。我轻轻唤了声“陛下”，父皇就像是没听见。我忽然心底翻起一阵醋意来，我知道父皇是在敬佩这个小女子，或者他还怀着一点爱慕罢，既然是倾城倾国了，自然也就能把父皇也倾进去。噢，汉元帝为甚么要杀毛延寿，就因为他懊悔自己被蒙了眼，要把国色天香的王昭君拱手让给了别人。父皇在那个临近国破家亡的夜里，会不会涌起渴欲宠幸一回小沅的焦灼呢？许多年后，我曾就这种猜测跟我的养父德吕尔·德吕翁谈到过，他抹着他的模糊的红胡子这样回答我：“如果陛下是在天启七年，他会的。”我明白了养父的意思。但那个晚上，我除了醋意，还有更多的不安，如果小沅决然选择了死路，这场戏又该如何收场呢？而父皇的表情，似乎他是置身戏外的，他就那么专注地观看着，我甚至能听见他发出的急促的呼吸，他其实也在紧张地期待。说实话，我真想就让小沅一箭穿心就算了，这儿岂是她嘴硬的地方？不过，真让我捏了一把汗的是皇后，因为，小沅一箭穿心了，戏就全盘演砸了。

但是，皇后的声音出乎意料地冷静。她说：“你真的是放弃活路，选择死路了？”

小沅说：“是的，我选死路，娘娘。”

皇后说：“可这儿除了活路，剩下的也不是死路啊。”

小沅不解（我也不解）：“那，是甚么？”

皇后假笑了一声，今晚的坤宁宫充满了假笑。皇后说：“不死不活。”她拍拍手，两个恶煞煞的带刀太监从门外的黑暗中，抬进来一口冒着蒸汽的瓮，顿在皇后和小沅的中间。瓮又大又沉，里面灌着热汤，烛光忽然弱了一弱，瓮看起来就像一个孕妇温暖而又惆怅的大肚：大肚（如果它真的就像孕肚）向上，逐渐收缩为短促的颈部或者是脐带，它的开口不大，也许刚好能放进一个婴儿，或者一只瓢。但皇后清晰地告诉迷惑不解的小沅，她要放进去的东西，不是婴儿也不是瓢。皇后说“你说你在佛堂里读了很多乱七八糟的书，这也没甚么不好的，至少‘人彘’你该是知道罢，不用我跟你啰唆了。吕太后辅佐汉高祖打下了半个江山，又替他守住了整个的天下……这也没甚么，身为帝后，都是她应尽的本分罢。我最佩服的，是她伺候高祖宠妃的法子，高祖大行了，她得给宠妃找一个安心待下来的好地方，找来找去，”皇后指着大瓮假笑说，“还有比泡在这里边更好的吗？夏天很凉爽，冬天呢，就把瓮放到火炉上煨一煨，就连衣服、被子都省了。头搁在外面，饿了只需张一张嘴，想说话，就说说话，想唱歌，就唱唱‘三月、三月桃花红，八月、八月桂花香……’。当然了，人要钻进去似乎不容易，可要把两只胳膊、两条腿都齐根锯掉了，也还不费事。花容月貌，转眼就是奇丑的妖婆，那模样，就连刀斧手也恶心得发呕。可是不恶心，还能叫人彘？吕太后仁至义尽，让那一口人彘在瓮中活了四十八年零三个月，直到她闭了眼、咽了气，就连瓮一块埋到高祖坟后的一棵柏树下……我见过的女子不少罢，就是把你放入后宫三千娇娥，论色艺双全，你也该数第一，何况还参禅，又读书，——到了头，选的却是这么一条路。”

小沅冷眼直视着皇后，她的嘴唇开始轻微地哆嗦，这使她的声音也终于颤抖了起来。“我本是木樨地的一个小女子，在世间没有一个仇人，也没有做错一件事，为甚么要把这条路强加在我身上？”

皇后说：“国家有难，拔一毛以利天下而不为的人，就是国之大贼。”

小沅咬了咬她血红的下唇，忽然朝皇后一笑，说："那为甚么不是您呢，娘娘？"

皇后也一笑："因为你成不了我。"

小沅环顾四周，除了坚固的宫墙，就是如柱子一般肃立的太监与宫娥，没有任何她可以求助的东西。她最后只能抬起自己的一根指头，指着皇后一字一顿说："你不敢……"

皇后也指着她，并打断了她的话："剥了。"

那两个恶煞煞的太监踏上来，一个提了根又宽又长的春凳，"啪"的搁在小沅的脚下；另一个把手搭在小沅的脖子上，唰唰两下，就跟剥苞谷一样，把她的衣衫、裙子，都剥掉了：她扑了粉一般的光身子，让坤宁宫内的光线陡然增亮了许多，所有人的眼睛，包括我父皇，都被这团光映得有一些迷惑。我也如此，我看见我抽在小沅身上的鞭痕，从她右边隐隐可见的肋骨，向左斜斜插过腰臀之间优雅的弧线，再向下，粗暴地切过两瓣像两个粉蛋一样的小屁股，如在诉说着说不出的委屈与可怜。真的，小六子，在那一刻，就连我也忍不住想伸出手，沿着这道鞭痕轻轻地触摸……当然，那两个恶煞煞的太监要除外，他们把小沅摁来趴在春凳上，手中变戏法似的变出两把大锯来！

皇后淡淡地一摆手，说："锯了。"

小沅的两只胳膊被拉开，她叫起来（其实也只像是呻吟）："我是出家人，你就不怕报应吗？"但锯片已经稳稳地割进了她的肩膀……我随即看见的，是让我伤心欲碎的一幕，是的，我讨厌（又嫉妒）这个做着婊子又貌似金枝玉叶的女子，但我还是为那一幕滴下了和她一样羞愤、屈辱的泪水：先于她肩上的鲜血流淌出来的，是她两腿之间滚出的一泡热烫烫的尿……小沅全垮了。

六八

我承认，我从前是小看皇后了。

在我瞎眼后的漫长年月里，养父德吕尔·德吕翁为了给我破闷，曾雇了人给我念闲书。有时候，他闲着，也会坐下来听一听。有一回正念《水浒传》，念到在十字坡开黑店的张青吩咐浑家孙二娘，有三种人不可害：一是云游的僧道，二是冲州撞府的妓女，三是犯罪流配的罪人。因为僧道不曾过分受用，罪人中多有好汉，而妓女呢，则是怕她们你我相传，去戏台上说得我等江湖上好汉不英雄。养父忽然笑了起来，笑声从掉了门牙的嘴里冲出来，成了哧哧的气流声，我看见他模糊的红头发都在乱发抖。养父说："这个婆娘！武松是僧人，也是罪人，还不是差点给她剥了皮。"我也笑了，世人都爱用男盗女娼来骂人，其实男人做了强盗，还是盗亦有道的；女人做了娼妓，那就只好百无禁忌了，倘若再讲贞节，就只好去喝西北风。孙二娘为甚么敢蒙杀武松呢，因为她是用为娼之法来做强盗的勾当，活该武松倒霉。是的，孙二娘还没对妓女用过蒙汗药，那是还没有合适的妓女撞上她的酒碗罢：她才不怕妓女去戏台上说得她好汉不英雄，她本来就不是个汉子，对不对？男人打仗，即便为了抢夺地盘，掳掠妇儿，也要讲究师出有名的；要冤杀一个好人，也会给他加几笔罪辞，显得他死有余辜。女人反而不婆婆妈妈，孙二娘要对付武松，周皇后要对付小沅，既然下了决绝之心，岂肯为找不到一个借口就软了自己的手？但，断断续续听完了《水浒传》，我觉得那个写书的人还是嫌浅了，故事是十分精彩的，可只能算上品偏下的货色罢。一部《水浒传》，往明里说是义气为本，实为嗜血杀戮……就这嗜血杀戮，也还是嫌浅了，为甚么？因为他就没本事写一出女人斗女人的戏。女人对女人的心思是用得最深的，孙二娘一旦反被武松制服，就做了他的嫂嫂，千般、万般地念叨着好叔叔，成了他头上的一把油伞，身上的一件棉袄，比潘金莲还要熨帖多少倍；可要让她撞上的是潘金莲，天，那就真该如我养父德吕尔·德吕翁撑圆的嘴巴，用夷语惊呼“我的上帝”了。

皇后让我懂得了，但凡是个女人，都是在心里为女人备了一口大瓮的。

小沅不想被锯了胳膊、双腿，像个怪物一样不死不活，在大瓮中泡上四十年。她选择了活路，也就是选择了吴三桂。当晚，皇后把她安置在一座僻静的楼房中安歇，那楼叫作无名楼，其实就是从前天启皇帝为客奶奶建的奉圣楼。父皇登基，在收拾了魏忠贤、客奶奶之后，曾有大臣上奏，暗示奉圣楼是狐媚惑主之所，存之不祥，最好拆了了事，让多少往事都化成一片白地罢。但父皇把这个建议否决了，他说：“把‘奉圣楼’的匾换一块就是了。土木何罪呢，本朝以节俭治国，省几个银子罢。”但换甚么楼名，群臣议了又议，父皇都觉得不合适，最后就钦定了一个“无名”。他说：“从前不是‘奉圣’吗，庄子说，‘圣人无名’，就叫了‘无名楼’罢。”所以，楼以“无名”命名，其实无名就是有名。小沅是被小刘子重新用大氅卷起来，扛进无名楼的，惊骇、恐惧已让她虚弱得一点气力都没了。

无名楼因为父皇的一句话，而在崇祯朝保留了十七年。但它一点用场都没有能派上，因为谁住进去都不合适，就连储存任何一件将用于皇室的日用品，也都可能染上不洁的印记。于是，它就被拉上帘子，锁了门，空空如也地关闭了十七年。直到这一天傍晚，因为皇后匆忙降下的一道懿旨，两个颤巍巍的老宫女才胡乱把它洒扫了一遍。客奶奶之死的骇然情景，一直在宫中鬼鬼祟祟地流传，老宫女在推开的每一扇门里，恍然都能看见客奶奶光着身体，胸前挂着两大片褡裢一样的巨乳，直直地靠着梳妆台出神。老宫女终于忍不住揪心地尖叫着，在两把扫帚扬起的团团灰尘中，风一样地滚了蛋。

但小沅住进来的时候，灰尘已经重新落到地板上，她躺在客奶奶和天启皇帝曾相拥而眠的大床上，在被窝中把身子蜷成了一个团。她已经困倦得不行，以为自己会很快睡过去，然而，她仅仅迷糊了一小会儿，就被冻得完全清醒了。被关了十七年的无名楼，已经有十七个冬天没有起过火炉了，在每一间屋子里，都找不到任何一件触手生温的小东西。捂住小沅光身子的锦绣被褥，就跟甲胄一样的冰凉。鞑靼高原上吹来的风，从窗缝中吹进来，吹在楼道里厚甸甸的灰尘上，沙沙作响，就像有人在犹豫不决地走动。但小沅并没有骇怕，在经历了坤宁宫锯片割身的那一幕，还有甚么是能让她骇怕的呢？何况，她根本不知道客奶奶这个人，不知道客奶奶临死前曾在这张床上煎熬度日。她聆听着楼道中的风声，觉得那沙沙的风声是好听的。风除了发出好听的声音，还带来了一种奇怪的味道，起初让她觉得微微眩晕，甚至有一点发呕，但逐渐就让她安神了。这种味道仿佛来自植物根部的糜烂，却又掺着郁郁葱葱的青蒿甜，小沅用鼻子深深地吸着，她的嗅觉辨认出，这闻所未闻的味道，也是十分沁润的。她自然是（至死）也不会明白的，这味道来自楼下园里的罂粟：在二十四年里，罂粟开了二十四遍花，结了二十四遍果，果子落下来，被雨水和鸟的尖喙埋入土里，次年又发出灰蒙蒙的小苗，开出凄艳艳的花，并结出坚硬的小果子，再寂寞地坠下去……这园子，就成了紫禁城，也许是全北京，最肥沃、油腻的一块地，地里的泥土都跟罂粟膏一样浸透了华丽的毒性。毒性跟蒸汽一样咝咝地冒起来，再被夜风从无名楼的缝隙吹进去，麻醉了小沅的心脾。

随风吹入的罂粟味，还唤醒了屋子里其他的味道，这些味道从旮旯、榫头，蚊帐、床单、枕头、床垫等等纤细的织物中，钻了出来，沆瀣一气。如果说罂粟的气味是让她迷醉的，这屋子里的各种味道却使她有了说不出来的心乱，它们从她的鼻孔进入她的肺，也从她的发根、毛孔、身体的隐秘旮旯和缝隙进入了她的身体。她感到身体从内部被这混乱、杂芜的气息不安地鼓胀着，无限地充盈，同时又无限地虚空，渴望着战栗和撕咬。后来，她就发狠地咬住被角，伤伤心心地呻吟了起来。她不会（至死也不会）知道，这些藏在屋子里的气息，是沉睡的客奶奶的乳香，天启皇帝的汗味，也许还有忘我的叫喊……声音应该是可以储藏的罢，既然心魔可以在一个人身体里沉睡一辈子，或者半辈子，那么他们就都可以躲起来，也可以被唤醒。

那天深夜，父皇和皇后之间有过一段对话。父皇说：“她要宁死不从，你真要把她锯成几块吗？”皇后说：“是的。”父皇说：“这不是做戏嘛？”皇后说：“是做戏，但并不是儿戏，陛下。”父皇沉吟着点点头，负了手在烛光下看看自己飘浮的影子，又虚眼看了看皇后。皇后说：“不是我心狠，把她锯成几块肉，或者囫囵地嫁了出去，都是为了天下百姓能团圆……陛下，请给她赐个像样的名字罢，像个大家闺秀，配得上一个大将军。”父皇问：“她娘家姓甚么？”皇后说：“跟我母亲同姓的，陈。”父皇深深吸了气，如吸进了一口晦涩含混的芬芳，他说：

“就顺了你的慈悲心，叫她陈圆圆。”

六九

陈圆圆以周皇后母亲的侄女身份，在崇祯一十七年的元宵夜许配给了吴三桂。周皇后的父亲周奎封嘉定伯，国丈府虽没有紫禁城的千门万户，但也是自有一番曲折、深沉的。正是元宵佳节夜，一串串红灯笼挂满廊檐，鞭炮啪啪地炸，火药香飘开去，跟磕破老酒坛的味道很相似，让人有一种未入席先昏沉的感觉。我和小刘子身着太监的装束，带着一点呆板的傲慢坐在客席上，让人人都能看出来，我们是皇后娘娘贴身的公公，我们的一言一行，就是她老人家面授的懿旨。到来的嘉宾，几乎囊括了在养心殿晨昏出没的重臣。元宵、红烛，又让满堂洋溢着人间富贵温暖的气息。吴三桂一尊塔似的端坐着，他身后的山海关和五万甲兵，使他成为今夜最引人注目的人。当他伸出手来接受敬酒时，众人的眼光都烁烁地落在他的手腕上，这是帝国的最后一只铁腕了。吴三桂的手腕当然能感觉到这些目光的灼烫，但他佯装不知，表现得极为谦恭有礼，举手投足，有力而又极沉静。

后来有个礼部的李侍郎喝醉了，也许是佯醉罢，他举杯朝着吴三桂笑道："孙传庭大总督是进士及第的儒将，留有一部文采斐然的《白谷集》。吴将军与孙总督齐名，武举出身，弓马娴熟，舞得动千钧铁锤，但不知能不能挥得动一管蝇头羊毫呢？"众人一片哑了口，个个露出骇然来。我看见吴三桂脸上的肌肉阴郁地抽搐了几下，为了压制内心的激动，他把两只手使劲按在酒桌上，但它们仍在轻微地颤抖，这使一些酒水、汤汁都滴滴答答地洒落了出来。小刘子有些吓傻了，他手里端的一杯酒也跟着抖，很快就只剩了个空杯子。我倒不着急，反倒闲闲地把酒杯送到唇边抿了一口，我就是想看看吴三桂，大辱临头他该怎么办？

国丈周奎却没有我的耐心罢，他缓过一口气，朝吴三桂举起酒杯道：“吴大将军勇冠三军，又焉能以一管毛笔论轻重？班超如果不投笔从戎，如何做得下不朽的奇功！我老了，不然也追随吴大将军塞外杀敌去。”说完，一仰脖子，把酒都干了。吴三桂不说话，也一口干了。但嘎嘣一声，他把酒杯的边沿咬下一个缺，并把碎瓷片有力地嚼烂了，吞下了肚子去。宾主刚刚放松一点的神经，唰地又绷紧了，而且在骇然中，又添了说不出来的畏惧。

然而，那个喝醉的李侍郎还在不依不饶，他端着酒杯走到吴三桂跟前打了个趔趄，差点把酒泼在吴三桂脸上。他说：“吴大将军，废话说了半天，我还是想见识您拿刀的手是如何拿笔的？”吴三桂忽然笑起来：“大人就是要看我会不会写字嘛。何须用笔呢！”他用右手中指头在邻桌的酒杯中蘸了酒，走到墙边，在墙上擦出四个字，是稳如泰山的隶书：

怒发冲冠

宾主都伸长脖子看，看了不说话。李侍郎扑哧地笑起来，把嘴里的酒都喷成了一股雾。他说：“好，好，好！每个字都写得一字一顿的……大丈夫一怒安天下。愿将军冲冠之怒，不要和我们这些腐儒们计较。”吴三桂双手合拱，恭恭敬敬说：“大人的教诲，三桂铭记在心。”

气氛终于缓和了下来，宾主频频举杯。又过了三巡，周奎拍拍手，七个艳妆的丫鬟从画屏后捧着黄金兽炉转出来，焚了七炉香。香雾从兽炉中喷出来，在酒气中飘流，让人的脑子慢慢地眩晕。我虚眼望了望吴三桂，他一直板直的身子，这会儿向后靠在椅背上，迟钝地转着双眸，露出一种忧伤的颓态，似乎很快就要睡着了。良宵苦短，盛宴将要散去，就在这说不出的昏沉中，帷幔被一只素手撩开，走出一个清清冷冷、高高瘦瘦，抱着一张琵琶的女子来，这是今夜真正的女主角陈圆圆。

陈圆圆向酒席丛中每走一小步，客人们都会不自觉地向后退，发出一片窸窣之声回应她。而她毫无表情，走到一张已经备好的绣墩上坐下来。她拨弦的时候，正对着吴三桂，却耷着眼帘没有看他。她卷曲的睫毛，长得惊人，浅色的滴泪痣，犹如一颗被泪湿润的珠子。琵琶发出了单调的声音，如骑兵的蹄铁敲在霜晨的石板小路上。她右手的五指好看地团着，像是抱着一个并不存在的球，依次地在六根弦上转，弦音把人们从酒的醉意中转入另一个惆怅而优美的幻境里。随后，她柔声唱了《霸王别姬》中的一小段，是十面埋伏之后，四面楚歌之前，虞姬在月下的独白：

看大王在帐中和衣睡稳

我这里出帐外且散愁情

轻移步走向前

荒郊站定

猛抬头

见碧落月色清明

……

她唱得并不悲切，甚至就只像是拖长了调子在说话，但满屋的帝国显贵们，都仿佛沉溺在月华中，等待着大限将至的那悚然一惊。

然而，圆圆的纤纤手指哑然一收，已经曲终。我仔细地观察着吴三桂，我一个人在幻境之外，看得比谁都清晰：吴三桂依然虚着醉眼，但醉眼里已经是泪光盈盈了。

吴三桂决然没有想到，在这个盛宴的尾声里，埋伏着和一个绝色女子的邂逅。而陈圆圆也应该有更多的惊讶罢，吴三桂和她想象的老东西完全不一样。她的养母金桂就是从镇守河西的老将军身上染了恶疾，饮恨自决的。吴三桂则是另一个老将军英挺、尊贵的儿子，而不是一位老将军。女人信守十年或者一生的信念，就像是一只小心呵护的陶罐，不知甚么时候突然就摔成了碎片，成为碎屑，返回为泥土中的一抔泥。她知道，来顺儿已经成了这一抔泥中的一部分……陈圆圆的泪水簌簌落下来，顺着丝弦滑到琵琶的桃木面板上，恍如是滴滴的桃胶。

吴三桂带着醉意，伸出戴鹿骨扳指的手，用指尖怜爱地抚摸了陈圆圆的滴泪痣。

七〇

国丈周奎把陈圆圆慎重托付给了吴三桂，只等春暖花开，他回京后，以青骢马、油壁车娶入洞房去。吴三桂对周奎，也是对陈圆圆，说了一句话：“我永远都不会做霸王。”他的意思是，他即便穷途末路，也不会让一支剑割断爱姬的颈子。但也可以理解为，他要让我们这些来自深宫的客人转呈皇帝和皇后，他是永远都不会称王称霸的。

那个以笔墨作难吴三桂的礼部李侍郎，已经彻底喝醉了。他哈哈地大笑着，并反复唱着两句腐朽的情歌：

乐莫乐兮新相识

悲莫悲兮生别离

两个多月后，李自成攻破了北京，入主紫禁城，李侍郎就跟狗一样地称了臣。但是，当李自成在武英殿赐宴群臣时，他又耿耿忠胆地直谏，要李自成制止将士的烧杀掳掠、拷打追银、遍索美女……李自成默然不置可否，只是目光森然地看了看刘宗敏，即那个满脸虬髯的刘大官人。宴席散后，这个前大明的礼部侍郎刚走到午门口，刘宗敏的一个贴身亲兵驱马赶上来，当众一刀劈下，把他从右脖子到左肋，斜劈为两半。

【第九卷】

春月

七一

吴三桂离京前，父皇还在武英殿举行了简短的仪式，赐封他为平西伯。吴三桂叩头谢恩，一出宫门就快马赶回山海关。这个习惯于戎马征战、沉默寡言的青年大将军，给皇帝留下了他的诺言、包子和砖头；而皇帝则在京城替他留下了一个绝色佳人和温暖如春的香巢。包子早已经吃下肚子，而砖头放在养心殿的案头上。有一天，父皇若有所思地用指节弹着砖头，忽然对小刘子下了一道旨："拿一把斧头来替朕狠狠砸，朕要试一试它到底有多坚。"小刘子立刻提来了他大伯用过的钢斧，但就在他举起斧头要砸时，父皇吐了口气，摆手道："罢了，试了又如何，不试又如何呢？"我感觉父皇心里绷得要断的一根弦，嗡然一响，缓缓地松弛下来了。

随后，北京降了一场崇祯朝罕见的春雪。纷纷扬扬的雪花飘了一天一夜，把一月扬起的干燥的沙尘，因战事败绩频传而搅乱的人心，都吮吸了进去，再沉沉地铺下来，空气骤然多了飕飕的凉意，但也多了格外的澄澈。这是崇祯一十七年的春天，是父皇作为紫禁城主人度过的最后一个春天了，他再一次剃干净了脸上长长的胡子，皇后亲手用白蒿和乌菱的灰烬替他染黑了头发。退朝之后他总是换上轻便的绒袍，在温暖的坤宁宫中与后妃们弹琴、下棋，偶尔也抽查诸皇子的功课。他恢复了登基以前在信亲王府中的生活，而且显得比过去更加年轻和敏捷。早晨起床后，他要在皇后和席贵妃的注视下打一套长拳。甚至，他还兴致勃勃地要教她们舞弄自己刚刚学到的太极剑。晚上，他会骑着一匹珍珠色的种马在紫禁城中溜达，马儿停顿之处，就是他今晚投宿的地方。

是的，他就像一个总在匆匆赶路的旅人，很多时候，他甚至在卯时之前就已醒来，又在迷糊中翻身上马，任由这头牲口把他送到另一张床上。父皇以这种公平的方式，在三月十九日的黎明到来之前，已经宠幸了上百名的嫔妃、宫娥。这个数字，也许超过了他一十七年来宠幸女人的总和。当然，宠幸不一定都是在床上进行的，相反，它常常充满了即兴的愉悦：在烛影飘红中，他与自己很可能是初承恩泽的女人一边宴饮，一边穿插着鱼水之欢。

有一夜父皇是从一把椅子脚下醒来的，那个承欢的妃子还横在一旁酣睡着，张开的嘴角边，有一行溢出的白沫。父皇蹙眉看了她一小会儿，无声地笑笑，拣一床被单裹在身上，就踉跄出门爬上了珍珠色种马的背。月色很好，铺在屋顶和墙根的积雪都在波动着淡蓝色的月华，马蹄在习习的夜风中嘚儿嘚儿地响。当马停下步子时，父皇惊讶地发现，居然是在尚膳监的御厨房门外。他咽了口唾沫，忽然感到说不出的焦灼与干渴，那是唇舌、喉咙被酒长时间浸泡的缘故。他略一踌躇，下马推开房门就走进了厨房去，他很想喝到一大碗爽口的凉水。他吃了差不多一辈子御厨房送出的饭菜，却还是第一次驾幸御厨房。御厨房不是一间房，而是由无数的房子一间套一间，他轻手轻脚地走着，像是担心吵醒了甚么人。一路上都有擦拭干净的灶台、炉具、铜盆、铜勺，瓷碗、瓷盘，它们在这个春月之夜发出好看的熟透的光芒。在通向天井的小门后，他摸到了一只葫芦瓢，他想，这离水缸已经不远了。

果然，父皇很快就听到了舀水的声音，一只瓢在春夜里伸进水缸的声音，是比清冽的琴音还要好听的。他定住脚，安静地聆听了一小会儿。他明白，有一个人比他先到了。

七二

青石水缸卧在天井的屋檐下，那个人站在月光和雪光里，把瓢送到嘴边咕咕地喝水。他和父皇一样，都是用被子裹住瘦削的身子，而没有穿衣服。喝完水，他嘴里咂咂地响着，返回厨房，熟练找到一只红漆食物盒，取出一钵油炸茴香饺。在他有力地咀嚼饺子时，厨房里开始飘出一股淡淡的茴香味。父皇倚在他背后的门框上，很有兴致地看着他。他的胃口非常好，很快就把饺子吃完了，当他去摸第二只盒子时，父皇咳了声嗽，指着案桌上一罐四川进贡的剑南春，轻声道："不喝两口酒？"

那人像突然遭到了雷击，全身一阵乱颤，过了半晌，才从塞满了饺子的嘴里嗫嚅出一句话："请不要杀我……"

父皇说："转过身子来……很好。把蜡烛点亮了。"

烛光影里，父皇看着他，忽然惊讶地"咿"了一声，这个潜入御厨房偷嘴的毛贼，居然跟自己长得一模一样。父皇惑然问："是王二？"

那人扑通跪下来，矢口否认道："小人不是王二，绝非王二！小人只是老王记茶馆的小二，掺茶倒水的小二。"

父皇笑起来，说："听你说过不止一回了……王二倒是不会像你这么鼠胆的。"

王二急得瞪圆了眼珠子："爷，小人不是王二……可爷又是谁？"

父皇把手负在身后，昂然道："朕。"王二用额头去撞了一下地，一脸谄笑："郑爷，我给您请安了。您答应我，郑爷，不要杀了我……"父皇笑了一笑，说："要是朕不答应呢？"王二愣愣地看着父皇，忽然"汪汪"地号起来，眼泪、鼻涕流得满脸，他再用手背左右横揩，简直又丑又滑稽。父皇看着如像镜中的自己，先是觉得好笑，转而是说不出来的悲哀和心酸。自己身为一国帝王、九鼎之尊，如果哪天被李自成捕获了，会不会也这样毫无廉耻地求生呢？他默默地看着王二，看了很久，几乎就要落了泪。过了半晌，他说："给朕舀一瓢水来。"

当王二用哆嗦的双手把一瓢凉水呈给父皇时，父皇差点忍不住拥抱了这个卑贱、猥琐的北京店小二。在这间洋溢着月光与春意的厨房里，父皇从自己这个替身的身上，看到了事情的某一种真相。他喝完水，和蔼地问王二："朕已经赦了你不死。是何人还要杀你，又是何人救了你？"

王二说："那天从橘子寺解回了坤宁宫，皇后娘娘就吩咐把小人推出去杖毙，说深宫秘闱的事情，岂能泄漏给天下人。是甄公公向娘娘求的情，说小人这副长相，没有人敢动手，谁若是杀了小人，谁就会做弑君、弑父的噩梦，一辈子都休想做得醒。他请娘娘赶紧把这道懿旨收回去，还要到观音像前烧三炷忏罪香。娘娘问甄公公，那怎么处置小人呢，总不成就这么放出宫去罢。甄公公就说把小人放到煤山的林子里，权当多养了一头吃草的羊，任他自生自灭罢。娘娘从了甄公公，就由他把小人带到了煤山上，挤在守林太监的屋子住，还告诉他们看护好小人，说这个人娘娘随时要提调。煤山上闲得很，万事不操心，不做事，也不吃草，吃太监剩下的汤汤水水。小人肚子填不饱，半夜饿得醒过来，就溜进宫里寻吃的……”

父皇说：“奇怪了，你就没被大内的侍卫队抓到过？”

王二说：“小人从前也常听茶馆说书的人夸口，紫禁城森严壁垒，你就是变成一只苍蝇也休想飞进去……可以小人看来，也实在像是一座荒凉的大园子，从没见过甚么侍卫队，偶尔有一两个佩刀的，都是边走边打哈欠，就连打更的，以小人的估算，也是不准得很的……”

父皇气得双唇哆嗦，一脚踢在王二的肚子上，王二“噗”的就仰面翻倒了。但只一瞬间，他立刻就跳起来，跪下去，扇着自家的耳光，哭着说：“小人胡说八道，杀一千遍也不足惜……但小人是个鳏夫，实在还没有活够啊……”父皇把那罐剑南春拿过来，在桌沿边磕破泥头，吸了口气，说：“好酒。”他仰脖子喝了一口，递给王二。王二壮胆也喝了一口，又喝了一口，接着咕咕地喝了大半罐。父皇说：“朕不杀你。你告诉朕，煤山上的日子，你过得还喜欢？”王二说：“就是闲得无事，一片树叶落下来，也比惊堂木的声音震耳朵。不过，去寿皇亭看日出日落还是有意思，整个北京城都在眼皮下，好像一伸手就能全揽了。”父皇说：“听你这么说煤山，朕也喜欢了。可惜，煤山孤山，不是燕山、燕支山，你就不嫌它小了么？”王二仗了酒劲，傻笑道：“以天下之大说，煤山是小了，以小人看来，煤山却就是昆仑了。”父皇笑道：“那朕就把煤山留给你，好不好？”王二哼了声，说：“你把煤山留给我？说书人说了，皇上都快守不住北京了，你把煤山留给我？还不知明儿这里的主子是谁呢。”父皇哑然良久，说：“你的话还挺多的，朕就找个人陪你说话罢……但愿你和他能叨唠一辈子。”

王二问：“谁？”

父皇不答，转身出了御厨房。

第二天，坤宁宫的甄公公就被忠勇营太监押解到了煤山上。父皇向煤山总管下了一道旨，在山腰为甄公公和王二搭一间小屋，责令两人洒扫山径，收拾落叶，至死不得下煤山一步。

皇后大惑不解，问父皇甄公公何罪之有。父皇笑道："他私底里攥一个王二，就是为自己攥了一张牌，他早就在盘算本朝的气数了。"皇后看着父皇，苦苦地一笑，说："陛下说笑了，一个茶馆掺茶倒水的小二，会是甚么牌？"父皇伸起一根指头指着皇后的面门，大概这是他头一回对皇后做出这么伤心的动作，父皇咬牙说："他是要等北京城破了，攥着王二向贼卖个好价钱……或者，把王二裹到南京去，他做魏忠贤。"他端起一碗茶，看着茶碗上"万寿无疆"四个字，扬手就把茶水泼到了火炉上。火炉吱吱地叫着，腾起一派雾气来，父皇骂道："割了屌的狗，没一个不想做魏忠贤！"但皇后一屁股落在绣墩上，似乎没听见父皇在骂甚么，她嘴里咕咕哝哝道："为甚么？怎么会？"

甄公公上了煤山后，皇后长时间沉溺在忧伤和沉默中。有一天晚上，父皇宣我去参加后宫夜宴时，我看见皇后丰润的脸已变得消瘦而蜡黄，眼神木木的，像在想着自己说不出来的心事。我无法相信，她会是那个在制服小沅时无限骄傲和决绝的娘娘。

七三

父皇喜欢上了夜夜欢宴。而他的脾气也变得格外地和善，至少在后宫的女人们看来，他的脸上随时都浮着微笑。有一次，一个宫女在上茶时因为紧张打翻了茶盘，茶水在父皇的袍子上淋湿了一大片，吓得她跪地大叫该死。父皇却只是骂了声蠢丫头，一笑了之。还有一回一个妃子弹琴时把《春江花月夜》弹得就像雨打破船，他只在她脸上拧了一把，把她推开，就自己弹了起来，一边弹还一边吟唱。但是，父皇却下了一道严厉的御旨，禁止后宫所有的人谈论北京城外的战事，违者杀无赦。

是的，似乎一切都回到了当初信亲王府中的生活。我在这样的场合，常常是穿着太监的服装，享受着公主的待遇，坐在靠近父皇的位置上陪伴他度过不眠的夜。有一晚我喝醉了，竟笑嘻嘻地对父皇说："万岁如今的日子，除了缺一个杨贵妃，也已经和唐明皇差不多了罢？"

父皇也醉了。他说："朕哪里比得上唐明皇！他是盛世的君王，返老还童，一派天真呢。"

"那万岁又何必强颜欢笑呢？"

"朕并不是强颜欢笑。唐明皇乐而忘忧，转眼就是渔阳鼙鼓，玉碎宫倾。朕是忧而知乐，乐不思蜀，也就可以其乐无穷了。"

父皇的话是有道理的。大祸将至之前，坐拥孤城之中那种度日如年的气氛，也就把欢乐的时间变得更加冗长了。就像居住在桃源洞中，世上已经过去了千年，而他们却才刚刚度过了一天。

这种漫长得就像没有尽头的欢乐，结束于一个偶然的时刻。那一晚，父皇大宴后宫的仪式才刚刚开始，斟满御酒的金杯在烛焰中闪亮着灿烂的黄光，嫔妃们身上的绫罗摩擦出沙沙的声响。父皇亲自抱着一张琵琶，即兴拨出一串溪流的淙淙水声。一个妃子，就是那个被父皇遗忘而又给我讲述天启秘闻的黑妃，松松地套着件近于透明的红纱袍，端着酒款款地步到父皇的跟前，打了一个趔趄，身子扭了几扭，在似稳非稳中，她从下边瞅着父皇，脸上堆出娇嗔百媚的笑来。跟皇后的迅速消瘦相反，黑妃原本骨骼粗大的身子被夜夜盛宴催养得十分肥腴，她扭动的时候，腰姿就像水桶般地粗壮而又像水蛇般地柔软，双乳和凸出的下腹在纱袍下面沉沉地摇摆。她今晚扮演的角色，是醉酒的杨贵妃。父皇怀抱琵琶站起来，琴声由淙淙的流水一变为忙乱的步点，他右手纤长的五指像握着一个球体，在六根弦上不停地旋转。这种指法跟陈圆圆极为相似，但陈圆圆哪有父皇千变万化的气象：他的手生长为无数的手，伸张出去像树叶接住虚无的光和风。他瘦削、敏捷的身子叠化为无数的人，无数张年轻、渴望的脸。那假扮的杨贵妃在父皇的衬托下，显得更加的宽广、厚实，也更加的迟钝了。我坐在旁边观看着，觉得他们的表演就像是一只幼兽面对着一堆近于坍塌的肉。父皇今晚为自己指派的角色，却不是唐明皇，也不是高力士或者李太白，而是一个来路不明混入后宫的胡人。他脚蹬皮靴，脸上粘着鬈曲的络腮胡须，瓜皮帽上还镶着鸽蛋大的红宝石，与其说像一个胡人，倒不如说他更接近于一个滑稽的小丑。我看着他，觉得他其实最想扮演的就是一个小偷，偷到了一份不属于自己的欢乐。

但是，就在杨贵妃刚要唱出百转千回的歌声时，一个立在暗处的白发宫女却哭了起来。她先是嘤嘤地抽泣，到后来居然忍不住捧面号啕，哭得惊天动地！所有人的目光都一下子集中到那个老宫女的身上，父皇的手指在琵琶的面板上僵硬成一个紧握的拳头。只听到蜡烛的火苗呼呼地燃烧，成了那哭声的背景。那个老宫女站立的角落因为这么多目光的注视而被神奇地照亮了，泪水从她的指缝中颗颗地滴落下来，她的两肩在可怕地耸动。扮演杨贵妃的黑妃，看看哭泣的老宫女，又看看面色冷冷的皇帝，沙哑地叫了一声万岁，也跟着抽泣起来。她哭的时候捧着自己的胸脯，好像它们就要从圆滑的身子上滚落了下去。

父皇走到那角落里，揪着老宫女的后脑勺，厉声问她：“哭甚么？”

老宫女说，她的兄弟和侄儿在山西的宁武关战死了。老宫女把脸扭向黑沉沉的墙壁，她说：“死了，死了。守关的都死了，乱刀剁成肉泥……”她的声音出人意外地尖厉，她叫着，向着墙壁一头撞过去！

但是父皇的手却将她的头揪了回来。她是那么瘦小和卑微，在皇帝的掌握之中，就如同纸糊草扎的一般轻飘。但她仍然用双手蒙着自己的脸颊，哭声已经停了，泪水还在滴下来，在手掌上凝成胶状的晶体。

父皇问她：“妄谈战事，知道你犯了死罪吗？”

她的声音在捂着的手掌后喘息着：“噢，都死了。”

父皇带着她的后领口恨恨地一撕，嗤啦一响，在三角形的裂口中，她露出了整个的后背和双肩。一根弯曲的脊柱像钓竿似的拉扯着她的身子和头，从肩胛到腰部，只看得见发皱的皮和嶙峋的骨。

父皇骂道：“该死。”

“噢，都死了。”她说。

“看着朕。”父皇说，“看着朕。”

她从脸上迟疑不决地放下了自己的双手。她看着皇帝，也看着黑沉沉的宫墙。宫中所有人的目光雨点般地落在她的后背上，她的后背在不停地颤抖。

父皇用手托住老宫女的下巴，定定地打量着她的面容。在众人的注视下，父皇陷入了沉思。他的表情似乎正在复现一个无法找回的梦境。他和她之间，仿佛隔着凄迷的阳光和飘落不完的黄叶。他向她靠近一步，她朝后退出半步。

父皇靠前一步，那个卑微、瘦小的老宫女就退后半步。最后，他把她的身子揽进了自己的身子中间。皇帝俯身在老宫女木雕偶人般的头上和脖颈间嗅着。他嗅着，喘出长长的一口气来。他说：“原来是你。”

“原来是你……”父皇的声音像从水潭的深处升起来。

那一晚，父皇拥着这个让他恍然大悟的老宫女和那个假扮的杨贵妃，撇下众人走了。

小六子，你将不会找到任何的记载，大明帝国后宫中最后一场盛宴是如何收场的。那已经是崇祯一十七年三月的事情，李自成在攻破宁武关之后，草草接受了大同、宣武和居庸关的投降，正式催动一百二十万大军向北京进发。沿途没有受到任何有组织的抵抗，迎接他的，是华北大平原寂静的春天。

七四

那一晚，在看着父皇拥着两个女人消失后，我悄悄溜出了紫禁城。到处都是黑黢黢的，整个北京城，就像一个瞎子眼里的世界，除了我自己，看不到一个行人的身影。我在大街小巷中走着，风拂拂地吹，从那些人去室空的宅院里吹出花草的芬芳和荒芜。春天已经熟透，虫蚁在看不见的潮湿、腐朽中涌动和啃噬。

而父皇在欢乐的尽头，终于认出了那个卑微的老宫女是谁。“原来就是你啊……”她在一个决定性的瞬间，成了他要找寻的那个人。我知道父皇一直都在这样找寻着，当他坐在金銮宝殿的正中，履行作为皇帝的职责时，他要找寻的人都隐遁不见了。而当他潜入醇酒妇人，恍若梦中的时候，他一拍额头，发现自己才刚刚醒来，那个人其实就在眼前啊。

父皇拥着两个女人，经过由小刘子亲自把守的哨位，进入他最忠实的女人周皇后的卧室，穿过书房，来到了那宛如隧洞的浴室。这间浴室很多年都没有启用了，室内弥漫着多种植物的霉味，当壁灯一盏一盏点燃后，到处都飘浮着挥之不去的气尘，眼睛能够看清的地方超不出三步。那只巨大的椭圆形浴盆还搁在隧洞的深处，就像泊在雾中的船。

父皇用手势颁布了唯一的御旨：别出声。

当温水注满浴盆后，父皇先为那个老宫女脱去了身上的衣裳。他将她抱起来放入盆中。老宫女的身子小小的，胸脯是意料中的扁平，就连她下身的鬈毛也只有怯怯的三几根。她一直都在抽泣着，这使水面激起粼粼的波纹。父皇把纤长的十指伸入水中，在她的身上抚摸着，把她从头到脚，每个角落和每条皱褶，都洗得干干净净的。父皇洗她的时候，双手的动作异常地精细和温柔。他的表情，严肃、庄重，甚至可以称得上虔诚，就像是为太庙清洗一件圣洁的祭品。

他反复地洗着，直到他认为已洗净了一个女人血肉中全部的腥秽，才从水中把老宫女捞出来，靠在浴盆的旁边。现在，他开始抱起那个还披着红纱袍的假扮的杨贵妃。但是，就父皇的体形来说，黑妃是过于的沉重了，他只能把她抱离地面，却无力将她投进盆中。最后他只好把她放下来，示意她自己爬进去。当黑妃抓住盆沿，高高地抬起右腿时，支撑她庞大身躯的左脚却刚好踩在了一朵从砖缝中长出的蘑菇上。她惊呼一声，向后倒去，父皇伸手接住，顺势在她的臀上狠狠一推，听到一声沉闷的轰响，无数的水片高高地飞溅了起来，像急雨似的打在他们的脸上、身上。

透明的红纱浸在水中，紧紧地贴着黑妃的身子，这使她的肉体和一盆温水都被染成了红一块、黑一块。父皇看着盆里，长长地吸了一口气。他迅速地脱光了衣服，钻进了水中。水托起他被白蒿和乌菱染黑又被时间漂白的头发，头发就像寄生在卵石上一根根竖起的水草。他使劲抱着身下那胖嘟嘟的肉体，像抱着海底沉默的一条光滑的鲸鱼。

卑微的老宫女抽泣着，推动浴盆在隧洞中来回地旋转。水因为持久地扑腾，终于成了浅浅的一小凼。父皇排干了自己身上一切有毒的液汁，软软地蜷在那始终无声无息的黑妃身上睡着了。那毒汁是由忧郁、焦躁、厌食、耳鸣和反复无常的气候郁积而成的，那么的多，那么的黏稠，注进那胖嘟嘟的黝黑肉体后，甚至使它改变为了透明的青绿色，而且更加的发酵和肿胀。

老宫女还在用最后的力气推着浴盆转，她看着盆中熟睡的皇帝，就像一个听话的婴儿。她的神情，正是那种肃穆、悲悯的母仪。当她两手的力气用完了之后，她就用突出的肩胛或者扁平的胸脯来顶。她游丝似的抽泣，在皇帝的梦中成为忧伤而温存的歌谣。

太阳出来以后，皇后带着小刘子撞开了浴室的门。那个瘦弱的老宫女还弯着光溜溜的身子靠盆沿站着，望着盆中的皇帝与假扮的杨贵妃。老宫女已经死了；压在父皇身下的黑妃也死了，她的眼睛和嘴唇都是张开的，从鼻孔中流出两条青绿色的黏液。只有父皇还在老宫女的凝视下，在那具柔软丰肥的女尸上，静静地熟睡着。

也就在这个早晨，当阳光把城市、村庄都勾勒出金色的轮廓时，我走回了我成长的故园，那个桂木簇拥、青楼成片的木樨地。

七五

在崇祯一十七年的春阳下，木樨地比任何时候都显得辽阔和有生气。茂密的花木闪烁着透明、旋转的光斑，掠过座座青楼远近深浅的飞檐，一直能望见燕山支脉伸进华北平原的淡蓝色侧影。

然而，我在木樨地没有听到熟悉的笙歌管弦，甚至没有见到一个熟悉的故人：木樨地终于一天天败落下来了。每一天都有人裹挟着财物消失得无影无踪，他们带走了金钗、银盏，雕镂着鸳鸯的花床和椒兰、香膏、香炉，还有那些在花丛中颠鸾倒凤的神秘客人留下的唱词、墨宝，密密麻麻的手卷。最后一批人，则卸下了门板，砍断了雕栏，打造成歪歪扭扭的小舟，顺水漂流而去了。他们有的把木樨地的流风余韵带到了上起塞北，下垂江南的地方，另张了艳帜；有的则是身怀利刃，狼奔豕突，投到寇盗如毛之处，以求得一逞。木樨地只剩下几个老得发昏的贱婢粗仆，和一些从战乱之地流落来的伤兵、乞丐。他们坐在佛堂外的台阶上晒太阳，捉虱子，用流着口水的表情打量我，满面喜色地交头接耳，仿佛是奄奄待毙的野狗终于嗅到了一块肉。

我在母亲丹桂的大屋中住了下来。隔着一扇小门，就是我的闺房。现在门没有了，所有的家具和饰品都被洗劫一空，房屋中除了窗前那堆没有上釉的陶罐还高高低低地站在那儿，已经一无所有了。从前搁置大床的地板上，还留着床的投影，那儿因为没有脚步的踩踏而使漆水呈现出鲜明的玫瑰色。步行了一夜，我真有说不出的疲倦。我选了两只陶罐，用葫芦形的作了枕头，再将一只丝瓜状的抱在怀里，就在那块玫瑰色里躺了下来。陶罐的寒意在渗入我的皮肤后，变为了丝丝的暖流，我很快就睡着了。

那是一种黑沉沉的睡，死去一般没有梦想。在睡眠中我似乎短促地醒过来两次，一次嗅到桂香，我知道那是陶罐中储蓄的旧年的芬芳。还有一次我听到呼呼的风声，我也明白那是在陶罐中旋转不已的气流。我没理会它们，也没有睁一睁眼睛，就继续睡了过去。

我是在正午时分被一串脚步声惊醒的。强烈的阳光瀑布般地垂悬在窗口，桂树林散发出呛人的青涩气息。那脚步声因为正午的寂静而放大为恐怖的鼓点。这也许已经是第二天，或者第三天的正午罢？我跳起来，抓住陶罐等在门框边。脚步声拖得很长，就像是神秘的客人在故意延迟赶赴盛筵的时间。我手臂上的肉没有一点儿在颤抖，相反我精确地计算着上楼者将出现在我面前的位置。我甚至还退了半步，以使我的一击更为有力量。

第一个人突然站在了屋子的当中。有一刻，他望着空荡的四壁发愣，嘴里发出一个音来，“咦？”，随即他的大脑一片空白，一只散发着香味的陶罐在他的头上雨点般地粉碎了。他站在原地，瞬间就死去了。血从他的额上、脸上和脖子点点地冒出来，嘴里吐出最后那个延长的音，“咦……”。

第二个人紧接着就猛扑了进来。他手里握着一把雪亮的刀，在看清我之后脚步一收，就在这关口，我抱着另一只陶罐朝他当胸推去，一口气直抵墙根，罐子嘭地变成了两截，一口血从他的嘴里喷出来，落在玫瑰色的床影里。他的两只眼珠暴凸着，好像也要破眶而出。他死了，手里那把刀落下来，插在他的脚背上。

我迅速抱起第三只陶罐。但是等了很久，再没有人上来。于是，我仔细察看了自己的全身，竟然没有沾上一点的血痕。我吁出一口长气，把罐子向窗前砸过去。一片经久不绝的哗啦声之后，所有耸立的高高低低的陶罐都烂成了满地的残片。多少年积存在罐中的馥郁香气如同老窖中的酒母一般，在房中恣意地流淌着，和新鲜的血腥味混合在一起，让我的脑子一阵阵地发晕。我冲下楼，朝着木樨林子的深处跑去了。

从前那条父皇寻芳而来的秘密小径，已经淹没在隔年的落叶和今春的青草中不见了踪迹。我跑动的时候，觉得全身都在隐蔽处张开了一道道口子，好像半是焦渴半是湿润的唇在蠕动着，要吃要喝。

当我经过一座带青楼的院落时，我看见门槛的里外盛开着蝴蝶花。我跪在花丛边，像拨弄波浪一般地抚摸着它们。它们没有粘上一星灰尘，花瓣上那些红黄错乱的色斑因为水气充沛而绚烂欲滴。我随手摘下许多花朵，花茎的断口悬着一滴黏稠而透明的蜜汁。我伸出舌尖，把这些蜜汁都一点点地舔了进去。我舔的时候，身子仆倒，就像是春天里的一只猫。舔过之后，我把花瓣都吃进了肚子，因为我已经非常地饿了。我咀嚼花瓣的同时，还摘了许多插在我的头上、衣领上。把它们咽下肚后，我的肠子和骨头都变得痒痒起来了。不过，也可能是由花瓣上那些不易觉察的粉刺造成的。那种痒痒的感觉，开始让我不安。我用手去搔，却搔不到痒处。这一来，我有些心慌意乱了。

我起身穿过那座院子，经过青楼下面狭窄的通道，再跨过后墙坍塌的缺口，就看见了一块油绿绿的菜畦。菜畦的旁边，是古老的槐树和带辘轳的井台。体内的痒痒，使我变得有一些气紧，也有些酥软。我爬上井台，俯身伏在了辘轳上。

老槐树上挂满了虫子一样的淡紫色花串，正午的阳光从花串中射下来，落在我的身上，虫子立刻就爬满了我全身的旮旮旯旯。虫子在我那些张开的口子上舔着，就像我先前用舌尖舔花蜜一样舔着我的酥软的秘密。我吃进去的蝴蝶花瓣，那些鬼脸般的面具，被我的身体榨出冰凉的汁水，从我体下的口子中淌了出去。舔罢，那该是怎样的滋味啊，你们那些像舌尖般的毛毛虫。

井底那个插花满头的女人朝我嚅动着厚厚的嘴唇，你要吗，她说，你整个地要了你自己罢！

井水忽然晃荡了一下，插花满头的少女不见了。当水再次清澈时，从黑黝黝的深处浮出一个英俊、瘦削的少年，他抿着弯曲的嘴唇，满目伤感地看着我……我嘘口气，闭上了眼睛，我看过的伤感太多了。我的哆嗦的十指钻进了衣裙里，它们起初还犹豫着，探测着，忽然就变得蹦跳和欢乐了起来，一下子就捅进了那让我痒得气绝的黑暗的洞穴里……

惊天动地的炮声把我惊醒了过来。我从天旋地转的云端，被猛地掷回到了那架嘎吱作响的辘轳上。我难过地眯开了一条眼缝：第一眼望见的是一片眩目的白色，一座没有完工的贞节牌坊就立在木樨地最深处的道口上。汉白玉在太阳下泛着寒意凛冽的光，牌坊的基础周围长满了蓬草，到处都丢弃着零乱的石块和碎屑。分明没有完工，看起来却像是旧年的建筑在一夜之间哗啦啦地倒了下来。

我的目光从这破败的牌坊上掠过去，望见在燕山蓝色的侧影下，一支千军万马的部队正在炮声中扎下绵延不绝的营帐。森林般的刀枪举起来，如同星星闪耀。营帐前，绣有“闯”字的大纛在春风中从容不迫地飘扬着。

我瘫软在辘轳上，再没有力气挪动半步了。

七六

如果那天，我就倒在那架要命的辘轳上再也没有醒过来，或者在我走出林子的时候，让李自成的弓箭手射成了一只刺猬，那么我就不会目睹帝国的崩溃，也不会挨过后半生漫长而黑暗的日子了。是的，我在父皇最艰难的时刻，在颠倒乾坤的欢乐中背叛了他，而我也以自己的一死做了帝国祭坛上最完整、最洁净的牺牲品：我把我的小小的生命，还给了那个赋予它的人。

然而我没死。从那时到现在，我又活过了多少的日子？小六子，这已经到了康熙二十八年的秋天了罢？秋风吹过紫禁城，也吹过从前的木樨地。繁荣同腐朽，就像在我永恒的黑暗中重现的花月夜、上河图，晨钟暮鼓，飞去又飞回的鸟。因为我是一个甚么也看不见的瞎子，所以我听见的都是真理的声音。当我开口说话的时候，就连草木都要谦恭地弯腰聆听啊。但又有甚么人能够从我的述说中看到事情的本相呢？唯一真实的答案就掩盖在我黑色的面纱下，握在我烧焦成雀爪的右手里。但是你无法把它拿去，因为你可能甚么也没听到，——你听到的只是在持久的缄默中，家具、楼板开裂的噼啪声响罢。

我就这样在能够望见紫禁城金色角楼的窗前坐着，我坐了四十五年了。栗子树上的叶子都黄了，披上熟铜一般的秋光。吵吵嚷嚷的市声越过几条小街传进来，嘈杂，而又是生气勃勃的。有一天，我听到一头牛发出哞哞的悲哀的叫声，随即一柄尖刀指向了它的心脏。它倒下的速度慢得惊人，庞大的体积在落地时竟没有带来轰隆隆的响动，就好像那头牛不过是一张用气吹胀的牛皮。从市场上看热闹回来的丫鬟告诉我，那头牛死后流了许多的血，它倒在血中就如同是漂浮在血的上面。那些专程赶来采买活杀牛肉的人都摇摇头走掉了，他们觉得它与众不同，它不是死于一柄尖刀，而是死于刀刃触及皮肉的那一个瞬间。他们很聪明，看到了死亡的另一种可能。当然，他们更聪明一点，还可以这样去猜想：牛也许是被另一只暗器射死的？

一个帝国倒下的时候，就像这头被屠杀的牛，总是以某种古怪的方式死去的，死于非命，这是多么了不起的说法啊。大明的江山在坍塌的那一刻，与其说是悲痛地倒下去，毋宁说是轻飘飘地升了起来。它保留着体积，却已经失去了重量。谁只要伸出指头捅一捅它，它立刻就会像破气球般瘪下来，把那个人整个地覆盖掉。

那一天，又是小刘子把我从辘轳上抱了下来，送回了紫禁城。我后来才知道，被我用陶罐杀死的那两个人，原来就是小刘子派到木樨地寻找我的忠勇营太监。在日头偏西的时候，小刘子没有等到我的归来，终于亲自一人一骑闯到了木樨地。

就在那一天日落前，李自成的大军合围了北京城。

在小刘子匆匆护送我回宫的路上，我执意要绕到正阳门和宣武门南边去兜一个圈子，探一探消息。那儿密集着各省各地的会馆和戏园子，天南海北进京谋职、应试、唱戏、做生意的人们，就跟麻雀似的飞入北京城，再钻进了各自的窝，说着各自的鸟语。平日这儿是热闹得很的，就像赶万国大庙会，不停有货物、银子、人和飞箭传书般的消息在进出，腾腾三尺红尘中，坐在大轿、骡马上的家伙自然大腹便便，而布衣、草鞋者流也是满眼的睥睨，因为一介穷书生一旦金榜题名，即刻就等于挂了半颗相印；而富可敌国的仓廪，也可能在某天早晨开仓时，只看见一堆老鼠屎。我记得四川会馆里的戏台屏风上，就画着锦绣峨眉和云雨巫峡，中间横着两个大字，叫作“戏梦”。戏梦……这是说得很有意思的……可是，没人告诉我，梦醒了又如何？

这天日落时分的会馆区，就飘浮着一种梦醒之后的茫然，许多屋子都空了，临街的铺板卸下来又早早地安上了，稀稀落落的一些人聚在廊檐下说话，还有人不说话，走来走去，或者倚着廊柱在发呆。我下了马，问有没有从南京过来的客人？问了半晌，才有个蹲在街沿边的蓬头垢面老头回答我，他是扬州人，隔南京近，算半个。

我说：“您老是做伙计呢，还是替人算账的？”其实我觉得都不像。

他忽然就呜呜地哭了，说他是十三岁的童生，十六岁的秀才，二十一岁中了举人，还是个解元，后来就上京会试，要乘胜中个进士，但孤旅北京四十年，没有尺寸之功，空白了一头的青丝。他三天前才在白云观求过签，是上上大吉的，当场欢喜得晕死。等清醒过来，才知道皇上都快坐不稳龙庭了。他彷徨无计，就把三十六计都翻了一遍，发现唯有“走”是上策，结果参悟到天意，国不可一日无君，即便北京的皇上没了，南京也会冒出一个皇上来，有皇上处，就会有科举。于是他今天雇了一头毛驴，从南门奔窜，刚过了卢沟桥，就被李自成轰隆隆的马队给赶了回来……“轰隆隆啊，千军万马……”老举子喃喃说着，忽然又呜呜地哭了，说：“死不瞑目，死不瞑目！”

我冷笑道：“哭甚么，李自成做了皇上，不是也要开科举么？”

老举子收了哭声，瞪了我半晌，满眼惊喜，颤声问我：“小公公，真的吗？”

我咬牙扇了他一个大耳光，再啐一口，骂道：“没心肝的老王八！”老举子捂住脸，栽下去又伤伤心心地哭了。

旁边一个精瘦的青年看不过，当胸就给了我一拳，也骂道：“龟儿子，你看不出来嗦，他是个老疯子！都啥子时候了，你还敢仗着这身皮到处耍横啊？”

那一拳正打在我左胸的乳房上，一股气血涌上来差点把我噎死了。我求助地看看小刘子，我要让他把这个没王法的家伙一刀给捅了。但小刘子只是扶住我，低声说：“回宫罢，小姐。”街边的人开始围过来，把我和小刘子围在了中间。我不甘心，就盯住那家伙说："我认得你，四川佬。"

那家伙把两手叉在胸前，乜眼笑道："格老子，我当然要认得你，我今晚就去投了二王爷，你干脆换个主子，跟了我？"

我说："哪个二王爷？"

那家伙露出惊讶来，连连摇头，随后就是叹气，还伸出一根指头点着我的脸："天下群雄蜂起，你们还关起宫门做他娘的春秋大梦，哪个不垮嘛？二王爷就是刘宗敏，天不怕、地不怕，帐下虎将如雨、美女如云，就缺两个小公公侍候，你们干脆跟我走？"我忍了又忍，还是没忍住，猛然拔了小刘子的佩刀，朝他迎头劈过去。小刘子手忙脚乱，来不及抱住我，就伸脚一绊，我噗地就倒了，刀弹出老远，还撞了一脸的灰。众人嘻嘻哈哈笑起来，有击掌的，有喝彩的，那个扬州老举子也不哭了，颤巍巍踱过来，朝我脸上啐了一口又酸又臭的唾沫。

小刘子把我抱上马，向紫禁城而去。我使袖子擦着脸，恨恨说："我认得他。"小刘子劝慰我："算了罢，小姐。这辈子要认住的人，太多了。"我愣了愣，哭了两声，又傻傻地笑了。

七七

紫禁城内外所有的门都大开着，我和小刘子从天安门进去，经过长长的御道，穿过端门、午门，长驱直入。我们跑过太和殿前那片开阔地，顺着中轴线一路北上。暮色中的紫禁城就像是退潮后的海滩，荒凉而又寂寥，到处都打扫得干干净净，到处都看不到一个人影。

我们是在御花园见到父皇的。他握着一把折扇，在一棵桧树下徘徊。看见我，他的脸上漾起了笑意，他说："朱朱都看到了罢，朕是一个好客的君王。"

御花园中飘浮着晚春时节憔悴的花香，父皇抚摸着桧树粗皴的树皮，久久地盘桓着，有一刻，我觉得父皇好像就要把身子嵌进了大树去。

但是，父皇只能置身树外，也就是只能置身这盘残棋的局内，因为他还是这个风雨王朝的皇帝。他告诉我一件事，前一天（也许是前两天），当他从浴室里那场长长的睡眠中醒来时，皇后跪在他的脚下，代表上千吓得发抖的宫娥，泣请皇上发一道万万火急的御旨，征调吴三桂的大军回京师勤王。皇后最后说了一句话，她是侧脸向着一堵墙颤声说出的："三军可以夺帅，国家可以易君，但帅之妻妾不可凌，君之嫔妃不可辱……陛下，李自成敢吃福王肉，还喝'福鹿酒'，他要是破了北京城，哪个女人会有好下场？田贵妃宁死不辱，要么，陛下也让臣妾都随她去罢。"父皇躺在浴盆里黯然落了泪。最后，他宣来司礼监的秉笔太监，给吴三桂下了勤王的急诏。

但驰往山海关的使者才刚出安定门，在吴三桂军中督师的太监就送回了秘折。秘折称，吴三桂一日三次收到多尔衮和李自成的劝降书，他们为了把吴三桂拉向自己，都不惜以裂土封疆、封王封侯相允诺。但吴三桂对此概不回应，对部将的议论纷纭，也不置可否，只叮嘱四个字："静观其变。"这就使山海关五万精锐成了骑墙之势。陛下若还指望这支大军保北京，要么快刀剪除吴三桂，要么就给予更高的赏赐。

我问父皇："陛下的意思呢？"

父皇把扇子轻轻在掌心拍了拍："朕没有飞刀，可以千里之外取人头。朕也没甚么好东西给他了，即便是一顶王冠，如今只怕也是一个虚衔罢。"

我说："吴三桂'静观其变'，总是要等甚么罢？"

父皇说："自然是一个好价钱。"

我嗯了一声，又问："除此之外呢？"

父皇把我看了半晌，拿指头在我皱紧的眉心上抹了抹，要把它抹平了。他带着倦意哑声说："朱朱越来越像朕了……不要想太多。朕已经想得头痛了。"他抬眼向北边望出去，一轮春月升起来，黑黢黢的煤山在月下波动着翡翠般的绿光，阔大的寂静中，晚风吹着，把山上几千棵槐树吹出细细碎碎的、好听的声音来。槐花正在盛开，和木樨地边上的槐树一模一样，有着淡紫色的花串，和微微闷人的、忧伤的香味。父皇深深地吸了一口气，我和小刘子也都吸了一口气。

就在这时，我眼皮一跳，望见山顶上有两个黑影冒出来，手牵着手跳跃了几步，就闪入林中不见了。我说："是甚么？"小刘子说："大概是两只猫。"我看看父皇，他正对着煤山浮起若有深意的笑，他说："不是猫，是朕……还有个不中用的奴才罢。"他站起来，朝着储秀宫的方向走去了。我怔怔地望着父皇的背影，好久都没有明白，他在说甚么。

父皇消失在储秀宫的院落中以后，又沿着某一条小径，出现在另一条走廊或另一座桥头。在那最后的几天，他没有睡眠，甚至没有进食。他几乎不和人交谈，更没有人知道他内心的活动。他看起来，真的像在平静中等待预约的客人。

然而，第二天日出时，一匹汗流浃背的军马驰入了东直门，又一次把这种靠不住的宁静打破了。骑马人穿一领布满征尘的旧战袍，是吴三桂派遣的传令兵。

所有的朝臣，包括后宫的嫔妃，刷洗马桶的公公，都听到了那匹军马清脆的蹄铁声，在这种坐拥围城、几乎是束手待毙的绝望中，这一匹军马的蹄铁声，不啻万马奔腾。他们（应该是我们）都相信，这个传令兵的到来，显明吴三桂已经卷甲西进，正奔驰在勤王的路上，而且最乐观的估计是，他的前军将在午后的慵懒中直接奔袭李自成的营帐，以挫败贼寇的锐气。

然而，这当然都是空想了。吴三桂是个谜一样的男人，或更确切地说，他总是愿意让自己坚定的双眸遮掩在倦怠的表情后，从而让周身释放出谜一样的氛围来。他乐于做这么一个人，面对一盘棋，他总像心不在焉地惦记着别的事，这使对手，包括所有的观棋者都弄不懂，他下一步会走哪一招。

他的传令兵在崇祯一十七年三月十八日上午带来的消息，和京郊恶化的战况、北京崩溃的城防，都没有任何的关系。他在一封简短的书信中，恭谨地问候了皇帝陛下、皇后娘娘，随后就写到了边塞的苦寒和一个军人的孤独，为了身边有人照应起居，喝到热汤、吃到热饭，恳请恩准陈圆圆到关楼团聚，以慰我忠胆愁肠。最后，他再次恭祝（无声地山呼）：皇上、皇后万寿无疆。

这封让所有人都料所未料的信，就摆在养心殿中央的大案上，上边压着一块大明帝国皇帝的玉玺。皇帝在草草瞟过书信后，踱进背后的帷幔，一声不响地走掉了。剩下的已经不多的几个大臣，也唉声叹气地离开了紫禁城……几天以后，他们中有的人回了宫，但他们的身份已经不是大明的臣子了。

父皇毫无目的地走着，走过那些蛛网般的路径，砖石开裂的广场，还有上上下下无休无止的阶梯……三月中的紫禁城，散发出荒凉而宽广的气息，就像误了农时的田畴，狗尾巴草生气勃勃地钻出墙角、砖缝，蟋蟀在有力地鸣叫，而他则像个卸下了锄头、失去了劳力的庄稼人，只能走着、看着，想着自己的心事。我默默地尾随着他，他既不和我言语，但也不把我挥退，我们在宫殿与宫殿之间以间隔几步或者十几步的距离，沉默地信步着。整个紫禁城的防卫系统，只剩下了小刘子一个人在操持。

三月以来，每个时辰，都有太监、宫女偷偷出宫。他们不是空手离去的，都提着箱子，背着包裹，还顺手牵走了御马监的马……留下来的人，就寻个角落缩起来，哭累了，迷迷糊糊等着大限的降临。但还有几个闲不住的白头宫女，在清晨和黄昏定时把每一条道路都洒扫干净。父皇走累的时候，就坐上金銮殿的龙椅，成为这空旷而安静的时光中的一部分。从前文武百官盛服上朝经过的道路上，有一些麻雀在跳来跳去地觅食。天色最后一次变得麻麻黑，父皇的头低低地垂着，陷入遥远的回忆中。我走过去靠着龙椅坐下来，如果父皇做梦，我希望和他在同一个梦中。如果他大行了，我会和他共去同一个地方。

就在这个时候，皇后来到了金銮殿。夜幕刚刚垂落，感觉她是驾着一朵黑云而来的，她已经三天三夜在佛堂诵经，水米不沾，身子虚弱到气若游丝了。她刚刚听说了吴三桂书信的内容，挣扎着来恳请父皇恩准吴三桂和陈圆圆团聚，以换得他速发破贼之兵，保住三千宫娥的清白。父皇浅笑了一声，说：“你看，朕已经无人可宣，已经成了寡人了，你就来办这个差？”他随手一扔，把折扇扔给她，说：“见扇如见朕。”皇后伸手没有接住扇子，身子一斜，转了半个圈，慢慢地栽倒了。

我把那柄折扇捡起来，向父皇说：“请陛下把陈圆圆交给我。”父皇点点头，把我送出了金銮殿。他和我引颈北望，习习微风中，他和我都不觉做了一个深呼吸，嗅到了从煤山飘来的槐花香。

七八

是的，小六子，你想必已经注意到，我父皇的出场与谢幕，总是和一柄折扇联系在一起的。

这一点你比我更清楚，如果要给历朝开国的皇帝画肖像，大概是离不开弓马和一把剑，而末世君王呢，自然就是醇酒妇人了。三千年来，这应该已成了定论了。可是，我父皇即便想把自己沉溺在醇酒妇人里，他依然是无法忘形、忘我的，就像他倚靠着一棵树却无法把自己嵌进去。所以，他手里的道具，就是一柄折扇。小六子，你翻烂了史书，见过有像我父皇这样手摇折扇的“后主”吗？不用想，你没有。但你可以想一想，为甚么我父皇在某个生死攸关的时候，手里就会有一柄扇子呢？你可能会觉得，这是因为父皇手里的扇子，给他添了风流蕴藉，使他更像一个雅俊的学子，或者，用扇动的微风来掩饰内心的不安。然而，我并不这么看。君王的折扇，收起来就像是一支批点生死簿的笔，当它向外一格一格展开时，就有了一种无限的延伸感，而它随着主人手腕的急转悠回，不啻有千变万化的感觉。变化，这才是我父皇寄情于折扇的会心处。他和他的皇兄都对变化有着隐秘的痴恋，所不同的是，他皇兄确定要把自己变成谁；而我父皇呢，他也许一直没想好，自己渴望的变化究竟是甚么？十七岁的时候，他用一柄折扇降服了权倾天下的魏忠贤，现在，又过了十七年，他把另一柄折扇给了我，也许，他相信他的意志能通过我的手，改写将载入史册的某个既定结局罢。

我把那柄折扇展开来，放在了国丈、嘉定伯周奎的书桌上。周奎正戴着传教士赠送的云母色双片眼镜，在灯烛影里蘸着口水算账，拨算盘。自从十七年前他的女儿从信亲王妃册封为皇后，当日账当晚算，就成了他十七年来未尝有一天中断的功课。谁也不知道他确切记了些甚么，因为没人能读懂他的账本。据说他记账时参考了回文诗的玄机，还嵌入了若干的夷文，所以朝臣中流传一句俗话："国丈爷的账本——天书。"崇祯一十六年，父皇为孙传庭筹军饷，向周奎借二十万，但周奎哭穷，还把账本砸给户部尚书看，让他明白自己已穷到甚么程度了！但为了保社稷，他过后还是勉强凑了三千递上去。父皇知道了，对皇后说笑："朕以为你爹会为国家割一碗血，他却只挤了一滴泪。"皇后羞得满脸通红，赶紧从自己的私房钱中捐了两万两。周奎的富有和悭吝都是北京的一甲，他的黄金在传言中可以打造一间黄金屋，雪花银子可以堆起七十二个雪娃娃。雁过拔毛是一定的，而一只老鼠窜进了国丈府，也休想能出来，——何况是身价堪与国运等值的陈圆圆。我知道，今夜除了皇帝，谁要把陈圆圆接出国丈府，都不是容易事。

而且我没有带小刘子，也没有带一兵一卒。忠勇营的太监一部分已经溜走了，也许是驾土遁，也许是变黄鹤，反正只剩下了不到二十人。小刘子建议把他们分为四小组，从四个方向分别突袭一次李自成的军营，寻找防卫最薄弱的一方，好平安送走陈圆圆。我认为他说得很在理，为了不减弱他们的兵力，我执意只身去了国丈府找周奎要人。

周奎的书桌上还架着一支笔，暖着一壶酒，城外传来有零星的炮声，但他的坐姿和表情都是心气平和的。他知道我的身份，也知道我的出身，但他并不怎么把我放在眼里，因为他的外孙是太子、女儿是皇后、女婿是皇帝，我算甚么呢？我却没打算啰唆，只是指着优雅展开的弧形扇面说："圣谕：见扇如见君。"

扇面上是父皇用颜体抄录的一首唐诗，肥腴、饱满的字迹在烛光下恍若飘浮，诗和字都一齐散发出盛唐那梦幻般的芳香：

绛帻鸡人报晓筹，尚衣方进翠云裘。
九天阊阖开宫殿，万国衣冠拜冕旒。
日色才临仙掌动，香烟欲傍衮龙浮。
朝罢须裁五色诏，佩声归到凤池头。

周奎把诗冷冷地瞟了一眼，手里依然捏着他的账本。他说："皇上有甚么话要交代给老臣？"

我并不回答他，只是嘻嘻笑道："兵临城下，国丈还能安如磐石，难得的娴雅。"

周奎立刻纠正我："老臣不敢闲着。闲愁最苦，而老臣忙活，日夜不辍。"

我把笑一收，径直就挑到了陈圆圆身上，却不是向他要人。我说："皇上最看重国丈的，就是你的这股忙活劲。皇上宣你，即刻率家丁护陈圆圆突出围城，连夜驱驰，送抵山海关吴三桂大将军府。"

周奎听完，半晌不说话，然后吃力地撑着桌沿站起来。他说："蒙皇上重托，老臣谢恩……"突然就是一阵乱咳，咳得心坎破响，随后就倒下了地去。我赶紧蹲下去扶他，他嘘着气说："老臣旧病复发，恐怕不能替皇上分忧，有劳朱朱小姐了……"

父皇的珍珠种马孤零零站在国丈府外的夜色中。我问陈圆圆："就这一匹驮人的牲口了，一具马鞍，要挤两个屁股，好姐姐，你坐前边呢，还是坐后边？”陈圆圆腻了一小会儿，说：“后边。”我说：“好，后边。”但她踩上上马石，又改变了主意，说：“还是前边罢。”我说：“好罢，就前边。”

街面上有风从鞑靼高原上带来的黄沙，马蹄踩在沙上，有一种忧伤的切切嚓嚓的声音。我的手圈住陈圆圆的腰肢，扣在她的小腹上，隔着春衫，我的手也能感觉到那儿的温软和轻微的战栗。我的鼻子刚好对着她的后领，领口下有种让人眩晕的香气淡淡飘出来，有点像药味，但没苦涩气，有点像秘藏在老窖的私酒，却又比酒更馥郁，我想，上好的蒙汗药大概就有这个味道罢？我问她：“你为甚么选了后边，又要改前边？”她不说话。我说：“你抱过来顺儿吗？”她还是不说话。我说：“你甚么人都没有抱过罢？”她依然沉默着。我嘿嘿地笑了，说：“我明白你的心思了，你是想第一个抱吴将军？你是做梦都想成为将军夫人的。”她扭过半边身子来，突然抱住我，把她的嘴唇有力地压在我的嘴唇上。我唔唔地叫着，出不过气来，差点要昏死。虽然那天的春夜，我的眼睛就像我现在是个瞎子，甚么都看不清，但我的嘴唇能够清晰地感觉到，她哆嗦的双唇是又红又肿又亮的，就如烧红的火炭。而她的舌头就像一条黏滑的鱼，在我口腔里乱钻。就在我叫声越来越微弱，几乎就要窒息时，她把嘴唇拿开了。

我说：“你要我的命。”

她用凉津津的手在我嘴唇上抹了一抹，说：“你信不信，我一直都想成为你？”

这一回，轮到我沉默了。我的嘴里还留着她舌头的黏液，嘴唇还在说不出来地发麻，我从身后搂着她，回忆着她冷冷的容貌，无法相信刚才那个人是小沅。

一骑两人，继续在沉默中向紫禁城而去。她幽幽地问了句：“这是哪儿呢？”

我说：“天街。”

她在我怀里打了个冷战：“天街吗？内库烧为锦绣灰，天街踏尽公卿骨……”

我说：“你吃斋，念佛，学的就是这些吗？”

她说：“甚么是变化，甚么是无常，你不会懂得的，永远都不会……我饿了。”

远远地，有一间店铺还在亮着灯，这就像整个黑暗的北京城还睁着一只眼。这是老陈记眉公饼分号，一个伙计在捅炉子，一个伙计在打饼。夜色中飘起了细雨，雨丝淋在我们的头发上、马鬃上，摸一摸，有了一种油润、舒坦的手感。我拍马到了店门外，吆喝来一盒饼，顺便说了句：“全北京的商铺都歇了业，偏偏你们不怕死？”伙计尖声笑起来：“我的好公公，皇上爱吃饼，贼来了他也要吃饼，您说是不是？”我不理睬他，我讨厌这种卷着舌头说话的腔调，比公公还公公。但我身上没有带银子，就抽出父皇的折扇扔给了他。

伙计展开折扇，瞅了一眼，撇嘴说：“哪值得了这么多的钱！”硬把盒里的饼子捡走了一半。

七九

小刘子沾着一身血污回宫时，陈圆圆正在坤宁宫中，由皇后亲督着贴身的侍女，里里外外收拾她。

忠勇营太监在突袭中被杀死了一半，砍成重伤的都扔在了城墙下，还有三个好手好脚的失踪了。小刘子是从西边的阜成门突袭出去的，他的额头被刀划了一道口子，血流下来短暂地模糊了他的视线，这使他看见天地间都弥漫着血光。在倾国之灾来临时，死几个人不足惜，何况他们的死也不是没用处。小刘子告诉我，李自成的大军自西而来，骑兵和步卒至少在百万以上，如果再加上替他搬运辎重的百姓、从各地闻风赶来投军的饥民、等着看帝国崩塌的闲人和流氓，应该有数百万之众，放眼望去，座座营帐相连，漫无边际，营火就像泛滥成灾的红蝗在黑夜里乱舞。李自成把重兵留在西门，由二王爷刘宗敏统帅、李岩辅佐，伺机总攻；他自己则带着未来的宰相牛金星，率一支亲军驻扎在永定门外，等北京城破后，要骑着乌驳马踩着中轴线进北京——过永定门、正阳门、外金水桥、天安门、端门、午门、太和门，直上金銮殿。在北边和东边，李自成布兵较弱，如果大明皇室能侥幸从北边突围出去，那么他们面临的屏蔽首先就是自家的长城，即便翻过长城，塞外的鞑靼高原、瀚海大漠，只需一夜风沙，就足以把一群孤魂野鬼埋葬得了无踪影。而东边，李自成军队摆出的阵势，更多还是提防招降不成，反而从山海关杀来的吴三桂铁骑。

李岩为李自成谋划的上上之策是，以招降稳住山海关，一鼓破北京，然后乘胜东进，在山海关城楼下举行受降式，接受吴三桂归顺。李岩说，这个仪式的重要性在于维护吴三桂的尊严，它的隆重甚至不能低于当初刘邦为韩信筑坛拜将。但刘宗敏当场就跳了起来：“除了俺，谁能和韩信比？汉家的天下都是韩信打下来的。吴三桂甚么东西，不过亡国的余孽。”李岩说：“二王爷当然是打天下的第一功臣了，谁能比您！不过，刘邦得了天下，就要唱《大风歌》，‘安得壮士兮镇守四方？’刘备为了匡扶汉室，有孔明、关、张随他征战，却找不到合适的人守荆州。荆州一丢，蜀汉的败局就定了。闯王没有吴三桂，依然可以得天下，但得了吴三桂，却可以保社稷：天助闯王，吴三桂就是明天替闯王守好荆州的人。”刘宗敏哈哈一笑，说：“李公子书读多了，拿荆州比喻来比喻去，只看得见荆州，看不见天下，闯王岂止是做割据一方的枭雄？起码也是唐宗宋祖罢。”李岩没法跟他争辩，就请李自成裁决。但李自成没有裁决，只劝慰将相以和为贵，眼下除了破北京，一切等入主了紫禁城再议。

当小刘子在西边展开突袭时，刘宗敏的大帐中正发生一场骚乱：他的亲兵奉命在方圆十八里范围内搜索，给他架回一个正待出阁的新娘子。他把李岩和帐下的将领都请来喝酒，他一个人喝干了一坛无定河老窖，最后把坛子也摔了，宣布要在拂晓前和那个新娘子圆房，以势如破瓜来吉兆北京的破城之战。将领们纷纷叫好，也都摔破了酒碗，为二王爷壮威。但李岩力劝刘宗敏放弃这个古怪的念头，他说，城破之前就开了破瓜无辜女子的先例，那城破之后，大军的作为如何约束。刘宗敏捻须而笑，他说：“李公子，俺们都打上金銮殿去了，做甚么还要约束自家人？那不是打的屌天下！”李岩也醉了，也笑道，既然上了金銮殿，就是好好做皇帝，干吗就舍不下山大王的脾气呢？刘宗敏大怒，掀翻酒桌子，扬手就刺了李岩一剑。众将跟着动手，李岩的两个亲兵，一个立刻被剁成了几块，另一个负伤扑出帐去，没命狂奔，刚好碰上小刘子一行，就被顺手捕获了。

我被这个消息震蒙了。过了半晌，才哑声喃喃说：“李岩自找的，他迟早都是这一个下场。”

小刘子听出了我嗓音里边的黯然，他说：“小姐在替李岩难过罢？他的确是自找的，弑父、弑君的人，没一个有好下场。”

我摇摇头："弑父自然是禽兽不如的，弑君就很难说了，成祖皇帝不弑建文皇帝，世上也不会有这座北京城，说书的、唱戏的，也是别一种演义……"我忽然又想起了甚么，痴痴地笑了笑："李岩那么文弱的，原该摇一柄扇子，出没木樨地，成为话本故事里边的角色，卷了花魁娘娘去私奔……可惜他做了刘宗敏剑下的鬼。把李岩的亲兵提来，我要再审一审。"

小刘子从隔壁转一圈回来，说："他已经死了。"

八〇

陈圆圆从坤宁宫出来时，微雨正在黑暗中习习地飘。她已经由皇后亲督侍女，行了沐浴、熏香、更衣、梳发、修剪指甲，描了眉眼，扑了淡妆，再披了一袭银白的孔雀裘。当她在两盏灯笼的引领下，朝马车款款走来时，我觉得她不是小沅，也不是陈圆圆，而是黑暗中一缕白色的幽魂。此夜此情，没有人能看清她眼里的表情，她半耷眼帘，抿紧嘴角，我站在车辕边迎着她，她每近一步，我都感到有风声紧了一紧，是一种看不见的，在黑暗中生长的悲风。我心口一酸，眼窝热起来，泪水就扑扑地落了下来。她伸出凉凉的素手，在我脸上摸了摸，把我的泪水揩了揩。

拉车的，还是那匹珍珠色种马，因为找遍大内，只有这一匹马了。而马车是尚膳监太监出宫采买鸡鸭鱼肉专用的，简陋的车厢甚至无法安坐民间的嫁妇，何况陈圆圆的这一车不啻浮动的九州。但一切都被我安排妥当了，我遣人搬来一口大柜，横放在车厢里，就成了一张有盖的大床。这口大柜子，你一定猜到了，就是天启皇帝穷其一生打造的变化之器，每一丝木纹中，都渗有这个天授之子的汗水。我在柜子里铺了一床厚实的被子，用那块多余的木头作了枕头。我让陈圆圆在柜子里平躺下，忍不住伸下手摸了摸她脸上的滴泪痣。天黑着，我其实无法看清它，只感觉一粒浅浅的软珠子在我指尖上轻微一浪。

她忽然小声说："马有泪槽，骑则妨主。女人有滴泪痣，会不会害她的男人呢？"我没想到她会问这一个问题。我想了一小会儿，还是不知道怎么回答。她的眼睛，在黑暗中以比黑暗更黑的乌亮看着我；她的脖子和腋窝在发出春天的诡异的香味。我心口再次一酸，挤出了两声清脆的笑声，"啪"的把柜门关上了。

马车由忠勇营两个最年长可靠的太监驾驭着，按照事先确定的路线，出宫后，径直通过东直门秘密向山海关潜行。但，就在马车要转弯时，我拉住了辔头。有一个高个子、卷发的传教士扛着一只望远镜筒，正从我们身边擦肩而过。我在微雨中嗅到一股浓郁的腥膻味。"还不歇着吗？"我说。他用拗口的华语回答："测天象，有定时。"我哦了声，顺口问："这会儿几时呢？"他说："差十二分之一个时辰到卯时。"腥膻的味道飘远了，我指着马头、马车上的那一口盛满秘密的大柜子，字字顿顿地说：

"绕道西直门。"

驾车的太监有一些发蒙，问我："为甚么？"

我说："是御旨。"

小刘子也在发蒙，他咕哝着："御旨？为甚么呢？"

我说："御旨。天子之意不可测。"

这是我唯一一次假传了御旨。

我和小刘子把车送到了西直门。西直门在崇祯一十七年三月十九日最黑暗的卯时发出了压抑的开启声，吊桥偷偷摸摸放下来，伸过了护城河，就像一个人把手伸向了别人的口袋。我对大明帝国最后的印象，都终止在那架马车的背影上，——其后的一切，都是无限重复的春梦——它穿过城门洞，驶上了吊桥：再望过去，就是刘宗敏所部铺天盖地的营火。营火舔着飘落的微雨，如饥馋的舌头在吱吱地响。马车就朝着那片饥馋之地驶过去，起初是一团模糊的黑影，渐渐成了一小团模糊的云，最后缩小为一滴雨，完全没有了。

嗳，小六子，在这三千年的史籍中，你最喜欢哪一部书的名字呢？《资治通鉴》吗？呵，一听就出自一个古板无趣的老官僚之手。我是喜欢《春秋》的，这个名字起得真好啊。不错，这是鲁国的官史，我听父皇说过的。可是，这个名字绝不是一个史官起得出来的，他一定有个聪慧的妻子，或者一个成天做梦的女儿，是她们替他起的名字罢。那个时候，字远没有现在多，人也不习惯讲大道理，孔夫子说的话，都是鸡毛蒜皮的小事情，而庄子总爱打让你瞠目结舌的怪比喻。哲学家和孩子大概爱在桑树下打瞌睡，八百诸侯天天在杀人，土垒的空宅在雨中坍塌了，而身负匕首的荆轲一个人走在大路上。君王嗜杀，但也能反串诗人和艺人，所以楚王梦见巫山神女，就尽兴去翻云覆雨，把一个谜底扔进峡谷中，折磨了后人三千年。你的字比楚王认得多，你的书也比《春秋》写得厚，可你的道理是别人嚼过的甘蔗，你梦醒的时候，也没有迷迷糊糊的惆怅，因为最绮丽的梦别人已经做过了。那是眼睛和耳朵的春秋，能看见青草从骷髅中有力地长出来，听见麦穗突然地爆裂和飞溅……那时候的史书，的确没有比《春秋》更为贴切了……我对你说的这些话，在将要撰写（天知道是谁）的《明史》中，是不会看到的，就像落红缤纷的春愁，如何写得进举子的八股文？除非他死了一条心。

不仅仅是人罢，树，宫殿，一轮春月，把心死透了，把念想掐熄了，都能焕发出一种昏沉沉的美。暮鸦拣尽寒枝，白头宫女对寥落行宫，西沉的月亮照耀着崇祯一十七年三月十九日拂晓前的煤山……还有，我父皇最后在龙椅上留下的优雅、松弛的坐姿，在我瞎眼后的记忆中，都成为绝色而反复浮现着，就在这儿，我的呼吸间。

那个注定要改写春秋的拂晓，我和小刘子最后一次穿过午门回到了紫禁城。他手下已经没有一个可用之人了，他就把自己作为一个游动哨，在宫殿与宫殿之间游荡着，成了另一滴将要蒸发的雨。而我拖着疲惫的双腿，又回到金銮殿陪伴着父皇。在那张龙椅中，他蜷着双腿似睡非睡，他在龙椅上的坐姿从没有这么随便过、惬意过，因为他已经无须面对任何一个臣子了。

我没打算要跟父皇说甚么。我只是撑着重得要命的眼帘，又四处望了望，望了又望：春月正在西沉，微雨还在时断时续地落着，淋湿的煤山、山上的槐树，青砖、黄瓦和白色的栏杆，都映射出同一种绿荧荧的光芒。

我走过龙椅后，退入帷幕，裹着幕布的一角睡着了。

迷糊中，我听到有人说话的声音。那是父皇在绕着龙椅，独自吟哦着甚么人的词。我只听清了两句，虽然并不相连，但意思明确，他的声音也相当清晰和圆润，有着我所熟悉的寂静，哀愁，和释放着芬芳的自我迷惑：

归来恰似辽东鹤，

谁识当年旧主人？

这该算是父皇留给我的遗言罢？

父皇最后一次以皇帝的尊严，在无声地拒绝了两个蒙面人护送他南下的请求后，从我的睡梦中，永远地隐去了。

八一

我做了四十五年的瞎子了，为此我感到由衷地庆幸。这使我心底保留的记忆，全是故国的风物。对于我来说，街上的女人穿了旗袍，男人留了长辫，都可以是虚妄的传说。顺治为一个爱姬之死而万念俱灰地出家，康熙十六岁捕杀鳌拜、以八年战争扑灭吴三桂，我倒是深信不疑的。因为，类似的奇迹，都早在我的父皇，或者我父皇的皇兄身上应验过。我的养父德吕尔·德吕翁曾让我熟读过这样一段话："已有的事，后必再有；已行的事，后必再行……岂有一件事人能指着说这是新的？"我父皇和他们不同的是，他是末代的君王，而他们是开国的英主，——这就是天壤、云泥的差别罢？

这个世代已经不值得用眼睛来看了。对我来说，比眼睛更有用的是耳朵和鼻子。我虽然早已是一个盲眼老妪了，但还有着细微的嗅觉，能分辨出茉莉花和茉莉花茶的不同，还能吸到钻入砖缝的海棠花气息，从而置身于许多年前的故事中……嗳，小六子，我没向你说谎，但我猜测你没有胆量把它们写出来，因为这样，别人就会怀疑你所有书籍的真实性。可我怎么向你证实呢，作为瞎子，我当然蔑视"眼见为实"的古训，可总不能为了让你相信，先把你的眼睛刺瞎罢？

我在五十三岁那年的冬天，患了一种奇怪的病症，全身蜷曲成了一团，像老人临死前慢慢合拢的拳头，在痛楚和痉挛中奄奄待毙。德吕尔·德吕翁为我向上帝做了无数的祈祷，但他的上帝显然对我这个异教徒并不存怜悯，而他的念念有词在我听来也真如诅咒一般刺耳、难受。我心如死灰，但求速死。

一位游方郎中来到了我的床前。他倒骑一头塞外的双峰骆驼，肩上披着早春的雪花和一只黯淡发黑的葫芦，葫芦上刻了四个字：“悬壶济世”。驼铃当当响着的时候，他抿着双唇，从高而又高的驼峰上俯视着北京城里熙来攘往的车马人流。养父是在出门时与他不期而遇的，他向他恭敬施礼，请求他为自己的养女，那一只可怜的羔羊治好恶疾。

我在接受大夫治疗时照例把蚊帐垂闭着，脸上还蒙着一层黑纱，只把完好的左手伸出帐外让他切脉。但这位郎中没有把他的四指搭在我的腕上，却用他的手掌握住了我的手掌。他用他的手掌抚摸着我的手掌，用他的手指头数着我的手指头。他的手就像女人的手一样纤细和光滑，甚至，我怀疑他就是一个假扮了男人的女人。

他吹着口哨，用一根指头挑开了蚊帐和我脸上的黑纱。口哨声突然停了下来。我想，一定是我面容的狰狞把他吓坏了：枯干的黄毛，瞎掉的眼睛，半脸的姜癍，还有豁嘴与焦牙。

但在短暂的沉默后，他把手伸进了我的被窝。我的身体下，铺着长白山的两层熊皮，身上盖着十斤重的鸭绒，但被窝却如冰窟没一点暖意。他用长臂猿似的手臂把我抱起来，放到他的怀里坐着。我的身体不能动弹，当我刚用豁缺的嘴巴发出含混的抗议时，我寒冷的身子却像冰块融入了暖流，紧而又紧地贴牢了他的胸膛：他的身体像绵羊那样有着暖意和温存。他把我抱在怀里，就像抱着一个嗷嗷待哺的婴儿。他的手在抚摸着我的头发、脸、乳房和根根的两肋，还从我的后颈窝，顺着那已经弯为一条弓背的脊椎，一直滑到尾骨的下边……他的指头轻柔，而用力狠辣，在探明的某一点上坚定地刺下去。它们给我带来的痛楚，甚至远远超过了我本身的病痛，那种痛楚像圆头的锥子钉在我的病痛上，以一种痛驱赶着另一种痛，我止不住用嘴堵住郎中的胸膛，娇嗔而委屈地哭起来。

郎中却再次吹起了口哨。但是我的身体知道，他的衣服已经被淋漓的大汗湿透了。而我的身上光溜溜的，没有一丝的披挂，就像一个刚从热气蒸腾的浴桶中捞出的婴儿，散发着红通通的、半透明的光。

接下来，郎中用了七天时间给我反复施行这种按摩疗法。在每一遍撕破肝胆的痛楚后，我蜷曲的身子都在他怀里伸直了一点点。七天之后，他给我喂服了一种辛辣的汤药，然后把一件甚么东西递到我手上，他说："夫人，你摸一摸。"

"夫人"这个词，让我的身体冷不丁地抽搐了一下。我好像这才意识到，我在这个陌生男人面前所丧失的羞耻和尊严。我吁出一口长气，泪水从眼窝中沁出来。我摸了摸他递到我手中的东西，那是一根又细又长、蕴含着弹性的银针。就在这瞬息之间，那根银针扎进了我的指尖。紧接着，我听见一片细微的风声，成千上万的银针雨点般地扎进了我的身体，使我看起来就像是一只可怕的、巨大的刺猬。一股股有力的气流通过针尖，不停地灌进我的体内，身体就像被无限吹胀的气球，立刻就要被炸成碎片了。我不敢叫喊，甚至不敢呼吸。这时候，郎中先前给我喂服的辛辣汤药在我的体内运行起来，就像是无数纤纤的秀手，接住了气流，把它们化解为柔和的、熨帖的水，缓缓地运送到我有毒的血、肉和骨髓中。

随后，郎中把我从他怀里放下地，直挺挺站立在屋子的中央，并给我的后背、屁股都扎满了银针。我的双臂无助地平举着，刺猬变成了德吕尔·德吕翁顶礼膜拜的“十字架”。那无数的纤纤秀手就在“十字架”的内部，恣意地抚摸着，爱抚着，温存着……痛楚没有了，膨胀消解了，但那种煎心的痒却一浪高一浪地撩拨着我。我对着黑暗哀告：“让我死罢……”然而，我终于在这个男人的手里活了过来了。

当他最后一次踏进我的卧房时，窗台上的兰花已在幽幽飘香了。

我问他：“你姓甚么呢？”

他说：“客……”

我吃了一惊。我说：“你姓客？”

他说：“客居京华，有姓没姓，又有甚么关系呢……我就要回去了。”

“回到哪儿呢？”

“回到我的骆驼背上啊。”

这时，我似乎才第一次听清，他的声音格外地清晰，悦耳，没有一丁点杂质。我可以想象他异常地年轻，而他咧嘴一笑的时候，定会有一口晶晶闪亮的白牙。

我沉默了好一小会。我说：“你用那么个残毒的法子对付我，你的凭据是甚么呢？”

他说：“就是在夫人的贵体上找到准确的经络和穴位。”

“噢……你告诉我，经络有多粗，穴位有多大呢？”

“经络没有粗细，穴位也没有大小。”

“胡说！既是这样，你如何证明它们的存在呢？”

“它们只能被感知，而不能被证实。”

我笑了：“眼见为实，不能被证实的东西，又怎么可能是存在的呢？”

他朗声道：“是的，眼见为实。可夫人，您的贵体不是已经恢复元气了吗？”

我听见口哨声响起来，就像一只蛾在青草地上翩翩地飞翔。

“再给我做一次全身检查罢。你骑着骆驼走了，我上哪儿去找你呢？”我说着，像是在下一道不容置疑的懿旨。

青草的味道风一般吹到我的脸上。当他纤长的指头挑开我的被子，一层一层为我脱去内衣、内裙时，我从枕边摸出两块白纱，一块白纱罩住了我可憎的面目，一块白纱裹住了雀爪似的右手。我听见口哨声停顿在一个忧伤的片段上。

他吁出一口长长的气。“夫人，你真是玉体横陈啊……”

“试一试，”我在白纱下面发出哀告的声音，“试一试我……”

一根银针在我赤溜溜的躯体上，光束般地游走着。当它快捷而轻盈地撩拨到我的奶头、肋骨、肚脐和大腿的内侧时，我的身体像遭受雷电的一击，猛地一抽搐，随后，它就如同春天的蛇一样扭动起来了。

我抓住他的手，把它往我身体最潮湿、最眩晕，也是最寂寞的穴位按下去。我说：“伸出你的指头罢！”

但是，那郎中的手却像钢铁一般地定住了，一动不动。

他用清晰、悦耳、年轻的声音对我说：“夫人，你已经完全复原了。”

我的眼泪从瞎眼中滚出来，把白纱弄湿了。我说：“让我记住你。”

他用银针在我左边大腿的内侧，刺了一只蝎子。血滴，渗出那一小块光滑的皮肤，一点点地缓解着我内心的风暴。随后，他把长长的银针在我中指上一圈一圈地绕着，成了一枚银色的指环。

那是康熙二十年的事情，改朝换代已如隔世，就连吴三桂猖狂一跳的“三藩之乱”，也即将被剿灭了。街上的贩夫走卒都在喜洋洋地说，看啦，升平盛世就要来了。

好，来罢，来了好……从那时（一个一个的那时）到现在，我还有甚么世没有活过呢？宅大闹鬼，树老成精，我快活到可以成鬼、成精了。每晚入睡，我都觉得这就是最后一晚。然而鸟叫的时候，我又活了回来。在每天这个最清醒的时辰，我都会对自己重温一句话，你失去了一个帝国和一双眼睛，却还保留着一具完整如初的身子……

我没有想到，我会给你说了这么多的话。天气热了起来，棉袄换了浅色的夏衣，栀子花开了，又淡雅又感伤。随后，就是秋凉了，虫子在窗下没日没夜地鸣唱……我已经活得够长了。在漫长的黑暗中，我时常玩弄着十字架、银针、来顺儿的中指，等待着时间的黑暗把我囫囵吞枣地吞下去。你打乱了我，小六子，我竟给你说了这么多的话……说这么多话，我别无所求，但求你（我在求你？）不要把我说的话当谎言。

你还是要我拿出证据来？好罢，小六子，我愿意把我作为证据拿给你。拿去，小六子。用你的手握住我的手，是这只完好的左手……好的，攥紧了，你的手心在出汗，还在轻微地哆嗦……别哆嗦，别，我不会伤害你。现在，你是不是和我一样地觉得，摸得着比看得见更加的可靠？嗳，我要让你的手明白，它摸到的是不是真实的奇迹。

十字架是可以重铸的，银针也可以从郎中那儿买一根，为了一节蔫瘪的手指，甚至可以去街上杀一个无辜的人。但是，我的身体绝不可能是赝品。你看见了，我的脸布满了姜瘢，右手烧成了雀爪，可你摸到过哪个老妪的左手还有我这样温润如玉的？噢，小六子！再把你的手伸进我的黑袍里，摸到我左腿内侧那只针刺的蝎子……然后，请你像打开书一样，把我打开罢。

【附录：另一卷】

带刀的素王

八二

李自成在襄阳称新顺王，而帝国的皇帝在深宫隐而不出时，一个无名氏以蒙面者的形象登上了前台。他以一种特殊的方式，震动了整个北京。他的突然出现就像他后来的突然消失一样，都没有显现过任何的先兆。按照西洋传教士对于宇宙的描述，这个无名氏仿佛破开混沌与虚空撞向地球的彗星，它挟着磅礴的体积、呼啸的风声和炫目的光芒从人们的头上一掠而过。当地球与人的心灵为此而长久地惊栗和动荡时，它则已插入了永恒的黑暗之中，并在那儿静静地融化为空气与水分……这是崇祯一十六年，即西元 1643 年春天的事情。

六必居酱园的老掌柜是第一个发现无名氏行踪的人。那天早晨刚下过一场春雪，空气中还飘流着寒冷的冰霰。老掌柜照例在御河到前门之间的空地上溜达，甩手、劈叉、踢腿，吊两句“自古紫气罩京华……”但是他的眼睛定在箭楼的飞檐上，嘴唇张成一个夷文的“O”型，竟唱不下去了。在悬挂风铃的地方，摇晃着一只黑色的球。继而，他发现在箭楼的四角飞檐上，都有黑球在风中沉默而不祥地摇摆着。

等到厂卫的特务、宪兵慢吞吞赶来的时候，天空已经完全放晴，红色的霞光把黑球染成了神秘的紫青。箭楼下边万头攒动，刚打开店铺的伙计，进京谋利的公差、商贾，一年四季在前门游逛的闲民，都像在等待好戏开场似的举头仰望。摘取黑球的过程惊心动魄，几个大内高手踏着箭楼的层层窗台鱼跃而上，他们在飞檐下以倒挂金钩的身姿摘下黑球的一瞬间，在天光云影的映衬下，就像是悬崖绝壁上的猱猿。看热闹的人群发出一片雷鸣般的喝彩。黑球被迅速塞进一只羔皮箱子，送进了深宫。然而，云集前门的人群迟迟没有散去，在兴奋过去之后，他们一齐仰起脖子眺望着冷风与阳光中的紫禁城。在长久的寂静中，从那个与他们隔绝的世界里，没有传来任何一声响动。

箱子是当着所有的内阁大学士打开的。四只黑球其实是被黑缎层层包裹起来的不规则球体，沉重，坚硬。因为天气寒冷，嗅不到任何的气味。它们就那么在大案上很安静地搁置了一小会。在那一小会里，每个人都在猜想它们究竟是些什么东西？

由于黑球在箭楼上被冻了一夜，绸缎紧紧地粘贴着，解开的时候需要使劲地撕扯，嗞啦啦的声音听起来像在活剥一只青蛙的皮。但是，最后呈现出来的不是青蛙新鲜而蹦跶的肉身，而是四颗死人的头颅。头颅完好无损，齐脖子切下的断面平整光滑。大学士们呵了一口气，作不得声。一个大内高手用行家的口吻说了句，“真是一把快刀！”。但是，这显然不仅仅是用一把快刀就能够概括的。其他大内高手的脸色沉下来，变成了死人般的紫绛。他们认出来，四个被谋杀的人正是他们大内高手中的顶尖人物，矫健，机警，而且狠辣。在某个瞬间，被一刀切下脑袋。真是匪夷所思。而且可以肯定的是，四个死者是被同一个杀手干掉的。从死者忧伤愁闷的表情还可以看出，他们不是受到猝不及防的袭击而毙命的，相反他们是怀着痛苦和无奈的心情接受这一刀的。由此得出的结论是，杀人的时间是非常地宽裕、从容，而杀手的武功又该是多么的深不可测！

大学士们无话可说，只能以皇帝陛下的名义宣示天下，悬赏捉拿凶手。不过，告示中没有标明赏金的额度和捉拿的期限。因为，在崇祯一十六年的春天，已经没有人对帝国的银库和它维护秩序的能力抱有实际的信心了。

就在次日追缉令还没有来得及贴满北京的城门和街巷之前，民间对于事件的议论已经使整个城池沸腾起来了。因为杀手隐于暗处，舆论的焦点自然放在了四个被杀者的身上。在黄昏到来的时候，前门外一百零八家酒馆茶楼中的人们趋向一致地认为，死者平素仗势凌人，无恶不作，死有余辜。而那位没有现身的杀手，正是一个除恶扬善的大侠。

黄昏的风呜呜地吹起来，带着鞑靼高原上的黄沙在北京满城乱窜。沙子打在纸窗和桌上的残汤剩水上，发出紧张的声音。眨眼间，天黑下来。酒馆茶楼的客人一哄而散，像麻雀仓皇地消失于黑夜之中。

然而，前门外边，半隐在一棵拐枣树后的生药铺，这时候才迎来了今天的第一位客人。客人骑着一匹白马，披满了夜色和沙尘。他在拐枣树下拴了坐骑，迎着药店伙计谦卑的目光，绕过长长的柜台，撩起印有五毒的门帘，径直步入了后堂。留在街边的白马，化为了一片晃动的白光。

那棵拐枣树并不高大，也早已不结果实，但是它的苍老，它的古怪的形态，使它成为这片纵横交错的街巷中一个重要的标识。生药铺就在拐枣树后边很高的台阶上，门面宽阔，柜台漆光鉴人，壁立的药柜一直延伸进左侧的库房。通过偶尔撩起的布帘，可以瞥见深邃的后堂，以及后园中的花影树荫。顾客拣起药包转身出去的时候，蓦然抬头，正好能望见前门箭楼的西翼，它鸟瞰北京的雄姿看起来美丽而又遥远。但现在夜色四合，不仅什么也看不到，而且也听不到了箭楼上二百年来持续的风铃声。因为那位无名杀手在飞檐上悬挂头颅的同时，盗走了那些铜铸的铃铛。前门外灰蒙蒙一片青砖瓦屋的城区笼罩在从未有过的寂静中，而春夜呜呜的风沙使这种寂静显得更加寒冷和凄凉。

这会儿，那位骑马的客人正舒服地坐在一扇镂花的屏风下，对着一盆通红的炭火和生药铺的主人，慢慢地呷着茶水。炭火与茶水的温暖融化了客人脸上严峻的寒意，他摘掉了毡帽和斗篷，露出了一头的白发和衰朽的身体。白发中还夹着几根最后的黑发，这使他的白发看起来更加地惨白，也使他瘦削的脸颊显得异常地倔犟。

生药铺的掌柜看起来也几乎和客人一样地老了。他披一件宽松的居家棉袍，用一种和蔼甚至是悲悯的神情注视着自己的客人。他的双眼微眯着，白眉、眼线以及眼角后的皱纹都非常地长，皱纹在瘦削的脸颊上绕了一个弧形，一直延伸到嘴角、下巴和脖子。

他们暂时还沉默着。但是他们都明白，他们要谈的话题就是前门箭楼上悬挂的头颅。五十年以前，他们就已经认识了，很多事情即便不说，凭一个眼神，或者仅仅是一种感觉，彼此也就心知肚明。

八三

五十年前，也就是万历二十一年冬天，这位掌柜的第一家药铺在北京积水潭开张。药铺门楣上横着一张大匾："濒湖本草第一坊"。年轻的东家那时就有一个深藏不露的名字，叫作李大屋。这一年，一个叫作李时珍的药物学家在南方去世，留下一部《本草纲目》，被讹传为修炼长生不老之术的秘籍，轰动了朝野，人人渴欲得而据之。由此引发出的欺骗、绑架以及杀人放火的事件像瘟疫一样，从南到北蔓延开来。老字号的药铺，名重一方的医生，都唯恐招来不测之祸，纷纷表白自己与《本草纲目》了无干系，没有见过甚至没有听说过它，更没有把它藏之高阁秘不示人。但是，李大屋新开张的药铺却反其道而行，大书“濒湖本草”，不啻巨石投入深潭，让方圆百十条街巷的人们大大地吃了一惊。因为，“本草”已经犯忌，而“濒湖”又正是李时珍晚年的自号，李大屋的药铺的名称，无异于宣称唯有自己是李时珍的嫡系传人，而且继承了他全部的衣钵。那本据说能勾通生死界限、打开天国之门的《本草纲目》，就像钥匙一样攥在李大屋的手中，这将使他在世人眼里的一切举止，都有了人神兼备的特征。那一天，在烟花爆竹的余音和硝烟中，前来贺喜的人牵线似的进进出出，凑热闹的人立满了“第一坊”外边的街面和墙头。他们使劲地伸长着脖子，好像可以通过瞭望来验证那本旷世的奇书。

五十年后坐在李大屋家中的这位客人，那时正坐在药铺对面的茶楼上，通过窗口平静地注视眼下闹哄哄的场面。他的公开职业是一名捕快，而且出生于捕快世家，他的父亲、祖父以及曾祖父都曾经是顺天府让盗贼闻风丧胆的名捕。那时他承袭祖业，刚刚出道，穿着簇新的公服和靴子，腰刀的把柄上吊着一串黑得发青的绸穗，目光中含着与生俱来的冷淡和轻蔑。他一边观望着“第一坊”开业的盛况，一边捧着一朵大黄菊嗅了又嗅。捕快姓马，母亲生他的头夕，通宵噩梦，与猛虎在雪地纠缠。惊醒之后，满头大汗，丈夫询问，她却不敢明说，只假称是梦见了春雨纷飞，满园花开。一家上下欢喜，就给孩子取名梦雨。梦雨小时候喜欢练武，大了喜欢读书。他考过一回文秀才，不中。又考过一回武秀才，也不中。从此就没有再考。父亲办案的时候，他常常随侍在侧。万历十八年京西瓦罐寺玉佛失窃案，万历二十年皇甥郑裕国绑架案，梦雨不仅参与了谋划侦破，而且快马穷追三百里，向北驰入大漠，生擒了贼酋。所以，梦雨现在是捕房的新人，却不是一个新手。他知道自己看起来过于的年轻，就时常蹙紧眉头，绷紧脸上的肌肉，把要说的话简洁为短语或者单词，用沉默来加重威慑对手的分量。

梦雨本来准备等到药铺门前变得清静之后再去会李大屋。但是，他等了很久，对面仍然是热闹非凡。接近中午的时候，还来了几拨试探虚实的人，说如果药铺里真有《本草纲目》，他们的主人将不惜万金收购。然而李大屋只是客气地笑一笑，不置可否。他看起来和马梦雨同样的年轻，但是要比梦雨显得面色更红润，举止更从容，在熙来攘往的人群中左右逢源，笑口常开。李大屋的笑使那些声称要买《本草纲目》的人感觉到深藏若虚、引而不发，弄不清“第一坊”到底卖的什么药。后来，还真来了些看病、拣药的人，李大屋在与应接不暇的客人周旋之余，亲自切脉、辨症，开出方子来，片刻之间伙计就配好药打成包递到了病人的手上。李大屋的历练老成，滴水不漏，坐在茶楼上的马梦雨自然都一一看在了眼里，但是他只是爱怜地嗅着那朵黄菊的香气，脸上没有露出一丝的表情。

当马梦雨终于走到李大屋的面前时，他手里的黄菊已经很憔悴地枯萎了。他最后把黄菊深深地吸了一口，随手一抛，黄菊落在李大屋左脚的脚背上。他们站在药坊后院的一口金鱼缸边，周围的太阳地里，客人们在笑吟吟地喝茶嗑瓜子。他俩的样子，就像是两个朋友在很亲密地研究鱼缸的成色或者金鱼的品相。但是，马梦雨嘴里发出的声音却是冰凉的。

“李掌柜是昌平州人？”

“在昌平州开过药铺，但不是昌平州人。”

“昌平州的捕房传过来一份公文，有一个杀人累累的案犯逃掉了。”

“哦，”李大屋嘘了一口气，“是杀人劫货么？”

马梦雨细细地打量着李大屋，却不回答。

“是受雇于人的职业刺客么？”

马梦雨哼了一哼：“我只知道他杀了人。”

“也许马捕快还知道他的姓名？”

“知道也是白搭。姓名是假的，而且老变。”

“哦。”李大屋再次嘘了一口气。他说：“知道他相貌的特征罢？”

“相貌的特征就是，最不像一个杀手。”

“他总该有一个公开的职业罢？”

“这个……”马梦雨眯缝着眼睛望着李大屋，再次陷入了沉默。李大屋被马梦雨望着，有片刻的发窘，脸上升起红晕来。但是他随即就笑出了声，他说：“马捕快，如果我有案犯的线索，我会告诉你的。”

马梦雨的手里转着一根锁拿罪犯的铁链。他转得很慢，却激起来一片急促的风声。他说：“李掌柜有什么麻烦，也可以来找我。”

“谢谢。”李大屋不经意地抬了抬左脚，脚背上的黄菊飘起来，正被旋转的铁链搅得粉碎，如同一阵花雨洒落下来，满地都是金屑。他说：“我还从来没有过麻烦呢。”

三天过后，北京城里一个垄断粮食交易的巨商和一个以犯颜直谏著称的御史，在同一个夜里于睡梦中被割下了头颅。那个杀手出刀之快、用力之狠，使头颅被切之后，还完好地留在脖子上，这使他们的睡姿看起来一直是那么的平静和安详。商人的枕头上写着：“该死”。御史的枕头上写着：“也该死”。

马捕快在接到报案后迅速赶到了被杀者的家中。但是在两处现场，他都根本插不上手。事件显然震惊了朝廷，现场的内外都站满了东厂西厂和锦衣卫的人，这些人的阴沉和傲慢，更加重了森然恐怖的气氛。梦雨只能隔着窗户和死者家属哭泣的背影，瞥见炕上死者的模样和他们脖子上的刀痕。虽然只是一瞥，却给梦雨留下了深刻的印象。那致命的一刀，杀手留下了不易觉察的个人印记，力度、方向、偏角和收刀回鞘的旋转，都体现在那一圈细而又细的血迹上。很显然，御史和巨商都死于同一把刀下。

凶手始终没有被捉拿归案。因为找不到追缉他的任何线索，甚至找不到他杀人的动机。如果说御史是政治谋杀的牺牲品，但巨商却周旋于党派之间，没有任何政治倾向。倘若是谋财害命，两家人的钱财却没有被盗走一分一毫。

一个多月后，一个东厂专事秘密逮捕和处决的特务头子照例在深夜回到府中。仆役们意外地发现他在轿中端坐着睡熟了。当他们小心翼翼地试图摇醒自己的主人时，他的头从肩膀上滚了下来。一只系着白条的飞镖插在他的脚背上，白条上写着："该死"。

次日的清晨，京西瓦罐寺的和尚们发现慈眉善目的长老坐在蒲团上圆寂已经很久了。那一刀是在长老念佛时穿胸而过的，袈裟上留着两个干净的破洞。胸襟上写着三个血字，自然就是："也该死"。那字显然是刀抽回来时顺势留下来的。昨晚月华如水，浓荫匝地，没有谁听到过意外的响动。

这两位死者，梦雨都很熟悉。多年以前，梦雨的父亲曾以涉嫌滥捕滥杀被东厂抓进大狱。梦雨的祖父拖着梦雨八方借贷，凑足五千两银子送进去，当晚东厂就把遍体鞭痕的梦雨父亲无罪开释。而那个收银子的人，就是这个被杀的特务头子。而瓦罐寺的长老，则是梦雨在追获玉佛的过程中认识的。他曾经多次在花木掩映的禅房中听长老说法，虽然似是而非，却仍觉如沐春风，满心地舒坦。梦雨甚至考虑过以在家和尚的身份皈依佛门，但长老微笑着把他婉拒了。长老说，一切“随缘”，而梦雨和佛的缘分现在还嫌太浅。不料，梦雨学道未成，而长老已经一命归西了。

这一次，梦雨闻讯以后没有去现场，却一匹快马径直奔到了“濒湖本草第一坊”。

时辰尚早，药铺还没有卸下门板。风从封冻的积水潭上吹过来，吹得道上白惨惨的，不见一个人影和一片树叶，团转三街六市都弥漫着肃杀威猛的寒气。那马被梦雨猛然一勒，前蹄直起来咴咴地叫。梦雨拿鞭子敲开门，连人带马驰了进去。

“第一坊”的年轻掌柜李大屋正披着晨衣立在天井中间，负了手看挂在檐下的鸟笼。天井太小，梦雨的马冲进去止不住地连连打转，蹄铁在石板上敲出急促不安的声音。

李大屋的表情依然那么闲逸。他抱拳一揖，露出一点适度的诧异，“这么早，马捕快就来拣药？”

“不。”梦雨在马背上用冷淡的声音否定了他。

在那个寒冷的早晨，马梦雨和李大屋在药铺的天井中相会的细节，现在还流传着许多不同的说法。有一些流入茶馆，成为说书人至今津津乐道的故事。甚至连马梦雨私闯“第一坊”的动机也变得更加复杂、神秘了。是缉捕案犯，还是敲诈勒索，抑或抢夺那部举世瞩目的《本草纲目》？不同的人都试图为自己的说法给出正确的结论，结果反而相互矛盾，让人疑窦丛生。不过，虽然众说纷纭，唯有那匹马驮着梦雨重新走出药铺的情景倒是可信的。因为，那时候对面的茶楼已经开张，有几个懒懒的茶客或者行人可以作为目击的证人，“眼见为实”的古训在某些时候也是管用的。

是的，梦雨是被一匹马驮出“濒湖本草第一坊”的。他的身体整个地伏在了马背上，头则深埋在马的鬃毛中间。他的爱马走得谨慎而又警觉，以免自己的主人随时都可能摔落下来。目击者流传下来的说法是，马梦雨看起来行动艰难，面色异常地疲惫。那天早晨，捕快马梦雨从药铺直接回到了家中。有将近一个月的时间，他没有到捕房办公。

而“濒湖本草第一坊”也在那天早晨马梦雨的拜访结束之后，关着的铺板就一直没有再卸下来。甚至，掌柜李大屋和他的伙计们都没有再露面。偶尔有几个专程拣药的人来敲过门，又摇摇头离去了。第二年春天到来的时候，积水潭一带的野鸽开始成群地在药铺后院自由地起降。无数的翅膀在低空中翻腾出一片轰隆隆的声音，让周遭的居民感到揪心的凄凉。

万历二十六年，大明帝国的军队正在朝鲜与丰臣秀吉的倭寇开战。一伙从前线撤回的伤兵在积水潭用拐杖和砖头破开了“第一坊”的黑门。铺板和墙壁应声坍塌。透过高高扬起的尘雾和层层叠叠的蛛网，堆积的鸽粪传来刺鼻的臭气。这里早已人去室空，就连旧年的药材也被虫蚁啃噬殆尽，排泄成线形的麻泥。红了眼的伤兵把剩下的坛坛罐罐和桌椅板凳都砸得稀烂。那块当初漆光鉴人的匾额成了最值钱的东西，被伤兵们砍成了板柴来均分。

在这种场合，没有人敢来凑热闹。围观者都纷纷退到街口，远远地瞅着，脸上掠过不安的神情。

只有在对面茶楼临街的座位上还坐着一个人，他很平静地注视着正在变为瓦砾的药铺，一边呷着茶水，一边嗅着手捧的菊花。他嗅菊花的时候，眯缝着眼睛，比嗅一个女人还要显得深情。现在他已经正式成为一个重要人物，连小孩子都知道他就是北京城的名捕马梦雨。

八四

伴随着年轻捕快马梦雨的成名，北京城里血腥而神秘的谋杀案结束了。没有人能够明确地找出二者之间的必然联系，但还是有不少人把功劳暗暗地记在了他的头上。马梦雨本人对此三缄其口，不置可否。除此之外，他所做的一切，都在于确立和维护一种既定的秩序。这种秩序存在于街巷里弄和集市茶楼之间，这里鳞次栉比的青砖灰瓦构成了金碧辉煌的紫禁城灰蒙蒙的底座和侧面。从这儿仰望前门箭楼后边的宫廷，就像天上的城阙那么迢遥。马梦雨以他的冷静、刚毅和雄心所树立起来的秩序就是要告诉人们，他就是那座天上城阙派遣到这个烟火人间来的使者，维护法统、纪律、尊严，保证家庭、人际的和睦，道德的纯洁，以及商贸的繁荣，等等，等等。在这个意义上讲，马梦雨踩在麻条石街面上的形象，更接近于箪食瓢饮、菜佣酒保一流的场景，因而也就有更多的人把他奉为了可敬畏的神。至于万历二十一年冬天发生的谋杀案，涉及的都是有钱有势的巨头，和芸芸众生又有什么干系呢！一切都有名捕马梦雨撑着，再有天大的风雨落下来，也淋不湿自家灶头、炕上那一块热和的地方。

在成名之初的那些年里，马梦雨的脸颊和额角过早地染上了风霜之色。他骑着快马悬挂佩刀腰牌，出没于晨昏的身影，成了北京城人所共知的一景。他变得比过去更加地严肃和沉默，用几乎苛刻的标准来使自己和别人达到绝对的和谐与完美。他甚至要求街头的乞丐衣冠整洁，卖淫的娼妓明耻知羞，被捕的窃贼必须熟读“仁义道德”。而在夜半万籁俱寂的静谧中，一个小孩的啼哭也会让他悚然心惊，烦躁得通宵不能安眠。他没有一个朋友，甚至没有一个对手。当他骑马跨过拱桥，或者负手步入人群的时候，人们都恭敬地分开一条道来，以沉默迎候着他的沉默。

东、西两厂和锦衣卫都曾经把马梦雨设想为潜在的敌人。因为马梦雨苦心维持的秩序虽然不能遏制特务、宪兵肆无忌惮的行动，但它却是作为反秩序者的对立物而存在的。因为有了马梦雨的秩序，人们更能够观照出他们的凶蛮与恐怖。他们先是试图搜集马梦雨的罪证以合法剪除这根揳入帝国腹心的钉子。但是马梦雨的所作所为几乎无懈可击。后来他们开始计划用暴力方式铲除马梦雨。这些方式包括谋杀，投毒，陷阱，纵火，等等。但是，马梦雨以超常的警觉，或者说天可怜见的偶然原因，竟一次又一次化险为夷。而且，马梦雨在每一次制服了对手之后，都保全了他们的性命，也以沉默保全了特务、宪兵的尊严。正是马梦雨这种谨慎的处置，维持住了他个人与强大的国家机器之间脆弱的平衡。再后来，双方都对这种没有结果的危险游戏感到有些厌倦了。

当又一份秘密方案呈报到主管厂卫的王姓大太监手中时，他显然有些犹豫不决。方案的主旨是同时动用厂卫铲除异己的一切暴力手段，确保马梦雨和他的家庭、住宅，在某个短暂的时刻从这个世界上彻底消失。这次行动所要大规模动用的特工、后援、钱财、器械……相当于在帝国的首都发动一场局部战争。可以说，几乎不会有人从这种战争中侥幸生还。但是，王姓大太监的犹豫使本可以即刻付诸的行动拖延下来了。

促使王姓大太监犹豫的原因，除了对谋杀的厌倦，他还对厂卫与马梦雨之间脆弱的平衡产生了越来越浓厚的兴趣。这位大太监没有在帝国的史册上留下名字，但他却可能是帝国所有太监中对操纵权力最有深刻认识的一个人。他总是把自己的名字置于别人的名字之后，在从事某个行动的时候，以其他的行动作为先导，而在思考决断的时候，他习惯于逆向地想到这个问题的负面。他之所以建树不多，是因为他虽然权力很大，而时间却非常之短。这一点，我们马上就能具体地感受得到。

那天晚上，王姓大太监在书房中燃起一炉沉香屑，从案上再次拣起那份秘密方案细细斟酌。忽然，在烛光影里，他看见一个人正向他默然施礼。他不认识这个人，但他确信这个人就是捕快马梦雨。

王太监没有表示出惧意，但他很想知道马梦雨是怎么进到他房中的。正门昼夜有八名卫士轮值，墙头、屋顶设有暗哨，就连每一棵可以用于攀援的树上都挂满了警铃。

马梦雨回答了王太监所有的疑问，并且和他一直恳谈到次日的黎明。在整个的恳谈过程中，马梦雨没有表现出下人的卑微，也没有流露出潜在谋杀者的粗暴。与五年前他闯入“第一坊”药铺私会“李大屋”相似，这次和王太监恳谈的内容也不为外界所知。甚至，马梦雨到来与离去的方式也没有目击者的证据流传下来。关于这次恳谈的唯一凭证，据说只是王太监寥寥数语的日记：“夜半，梦雨不请自来，相谈甚洽，鸡鸣方去。”

总之，那份秘密方案被无限期地搁置了。而厂卫和马梦雨之间的紧张关系也迅速地缓和下来。双方达成了各行其是、互不相扰的默契。在马梦雨青砖灰瓦的世界里，铁的秩序得到了进一步的证实。在月乌朦胧、青霜遍野的晚上，马梦雨终于在枕上找回了真切可靠的安宁。

然而，马梦雨很快又明白了一个道理，真切可靠的安宁生活即便存在，也是非常短暂的。就在他和王姓大太监达成和解默契三天之后，这位太监被发现在自家的书房中悬梁自尽了。在早晨倾斜的阳光中，被挂得笔直的太监像夷人的钟摆一样摇摆着，两只瘦削的手臂和白发散乱的头颅都悲哀地低垂着，如同是在向谁深深地谢罪。他的额头写着两个工整的楷字："该死"。

当仆役们惊慌失措地要把他从梁上放下来时，他的头颅像石头般地落下来，正砸在烟雾缭绕的香炉上。在响亮的破碎声中，火星和粉尘在书房中长久地飘浮着。

噩讯传来的时候，马梦雨正靠在炕头午憩。时令刚过了仲秋，窗沿下的菊花都次第开放了。那把放在枕边的佩刀，黑得发青的穗子一如往常地闪着黯淡的光芒。他午饭时喝了一点酒，现在睡得舒坦、惬意，无牵无挂。他是因为被人摇撼而猛然间惊醒的。恍惚中听完王姓大太监被害的情景，他脑子里嗡然一响，全是空白。愣了一阵，他抓起刀，光着脚就往门外跑。跑了两步，只觉得一股甜甜的物质从胸底翻涌上来，口中鲜血一阵狂喷，眼前一黑，身子就软软地倒了下去。

马梦雨正倒在菊花和鲜血的中间。

八五

在有明一代的信史和稗官中，马梦雨很可能没有像他的皇帝一样留下姓名，也没有传世的图像，而他像素王一般辖治的北京下民，就更像是一片片潦草、模糊的影子了……是的，马梦雨就是一个没有加冕的素王，以他的意志迫使那些青砖灰瓦中的芸芸众生就范于他制定的秩序与规则，从而在他的荫蔽下成为他恭顺的素臣。

但是，在马梦雨踩踏过的每一条麻石板的街面上，他的脚印、意志和所有故事的细节，至今都清晰地刻蚀在那里。风、雨水、光线，永远都在陪伴着北京城。而马梦雨则已经成了风、雨水和光线的一部分，相随着北京城低矮屋檐下的那些温暖与贫穷。然而，已经没有人能够真正说出，像马梦雨那样一位素王到底给他的臣子们带来了幸福抑或痛苦？因为马梦雨那个时代的人都已经不在了。我们今天只能从沐浴着的风、雨和阳光中，感受到他投射在这片茫茫青砖灰瓦上的飘摇的影子，巨大的迷惘与持久的不安。

在马梦雨严肃的目光所能扫视之地，嗅不到桂花的令人难过的芬芳，也没有午门内那深海般的寒冷与岑寂。贩夫走卒的步履匆忙而杂沓，倚门而立的老汉与满地乱爬的儿童总是在期待中度过一天又一天。当蓝色的月光和鼠群同时进入烟熏火燎的灶房时，锅台桌子上盛着残汤剩水的碗碟都像主人一样疲乏入睡了。即便是月光的抚摸，也无法使它们洋溢出陶渊明般的诗意。钟鼓楼的报时声和捕快马梦雨的马蹄声，准时、均匀地从他们炕沿边上响起来，又平静地消失过去。马梦雨深爱着这儿的一切。他的爱的方式充满了日甚一日的紧张、焦虑，他唯恐因为一个微不足道的疏漏，一个陌生人的撞入，而使这个世界轰然坍塌。

在那个令马梦雨吃惊的慵懒午后，他的身子缓慢地向着盛开的菊花和鲜血倒了下去，菊花是如此之盛，以至于看起来反倒是菊花把他软软地托举了起来。在倒下的那一瞬间，马梦雨感到自己彻底清醒了过来。但他继续躺在花与血的中间，耷着眼帘，做出因猝然到来的打击而昏厥不醒的样子。后来，他的下人把他抬到了炕上。他依然躺着不动，呼吸虽然平稳，却非常地微弱。在天黑以后，他喝了半碗很稀的小米粥，呵出一口长气来。他说："要天亮了么？让我再睡会儿。"

马捕快的病情以瘟疫一样的速度在街上流传起来。他精心铸造的铁桶般的秩序迅速出现了不祥的骚动。有人提着果子和馒头来探视马捕快，有人在神龛前焚香默祷，还有的人在灌了三碗酒后，提了解腕尖刀径直走向旧日的仇家……而更多的人则没有表示出鲜明的态度。据一种较为可信的说法是，千家万户都在天黑以前迎回了家人，关闭了门窗，并且吹熄了油灯。那天晚上，前门箭楼上看惯了万家灯火的哨兵，没有眺望到一星光亮。那是一种因马梦雨闭上了眼睛而呈现出的死气沉沉的黑。

躺在病炕上的马梦雨在这黑之中睁开了眼睛。他以等待情人一样的心情，终于等来了一种猫掌般的声音，和一个比猫还要敏捷和机警的人。

那个人是从梁上飘落下来的。如同王姓大太监没有闹清马梦雨进入他书房的途径，马梦雨也不明白，那个人是怎么蹿到梁上去的？

房子里一片漆黑。有一小会，那个人顿在房屋的当中，就像在沉思着某些往事。而他自己，仿佛也成了往事中一团虚构的影子。马梦雨知道他在想什么，因为他相信，他正和自己想着同样的事情。

马梦雨逐渐看清楚，那人穿着黑衣黑袍，披着黑色的斗篷，脸上自双眼以下，蒙着黑色的面纱。他的眼睛被无数的黑色衬托出来，显得异常地清澈和明亮。在这一瞬间，马梦雨突然明白了，在自己看清了对方的眼睛的同时，他肯定也看到了自己的眼睛是一直圆睁着的。冷汗从马梦雨的腋下渗出来。

马梦雨的手慢慢移到枕边去取刀，但他立刻意识到，即便是这取刀的动作也一定被黑暗中的蒙面人洞悉无遗。他当然不能再闭上眼睛装病，因为在生死一线的关头，闭上眼睛等于是束手待毙。马梦雨无计可施，在心里喟叹一声，原来自己为对手设下的圈套，反过来却套住了自己。

但马梦雨属于那种死到临头也要拼死一搏的人。作为扬名北京的捕快，他不知多少回在刀尖、虎口侥幸逃生，并且反败为胜。他不是一个鲁莽的人，即便在生死攸关的搏击中，他也从没有想过要与谁玉石俱焚。他热爱自己缔造的世界秩序，和一切受他荫蔽的民众，当然他也就会更加热爱自己作为缔造者和保护者的生命。现在，他在令人窒息的沉默中冷静下来，再次把手伸向了枕边的佩刀。自幼年跟随父亲习武开始，刀就成了他生命的一部分。后来，刀又从他的生命中分离出去，成了他膜拜的信仰。他明白，自己现在所拥有的一切，都是由这种信仰派生出来的。离开了刀，一切都是空谈。现在，刀就是他唯一的选择。抓住了刀，就是抓住了生，至少是生的可能。他还知道，在抓刀的过程中，他需要的是飞快的速度，和箭矢般的准确。

然而，马梦雨还是慢了一丝一毫。当他刚刚攥住刀柄时，他感到一件冰凉的铁器已经搭在了自己的喉头上。黑暗中的那个人本来离马梦雨的炕沿还有四五步的距离，他身手之快，出刀之轻，看不出身形的晃动，甚至也听不到刀子的破空之声。

马梦雨反倒平静下来了。他说：“你还是回来了。”

那个人笑了一笑：“回马捕快，我并没有走远。”

马梦雨也笑了一笑：“是的，也许还算不上亡命天涯。”

“如果北京城的四门就是天之尽头，那么马捕快说得并不错。”

马梦雨听到自己攥紧刀柄的手拧出了格格的响声。“你就藏匿在我的鼻子底下？”

“是在你的眼皮底下，”那个人用平静的声音纠正着马梦雨，“那一次，你让我认识到了自己的粗浅，所以我需要修炼。噢，是的，我仅仅是修炼，而不是藏匿。”

“那一次，我该杀了你。”

“但是，你没有。”

“你是以王大太监的死来表明你重新出山？”

“捕快，我一直就在北京城，而没有住在山中。”

马梦雨哼了一哼，冷淡而轻蔑。

但那个人的声音却变得更加地和蔼了。他说：“我所做的，你都不知道；你干的一切，我倒是清清楚楚。”

那个人说话的时候，刀在马梦雨的喉头上微微用力，好像在提醒他不要为此羞愤和冲动。

马梦雨却从这一小小的动作中，体会到了他对自己的戒备或者说畏惧。“你是专程来杀我的？”

“是的，你正属于‘也该死’的那一个。”

“那么，你应该动手了。”

“不。”那个人嘘出一口气来。他说：“我改变主意了，你还该再活些时候。”

马梦雨再次冷淡而轻蔑地哼了一声。“你难道是一个冥王，能够任意决定人的生死！”

那个人仰天大笑。“是的，马捕快，你知道得太晚了。我就是一个冥王啊。”

“你以什么理由杀人呢？”

“噢，不，不需要理由。马捕快杀人总是需要一个理由，所以我能够活到今天。我和你刚好相反。”

“为什么杀掉的总是一正一邪？”

“因为，冥王知道，他的世界需要平衡。”

“为什么，要从今晚开始打破你的平衡？”

“你问得太多了。我总是在事后才来总结‘为什么’。”

蒙面人对黑暗中的一问一答显然是厌倦了。他把刀从马梦雨的喉头慢慢地移开，再退到虚掩的房门后，小心谨慎地退了出去。比起他从梁上飘落而下的身影，他退出去的动作显得异常地迟缓。

房屋中，留着一股苦涩的草药味道。

八六

接下来的事情，就是马梦雨骑着快马，在遍布京城的大小药铺中以杀人罪搜寻蒙面人。他终于找到了几处有着可疑踪迹的药铺，却意外地发现它们都已经关门歇业了。风从稀牙露缝的铺板和敞开的窗户吹进去，只看得见褪色的布帘在静静地飘扬。

与此同时，杀人的事件频频出现。现在，死者的身份不再限于炙手可热的勋戚重臣，也波及了市井里巷中的升斗小民。从恭谨守法的摊贩，到偷鸡摸狗的小流氓，不分良贱，都是一刀毙命。马梦雨深切感受到了那位蒙面杀手对自己的蔑视，甚至他能想象出在那张黑面纱下边洋溢着的嘲笑。

在那些血腥而漫长的日子里，厂卫的特务、宪兵倾巢出动缉捕凶犯，把北京城搅得鸡飞狗跳。麇集于东安门外的王府豪宅，西安门外的太监公馆，都调集了禁军护卫。但是，成千上万躬身于青砖灰瓦下的小民们却惊慌地发现，他们的保护人、捕快马梦雨，失踪了。

马梦雨是在无计可施之后，从人们的目光中消失的。缉捕一个黑暗中的罪犯，最好的办法就是把自己也隐没于黑暗之中。这是马梦雨最不愿意做出的选择。因为，他希望他的臣民们在每个时辰都能见到他的身影，或听到他拍马而行的蹄声。

大约又过了三五个月，蒙面人照例在黎明前回到了他神秘的住所。当他踏着狭窄的楼梯准备到阁楼安睡的时候，一条黑影向他迎面扑来。他横刀一劈，袭击者瞬间身首异处，倒在了楼板上，并发出坚硬的碰响。壁龛上的几盏油灯这时突然点亮了，蒙面人吃惊地看到，袭击他的人竟是一具木偶！——马梦雨的刀就在蒙面人发蒙的片刻，搭在了他的肩上。

蒙面人脸上的黑纱还没来得及扯下来，所以此刻他的表情还藏在面纱的后边隐而不见。这给人的感觉是，尽管光线通明，但是他仍包裹在黑暗的中间。马梦雨没有去破坏这种感觉。而且他相信，即便不扯下这张面纱，他也清楚面纱后边的面容究竟长的是什么模样。

“马捕快，你就要杀死我吗？”蒙面人径直问到了他最急切的问题。

“不，这不是我的原则。”马梦雨用闲着的那只手捡起被砍落的木偶脑袋。他说：“我需要一点时间找到一个杀你的凭证。”

像马梦雨那样的捕快，只需要在刀刃划过的断口瞥上一眼就能看清事情的真相。然而，他把那木偶的脑袋拿在手里看了又看，却一言不发。

蒙面人嘿嘿地笑起来。他说：“马捕快，那不足为凭，是罢？”

“我想，留下你一条命。”

“是因为我留过你一条命吗？”

“我说了，”马梦雨的眼中布满了血丝，声音异常疲乏，“我留下你一条命。”

“我不会以德报德的。”

“但你要答应一个条件，从此戒杀。”

“我不接受任何条件。即使我接受了，我也不会遵守任何诺言。”

“你为什么会这样做人呢？”

“因为我从这样的做人原则中得到了自由，安宁。”

“那么，”马梦雨咽下一口干粉似的唾沫，“我请求你告诉我，杀一个坏人是替天行道，杀一个好人又算什么呢？”

“真是一个愚蠢的问题啊。”蒙面人的声音中有一丝惊讶，也有一点宽容。他说：“我的叔祖曾经是工部的侍郎，被普遍认为是一位小节有亏的官吏，却被更为贪吝的尚书投入了大狱，最后连同妻儿刺配滇南烟瘴之地，男的充军，女的为奴。我的祖父官拜监察御史，不仅两袖清风，而且敢于犯颜直谏。然而，万岁爷容得下我祖父，倒是同享清流盛誉的朝臣们却容不下我祖父。他们联名告我祖父的御状，历时七年，前后凡三十三次，终于使我祖父以壮年之身赋闲归田，郁郁终生。”说到这里，蒙面人几乎仰天大笑：“马捕快，你真的不明白，这世界分什么善恶、好坏、良贱吗！坏人就是坏人的魔鬼，好人就是好人的杀手。”

但是马梦雨以冷笑否定了蒙面人的仰天大笑。他说：“我自忖是一个好人，安良除暴，没有干过一桩坏事。”马梦雨感到自己架在蒙面人脖子上的刀在轻微颤抖，只要回刀一抽，他的头颅就会像他杀过的无数人一样，瓜熟蒂落地滚下来。马梦雨说：“没有找到充分的证据之前我不杀你，就是唯恐世上多一条冤魂。”

蒙面人说：“当你把刀架在我的脖子上时，我和你是没有什么可以争辩的。”

“我和你本来也无话可说。”马梦雨把刀提起来，向楼下昂然而去。

“你不想问一问我的真实姓名？我真实的故事？”

“你今天说出来的姓名，已经不是你明天的姓名。你对我讲述的是这样的故事，对别人讲述的又可能是那样的故事。我问来做什么！”

“但是，你不想再看一看我真实的面容吗！”蒙面人撕下了他的面纱。

马梦雨的心中咯噔一下，在这一刻，他忽然想用锋利的刀刃在蒙面人的额头留下一个耻辱的印记，一个骷髅头，或者一朵蔷薇花。他说：“我闭上眼睛也能认出你的样子呢……”话音未落，他裹着一团白光，回身一刀向蒙面人奋然刺杀过去。

然而蒙面人以同样的速度挥刀迎上。两刀一交，火星爆溅，发出冰凉而低沉的一响，四周飘起一股硝石相撞后的硫磺味。两个人都感受到了对方瞬间爆发出的千钧之力，不由各自退出了半步。

从阁楼的小窗望出去，是拱形的大通桥，大通桥外能看到星星点点的渔火和宽阔的水面。掠过水面，就是北京老城墙东南角寂寞的侧影。这是自杭州北上勾连五大水系的大运河最终的码头，也是冒险家延伸进帝国腹心的一片快活林子。

就在那两个男人举刀对峙的时候，楼下黑暗中曲尺形的柜台正在闪耀着阴暗的光芒。一副对联在夜色中隐藏着浓重的墨迹：“扁鹊再生，华佗济世”。大门的匾额上，为灯笼映红的“回春药坊”四个字则已像在慵倦中沉沉地睡去了。

八七

马梦雨在冒险私访大通桥畔的“回春药坊”不久，换个说法，大概就是万历二十七年的三月罢，他向捕房坚辞了公职，交出了腰牌，携着佩刀和一袋碎银，回到了老马家位于某条小街深处的祖宅。在同一个月发生的事情，还有奸相严嵩终于以进谗的手段杀掉了三边总督曾铣；而萧索荒蛮的甘肃临洮城外，在红色的蝗虫遮天蔽日地飞行了七天七夜之后，竟平地冒出了五座颤巍巍的高山。但是，这两件事对马梦雨所代表或者曾经制辖着的那个世界并没有产生影响，甚至在熙熙攘攘的市井中就根本就听不到升斗小民对此的议论。朝中的争斗，距小民过高，而地貌的升降，又离小民太远。就连捕快马梦雨的悄然隐遁，也没有在他们中引发预料中的强烈不安或者忿然的骚动。

是的，世代生活在青砖灰瓦中的人们平静地接受了马梦雨的离去。甚至就在马梦雨为缉捕蒙面人而忍隐潜行的那几个月中，他们就已经这样做了。在最初的惊骇与惶惑过去之后，他们发现马捕快的消失并没有给他们的生活带来天塌地陷的震荡，从灶头到炕头的日子还是流水般地逐着日月而过。而准备铤而走险的家伙则在瞻前顾后中，选择了烧酒和冷猪头肉来慰藉自己的满腔不平。当马梦雨从“回春药坊”归来，打算重新整饬因自己撒手数月而破坏的秩序时，他却意外地看到其实秩序依然故我，只是黄昏增添了生气和喧嚷，人们勤勉的脸上多了些傻兮兮的笑容。他进而从这些细微的变化中发现，从前严肃而纯洁的世界正在变得松弛和涣散起来，而人们脸上的笑容表明，他们欢迎这种变化。也就是说，当他们的睡梦已经非常迅速地适应了静谧无哗之后，马捕快严肃而坚定的马蹄声已经成了一种多余的声音了。

马梦雨彼时彼地的心情，后世的人们是无法加以猜测的。唯一能够知道的，是心情总是藏在幕后支配着行动。他退出了捕房，大约就是意在向人们表明，他已经彻底地退出了那个青砖灰瓦的世界，从而也就退出了他曾经负有过的责任。

马梦雨从此在祖宅中深居简出。白天睡眠，晚上则在后院中摸黑练功。在月光皎洁或者星光灿烂的时候，他甚至还会用一块黑布蒙住自己的眼睛。后来，那块黑布逐日往下挪动，最后终于露出了冷澈的双眸，同时也就遮盖住了他大半个脸庞。马梦雨心里明白，北京城里又多了一个快刀杀人的蒙面人。

是的，马梦雨开始了他不需要理由而杀人的生涯。当那个时常变换姓名、以行医贩药为掩护的蒙面人在城东杀人的时候，马梦雨就在城西杀人。那人杀一个侍郎，他就杀一个尚书；那人杀一个妓女，他就杀一个鸨母；那人杀一个乞丐，他就杀一个丐帮的帮主。有一回那人杀了绰号“白眼狼”的大盗，他就在半个时辰后赶到，杀了“白眼狼”一门老少主仆良贱共十三口人。两个人就像在赌着性子杀人，看谁杀得高，杀得巧，杀得多，杀得狠。有一晚，那人经日坛进朝阳门，沿着思诚坊、仁寿坊、教忠坊、崇教坊，一直杀出了安定门。马梦雨第二天晚上就经月坛，逾墙沿金城坊、咸宜坊、安富坊再折北，连杀六坊出德胜门而去。那人共杀十七人，马梦雨杀二十三人。

马梦雨收到了那人差人送来的一封信。信中只有一句话：“你终于来和我一起维持世界的平衡了。”马梦雨回了一封信，也只有一句话：“我的原则并没有改变。”

当马梦雨写下那句话的时候，他的心情就像积水潭的水面一般平静。应该说，他是在写下这句话的时候，才发现自己又重新找回了过去的原则。

在他无原则杀人的初期，他感到了无以言说的畅快。当刀在黑暗中划出阴郁的弧光，捅进一个人的胸膛时（是的，他从不砍头而总是直抵心灵），被杀者的热血伴随刀尖的律动，顺着刀槽涌上来打湿了马梦雨的手、袖口和紫青色的刀穗。血的运行带着啧啧的声音，就像焦渴的舌头在三伏天舔着一块棒冰。他觉得真有说不出的熨帖和舒坦啊——做一个无原则的人是多么的自由和幸福！每一次在黑暗中目睹死者的头颅从脖子上软软地耷下来，就如同黑暗里升起一只温柔的手在抚平他心中的块垒。

世界是多么的没有信义，而人又是多么的容易忘恩。马梦雨怀着恶毒的快意杀下去，旧原则的坚甲在他身上一块块地脱落下来。从前披星戴月的捕快职业，使他的脸颊和鬓角都过早地染上了风霜。现在，当他的手感受到无辜者鲜血的浸润，并看到血花像风吹梅花一样飘上帐顶与白墙，他严峻的脸会在蒙着的黑布下荡漾出暖融融的微笑来。真有所谓的无辜者吗？不，马梦雨自问自答，所有的死者其实都是死有余辜的。他长久地站在黑暗中，任大地在令人心醉地倾斜，把辛劳和怨屈像泼洒一盆污水似的泼洒了出去。

然而，当污水被泼洒干净之后，当他的辛劳和怨屈在杀人中得到补偿之时，马梦雨却莫名地感到了厌倦和疲乏。他已经不再能够从杀人中享受到快乐。但是杀人的惯性却总是拽着他走向永恒的黑暗，使他欲罢不能。于是，杀人不仅不再使他幸福，而且使他丧失了自由。每次杀人归来，他会坐在晨雾薄蒙的窗沿下，默默地坐上很长的时间。他终于开始怀疑，普天之下，真有凭空杀人的人存在吗？

马梦雨是个长于行动而拙于思考的人。在马梦雨的信仰中，来自道德激情的勇毅是朝上的部分，而须臾不离的佩刀则是他信心的底板。现在他需要想清楚的就是，我为什么会那样去杀人？马梦雨从今天早晨推到昨天晚上，再从一个夜晚推到另一个夜晚，推到从前的自己。自己曾经有过一个钢铁般的原则，但是这个原则却无法制止蒙面人可怕的杀人行径。而他矢志不渝建立的统治到头来只是一个幻影。转折就是从这里开始的：他丢弃了原则，从而举起了屠刀。

就在他弄清了自己的变化之后，那封由另一个蒙面人写来的简短信件对他如同当头棒喝。原来，就在自己抛开原则的时候，别人却一直都在捍卫着自己的理想，那就是以精心选择的杀人来维持世界的平衡。他始终都是操纵冥界的王者。

于是，马梦雨给那个蒙面人回复了更为简短的信件。马梦雨重新找回了原则，至少，他认为自己是在以更为极端的方式捍卫着它。在一个静谧得使人想哭的夜晚，马梦雨拔出佩刀在灯下看了又看，最后用指头在薄薄的刀身上爱怜地一弹，刀发出嗡嗡不绝的鸣响声。他明白，所谓的素王、冥王，都将归于虚无。

马梦雨开始了新一轮残酷的屠杀。杀心大盛的时候，他可以一夜连杀四门，直杀到精疲力竭，红霞满天。在那些血雨腥风的日子里，从高墙朱门的豪宅，到湫隘斑驳的街巷，到处都川流着披麻戴孝的人们。哀号四起，悲声遍地，整个北京城笼罩在无可名状的惊惧与恐怖之中。马梦雨在老马家的祖宅中沉沉地拥被睡去。明亮的阳光中，黄色的纸钱一直在像游魂似的飘浮着。阳光使马梦雨感受到久违的温暖，而纸钱与阳光带来的凄迷和恍惚使他的睡眠格外地安宁。他在梦中看见北京所有的房顶和城墙上都立满了惊恐而麻木发呆的人群，并从中看到了那个隐匿的蒙面杀手。马梦雨即便在梦中也能够确定，在那个人的面纱下，到底有着什么样的表情。

屠杀逐渐演变成了两个蒙面人同帝国之间的全面战争。至少，来自紫禁城的消息是，全城实行了战时状态，各街坊之间拉上了栅栏、杩杈，长刀出鞘的宪兵牵着狼狗昼夜巡逻，并随时准备毙杀任何可疑的嫌犯。皇帝、内阁和宦官的头领都在按照京师保卫战的规模来部署禁军和厂卫的特务。而城外的野战部队也从各个方向向北京城合围。据说，万历皇帝在一次御前会议上还接连摔碎了两只玉杯，以此来表明了他万牛莫挽的决心。

马梦雨通过隐秘的渠道打探到的消息就更为具体了：皇帝要不惜以半数北京人的性命作代价，也要铲除掉敢于向帝国宣战的杀人犯。

到此为止，如果再有一个人死于蒙面人的刀下，那么帝国庞大的杀人机器立刻就会隆隆开动，数万或者更多的头颅将滚落到尘土飞扬的道路上。在皇帝的原则中，捕杀一个造反者就是爱尽了天下的苍生。

不约而同地，马梦雨和那个贩药的蒙面人在某个决定性时刻放下了手中的屠刀。一场刚刚拉开大幕的战争戛然而止。

一个蒙面人以牺牲自己的原则，去撞毁了另一个蒙面人毕生恪守的原则。素王的统治在归于虚无之后，冥王勉力维持的平衡也就烟消云散了。因为，这种脆弱的平衡是通过精心选择的杀人方式来实现的，而马梦雨的滥杀将这种平衡击得粉碎。而且，由此带来的战争与屠城的后果，没有任何人可以逆料和承担。

一场战争就这样结束了。两个王者的原则就这样同归于尽了。北京城迅速地恢复了平静，也就是说，北京城又回到了万历一朝共四十八年的统治中那种最平常的沉闷里。从这一点讲，万历真是一个聪明绝顶的皇帝。他精确地把握了发动战争和终止战争的绝妙时机，就像他和那两位没有加冕的君王之间早就达成了默契。

在所有的信史与稗官中，都没有记载下蒙面人杀人的文字。两者都只用含糊不清的语气平静地写道："万历某年，京师大疫流行，死者无算。"在朝者与在野者在这儿达成了秘密的共识。

八八

现在，让叙述回到前门外那棵拐枣树后的生药铺罢。时间就是崇祯一十六年那个寒冷的春夜，两个白发老人面对着的是一盆通红的炉火，和五十年来的恩怨沧桑。他们的脸上没有罩着从前那块黑纱，大约是意在以真面目相见。是谁以绝世罕见的刀法，在一夜之间切下那么四颗头颅来的呢？他们都在以目光探视着对方的目光。一个人的目光是冷冷的，另一个人的目光则是和蔼的。

最初以"李大屋"的名字在北京开设药铺的那位老人，现在是一位真正的药剂师和大夫。他用来剁碎生药制作粉剂的刀子，从前是用来切断人的脖子的凶器。万历某年，当他放下屠刀之后，就开始了救死扶伤的漫长生涯。药铺原本只是为顺利杀人而设的手段，却至此变成了他终极的目的。他的药铺取名"血见愁"，是许多广为人知的"血见愁"药铺中的一个。他以治疗刀伤见长，兼医烫伤、烧伤和骨折、脓肿等等。总之，他以勉力挽救人的性命，来勉强修补着被打破了的世界平衡。

而当过捕快的另一位老人则一直都以刀为伴。刀对于他不是必要的装饰，也不是谋生的工具，而只可能是一件杀人的武器。当然，他和生药铺的掌柜一样，也已经很多年没有杀过人了。但即便如此，这把刀也是随时准备杀人的：它为生药铺的掌柜而准备着。为了这一个目的，他以一种健康而简朴的方式，未尝有片刻懈怠地活到了今天。他在暗中警觉地观察着药铺掌柜，就像牧羊犬防范着随时可能偷猎的豹子。

两位老人在默默的对视之后，似乎已经把一切都弄清楚了。

“你看出来了，那不是我干的。”

“是的，不是你干的。你老了，你再也干不了那种事情了。”

“在这几十年中，我都没有再杀过人。”

“喔，那是因为有我管着，你才没有杀人罢。”

“你也老了。你只能管住我，却管不住别人了。”

“你以为你拥有了天下，其实你拥有的只是你的那些生药啊。”

两位老人都笑起来。他们为此干完了一碗酒。但是他们并不感到快乐，因为他们不是因为快乐的事情而重逢在寒冷春夜的。新的杀手已经出现了，而旧时代正在土崩瓦解。世界沦为废墟并从废墟中呈现崭新面貌的速度，正使任何杀手的努力都显得无限的苍白。两个没有加冕的王者在放弃了各自的原则五十年之后，看到五十年前的故事，又拉开了帷幕的一角。

卖药的老人说：“他很快就会从北京的生活中消失吗？”

但带刀的老人说：“今晚，也许还会有几个年高德劭的圣贤死于非命罢？”

他们各说各的，却绝不争论。杀手可能也是两个，也许更多……所操的职业，一定不可捉摸，可能是个大夫，也可能天天见血，就是个狗屠。但，这些都不重要，关键是杀手的心情，他们熟得不能再熟。他们甚至用手捂住自家的胸口，仿佛已听见了那个隐匿者的心跳。在沉默了很久之后，好像又度过了五十年的轮回，老捕快从袖中取出两朵丰润、硕大的黄菊来，一朵留在了手里，一朵递给了老掌柜。

“这不是出菊花的季节啊！”

“菊花不就在你的手上吗？”

他们两个人同时低下头来凑近菊花，以同样的方式，深深地嗅着她那亘古未变的芬芳。

一年后的春天，李自成的大军攻破了北京城，帝国的皇帝在煤山的歪脖树上自缢了。无名无姓的杀手，如荒草或者菊花，在北京城的每一处旮旯盛放着，怒放着……并等待着随后到来的凋零。

【附录：另二卷】

二十七个逃亡的人

八九

二十六个人总是在薄暮时分起床，用过早饭，喝过粗茶，就把家什打入结实的包裹，把葫芦灌满清水，把绑腿打紧，把棍子和刀械拿在手上。天空随后就黑下来，老人、妇女、行李被安置在两架骡车和五头毛驴上，其余人则迈开步子，沉默着，拣车辙里长草的官道，一直向南去。

如果有月亮，道路和田地，就绿荧荧地亮堂，好看；如果只有几颗星星，也很不错，好像天上有人在看着他们，替他们引路。月亮、星星倘若都没出来，他们就点燃几支火把，火苗舔着夜色，冬天多了一些暖意，夏天可以烧死蚊虫。他们在路上逃亡已不止一遍春秋，习惯了粗衣恶食，晓宿夜行，在漆黑中辨别方向：天冷的季节，他们背着风走；天热的时候，他们迎着风行。他们本来素不相识，如一般城破前向四面八方逃亡的人，各自流窜……后来在一个渡口候船时相遇，并发现了彼此的共同点：都曾在朱雀庙求得一签，签上三个字：向南走。遵从这一神秘的旨意，他们在向南的路上聚集成一个团伙。他们原本也千差万别，二十七个人中，包括被罢黜的大学士、尚书，卸甲的将军，举止迟缓的贵妇，小妾、丫鬟、家丁、账房、小二、老鸨、王八，以及太监、宫娥、婢女。而人数原本也不是二十七个：在逃亡的路上，有一个沉默、威仪的老者病故了；一个被失眠折磨的人过桥时投了河。但三个怀着身孕上路的女人——贵妇、宫娥、婢女——分了娩：一个男孩，一对双胞胎，一个死婴。这样，他们就成了二十七个人——其中的一个，始终走在距他们一日之遥的前方，于岔路口插上竹签，在选定的客栈画一个圆。他们都很硬气地活着，他们选择了逃亡，就是要和死亡赛跑。后来，走出两千里之后，他们似乎忘掉了死亡，变得只像在和时间赛跑。时间的流向，并不总是箭一样直行，还可能跟人的指纹相似，充满了复杂的迂回，因而，他们的逃亡之路也是迂回多变的，在群山、平原、河汉之间用两条腿兜了千百里的大圈子。但是，他们还是在黄河解冻之前，溜过了河去。在某一个二月，和春风一起渡过了瓜州渡，抵达江南。后来，秋风还没开始飒飒地吹，他们已经走入了闽西的阔叶林带。

但是，来自京城的剃发令却通过驿站的快马，把他们追上了：那个探路的人在小镇上被官军抓获，要剃光他的头顶，并在后脑束一根辫子。他不从，大叫大嚷，还企图夺刀抗拒。于是，他被十数只脚踩在地上，一把带七根铁环的大刀砍断了他的颈子，实践了留发不留头的天子圣谕。剩下的二十六个人聚在一起，祭奠了死者，发誓宁死不改先朝的发型。这就注定了他们的逃亡永远不会有尽头。

不可思议的是，就在几天后，已故老者的小妾生下一个生父不详的婴儿。婴儿有力的哭叫声，让他们忧戚的表情有了点笑意：他们的人数依然维持在二十七个。他们发了狠要逃到四海之外、一个并非王土的地方。二十七个人谨慎地穿出了阔叶林带，沿闽粤交界处比较松散的官军防御线，向着咸风吹来的海滨走了去。他们企望能在南澳岛登上一艘海轮，向西漂到琼崖，那儿是大地往南延伸的尽头。不过，在南澳他们只搞到了三条小渔船，因为渔民借口海禁抬价，他们把全部的金银都交给了船主，这才得以成行。这个在逃亡中不分主奴贵贱结为一体的二十七个人，被强分为了三拨，如一棵须根簇拥的巨榕被粗暴地劈裂了，裂开的肢体渗出点点汁液和伤心的芳香。诗歌中的大海，就在眼前无边无际地铺开，并立刻让他们明白，所谓道不行、乘桴浮于海，只是一个梦话；而他们，已经把命运寄托给了无凭无信的水。渔船启了航，风头正足，打了补丁的帆鼓得像球；海滩一片荒凉，黑嘴鸥追着船头船尾地飞，叽叽地叫。转眼间，陆地就看不见了，再也看不见了，就像人在雾中下山，一脚踩空……三条船在风和洋流中相距越来越远，一直到水天相隔，在彼此的视线中从此消失。

一条船向西南漂去，那可能正是一条建文皇帝出逃和郑和追捕他的航线。四天之后，这条船在东沙群岛触礁沉没，船身破碎为几百块小木头，逃亡者和船家被海浪有力地抛向礁石，并迅速击毙。另一条船迷失了航向，随后被风向东吹往彭湖屿。如果顺利，他们可望一直向东，在台湾岛登陆。然而，这条小船和一支反清复明的舰队相遇，后者误以为逃亡者是清军的间谍船，在喊话得不到响应后，用红夷大炮将其轰入了海底。被炮声震毙的鱼虾浮上海面，成千上万，密密麻麻，像纸钱旋转不绝地，漂了又漂。还有一条船在漂流了十九天后，水尽粮绝，又被风吹回了广东的海岸。在午后的慵懒中，一支官军的巡逻队发现了搁浅的渔船。船上的人，除了一个幼儿，已经全部死掉。这个幼儿和一份干巴巴的公文一起，被送到了惠州府。当时，一个刘姓大太监正坐镇惠州监军。幼儿乌黑的眸子和忧戚的表情，唤醒了沉睡在刘大太监心中的某种怅然。他把公文和幼儿同时收了下来，带回了京城。

刘大太监擅长弄权和敛财，富堪敌国，于康熙一十六年八月被赐死，家产抄没，家人流配。刘大太监的养子刘继康侥幸逃脱，跋涉七千里，去南方投奔吴三桂。其时，距吴三桂的兵败、身死，刚好还有一遍的春秋。

代跋

自无定河

长安兄：

您好。

从收到您的第一封来信到现在，时间已经过去了十二年。十二年前的九月末，我正在北京采访一个会议。闲来无事，和一个同行去逛紫禁城。我们是从天安门的门洞穿过御道，经午门进入故宫的。那天不是周末，旅游季节也过了，故宫中人迹寥寥，在午后的阳光下，有些枯寂萧索的味道。后来我们从神武门出去，又登了景山。景山的树木正达到深秋前的极盛；有一棵槐树前立了牌子，说这是崇祯自缢处。但从前的那棵槐树没有了，现在是新栽的，也就是说，是赝品。我还是在它面前照了相，穿着黑色的T恤，胸前有一大块红绿凌乱的图案。再转一条弯曲山道，看见大石上蹲了个瘦得如猴的老汉在拉二胡，琴声割耳，难听死了。我们走拢，刚好他一曲拉完，主动问我们，从哪儿来的？我们说，四川。老汉就慈祥地虚了眼睛，又问，四川人民能吃饱吗？同行点点头，说，托福，还能吃饱……老爷子，您的琴好像有问题。老汉笑笑，说，是有点问题，自己动的手，就花了十元钱。

从北京回来没多久，我就收到了您的信；后来，就是一整箱的手稿复印件。这十二年中，我几乎天天都在后悔，不该轻率地答应你们。我本该想到的，我的能力难以胜任你们的重托。而参与这部手稿的整理，不啻就是一场灾难；至少，也是一场没日没夜的噩梦。这部手稿不仅混乱，而且浩繁，仿佛还在不停地生长出来……每天，当我一展开这堆字字清晰，而语句狗屁不通的纸张时，我脑子就会响起北京老汉割耳的二胡声。我绝望地想过，它没有完成，是因为它注定就无法被完成。至少有两次，我动了把它们付之一炬的念头，那一刻，我是坚定的无神论者，不相信它的烟火也会无穷无尽。但是，一次我搜遍家里的桌面和大小抽屉，都没有找到打火机。另一次，我从小区的园丁那里借到了火柴，在擦燃火柴棍的一刹那，天空一声雷鸣，大雨就落了下来，浇湿了火柴棍，也浇灭了我心头的恼火。我叹口气，我承认，手稿既然能够幸免于难，大概真是另有安排吧。于是，在把它们踢入角落十天半月后，我又会把它们重新放上案头，锱铢计较地抄抄写写，圈圈点点。当然，我也不能不承认，能够任由它拖累我十二年，不仅在于我当初的允诺，也不仅在于我的恐惧，还因为整理的过程也在零星而又持续地带给我一些欢悦。我就像一个盲诗人（您的欢君晓得他是谁）描述过的倒霉汉学家（他凑巧和您一样都名叫史蒂芬），用半辈子的光阴来考索被遗忘的迷宫。最后，他和我一样，对着各自为之榨干心力的东西说："它没有完成，然而并非虚假。"结局是，他被一个德国华裔间谍的最后一颗子弹击毙了。而我，这十二年来，仿佛为了逃避某种追击，或刚好相反，为了寻找与手稿有关的某些蛛丝马迹，而携带着它四处旅行。如您所知，我是南方理工大学人文学院的驻校作家，除了课程和薪水这两样不多，却有大笔闲置的时间自由支配。我跟所有成都人一样，与生俱来地惰性、懒散、闲适，还有轻度的幽闭症。而为这部手稿所展开的逃避与寻找，把我从蜗居的小屋、沙发、床上赶出门去，辗转于一个个车站、码头，以及数不清的城市、村庄、客栈……此时此刻，我就坐在北京北郊、无定河畔的一户农家院落里给您写信。头上两棵白杨披满盛夏的阳光和有力的风，树叶亮得炫目并发出飒飒之声。从打开的院门看出去，是几块瘦瘠的菜畦、瓜地，长着青草的河滩，宽阔河床上的几线浅水：

生机尚存，但一切都在干涸。

无定河当初是以它的水势汹涌闻名的，就像它的名字，喜怒无常，恣意横流。康熙三十七年，才为了驯服这条河流而坚筑了长堤；康熙皇帝还用御笔改写了河名：**永定河**。许多年过去了，不管是叫它“无定”还是“永定”，它只能是眼前这个样子了，如一个男人被熬干后趴在床上，再没什么气力了。我选择无定河边完成手稿的最后修订，是我觉得这儿是故事落幕的最为合适的地方。

这十二年里，我还在其他十七条河边旅居过，蚂蚁啃食般地修订着手稿。但是，出于私人的原因，在我从前写给您的信中（也包括这封信），我都少有提到它们的名字。加西亚·马尔克斯这样写到过，“用来写作的地方，是文学创作的无法探测的奥秘之一”。我的私心是，在这些由我重新书写的文字里，读者能嗅到河流的水腥味，但并不晓得这气味来自哪里。河流自从被用来象征时间、历史甚至是玄学之后，河流似乎就不再是河流了。我会长时间地望着河水发呆，以至于被放羊娃叫作“一个城里来的疯子”。他们曾用咒骂和石子袭击过我，让我狼狈而逃。最倒霉的一次是，有一摞我刚写出的稿子落入水中打湿了，我把它们铺在石头上晒干，揭下的时候有些字迹撕没了。我回忆得头痛，也无法想起我写了些什么。

记忆是靠不住的。在什么也干不出来的某个雨夜，我坐在阁楼的地板上翻阅十二年来你我之间的书信，我简直不相信围绕这一部手稿，有过那么多的讨论、推测、争辩，甚至是痛苦的叫骂。如果把这些书信汇编成一部书，可能所有读者都会觉得这是疯子的呓语，而唯有我们自己是会潸然泪下的。诚如您在某一封信中所写，崇祯皇帝是远东的司芬克斯。不仅他本人是神秘的，由他释放出来的气息，使整个晚明环绕他的人物都有了诡谲的味道。

关于崇祯皇帝的结局，在历史学家那儿，从来都是无可争议的。不过，在这部手稿的叙述人嘴里，他的归宿却是模糊、暧昧的。史家的结论来自文献记录，而她的推测则来自心性和亲情。这使我难以决断，所能做的，只是小心翼翼保留她口吻中的模棱两可性。神秘失踪的皇帝，有明一代，不止一个，1402 年（建文四年），燕王朱棣挥军攻破南京，建文皇帝留下一把空荡荡的龙椅，就下落不明了。正因为如此，才有了郑和七下西洋、追捕流亡废帝的壮举。崇祯是否也像建文一样隐遁了？这很难说。苏东坡说，“万人如海一身藏”。如果他要在人多得密密麻麻的北京把自己藏起来，的确是容易的，无须逃到西洋或者大漠中。

崇祯无论是自缢还是抽身走了，他丢下的后宫都注定是一场劫难。周皇后自尽，昭仁公主被杀，长宁公主被砍断了一只手臂，流落民间，不知所终。后来，她在金庸的《鹿鼎记》中浮出来，成了一个反清复明的女侠。皇太子和两个小皇子曾辗转逃亡，但都先后被擒获、处死。宫中的女人，都被农民军将士瓜分了。只有以端庄称贤的席贵妃正在病中，气息奄奄，这才免了一劫，流入市井，被一个曾在木樨地做过小管家的陈某收留。顺治初年，百废俱兴，陈某在宣武门外会馆区以“凤还巢”为名开了一家花营锦阵，以席贵妃打头牌。席贵妃经过悉心调养，虽然年长，但自有一番雍容华贵。进京赶考的举子纷纷慕名前来，一是为一睹先帝宠姬的芳容，一是以采凤之欢来显跳过龙门的吉兆。在这些举子中，有四个人一度成为青楼间的谈资：一个济南府的举子出了“凤还巢”的门，抽了自己两个嘴巴，骂自己“没心肝的东西！”，回客栈后，就上了吊。还有一个绥德府的举子、一个大同府的举子，先后发了疯。另一个甘州府来的举子则把席贵妃折腾得要死要活，呻吟之声让他如痴如醉。天亮时候，他在墙上大书“八声甘州”四个字，狂笑而去了。

在手稿的某个空隙处，有人（不知何人）插入的半句话，“所有的人都是输家，除非……”除非什么呢？我每天一打开手稿，就觉得处处都在面对着未知。

再譬如陈圆圆。有关她的最后去向，就比崇祯更加有歧议。在长达八年的“三藩之乱”平定后，有人说她投了滇池，为吴三桂殉节了；有人则说她出家做了道姑或尼姑；有人说她乘船去了江南；有人说她翻山越岭去了印度……相差何止万里。1999年冬天，我沿着赤水河向上游旅行，在川、滇、黔三省交界处的一个小村庄住下来，第七次修订手稿中的某一个章节。那些天冷雨飕飕，我多次披上雨衣沿河信步。河岸的几棵枯朽老桂下，有一座覆满枯草的土堆。放牛的老汉告诉我，这儿叫作圆圆坟。为此我专门搭拖拉机去了一趟县里的文管所，询问圆圆坟是否和陈圆圆有关。一个和蔼、面善的长者接待了我。他微笑道：“不敢乱说。”我又问，有没有针对圆圆坟的发掘计划呢？长者依然微笑，说：“不晓得。”两年后，我从成都打电话去文管所，接电话的是一个女孩子，她很爽快地说：“早就铲平了。”我吃了一惊，急问为什么？她说："修机耕道，村村通公路。"我问，有什么重要发现吗？她说："一口空棺材，就装了一只木枕、一件灰袍，裹了一支箭，箭头锈得不像话……真是开玩笑！"我心头一震，赶紧问，我可以来看看这三件东西吗？她说："有什么好看的？木枕被民工劈来烧了，灰袍一见阳光，风一吹，就一块块地烂了，跟灰蛾子一样飞得没有了。箭嘛，有个省里来的专家拿走了，我也不晓得他是哪一个。"我沉默了一小会儿，不死心地问："你觉得，它和陈圆圆有没有关系呢？"话筒那边咯咯一笑："我倒巴不得有关系！"啪的一声，就挂断了。

我为此怅然了很多天。什么是真相呢？真相是我们用手掬起又从我们指缝间漏走的水；是《薄伽梵歌》里反复吟唱的**它**："它在万有之外又在其中，它既是静物又是动物，它极近又相距遥远，它不可知因微妙之故。"

陈圆圆在许配给吴三桂之后，被刘宗敏霸占，这是确切的事实。但这部手稿还用零星的笔墨提醒阅读者，李自成为了争取吴三桂的归顺，又亲自去刘府，一半规劝、一半强制地把陈圆圆载走了。然而，连李自成自己都没想到，一身尘土的闯王也被她超凡出尘的美貌击倒了：他把陈圆圆留在乾清宫过了一宿，接着又是一宿……直到吴三桂已经为失去陈圆圆而怒发冲冠了。李自成考虑过要归还陈圆圆给吴三桂，但恋恋不舍导致了他少有的惆怅和踌躇，他失去了建立一个百年帝国的最后机会：吴三桂和清军联手，在山海关击溃了李自成的农民军，并把他们从仅仅居住了四十三天的北京城赶回了流寇的道路上。至于李自成和刘宗敏之间后来发生了什么事，手稿没有涉及，字缝中只有讲述人丢下的冷冷一句："二王爷死于背上中箭。"

躺在天启的大柜中，被辗转出卖的陈圆圆，怀着对李自成和明皇室的双重仇恨，回到了吴三桂身边。手稿最重要的暗示之一就出现在这里——陈圆圆的仇恨，化为了吴三桂钢铁一般的决心：他作为大明帝国的故将，彻底打垮了大明的敌人李自成，并催军一路穷追入陕西、河南、湖南，经武昌，奔袭九江，一胜再胜，彻底剿灭了李自成的生力军，并致使李自成本人被斩杀于九宫山。另一方面，他作为大清帝国的开国先锋，在追杀南明流亡皇室的过程中，下手更狠辣，不仅把他们逐入缅甸的荒野，并于 1661 年 12 月，又将永历皇帝朱由榔父子活捕回云南，1662 年 4 月用弓弦勒死于昆明的篦子坡，自此（有许多书为证），明皇室就灭绝了。

然而，诚如手稿讲述人的养父让她熟读的这一句话，“已行的事，后必再行”，同样的命运，在吴三桂身上重演了一回。吴三桂勒死朱由榔父子后，被康熙赐封为“平西亲王”，雄踞云南。1673 年，吴三桂以六十二岁之年造反，起兵北伐；康熙则将他的长子、长孙在北京斩首。六十七岁，吴三桂连年征战不利，困死于湖南衡州。一年后，康熙的平叛大军攻入昆明城，吴三桂的次孙吴世璠拔刀自杀，其妻投环自缢。吴三桂后宫中的娇妻美妾，悉数被征服者夺占。只有陈圆圆一人在破城之前的混乱中，隐身而去了。吴梅村这样叹息说：“全家白骨成灰土，一代红妆照汗青。”他只说对了一半。今天，在昆明城外吴三桂的金殿故地，问一问络绎不绝的游客，征战万里关河的平西王，在他们心里，也只是一团模糊的影子。但即便能够找到陈圆圆的一堆青冢，并使它幸免于推土机的铁铲，又能怎样呢？“照汗青”是说重了，应该脱不了“姬耶安在，独留青冢向黄昏”的宿命吧。

长安兄，您在某一封来信中，讲到了一件有趣的事情，让我印象很深刻：欢君曾指着一幅世界地图对您嚷：“印错了！”您对着地图看了半天，也不晓得错在哪儿。后来终于弄清楚，欢君习惯了看中国出版的世界地图，它们是以中国为中心。而您是看着美国出版的世界地图长大的，它们自然是以美国为中心。我想，可能每个国家出版的地图，也莫不是以自己为中心吧。有没有可能，绘制一张标准的，把每个国家——强大如贵国、贫弱如乌干达——都置于中心从而被每个国家乐于接受的世界地图呢？恐怕永远不可能。这对主张政治正确的人来说，真是出了个天大的难题。让我们回到这部手稿上："正确"对于一部瞎子讲述的历史，又有什么价值呢！去年，一个土耳其作家在斯德哥尔摩宣称，"世界的中心就是伊斯坦布尔"。他说得没错。但我还想做以下补充：世界的中心还存在于约克纳帕塔法、马孔多、一个阿根廷盲翁的私人藏书室，以及这部手稿讲述人的唇齿间。伴随这部手稿的过于漫长的十二年，把我从一个曾经的无神论者，无知无觉地变成了"唯心主义者"。

2001 年 10 月，我所在的南方理工大学人文学院收到邀请函，去张家界参加十七家高校联办的一个"生态文学"研讨会。我对"生态文学"一无所知，但我还是主动争取到了这份差。我晓得，在张家界东北边的石门县夹山寺，自清初以来，就传说有李自成遗迹，我很想去看一看。这些传说的中心意思是，1645 年即清顺治二年闰六月，李自成战死于湖北通山九宫山一事，其实是一个骗局，死掉的是李自成的替身，而他本人则流窜入湖南石门县，在夹山寺落发为僧，是为奉天明玉大和尚，暗中指挥余部数十万众抗击清军，直到 1674 年即康熙十三年悄然圆寂。至今，夹山寺里还有李自成的石塔墓、玉玺井和所谓的闯王金殿等。

但我一到张家界，就感冒发烧，嗓子痛，脑子昏沉沉，会议间，学者们的发言与争辩，我听在耳里，全如柴门犬吠，却没一个是故人。第三天，我体温稍减，就溜出去，搭火车沿着澧水摇摇晃晃去了石门县。这时候天空忽然阴了，密雨飒飒地下来，转眼就已经秋雨滂沱。我顶着雨冲出石门火车站时，根本弄不清人间此刻，是拂晓还是黄昏。在一片恓惶中，我登上了一辆微型面包车，吩咐司机拉到夹山寺。夹山寺在县城东南十五公里外，一路上平冈交错，景物模糊。车子在雨中熄火几次，好容易挨到夹山寺，已经四野漆黑，山门紧闭了。在折回火车站的路上，我忍住沮丧和疲惫（却没有饥饿感），和司机谈了谈奉天明玉大和尚。司机倒是个话匣子，很肯说，却又是个龅牙，口齿不清，我听得打瞌睡，但奉天明玉大和尚之死，还是让我悚然一惊，印象极为深刻。他讲述了三种说法：

一是，大和尚晓得自己油干灯尽，就燃了一炷香，坐在蒲团上微笑而逝了。

二是，侄子李过潜来通报余部遭伏、全军覆没的消息，大和尚大叫一声，吐血而死。

三是，大和尚每日清晨都必在大雄宝殿前舞弄禅杖，有一天用力过狠，杖头闪闪发光的月牙铲突然飞上了天。当他仰脸张望时，月牙铲呼地落下来砸中他的眉心，他“啊呀”一声，瞬间就毙命了！

我不晓得该相信哪一种说法，但我愿意相信，他是死于非命的。

这部手稿中的所有人，后来都死了。但只有一个人似乎还活着，那就是作为讲述人的老盲妇，因为她留下了她个人的声音。但我还想捕捉到她蒙着面纱的身影。诚如您在第一封来信中所说，作为女性，她和李清照是两个最著名的历史失踪者。十二年来，每一次去北京，我都会去环绕紫禁城的老城区，跟狗一样地寻寻觅觅，企图找到她隐居四十五年以上的、跟星象图一般的旧宅院：从宅子的某一扇窗口望出去，穿过两片栗树叶，仿佛故宫角楼的门伸手可及。但我总是无功而返，而且随着旧城逐渐缩小，高楼一幢幢站起来，希望越来越渺茫了。我曾在北海公园，就此请教一位提着拖把、蘸一桶清水在石板上练字的老先生。他姓佟，是研究城坊沿革的民间专家。佟老沉吟很久，用商量的口气对我说："大概就在从前的蒯侍郎胡同吧？"蒯侍郎，即永乐年间设计兴建紫禁城的江苏吴县木匠蒯祥（1397—1481），他因为功劳卓著，被封为工部侍郎，是中国第一个由能工巧匠而高官厚禄的人。他居住的地方，市井中称为"蒯侍郎胡同"。我想这种推测是有道理的：蒯祥把自己在紫禁城布下的蛛网般迷阵搬回家，把住宅建造成了压缩的神秘星象图。然而，蒯侍郎胡同又在哪儿呢？佟老摇头苦笑道："北京面目全非了，连我都时常在迷路。"他重新蘸了水，在石板上写下"北京"两个簸箕大的字……只一小会儿的时间，风和阳光就把"北京"带走了。

同样让我缅想与寻味的还有"木樨地"。1985年夏天，电视连续剧《四世同堂》在央视热播。盛夏时节，我作为文化记者，受命从成都赴北京采访该剧的主要演员。那时候的北京还有许多旧胡同、四合院，大面积的瓦片房使我觉得这是一座灰蒙蒙的古都。但地铁在城市的下面有力地奔驰着，像一只巨大的钻头，要把黑暗深处的秘密掏出来。我有好几次都瘫在座椅上似睡非睡，看着站牌发呆：苹果园，公主坟，木樨地……这几个站名让我觉得头上铺满尘雾的北京城，延伸进了几处欸乃的青色中。不过，还要过些年，我才晓得"木樨"就是会在秋天飘出忧伤芬芳的桂花树。在我驻校的南方理工大学校园内，是植有很多桂树的，但她们被更繁茂的树木，譬如楠木、梧桐、黄桷树淹没了，只有到秋天放出香味来，你才会意识到，她们其实一直都在那儿。然而，当我晓得这部手稿的讲述人就成长于木樨地时，却没有把它和站牌上的“木樨地”联系到一块：我至今相信，这是两个不同的地方。站牌上的“木樨地”是任凭北京千变万化，而它不变的地名。但手稿中的木樨地，只能在记忆中重现。这很像济慈的墓志铭：“在这里埋藏着一个把名字写在水上的人。”一瞬和永久，没有比水更能够精微地描画出这种关系了。

今年初夏，当这部手稿的整理接近收工时，我就选择好了要在无定河边写完最后一个字。但此前我先抵南京，去钟山南麓重访了朱元璋的孝陵。1998 年 10 月，我结束对上海电视节的采访后，曾经来过一次孝陵，印象中十分荒凉，游人稀少，一些残存的碑石、台基、雕栏都散在泥土中。内红门的拱顶下，有两个河南人在玩掷豆子游戏骗游客的钱。而从内红门到方城明楼的一长段路上，只有我和我的影子在阳光下踽踽而行；终点是一座巨大而苍翠的土堆。土堆下，安静地躺着朱元璋。晚上，我住进鸡鸣寺外的一家客店，在旅行笔记中，我写道：“他想跟我们说话吗？”

这一次去孝陵，我发现有了很大的变化，残破的建筑修复了，道路、桥梁也修整了，人气旺了些。但比起同在钟山风景区的中山陵，这儿依然还算是冷清的。我把差不多十年前走过的路又走了一遍，在内红门没有再见到那两个河南人；但面对掩埋朱元璋的封土时，我的疑惑还跟从前是一样的：“他想跟我们说话吗？”下了山，我在地摊上买了一堆稗官野史类的小册子，就去玄武湖盘桓了半天。我拣了个水边的凉亭，把小册子都浏览了一遍。其中有两件逸闻，让我很感慨：元朝至正八年，天下已经大乱，安徽濠州皇觉寺的一个小和尚以掷铜钱的方式，让天命来决定自己是否参与造反：如果正面向上，就反；向下，则作罢。掷了一次，是向下；又掷，还是向下。他不甘心，掷出第三次，依然是向下。他敲敲大脑门，对自己说："老子既然要造天子的反，还怕天命做什么！"于是脱了袈裟，提了条戒刀就投了红巾军。这个和尚就是朱元璋，后来做了大明帝国的开国之君。

另一件逸闻说，崇祯一十七年夏初，孝陵卫徒步走来了一个北京的哑巴大太监，递交了崇祯皇帝的敕书，协助护陵。其时，多尔衮已经架着清朝的顺治皇帝入主了北京紫禁城；而在南京，福王朱由崧则成为南明小朝廷的弘光帝。孝陵卫的指挥使并不把过气的大太监放在眼里，拿他也没用处，就吩咐他去山谷里看守荒芜的皇桃园。大太监恭谨地领了令，就一个人去了。他摘掉了青涩的果子，修剪了枝条，锄了杂草，重新施肥调养。第二年春天，山谷中桃花烂漫，入夏后，甜汁饱满的桃子就压弯了桃树。有一天来了几个十二三岁的儿童偷桃吃，大太监比画着让他们离开。他们相视一笑，拥过来亲亲热热地把大太监抱住了。大太监还在发蒙，儿童们一齐发狠，就用袖里的竹刀把他七戳八戳地戳死了。

这天晚上，我又住进了鸡鸣寺外的那家小客店。几乎同时入住的，还有一个电影摄制组。小客店陡然热闹了许多。导演是一个持有美国绿卡的矮个子内蒙青年，戴棒球帽，穿无袖T恤，肌肉发达，不沾烟酒，却嗜好生嚼刺激泪腺的洋葱皮。两天后，他来敲了我的门，手里拿着个正在剥的洋葱头，很客气地问我，是否愿意在片中客串一个几秒钟的角色，也就是这家客店的房客。我微微诧异，问他，为什么选中我？他剥下一层洋葱皮，送进嘴惬意地咀嚼着。他说：

"因为，你长了一张异乡人的脸。"

我心口一震，沉默了一小会儿，洋葱的冲味让我的眼睛有一些模糊。

后来，我又问他，是部什么片子呢？他说："公路片，《长江寻父记》，讲一个少年寻找父亲的故事。"我说，他最后找到了吗？导演又剥下一层洋葱皮送进嘴，咀嚼着，耸了耸肩膀："这就像剥洋葱，剥到最后，什么也没有。"我说不出话来，用点头答应了他。

随后，我就来到了无定河。

应该把无定河当作旅程的终点了：必须在这儿结束它，否则，我会把一辈子都耗进去。而事实证明，一辈子也是徒劳的，——保莱塔修道院中，那些耗了几辈子的人，也还没有探到它的底。还有线索没有理清，还有谜团没有解开，可我们又什么办法呢？贵国中央情报局的特工，不是至今也没查出刺杀肯尼迪的幕后主使么！

您瞧，我可以找到许多借口来为自己的愚钝开脱。可是，我必须对手稿讲述人与记录人之间闹翻一事，给出一个说法。这是最难的，在这部手稿上，后人添加的猜测就有二十三种之多。一个偷懒的办法是，什么也不说，让读者自己去发挥想象。但，这种故作高深实则黔驴技穷的手法，我最厌恶。我选择的方式是，在这二十三种猜测中，挑选出我认为可能接近真相的一种，依然通过讲述人的嘴，一直说到叙述的尽头。

但这部浩繁的手稿里，还夹杂着许多散乱的材料，如附着于泰坦尼克的藻类、贝类、无数的鱼虾，我无法把它们纳入正文中，大多数都割舍了。然而，还是有割舍不下的，它们不是沉船的一部分，然而，它们的存在，标示出了这儿的深沉水流和曾经刮过的风暴。我勉力从中整理出两篇东西《带刀的素王》和《二十七个逃亡的人》，作为附录放在了盲眼老妇的自述后。

长安兄，这十二年里，为了这一部手稿，我的头发白了三分之一。而您也终于完成了《蜀锦考》，并和欢君结为夫妇，养育了一对龙凤儿女：像爸爸的阿末和像妈妈的阿乐……时光就是这样，她以另一种方式，把人所逝去的又归还给了人。

谨祝您和您的家人健康，快乐。

大草

2007年6月27日

于北京无定河　瓠庄

图书在版编目（CIP）数据

盲春秋 / 何大草著. -- 上海：上海译文出版社，2025.5. -- ISBN 978-7-5327-9800-1

Ⅰ. I247.5

中国国家版本馆 CIP 数据核字第 20250NF554 号

盲春秋
何大草 著
选题策划 / 火・舆・風　　责任编辑 / 常剑心　　装帧设计 / 众己・设计

上海译文出版社有限公司出版、发行
网址：www.yiwen.com.cn
201101　上海市闵行区号景路 159 弄 B 座
山东临沂新华印刷物流集团有限责任公司印刷

开本 890×1240　1/32　印张 13.25　字数 244,000
2025 年 5 月第 1 版　2025 年 5 月第 1 次印刷
印数：0,001—6,000 册

ISBN 978-7-5327-9800-1
定价：72.00 元